ZETA

Título original: *Merrick*
Traducción: Camila Batlles
1.ª edición: julio 2009

para el sello Zeta Bolsillo
Bailén, 84 - 08009 Barcelona (España)
www.edicionesb.com

Printed in Spain
ISBN: 978-84-9872-223-9
Depósito legal: B. 24.308-2009

Impreso por LIBERDÚPLEX, S.L.U.
Ctra. BV 2249 Km 7,4 Polígono Torrentfondo
08791 - Sant Llorenç d'Hortons (Barcelona)

CRÓNICAS VAMPÍRICAS VII
Merrick

ANNE RICE

ZETA

Para
Stan Rice
y
Christopher Rice
y
Nancy Rice Diamond

LA ORDEN TALAMASCA

Investigadores de lo paranormal.
Vigilamos
y siempre estamos presentes.

LONDRES AMSTERDAM ROMA

Prefacio

Me llamo David Talbot.

¿Alguno de ustedes me recuerda como el Superior de Talamasca, la Orden de detectives de lo paranormal cuyo lema era «Vigilamos y siempre estamos aquí»?

Ese lema posee cierto encanto, ¿no creen?

Hace más de mil años que existe Talamasca.

No sé cómo comenzó. Lo cierto es que no conozco todos los secretos de la Orden. Pero sí sé que la he servido durante buena parte de mi vida mortal.

Fue en la casa matriz de Talamasca, en Inglaterra, donde se me presentó el vampiro Lestat por primera vez. Entró en mi estudio una noche de invierno, por sorpresa.

Enseguida comprendí que una cosa era leer y escribir acerca de lo sobrenatural, y otra muy distinta verlo con tus propios ojos.

Pero de eso hace mucho tiempo.

En la actualidad habito otro cuerpo físico.

Y ese cuerpo físico ha sido transformado por la poderosa sangre vampírica de Lestat.

Soy uno de los vampiros más peligrosos que existen, y uno de los más fiables. Hasta el receloso vampiro Armand me reveló la historia de su vida. Quizás hayan leído la biografía de Armand, quc yo mismo di a conocer al mundo.

Al término de la historia, Lestat había despertado de un largo sueño en Nueva Orleans para escuchar una música muy bella y seductora.

Esa música volvió a sumirlo en un silencio ininterrumpido cuando Lestat se retiró de nuevo a un convento para echarse en el polvoriento suelo de mármol.

En aquel entonces había muchos vampiros en la ciudad de Nueva Orleans: vagabundos, lobos solitarios, unos jóvenes estúpidos que habían venido para observar a Lestat en su aparente postración. Amenazaban a la población mortal, y eran un incordio para los vampiros mayores, deseosos de conservar nuestro anonimato y nuestro derecho a cazar en paz.

Esos invasores han desaparecido ya.

Algunos fueron destruidos, otros simplemente huyeron espantados. En cuanto a los ancianos que acudieron para ofrecer consuelo al aletargado Lestat, cada cual siguió su camino.

Al iniciarse esta historia, sólo quedamos tres vampiros en Nueva Orleans. Estos tres vampiros somos Lestat, que permanece dormido, y sus dos fieles pupilos: Louis de Pointe du Lac y yo, David Talbot, el autor de este relato.

1

—¿Por qué me pides que haga esto?

Estaba sentada frente a mí al otro lado de la mesa de mármol, de espaldas a la entrada del café.

Yo la tenía maravillada. Pero mis peticiones la habían distraído. Más que mirarme fijamente, cabe decir que se había asomado a mis ojos.

Era alta. Tenía el cabello castaño oscuro, y toda la vida lo había llevado largo y suelto, aunque en esos momentos utilizaba un pasador de cuero con el que sujetaba algunas guedejas que le caían por la espalda. Lucía unos pendientes de oro que le adornaban los pequeños lóbulos de las orejas, y su vaporosa y blanca indumentaria veraniega tenía cierto aire gitano, quizá debido al chal rojo que llevaba anudado en torno a la cinturilla de su amplia falda de algodón.

—¿Me pides que haga eso para esa persona? —preguntó con tono afectuoso. No es que estuviera enojada conmigo, sino tan conmovida que su voz dulce y encantadora no podía ocultarlo—. Me pides que invoque a un espíritu que quizás esté furioso y ávido de venganza, y que lo haga para Louis de Pointe du Lac, el cual ha abandonado también el mundo terrenal?

—¿A quién puedo pedírselo si no a ti, Merrick? —respondí—. ¿Quién es capaz de conseguirlo si no tú?

—Pronuncié su nombre con sencillez, al estilo americano, aunque hace años, cuando nos conocimos, lo escribía Merrique y lo pronunciaba con un leve deje de su vieja lengua francesa.

Se oyó un ruido desagradable, el rechinar de los goznes de la puerta de la cocina que no habían sido engrasados desde hacía tiempo. Un camarero tan flaco que parecía casi incorpóreo, con un mandil sucio, se acercó arrastrando los pies sobre las polvorientas losas del suelo.

—Ron —dijo Merrick—. St. James. Trae una botella.

El camarero murmuró algo que no me molesté en captar con mi oído vampírico y se alejó, dejándonos solos en la habitación débilmente iluminada, con su alta puerta de doble hoja abierta a la Rue Ste. Anne.

Era uno de los locales más antiguos de Nueva Orleans. Unos ventiladores giraban perezosamente en el techo, y el suelo no lo habían barrido desde hacía cien años.

La luz crepuscular se desvanecía lentamente; el aire estaba impregnado de aromas del Barrio Francés y de fragancia a primavera. Me parecía un milagro que ella hubiera elegido este lugar y que estuviera insólitamente desierto en una tarde tan divina como aquélla.

Su mirada era persistente pero invariablemente dulce.

—Louis de Pointe du Lac vería ahora a un fantasma —dijo, como si hablara para sí—, como si no hubiera sufrido bastante.

No sólo sus palabras expresaban conmiseración, sino también su tono bajo y confidencial. Era evidente que sentía lástima.

—Oh sí —prosiguió sin dejarme hablar—. Me compadezco de él, y sé lo mucho que anhela contemplar el rostro de esa niña muerta y convertida en vampiro que tanto ama. —Arqueó las cejas con gesto pensativo—.

Vienes a mí con unos nombres que son una leyenda. Vienes secretamente, como si hubieras surgido de un milagro, y vienes a mí con una petición.

—Hazlo, Merrick, si no te perjudica. No he venido aquí para causarte ningún daño, te lo juro por Dios. Lo sabes tan bien como yo.

—¿Y qué me dices del daño que puede sufrir tu Louis? —inquirió Merrick, articulando las palabras despacio mientras meditaba sobre ello—. Un fantasma puede decir unas cosas terribles a quienes lo invocan, y éste es el fantasma de esa niña monstruo que murió violentamente. Me pides que realice un conjuro muy potente y arriesgado.

Asentí con la cabeza. Lo que decía era verdad.

—Louis está obsesionado —dije—. Lleva tantos años así, que su obsesión le impide razonar. Solamente piensa en eso.

—¿Y qué ocurrirá si consigo hacerla regresar de entre los muertos? ¿Crees que con ello desaparecerá el dolor que ambos sienten?

—No me atrevo a esperar tanto. No lo sé. Pero todo es preferible al dolor que ahora padece Louis. Sé muy bien que no tengo derecho a pedirte eso, que ni siquiera tengo derecho a acudir a ti.

»Todos estamos estrechamente vinculados: los miembros de Talamasca, Louis y yo... Y el vampiro Lestat también. Fue por boca de uno de los miembros de Talamasca que Louis de Pointe du Lac oyó cierta historia sobre el fantasma de Claudia. El fantasma de Claudia se le apareció por primera vez a uno de los nuestros, una mujer llamada Jesse Reeves, a la que encontrarás en los archivos.

—Sí, conozco esa historia —dijo Merrick—. Ocurrió en la Rue Royale. Enviaste a Jesse Reeves a investigar a los vampiros. Y Jesse Reeves regresó con un puñado de tesoros que demostraban de forma palpable que una niña llamada Claudia, una niña inmortal, había vivido antiguamente en el piso.

—Así es —respondí—. Hice mal en enviar a Jesse. Jesse era demasiado joven. Nunca fue... —Me costaba terminar la frase—. Jesse no era tan inteligente como tú.

—La gente que conoce los relatos de Lestat, que están publicados, encuentran un tanto estrambótica esa historia sobre un diario, un rosario y una vieja muñeca. Esos objetos obran en nuestro poder, ¿no es así? Están en una cámara acorazada en Inglaterra. En esa época no teníamos una casa matriz en Luisiana. Tú mismo los guardaste allí.

—¿Puedes hacerlo? —pregunté—. Mejor dicho, ¿quieres hacerlo? No dudo de que puedas.

Merrick se resistía a contestar. Pero habíamos empezado con buen pie.

¡Cuánto la echaba de menos! Estar en esos momentos conversando de nuevo con ella era más fascinante de lo que había imaginado. Me alegró observar los cambios que se habían operado en ella: había desaparecido por completo su acento francés y casi parecía inglesa, debido a los largos años que había permanecido estudiando en el extranjero. Buena parte de esos años los había pasado junto a mí en Inglaterra.

—Sabes que Louis te vio —dije suavemente—. Él me envió para que te pidiera este favor. ¿Sabes que se percató de que poseías ciertos poderes al observar tu mirada?

Merrick no respondió.

—«He visto a una auténtica bruja», me dijo cuando vino a verme. «No le inspiré el menor temor. Me dijo que si no la dejaba tranquila invocaría a los muertos para defenderse.»

—Es cierto —respondió Merrick, bajando la voz y

mirándome con expresión muy seria—. Se cruzó en mi camino, por así decir —añadió con gesto pensativo—. Pero he visto a Louis de Pointe du Lac en muchas ocasiones. Yo era una niña cuando lo vi por primera vez, y ahora tú y yo hablamos de esto por primera vez.

No salía de mi asombro. Debí imaginar que Merrick iba a sorprenderme.

Sentía una inmensa admiración por ella. No podía ocultarlo. Me encantaba la sencillez de su atuendo, su blusa blanca de algodón de manga corta, con un escote redondo, y el collar de cuentas negras que lucía.

Al contemplar sus ojos verdes, de pronto me sentí avergonzado por lo que había hecho, por aparecer ante ella. Louis no me había obligado a ir a hablar con ella. Lo hice porque quise. Pero no quiero iniciar este relato haciendo hincapié en la sensación de vergüenza que experimenté en aquellos momentos.

Diré tan sólo que habíamos sido algo más que meros colegas en Talamasca. Habíamos sido mentor y discípula, en cierta ocasión casi amantes, durante poco tiempo, demasiado poco.

Había acudido a nosotros de niña, un miembro díscolo del clan de los Mayfair, de una rama afroamericana de esa familia, descendiente de unas brujas blancas a quienes apenas conocía, una mulata de piel clara de excepcional belleza, una chiquilla descalza que se había presentado en la casa matriz de Luisiana, diciendo: «He oído hablar de ustedes, los necesito. Veo cosas. Hablo con los muertos.»

Calculé que habían transcurrido más de veinte años desde aquel día.

Yo era el Superior de la Orden, instalado en la vida de un respetable administrador, gozando de todas las comodidades y desventajas de la rutina. Una llamada telefónica me había despertado en plena noche. Era de mi amigo y colega, Aaron Lightner.

—David —me había dicho—, debes venir a verla. Es increíble. Una bruja dotada de unos poderes que no tengo palabras para describir. Tienes que venir, David...

En aquellos días no había nadie a quien yo respetara más profundamente que a Aaron Lightner. He amado a tres seres a lo largo de toda mi existencia, como ser humano y como vampiro. Aaron Lightner era uno de ellos. Otro era, y sigue siéndolo, el vampiro Lestat, quien había obrado prodigios en mí con su amor, y había destruido mi vida mortal para siempre. El vampiro Lestat me había hecho inmortal y me había procurado una fuerza increíble, convirtiéndome en un ser excepcional entre los vampiros.

Y mi tercer amor: Merrick Mayfair, aunque yo había hecho todo lo posible por olvidarla.

Pero estamos hablando de Aaron, mi viejo amigo Aaron, con su pelo blanco ondulado, sus ojos grises y perspicaces y su afición a los trajes de mil rayas azules y blancas. Estamos hablando de ella, de la niña que en aquella época era Merrick, tan exótica como la lujuriante flora tropical de su país natal.

—De acuerdo, mi buen amigo, iré, ¿pero no podrías haberme llamado por la mañana?

Recordaba mi tono adusto y la risa campechana de Aaron.

—Pero hombre, David ¿qué te ha pasado? —respondió él—. No me digas lo que haces en estos momentos. Yo te lo diré. Te has quedado dormido leyendo un libro del siglo XIX sobre fantasmas, una lectura evocadora y reconfortante. Deja que lo adivine. La autora es Sabine Baring-Gould. Hace seis meses que no sales de la casa matriz, ¿me equivoco? Ni siquiera para asistir a un almuerzo en la ciudad. No lo niegues, David, vives como si tu vida hubiera concluido.

Me eché a reír. Aaron hablaba con voz suave. Yo no leía a Sabine Baring-Gould, pero podía haberlo hecho. Creo que se trataba de un relato sobrenatural por Algernon Blackwood. Aaron tenía razón: hacía seis meses que no salía de estos sacrosantos muros.

—¿Qué ha sido de tu pasión, David, de tu dedicación? —había insistido Aaron—. Esta niña es una bruja, David. ¿Crees que utilizo esta palabra a la ligera? Olvida por un momento el nombre de esa familia, todos los conocemos. Esta chiquilla asombraría incluso a los Mayfair, aunque si de mí dependiera, no los conocería nunca. Te aseguro, David, que esta niña es capaz de invocar a los espíritus. Abre la Biblia por la página del Libro de Samuel. Es la pitonisa de En-Dor. Te muestras tan quisquilloso como el espíritu dc Samuel cuando la bruja le despierta de su sueño. Levántate de la cama y cruza el Atlántico. Te necesito aquí, ahora.

La pitonisa de En-Dor. No necesitaba consultar la Biblia. Todos los miembros de Talamasca conocían de sobra esa historia.

El rey Saúl, temeroso del poder de los filisteos, acude antes de la fatídica batalla a «una mujer evocadora de muertos» y le pide que resucite al profeta Samuel. «¿Por qué me has turbado, evocándome?», pregunta el fantasmagórico profeta, y acto seguido predice que el rey Saúl y sus dos hijos morirán al día siguiente y se reunirán con él.

La pitonisa de En-Dor. Así he considerado siempre a Merrick, pese a la estrecha relación que mantuvimos más adelante. Era Merrick Mayfair, la pitonisa de En-Dor. A veces, en los memorandos semioficiales, me dirigía a ella por ese nombre, y a menudo en las breves notas que le escribía.

Al principio me pareció una chiquilla tierna y maravillosa. Obedeciendo las órdenes de Aaron, hice el equipaje, volé a Luisiana y puse los pies por primera vez en Oak Haven, la espléndida plantación que se había convertido en nuestro refugio en Nueva Orleans, en el viejo camino de River Road.

Fue un acontecimiento como de ensueño. En el avión había repasado el Antiguo Testamento: los hijos del rey Saúl habían muerto en el campo de batalla. Saúl había caído sobre su espada. ¿Era yo supersticioso? Había dedicado mi vida a la Orden de Talamasca, pero incluso antes de aprobar mi período de aprendizaje había visto e invocado espíritus por mi cuenta. No eran fantasmas, por supuesto. Eran unos seres anónimos, incorpóreos, que se aparecían ante mí al invocar nombres y ritos de la magia brasileña del candomblé, en la que me había sumergido temerariamente en mi juventud.

Pero dejé que ese poder se enfriara en mi interior a medida que los estudios y mi devoción a otros reclamaban mi atención. Había abandonado los misterios de Brasil por el mundo no menos prodigioso compuesto de archivos, reliquias, bibliotecas, organización e intendencia, atrayendo a otros que reverenciaban nuestros métodos y nuestra discreción. La Orden de Talamasca era vasta y antigua, y acogía a sus miembros con infinito amor. En aquella época ni siquiera Aaron conocía mis viejos poderes, aunque muchas mentes estaban abiertas a su sensibilidad psíquica. Yo enseguida descubriría si aquella niña era lo que parecía ser o un fraude.

Cuando llegamos a la casa matriz estaba lloviendo. Enfilamos la larga y embarrada avenida flanqueada por robles gigantescos que conducía desde la carretera del dique hasta la inmensa puerta de doble hoja. Qué verde era aquel paisaje incluso en la oscuridad; las retorcidas ramas de los robles se hundían en la alta hierba. Creo recordar que los largos tallos grises del musgo negro rozaban el techo del coche.

Aquella noche se había producido un corte de luz debido a la tormenta, según me dijeron.

—Confiere a las cosas un aire encantador —había comentado Aaron al saludarme. En aquella época ya tenía el pelo canoso, que le daba el aspecto de un consumado caballero de edad venerable, con un carácter eternamente jovial, casi dulce—. Te permite contemplarlas tal como eran antiguamente, ¿no te parece?

Las grandes estancias rectangulares estaban iluminadas sólo con quinqués y velas. Al aproximarnos, vislumbré el resplandor titilante a través del montante de abanico sobre la puerta. El viento agitaba unas linternas colocadas en las grandes galerías de la primera y segunda planta que rodeaban la enorme mansión rectangular.

Antes de entrar me detuve, a pesar del chaparrón que caía, para observar la maravillosa mansión tropical, impresionado por sus sobrios pilares. Antiguamente estaba rodeada por unos campos de caña de azúcar que se extendían a lo largo de muchos kilómetros; detrás de la casa, más allá de los macizos de flores, había unos destartalados cobertizos cuyo color se distinguía vagamente a través de la lluvia, en los que antaño se alojaban los esclavos.

Merrick se acercó descalza a saludarme, ataviada con un vestido de color lavanda estampado con flores rosas. No tenía el aspecto de una bruja.

Sus ojos eran tan misteriosos como si los llevara perfilados con el *khol* negro de una princesa hindú para realzar su color. Se veía el verde del iris y el círculo oscuro que lo circundaba, así como la pupila negra en su interior. Unos ojos maravillosos que destacaban contra su cremosa piel tostada. Llevaba el pelo peinado hacia atrás, mostrando la frente, y sus manos delgadas descansaban a los costados. En aquellos primeros momentos había demostrado un gran aplomo.

—David Talbot —había dicho con tono casi ceremonioso. La seguridad que denotaba su voz suave me había cautivado.

No habían logrado quitarle la costumbre de andar descalza. Resultaban muy seductores aquellos pies desnudos caminando sobre la alfombra de lana. Supuse que se había criado en el campo, pero no, me informaron que había crecido en un viejo y desvencijado barrio de Nueva Orleans donde no había aceras y las casas estaban a punto de desmoronarse de viejas y abandonadas, y las florecidas y venenosas adelfas eran tan altas como los árboles.

Merrick había vivido allí con su madrina, Gran Nananne, la bruja que le había enseñado todo lo que sabía. Su madre, una poderosa vidente, que yo sólo conocía por el misterioso nombre de Sandra la Fría, se había enamorado de un explorador. La niña no recordaba a su padre. No había asistido a una escuela normal y corriente.

—Merrick Mayfair —dije afectuosamente, abrazándola.

Era alta para sus catorce años, con unos pechos maravillosamente modelados debajo de su sencillo vestido de algodón; el pelo, seco y suave, le caía por la espalda. Cualquier observador de fuera de esta parte del sur tan singular, donde la historia de los esclavos y sus descendientes libres es pródiga en complejas alianzas y aventuras eróticas, la habría tomado por una belleza española. Pero un nativo de Nueva Orleans enseguida habría advertido al contemplar su hermosa tez color café con leche que corría sangre africana por sus venas.

Al verter la nata en el espeso café de achicoria que me ofrecieron, comprendí esas palabras.

—Todos mis parientes son de color —dijo Merrick con su característico acento francés—. Los que pasan por blancos se trasladan al norte. Siempre ha ocurrido así. No quieren que Gran Nananne vaya a visitarlos. No quieren que nadie sepa que estamos emparentados con ellos. Yo podría pasar por blanca. Pero ¿y la familia? ¿Y todo lo que me han legado? Jamás abandonaré a Gran Nananne. He venido aquí porque ella me dijo que viniera.

Aquella criatura menuda, sentada en la espaciosa butaca de cuero color sangre de buey, que lucía una fina y atractiva cadena de oro en torno al tobillo, y otra con un pequeño crucifijo engarzado con brillantes alrededor el cuello, mostraba la desenvoltura de una mujer segura de sus dotes de seducción.

—¿Ve estas fotografías? —preguntó, invitándome a contemplarlas. Las llevaba en una caja de zapatos apoyada en el regazo—. No hay nada de brujería en ellas. Puede mirarlas tranquilamente.

Las dispuso sobre la mesa para que yo las contemplara. Eran unos daguerrotipos, unas imágenes extraordinariamente claras sobre cristal, montados en unos pequeños y gastados estuches de gutapercha, profusamente decorados con guirnaldas de flores o lianas, muchos de los cuales tenían un diminuto broche de oro y al cerrarlos parecían unos libritos.

—Son fotografías de unos parientes míos, tomadas en la década de 1840 —me explicó—. Las hizo uno de los nuestros. Era un renombrado retratista. Todos le querían. Dejó escritas unas historias. Se encuentran en una caja en el ático de casa de Gran Nananne, y están escritas con una letra preciosa.

Estaba sentada en el borde de la butaca, con las rodillas asomando por el bajo de su falda corta. Su cabellera formaba una inmensa masa de sombras a su espalda. El nacimiento del pelo enmarcaba exquisitamente su rostro y tenía la frente lisa y despejada. Aunque no era una noche excesivamente fría habían encendido la chimenea, y la habitación, con sus estanterías de libros y su ecléctica colección de esculturas griegas, exhalaba un agradable perfume y resultaba acogedora, el lugar ideal para realizar un conjuro.

Aaron observaba a Merrick con orgullo, pero con evidente preocupación.

—Mire, éstos son mis parientes más antiguos. —Parecía que estuviera disponiendo unos naipes sobre la mesa. Los destellos de sombras creaban unos hermosos dibujos sobre su rostro ovalado y sus pronunciados pómulos—. Estaban muy unidos. Pero, como ya le he dicho, los que pasaban por blancos se marcharon hace tiempo. No comprendo cómo fueron capaces de renunciar a nuestro legado, a nuestra historia. Fíjese en esa mujer.

Examiné la pequeña fotografía que relucía bajo la luz del quinqué.

—Es Lucy Nancy Marie Mayfair, hija de un hombre blanco, pero no conocemos muchos detalles sobre él. Siempre había hombres blancos. Todos los hombres eran blancos. Esas mujeres estaban dispuestas a todo con tal de atrapar a un hombre blanco. Mi madre se marchó a Suramérica con un hombre blanco. Yo fui con ellos. Me acuerdo de las selvas. —Merrick dudó unos instantes, quizá para captar algunos fragmentos de mis pensamientos o simplemente para observar la expresión de adoración que reflejaba mi rostro.

Nunca olvidaré mis primeros años de explorador en la Amazonia. Supongo que no quería olvidarlos, aunque nada me hacía más dolorosamente consciente de mi avanzada edad que pensar en aquellas aventuras armado con un rifle y una cámara, viviendo en la parte inferior del mundo. En aquel entonces jamás soñé que un día regresaría con ella a aquellas selvas ignotas.

Contemplé de nuevo los viejos daguerrotipos de cristal. Ninguna de aquellas personas tenía un aspecto menesteroso: posaban luciendo sombreros de copa y amplias faldas de raso sobre el fondo del estudio compuesto por cortinajes de terciopelo y plantas exuberantes. Me llamó la atención una joven, tan guapa como era Merrick ahora, sentada muy derecha y modosita, en una silla gótica de respaldo elevado. ¿Cómo explicar la asombrosa y evidente presencia de sangre africana en la mayoría de ellos? En algunos era tan sólo un brillo inusitado en los ojos, enmarcados por unos rasgos caucásicos, pero resultaba inconfundible.

—Mire, ésta es la mayor —dijo Merrick—. Angelique Marybelle Mayfair.

Una matrona de porte majestuoso, peinada con la raya al medio, luciendo un suntuoso chal que le cubría los hombros y las anchas mangas. En las manos sostenía unos anteojos, apenas visibles, y un abanico cerrado.

—Es la fotografía más antigua y más bonita que tengo. Era una bruja secreta, según me han dicho. Hay brujas secretas, y otras que la gente acude a visitar. Ella era secreta, pero muy inteligente. Dicen que fue la amante de un Mayfair blanco que vivía en el Garden District, sobrino suyo. Yo desciendo de ella y de él. Era el tío Julien. Dejaba que sus primos de color le llamaran tío Julien, en lugar de monsieur Julien, como les habrían exigido otros hombres blancos.

Aaron intentó disimular su tensión. Quizá podía ocultársela a ella, pero a mí no.

De modo que no habían dicho nada a Merrick sobre aquella peligrosa familia Mayfair. No le habían hablado de los terribles Mayfair de Garden District, una tribu dotada de poderes sobrenaturales, a quienes él había investigado durante años. Nuestros archivos sobre los Mayfair se remontaban a varios siglos atrás. Algunos miembros de nuestra Orden habían muerto a manos de las Brujas de Mayfair, como solíamos llamarlas. Pero aquella niña no debía enterarse a través de nosotros, según comprendí de pronto, hasta que Aaron decidiera que tal intervención sería beneficiosa para ambas partes y no causaría ningún daño.

Pero ese momento no llegó nunca. La vida de Merrick estaba totalmente aislada de la de los Mayfair blancos. Estos folios que escribo ahora no contienen nada relacionado con la historia de esa gente.

Pero aquella remota tarde, Aaron y yo tratamos desesperadamente de dejar nuestras mentes en blanco para la brujita que estaba sentada ante nosotros.

No recuerdo si Merrick alzó la vista para mirarnos antes de proseguir.

—Aún viven unos Mayfair en la casa de Garden District —dijo con toda naturalidad—, unas gentes blancas que nunca tuvieron tratos con nosotros, salvo a través de sus abogados —agregó con una significativa sonrisa, como suele hacer la gente al referirse a sus abogados.

»Los abogados regresaban a la ciudad con el dinero —dijo meneando la cabeza—. Algunos de esos abogados eran Mayfair. Los abogados enviaron a Angelique Marybelle Mayfair al norte, a una prestigiosa escuela, pero ella regresó a casa para vivir y morir aquí. No quiero saber nada de esos blancos.

Después de ese comentario, y tras una breve pausa, prosiguió:

—Pero Gran Nananne habla sobre el tío Julien como si viviera aún, y recuerdo que de niña siempre oí decir a todos que el tío Julien era un hombre bondadoso. Conocía a todos sus parientes de color, y decían que era capaz de matar a sus enemigos o a los tuyos con una simple mirada. Era un auténtico *houn'gan*. Más adelante les contaré más cosas de él.

De improviso, Merrick miró a Aaron y éste rehuyó su mirada, casi tímidamente. Me pregunté si la niña había visto el futuro, que el archivo de Talamasca sobre las Brujas de Mayfair iba a devorar la vida de Aaron como el vampiro Lestat había devorado la mía.

Me pregunté qué pensaría Merrick sobre la muerte de Aaron en esos momentos, mientras estábamos sentados a la mesa del café y yo charlaba con tono quedo con la mujer hermosa y bien conservada en que se había convertido aquella chiquilla.

El frágil y anciano camarero le trajo la botella de cuarto de litro de ron que ella había pedido, el ron St. James de Martinica, oscuro. Percibí el fuerte aroma del licor mientras llenaba el pequeño y pesado vaso octogonal. En mi memoria se agolpaban los recuerdos. No el principio de mi relación con ella, sino los de otras épocas.

Apuró el licor como imaginé que haría, como recordaba que solía hacer, como si fuera agua. El camarero regresó a su escondite con paso cansino. Merrick tomó la botella antes de que yo pudiera servirle y rellenó el vaso.

—¿Recuerdas la de copas de ron que nos tomamos juntos? —preguntó, medio sonriendo. Estaba tensa, en guardia—. Por supuesto que lo recuerdas —dijo—. Me refiero a aquellas noches fugaces en la selva. Llevas razón al decir que el vampiro es un monstruo humano. Tú mismo sigues siendo muy humano. Lo veo en tu expresión, en tus gestos. En cuanto a tu cuerpo, es completamente humano. No hay ningún indicio...

—Hay muchos indicios —le contradije—, que irás observando con el paso del tiempo. Empezarás a inquietarte, luego sentirás miedo y al final acabarás acostumbrándote. Créeme, lo sé muy bien.

Merrick arqueó las cejas, pero no replicó. Bebió otro trago de ron e imaginé lo delicioso que le debía de parecer. Sabía que no lo bebía todos los días, y cuando lo hacía lo saboreaba al máximo.

—Cuántos recuerdos, mi bella Merrick —musité. Comprendí que era imprescindible no ceder a ellos, concentrarme en los que protegían su inocencia y me recordaban la sagrada misión que me había sido encomendada.

Aaron la había amado hasta el fin de su existencia, aunque rara vez me había hablado de ello. ¿Qué había averiguado Merrick sobre el trágico e imprevisto accidente de carretera que le había costado la vida a Aaron, en el que el conductor se había dado a la fuga? En aquel entonces yo ya había abandonado la Orden de Talamasca, donde había permanecido bajo la tutela de Aaron, y la vida terrenal.

Pensar que Aaron y yo habíamos vivido una existencia mortal tan prolongada como intelectuales... Nada hacía sospechar que pudiera sucedernos una desgracia. ¿Quién iba a imaginar que nuestros trabajos de investigación nos harían caer en una trampa y alterarían drásticamente el curso de nuestro destino, poniendo fin a nuestros largos años de dedicación? ¿Pero acaso no le había ocurrido lo mismo a otro miembro leal de Talamasca, mi querida alumna Jesse Reeves?

En aquel tiempo, cuando Merrick era una niña seductora de tez morena y yo el maravillado Superior de la Orden, no imaginé que los pocos años que me restaban de vida me reservaban una sorpresa mayúscula.

La historia de Jesse debió de hacerme escarmentar. Jesse Reeves me envió una última carta, plagada de eufemismos, que no tenía ningún valor para nadie salvo para mí, comunicándome que no volveríamos a vernos. No interpreté el destino de Jesse como una advertencia. En aquellos momentos sólo pensé que Jesse Reeves era demasiado joven para dedicarse a los estudios intensivos de un vampiro.

Pero eso era agua pasada. No quedaba rastro del dolor que había sentido entonces. No quedaba nada de aquellos errores. Mi vida mortal había sido destruida, mi alma había ascendido hacia los cielos para luego descender a los infiernos; mi vida de vampiro había borrado todos los pequeños logros y consuelos del hombre que yo había sido anteriormente. Jesse estaba entre nosotros y yo conocía sus secretos, y al mismo tiempo sabía que siempre estaría lejos de mí.

Lo que importaba ahora era el fantasma que Jesse tan sólo había vislumbrado durante sus investigaciones, la historia de fantasmas que obsesionaba a Louis, y la extraña petición que yo acababa de hacer a mi amada Merrick, rogándole que utilizara sus excepcionales poderes para invocar al fantasma de Claudia.

2

Mientras permanecíamos sentados en el apacible café, Merrick bebió otro trago de ron. Saboreé el momento en que alzó la vista y recorrió lentamente con los ojos la polvorienta habitación.

Evoqué de nuevo aquella lejana noche en Oak Haven, cuando la lluvia batía contra las ventanas. El aire era cálido y estaba saturado del olor de los quinqués y del fuego que ardía en la chimenea. La primavera estaba en puertas pero la tormenta había refrescado el ambiente. Merrick nos había hablado de la familia de blancos llamada Mayfair, de quien dijo que apenas sabía nada.

—Ninguno de nosotros con un mínimo sentido común habríamos hecho eso —continuó—, acudir a esos primos blancos confiando en que nos ayudarían por el mero hecho de ser parientes nuestros —afirmó, como si quisiera zanjar el asunto—. Jamás se me habría ocurrido ir a ver a unos blancos para decirles que estaba emparentada con ellos.

Aaron me había mirado. Por más que sus ojos grises y perspicaces se afanaban en ocultar su más tierna emoción, yo sabía que quería que yo respondiera.

—No es necesario, hija mía —dije—. Desde ahora en adelante serás una de nosotros, si lo deseas. Nosotros somos tus parientes. Ya está decidido. Ésta será siempre tu casa. Sólo tú podrás cambiar las cosas, si lo deseas.

Al decir eso, sentí un pequeño escalofrío. Pero esas palabras me habían producido gran placer.

—Siempre velaremos por ti —recalqué. Sentí deseos de besarla pero era demasiado joven y bonita, con sus pies desnudos sobre la alfombra floreada y sus pechos desnudos debajo de su vestido de algodón.

Merrick no había respondido.

—Todas esas personas parecen caballeros y damas —había comentado Aaron al contemplar los daguerrotipos—. Estos pequeños retratos están en un excelente estado de conservación —había añadido con un suspiro—. El invento de la daguerrotipia en la década de 1840 debió de constituir un prodigio.

—Mi tío abuelo escribió sobre ese importante acontecimiento —había respondido Merrick—. No sé si esas páginas son todavía legibles. Estaban muy arrugadas cuando Gran Nananne me las enseñó. Pero como les he dicho, él mismo hizo estas fotografías. Miren, estas imágenes sobre estaño también las tomó él. —Exhaló un suspiro que denotaba el cansancio de una mujer madura, como si hubiera vivido en esa época—. Murió a una edad muy avanzada, según dicen, con la casa llena de fotografías, antes de que sus sobrinos blancos se presentaran y las rompieran todas..., pero dejemos eso para más adelante.

Me sentí escandalizado y turbado por esa revelación, incapaz de justificarla. ¡Destruir unos daguerrotipos! ¡Unos rostros perdidos para siempre! Merrick había seguido hablando, sacando de su caja de tesoros otros diminutos rectángulos de estaño, muchos de ellos todavía sin enmarcar.

—A veces, cuando abro unas cajas que hay en la habitación de Gran Nananne, no veo sino restos de papel. Como si se lo hubieran comido las ratas. Gran Nananne dice que las ratas se comen el dinero y por eso hay que guardarlo en una caja de hierro. El hierro es mágico, ¿saben? Las hermanas, me refiero a las monjas, lo ignoran. Por eso, según dice la Biblia, no podías hacer una pala de hierro, porque el hierro era poderoso y no podías colocar una pala de hierro sobre los ladrillos del templo del Señor, ni entonces ni ahora.

Su razonamiento me chocó, por más que era técnicamente correcto.

—Hierro y palas —había proseguido Merrick con tono pensativo—. Se remonta a muchos años. El rey de Babilonia sostenía en la mano una pala con la que depositó los ladrillos del templo. Y los masones conservan ese concepto en su orden, y en el billete de un dólar aparece la pirámide de ladrillos destruida.

Me sorprendió la facilidad con que trataba esos conceptos tan complejos. Me pregunté qué experiencias habría vivido. ¿Qué tipo de mujer llegaría a ser?

Recuerdo que Merrick me miraba fijamente mientras pronunciaba esas palabras, quizá para calibrar mi reacción, y de pronto comprendí que necesitaba hablar de las cosas que le habían enseñado, las cosas que pensaba, las cosas de las que había oído hablar.

—¿Por qué son tan buenos conmigo? —preguntó, escrutando mi rostro atentamente—. Comprendo que los sacerdotes y las monjas se porten bien con nosotros. Nos traen comida y ropa. Pero ¿por qué lo hacen ustedes? ¿Por qué me han franqueado la entrada y me han dado una habitación? ¿Por qué me dejan hacer lo que quiero? Me paso todos los sábados mirando revistas y escuchando la radio. ¿Por qué me dan de comer e insisten en que lleve zapatos?

—Hija mía —había respondido Aaron—, somos casi tan viejos como la Iglesia católica. Somos tan viejos como las órdenes de hermanas y de sacerdotes que os visitaban. Sí, más viejos que la mayoría de todos ellos.

Pero ella no estaba convencida y buscaba una explicación.

—Tenemos nuestras creencias y tradiciones —dije yo—. Abunda la maldad, la avaricia, la corrupción, el egoísmo. Lo raro es amar. Nosotros amamos.

Yo gozaba con lo que nos proponíamos, con nuestra entrega, con el hecho de que fuéramos los inviolables miembros de Talamasca, que nos ocupáramos de los marginados, que diéramos albergue al hechicero y al vidente, que hubiéramos salvado a brujas de la hoguera y hubiéramos tendido la mano a espíritus errantes, sí, incluso a los espíritus que infunden terror a otros. Llevábamos haciéndolo desde hacía más de mil años.

—Pero esos pequeños tesoros, tu familia, tu patrimonio —me había apresurado a explicar—, son importantes para nosotros porque lo son para ti. Y siempre serán tuyos.

Merrick había asentido con la cabeza. Yo había dado en la diana.

—Mi tarjeta de visita es la brujería, señor Talbot —había respondido la niña con expresión astuta—, pero todo esto me acompaña siempre.

Observé complacido el efímero entusiasmo que había iluminado su cara.

Y ahora, al cabo de unos veinte años, yo había cometido una falta intolerable, había ido en su busca y, al comprobar que su vieja casa en Nueva Orleans estaba desierta, había ido a espiarla a Oak Haven, había subido a las amplias galerías superiores de la mansión como un vampiro de pacotilla, me había asomado a su dormitorio hasta que ella se había incorporado en la cama y había pronunciado mi nombre en la oscuridad,

Le había jugado una mala pasada, y lo sabía, lo cual me excitaba. La necesitaba, era un egoísta, y la echaba de menos, lisa y llanamente.

Hacía una semana le había escrito una carta.

Solo, en la casa de la Rue Royale, le había escrito una nota de mi puño y letra en un estilo que no había cambiado con el tiempo:

> Querida Merrick:
>
> Sí, el que viste en el porche frente a tu habitación era yo. No quise asustarte, sino solazarme mirándote, jugando a ser tu ángel tutelar, te confieso, y espero que me perdones, mientras te contemplaba a través de la ventana durante buena parte de la noche.
>
> Deseo hacerte una petición, desde el fondo de mi alma. No puedo decirte de qué se trata en esta carta. Sólo te pido que te reúnas conmigo en un lugar público, donde te sientas segura, un lugar que tú misma puedes elegir. Contesta a este apartado de correos y te responderé de inmediato. Perdóname, Merrick. Si informas de esta misiva a los Ancianos o al Superior, puedes estar segura de que te prohibirán verme. Te ruego que me concedas unos momentos para hablar contigo antes de que des ese paso.
>
> Tuyo siempre en Talamasca,
>
> DAVID TALBOT

Qué atrevimiento y egoísmo por mi parte haber escrito esa nota y haberla echado en el buzón de hierro junto al camino de acceso a la casa, poco antes del alba.

Merrick me había contestado a vuelta de correo con una nota fascinante en sus detalles, rebosante de un afecto inmerecido.

> Ardo en deseos de hablar contigo. Te aseguro que, a pesar de la impresión que pueda producirme nuestro reencuentro, te busco en el misterio, David, a quien siempre he amado. Tú fuiste mi padre cuando te necesité, y mi amigo leal. Te he vislumbrado algunas veces desde tu metamorfosis, quizás en más ocasiones de las que imaginas.
>
> Estoy enterada de lo que te ocurrió. Sé con quiénes estás viviendo. El Café del León. En la Rue Ste. Anne. ¿Lo recuerdas? Hace años, antes de que partiéramos para Centroamérica, almorzamos allí un día. Esas selvas impenetrables te inspiraban un gran respeto. ¿Recuerdas cómo discutimos? Creo que utilicé mis artes de bruja para convencerte. Siempre supuse que lo sabías. Acudiré durante varios días seguidos al atardecer confiando en encontrarte allí.

Había firmado la nota tal como yo había firmado la mía: «Tuya siempre en Talamasca.»

Yo había antepuesto mi persona al amor que sentía por Merrick y a mi deber para con ella. En cierto modo me sentí aliviado de haber cumplido con mi misión.

En aquella época, cuando Merrick había acudido a nosotros, desvalida, en una noche tormentosa, semejante tropelía habría sido impensable. Yo tenía el deber de proteger a aquella chiquilla huérfana que se había presentado de improviso, voluntariamente, en nuestra casa.

—Nuestros motivos son los mismos que los tuyos —le había dicho Aaron sin rodeos aquella larga noche en Oak Haven. Luego había alzado con ambas manos su suave cabellera castaña para retirarle unos mechones del rostro, como si fuera su hermano mayor—. Queremos preservar nuestros conocimientos. Queremos salvar la Historia. Queremos estudiar y confiamos en comprender.

Tras estas palabras, Aaron había suspirado quedamente, un gesto raro en él.

—Sí, hemos oído hablar de tus primos blancos, los Mayfair de Garden District, como tú los llamas, justamente —le había confesado Aaron, lo cual me sorprendió—, pero nosotros guardamos nuestros secretos, a menos que el deber nos obligue a revelarlos. ¿Qué sabes de su larga historia? Sus vidas están entrelazadas como trepadoras espinosas que rodean un árbol por completo. Esperemos que tu vida no tenga nunca nada que ver con esa lucha feroz. Lo que nos interesa en estos momentos es ayudarte. No hablo en vano cuando te digo que siempre puedes confiar en nosotros. Tú eres, como ha dicho David, una de nosotros.

Merrick había meditado sobre esas palabras. No había sido fácil para ella aceptar esto, estaba demasiado acostumbrada a vivir sola con Gran Nananne, pero algo poderoso le había indicado que podía fiarse de nosotros antes de presentarse allí.

—Gran Nananne confía en ustedes —había dicho, como si yo se lo hubiera preguntado—. Gran Nananne dijo que debía acudir a ustedes. Después de uno de sus frecuentes sueños, Gran Nananne se despertó antes del alba e hizo sonar la campanita para llamarme. Yo dormía en el porche cubierto con una mosquitera, y al entrar en su habitación la encontré levantada, vestida con su camisón blanco de franela. Como es muy friolera, siempre se pone camisones de franela, incluso las noches en que hace un calor sofocante. Me dijo que me sentara y escuchara lo que había soñado.

—Cuéntamelo, niña —le había rogado Aaron. ¿Es que no habían hablado del tema antes de que yo llegara?

—Gran Nananne soñó con el señor Lightner, con usted —respondió Merrick, mirando a Aaron—. En el sueño usted aparecía junto con el tío Julien, el tío Julien blanco del clan Mayfair. Ambos se habían sentado junto a su lecho.

»El tío Julien le contó unos chistes y unas historias y dijo que se alegraba de aparecer en su sueño. Eso fue lo que me dijo mi madrina. El tío Julien dijo que yo debía venir a verlo a usted, señor Lightner, y que el señor Talbot se reuniría con nosotros. El tío Julien le habló en francés y usted estaba sentado en la silla con el respaldo de mimbre, sonriendo y asintiendo con la cabeza. Usted le llevó a Gran Nananne una taza de café con nata tal como le gusta a ella, con media taza de azúcar y una de sus cucharitas de plata favoritas. En sus sueños, y fuera de ellos, Gran Nananne posee un millar de cucharitas.

La niña continuó relatando el sueño:

—Ambos se sentaron en el lecho, sobre la mejor colcha de Gran Nananne, a su lado. Ella lucía sus mejores sortijas, que ya no se pone nunca, y ustedes le dijeron en su sueño: «Envíanos a la pequeña Merrick», asegurándole que cuidarían de mí, y le dijeron que iba a morir.

Aaron, que no había oído este extraño relato, parecía muy impresionado y sorprendido.

—Debió de ser el tío Julien quien dijo eso a Gran Nananne en su sueño —respondió Aaron con tono afectuoso—. ¿Cómo iba a conocer yo ese secreto?

Recuerdo su protesta, porque no era muy propio de

Aaron reconocer que ignoraba algo y hacer hincapié en ello.

—No, no, se lo dijo usted —insistió la niña, que parecía talmente un hada—. Le dijo el día de la semana y la hora en que moriría, pero aún no ha sucedido. —Merrick se puso a mirar de nuevo las fotografías con expresión pensativa—. No se preocupe. Yo lo sabré cuando vaya a ocurrir. —Su rostro se llenó de pronto de tristeza—. No puedo retenerla para siempre junto a mí. *Les mystères* no esperan.

Les mystères. ¿Se refería a sus antepasados, a los dioses del vudú o simplemente a los secretos del destino? Era imposible adivinar sus pensamientos.

—San Pedro la estará esperando —había murmurado Merrick, al tiempo que su visible tristeza se ocultaba detrás de su expresión serena.

De improviso me había mirado, sonriendo y mostrando su blanca dentadura, y había murmurado algo en francés. Papá Legba, dios de la encrucijada en vudú, que podía ser representado por una figura de san Pedro con los ojos dirigidos al cielo.

Yo observé que Aaron no se atrevía a interrogarla más a fondo sobre el asunto del papel que él había representado en el sueño, en la fecha de la muerte inminente de Gran Nananne. No obstante, asintió repetidas veces y volvió a alzar con ambas manos el cabello de la húmeda nuca de Merrick, donde tenía unos mechones rebeldes adheridos a su piel suave y cremosa.

Aaron la había contemplado con auténtica estupefacción mientras ella proseguía con la historia.

—Inmediatamente después del sueño apareció un anciano de color que conducía una camioneta, para trasladarme aquí. «No necesitas maleta, ven tal cual», me dijo. Así que subí a la camioneta y el hombre me condujo aquí, sin despegar los labios en todo el rato, escuchando unos viejos blues en una emisora de radio y fumándose un cigarrillo tras otro. Gran Nananne sabía que se trataba de Oak Haven porque el señor Lightner se lo había dicho en el sueño...

»Gran Nananne recordaba el Oak Haven de los viejos tiempos, cuando era otro tipo de mansión, con un nombre distinto. El tío Julien le dijo muchas otras cosas, pero ella no me las contó. Me dijo: "Ve con los de Talamasca; es lo mejor para ti. Ellos te cuidarán y podrás desarrollar tus poderes."

«Podrás desarrollar tus poderes.» Aquellas palabras me produjeron un escalofrío. Recuerdo la expresión de tristeza de Aaron, que se limitó a menear brevemente la cabeza. No hagas que se preocupe ahora, pensé yo, pero la niña no mostraba señal alguna de sentirse preocupada.

Yo recordaba al tío Julien de los célebres Mayfair. Había leído numerosos capítulos de la carrera de aquel poderoso hechicero y vidente, el único varón de aquella extraña familia que se había enfrentado a la voluntad de un espíritu masculino y sus brujas femeninas a lo largo de muchos cientos de años. El tío Julien, mentor, loco, impertinente, leyenda, padre de brujas... Y la niña había dicho que descendía de él.

Debía de poseer unas potentes dotes de hechicero, pero el tío Julien había sido tema de los trabajos de investigación de Aaron, no mío.

Merrick no había dejado de observarme mientras hablaba.

—No estoy acostumbrada a que la gente me crea —había dicho—, pero sí estoy acostumbrada a que la gente me tema.

—¿Por qué, niña? —le había preguntado yo. Lo cierto era que su extraordinaria desenvoltura y la fuerza de su mirada me infundían temor. ¿Qué era capaz de hacer? ¿Lo averiguaría yo alguna vez? Eso me dio que pensar aquella noche, pues no teníamos costumbre de animar a nuestros huérfanos a que dieran rienda suelta a sus peligrosos poderes; en ese aspecto, nos mostrábamos devotamente pasivos.

Tras dejar de lado mi indecorosa curiosidad, me había afanado en memorizar su aspecto, como solía hacer en aquella época, observando con gran atención cada rasgo de su rostro y su cuerpo.

Tenía un cuerpo maravillosamente moldeado, unos pechos muy seductores y unos rasgos faciales grandes, pero no se advertía el menor indicio de sangre africana: la boca, grande y bien perfilada; los ojos, también grandes y almendrados; la nariz larga; el cuello extraordinariamente airoso. Su rostro poseía una gran armonía, incluso cuando estaba absorta en sus pensamientos.

—Guarden los secretos de esos Mayfair blancos —nos dijo—. Quizás algún día podamos intercambiar secretos, ustedes y yo. No saben que estamos aquí. Gran Nananne dijo que el tío Julien murió antes de nacer ella. En el sueño, el tío Julien no dijo una palabra sobre los Mayfair blancos. Sólo dijo que yo debía venir aquí. Éstos son mis parientes —añadió Merrick indicando las fotografías—. Si hubiera tenido que acudir a ellos, Gran Nananne lo habría visto hace mucho. —La niña se detuvo, pensativa—. Hablemos de los viejos tiempos.

Dispuso amorosamente los daguerrotipos sobre la mesa de caoba. Los colocó en una ordenada hilera, limpiando con la mano las migas que había en la superficie de la mesa. Observé que había colocado las figuritas de las fotos boca abajo frente a ella, y boca arriba frente a Aaron y a mí.

—Algunos de mis parientes blancos vinieron aquí con el propósito de destruir los documentos —dijo Merrick—. Trataron de arrancar la hoja del registro parroquial donde consta que su bisabuela era de color. *Femme de couleur libre*, según consta en unos viejos archivos en francés.

»Imagínense, arrancar unas páginas de su historia, unas páginas del registro parroquial donde están inscritos todos los nacimientos, defunciones y matrimonios, sin querer averiguar su pasado. ¡Qué valor, presentarse en casa de mi tío bisabuelo y destruir esas fotografías, unas fotografías que merecen estar a buen recaudo en un lugar donde la gente pueda contemplarlas!

Merrick suspiró, como una mujer que se siente cansada, mientras contemplaba la vieja caja de zapatos donde guardaba sus trofeos.

—Ahora estas fotografías las tengo yo. Lo tengo todo, y estoy con ustedes, y ellos no podrán dar conmigo, no podrán destruir estos objetos.

A continuación metió de nuevo la mano en la caja de zapatos y sacó las *cartes de visites*, unas viejas fotografías pegadas sobre cartón tomadas en las últimas décadas del siglo. Observé las letras altas e inclinadas, escritas en los dorsos de las fotografías con tinta púrpura que se había desteñido, mientras ella las volvía de un lado y otro.

—Miren, éste es el tío Vervain —dijo.

Contemplé al joven delgado y bien parecido, moreno, con la piel atezada y los ojos claros como Merrick. Era un retrato de aire romántico.

El joven, vestido con un terno, posaba con el brazo apoyado sobre una columna negra delante de un cielo pintado. La fotografía presentaba un intenso color sepia. La sangre africana estaba claramente presente en la nariz y la boca del apuesto joven.

—Está fechada en 1920. —Merrick volvió la fotografía del revés y luego la depositó de nuevo boca arriba ante nosotros—. El tío Vervain era un doctor de vudú —dijo—. Lo conocí antes de que muriera. Yo era una niña, pero nunca lo olvidaré. Bailaba y escupía el ron entre los dientes sobre el altar. Todo el mundo le tenía un miedo cerval, se lo aseguro.

La niña rebuscó entre las fotografías hasta hallar la que buscaba.

—Fíjense en ésta —dijo, depositando otra vieja fotografía de un anciano de color, con el pelo canoso, sentado en una vistosa silla de madera—. Le llamaban el Anciano. Nunca le conocí por otro nombre. Regresó a Haití para estudiar magia y enseñó a Vervain todo lo que sabía. A veces tengo la impresión de que el tío Vervain me habla. A veces siento que está delante de nuestra casa, cuidando de Gran Nananne. En cierta ocasión vi al Anciano en un sueño.

Yo ardía en deseos de formularle unas preguntas, pero no era el momento oportuno.

—Miren, ésta es Justine la Guapa —dijo Merrick, depositando sobre la mesa la fotografía que más me había impresionado, un retrato de estudio pegado sobre cartón, montado en un grueso marco de cartón color sepia—. Todos temían a Justine la Guapa.

La joven era realmente muy guapa, con los pechos aplastados según la moda de los años veinte, el pelo muy corto, un cutis tostado precioso y unos ojos y una boca un tanto inexpresivos, o tal vez con un cierto toque de dolor.

Luego nos mostró unas instantáneas modernas, en papel delgado y con los bordes ondulados, producto de unas cámaras portátiles muy comunes en la época.

—Ésos eran sus hijos, los peores de todos —comento

Merrick señalando la foto en blanco y negro con los bordes ondulados—. Eran nietos de Justine la Guapa, de raza blanca, y vivían en Nueva York. Querían apoderarse de cualquier documento en el que constara que eran de color y romperlo en mil pedazos. Gran Nananne sabía lo que pretendían. No se dejó engañar por sus afables modales ni por el hecho de que me llevaran a tiendas elegantes del centro y me compraran ropa bonita. Todavía conservo esa ropa. Unos vestiditos que no llevaba ninguna niña de las que yo conocía y unos zapatos con las suelas intactas. Cuando se marcharon no nos dejaron sus señas. Mírenlos, fíjense en lo preocupados que aparecen en estas fotografías. Pero yo les jugué unas cuantas malas pasadas.

Aaron meneó la cabeza mientras examinaba los rostros tensos de aquellos jóvenes. Turbado por las fotografías, observé atentamente a aquella niña tan madura para su edad.

—¿Qué les hiciste, Merrick? —pregunté sin morderme la lengua, que habría sido lo más sensato.

—Leí sus secretos en las palmas de sus manos y les dije las cosas malas que siempre habían tratado de ocultar. No estuvo bien por mi parte, pero lo hice para que se fueran. Les dije que nuestra casa estaba llena de espíritus. Hice aparecer los espíritus. Miento, no hice que aparecieran. Los invoqué y ellos aparecieron tal como yo les había pedido. A Gran Nananne le pareció muy divertido. Ellos le pidieron que me obligara a dejar de hacer esas trastadas, pero Gran Nananne les contestó: «¿Qué os hace pensar que puedo conseguirlo?», como si yo fuera una especie de fiera a quien ella no pudiera controlar.

Merrick volvió a exhalar un pequeño suspiro.

—Gran Nananne se muere —dijo fijando en mí sus ojos verdes—. Dice que ya sólo quedo yo, que tengo que conservar estas cosas, sus libros, sus recortes de prensa. Miren estos recortes. Es un periódico tan viejo que el papel se rompe con facilidad. El señor Lightner me ayudará a conservar estas cosas —añadió mirando a Aaron—. ¿Por qué le infundo tanto miedo, señor Talbot? ¿No es usted lo suficientemente fuerte, o le parece que es malo ser una persona de color? Usted no es de aquí, es extranjero.

Miedo. ¿Lo sentía tan intensamente? La niña había hablado con autoridad, y yo había buscado la verdad en ella, pero me apresuré a salir en mi defensa y también en la suya.

—Lee mi corazón, niña —dije—. No creo que sea malo ser de color, aunque a veces, en algunos casos, he pensado que quizá traiga mala suerte. —Merrick arqueó levemente las cejas y yo proseguí, tal vez preocupado, pero sin miedo—: Estoy triste porque dices que no tienes a nadie, y al mismo tiempo estoy contento porque sé que nos tienes a nosotros.

—Eso fue lo que dijo Gran Nananne, más o menos —respondió Merrick. Por primera vez se dibujó una franca sonrisa en su boca ancha y carnosa.

Yo me había distraído, recordando las incomparables mujeres de piel tostada que había visto en la India, aunque ella era una maravilla compuesta de distintas tonalidades, el intenso caoba de su cabello y sus ojos claros tan visibles y significativos. Pensé de nuevo que a muchos aquella niña descalza con un vestido floreado les parecería exótica.

De pronto experimenté una sensación indeleble e irracional. Examiné los diversos rostros dispuestos sobre la mesa y tuve la impresión de que todos me miraban. Fue una impresión muy intensa. Las pequeñas fotografías habían cobrado vida.

Quizá se debía al resplandor del fuego y a los quinqués, pensé aturdido, pero no pude librarme de esa sensación; las figuritas estaban colocadas de forma que nos miraban a Aaron y a mí, como un hecho hábilmente deliberado, o en todo caso muy significativo, pensé mientras pasaba sin mayores sobresaltos de la sospecha a la apacible sensación de hallarme en presencia de un montón de muertos.

—Parece como si nos estuvieran mirando —recuerdo que comentó Aaron, aunque me consta que yo no había dicho una palabra. El reloj había dejado de sonar y me volví para mirarlo, tratando de localizarlo. Estaba sobre la repisa de la chimenea, sí, y sus manecillas se habían detenido. De pronto, los cristales de las ventanas empezaron a hacer un ruido seco como cuando el viento los golpea y noté que la casa me envolvía en su atmósfera de calor y secretos, de seguridad y santidad, de ensueño y poder colectivo.

Me pareció que transcurría mucho rato, durante el cual ninguno de nosotros dijo nada. Merrick me miró, y luego miró a Aaron, con las manos quietas y la cara resplandeciente a la luz.

De pronto me desperté y comprobé que nada había cambiado en la habitación. ¿Me había quedado dormido? Una grosería imperdonable. Aaron estaba junto a mí, como antes. Las fotografías habían adquirido un aspecto más inerte y triste, un testimonio ceremonial de una mortalidad tan evidente como si Merrick hubiera dispuesto ante mí una calavera procedente de un camposanto en ruinas para que yo la examinara. Pero la turbación que había experimentado persistió después de que los tres subiéramos a acostarnos en nuestras respectivas habitaciones.

Ahora, al cabo de veinte años y muchos otros momentos memorables, Merrick estaba sentada ante mí en la mesa de este café de la Rue Ste. Anne, una belleza que contemplaba a un vampiro, conversando conmigo bajo la luz oscilante de la vela, una luz muy semejante a la de aquella remota noche en Oak Haven, aunque esta noche de fines de primavera era tan sólo húmeda, no llovía ni presagiaba tormenta.

Merrick bebía el ron a sorbos, saboreándolo unos instantes antes de tragarlo. Pero no me había engañado. Pronto empezó a beber más deprisa. Dejó el vaso a un lado y apoyó la mano con los dedos extendidos sobre el sucio mármol. Me fijé en los anillos. Lucía los numerosos anillos de Gran Nananne, de una exquisita filigrana de oro adornados con unas piedras fabulosas. Los había lucido incluso en la selva, lo cual me había parecido una temeridad. Pero Merrick nunca había tenido miedo de nada.

Pensé en ella, durante aquellas calurosas noches tropicales que pasamos juntos. Pensé en ella durante las horas sofocantes bajo las verdes y frondosas copas de los árboles. Pensé en la caminata a través de la oscuridad hacia el templo antiguo. Pensé en ella trepando ante mí por la suave pendiente, a través de la densa atmósfera, con el estrépito de la cascada como música de fondo.

Yo había sido demasiado viejo para emprender nuestra gran aventura secreta. Pensé en los valiosos objetos de jade verde como sus ojos.

Su voz me despertó de mi ensueño.

—¿Por qué me pides que haga ese conjuro? —volvió a preguntarme—. Estoy aquí sentada, mirándote, David, y a cada segundo que pasa me doy cuenta de lo que eres y todo lo que te ha ocurrido. Puedo encajar todas las piezas de tu mente, que está abierta para mí, como lo ha estado siempre. Lo sabes, ¿no es cierto, David?

Qué tono tan categórico. Sí, el acento francés había desaparecido por completo. Hacía diez años que había desaparecido. Ahora sus palabras tenían un tono seco, por más que se expresaba en voz baja y con dulzura.

Merrick abría mucho los ojos al hablar, en consonancia con sus expresivos ritmos verbales.

—La otra noche, en el porche, estabas muy preocupado —me dijo con tono de censura—. Me despertaste. Te oí tan claramente como si hubieras golpeado con los nudillos en mi ventana. Me preguntaste: «¿Puedes hacerlo, Merrick? ¿Puedes invocar a los muertos para Louis de Pointe du Lac?» ¿Y sabes que oí debajo de tus palabras? Oí: «Merrick, te necesito. Necesito hablar contigo. Merrick, mi destino está hecho pedazos. Merrick, te ruego que te muestres comprensiva conmigo. No me des la espalda.»

Sentí un dolor agudo en el corazón.

—Lo que dices es cierto —confesé.

Merrick bebió otro trago de ron, y el calor tiñó sus mejillas de rojo.

—Pero quieres que haga esto para Louis —dijo—. Lo quieres tanto como para dejar de lado tus escrúpulos y llamar a mi ventana. ¿Por qué? A ti te comprendo. De él sólo conozco las historias que he oído contar a otros y lo poco que he visto con mis propios ojos. Louis es un joven muy atractivo, ¿no es así?

Me sentía demasiado confundido para responder, para tender un puente temporal hecho de mentiras piadosas.

—Dame la mano, David, por favor —me pidió de pronto—. Necesito tocarte, necesito sentir esa extraña piel.

—Tesoro, preferiría que renunciaras a ello —murmuré.

Sus grandes pendientes de oro se movían contra el nido formado por su caballera negra y la larga curva de su hermoso cuello. Todo lo que prometía de niña se había cumplido en ella. Despertaba una enorme admiración en los hombres. Hacía tiempo que me había percatado de ello.

Merrick me tendió la mano con gesto airoso. Yo le ofrecí la mía sin reticencias, incapaz de negársela.

Anhelaba ese contacto. Anhelaba esa intimidad. Me sentía poderosamente estimulado. Mientras saboreaba esa sensación, dejé que sostuviera mi mano al tiempo que examinaba la palma.

—¿Por qué deseas leer la palma de mi mano, Merrick? —pregunté—. ¿Qué puede decirte? Este cuerpo pertenece a otro hombre. ¿Es que deseas leer el mapa de su destino destruido? ¿Puedes ver que fue asesinado y su cuerpo sustraído? ¿Puedes ver mi egoísta invasión de un cuerpo que debió morir?

—Conozco la historia, David —respondió—. La encontré en los papeles de Aaron. Un cambio de cuerpos. Un concepto profundamente teórico por lo que respecta a la postura oficial de la Orden. Pero saliste más que airoso de la prueba.

Sus dedos me producían unos escalofríos que me recorrían la columna vertebral hasta la raíz del cabello.

—Después de morir Aaron, leí toda la historia —dijo Merrick mientras deslizaba las yemas de sus dedos sobre los profundos surcos de la palma de mi mano.

A continuación recitó:

—«David Talbot ya no se encuentra en su cuerpo. Durante un fatídico experimento relacionado con la proyección astral fue expulsado de su forma por un hábil Ladrón de Cuerpos y obligado a reclamar el juvenil trofeo de su rival, un cuerpo sustraído a un alma destruida que, al parecer, continúa errante.»

La vieja terminología propia de Talamasca me hizo torcer el gesto.

—No me había propuesto buscar esos papeles —prosiguió Merrick sin apartar los ojos de la palma de mi mano—. Pero Aaron murió aquí, en Nueva Orleans, y conseguí apoderarme de ellos antes que los otros. Siguen en mi poder, David; nunca han llegado a los archivos de los Ancianos y quizá no lleguen nunca. No lo sé.

Su atrevimiento, el que hubiera decidido ocultar esos secretos a la Orden a la que seguía dedicando su vida, me dejó estupefacto. ¿Cuándo había gozado yo de semejante independencia, salvo quizás al final?

Siguió examinando mi palma, recorriéndola con los ojos. Oprimió el pulgar suavemente sobre mi carne. Los escalofríos me producían una excitación insoportable. Deseaba abrazarla, no para succionarle la sangre ni para lastimarla en ningún sentido, sino tan sólo para besarla, para hundir levemente los colmillos en su carne, para saborear su sangre y sus secretos, pero era un pensamiento atroz y lo deseché en el acto.

Me apresuré a retirar la mano.

—¿Qué has visto, Merrick? —pregunté, tragándome el hambre que sentía de su cuerpo y de su mente.

—Unos desastres grandes y pequeños, amigo mío, una línea de la vida que se prolonga como la que más, unas estrellas de fuerza y una prole numerosa.

—Basta, no lo acepto. Esa mano no es mía.

—Ahora no tienes otro cuerpo —replicó—. ¿No crees que el cuerpo se amoldará a su nueva alma? La palma de una mano cambia con el tiempo. Pero no quiero enojarte. No he venido aquí para estudiarte. No he venido aquí para contemplar fascinada a un vampiro. He vislumbrado algunos vampiros. Incluso he estado cerca de ellos, en estas mismas calles. He venido porque tú me lo pediste y quería... estar contigo.

Asentí con la cabeza, tan abrumado que durante unos momentos no pude articular palabra. Con un rápido ademán, le rogué que guardara silencio.

Merrick esperó.

—¿Pediste permiso a los Ancianos para reunirte conmigo? —le pregunté por fin.

Ella soltó una carcajada, pero no de mala fe.

—Por supuesto que no.

—Entonces déjame que te explique algo —dije—. Las cosas entre el vampiro Lestat y yo empezaron del mismo modo. No se lo comuniqué a los Ancianos. No les informé de la frecuencia con que nos veíamos, que lo llevaba a mi casa, que conversaba con él, que viajaba con él, que le enseñé a reclamar su cuerpo sobrenatural cuando el Ladrón de Cuerpos se lo arrebató con sus artimañas.

Merrick intentó interrumpirme, pero yo no estaba dispuesto a permitírselo.

—¿No ves cómo he terminado yo? —pregunté—. Creí que era demasiado listo para dejar que Lestat me sedujera. Creí que era demasiado inteligente y viejo para dejarme seducir por la inmortalidad. Creí que era moralmente superior a él, Merrick, y ahora ya ves en qué estado me encuentro.

—¿No vas a jurarme que jamás me harás daño? —inquirió ella, con su hermoso rostro encendido por la emoción—. ¿No vas a asegurarme que Louis de Pointe du Lac jamás me lastimará?

—Por supuesto. Pero aún me queda un ápice de decencia, lo cual me obliga a recordarte que soy un ser con apetitos sobrenaturales.

Merrick volvió a tratar de interrumpirme, pero yo no la dejé.

—Mi misma presencia, con todos sus signos de poder, puede erosionar tu tolerancia hacia los vivos, Merrick, puede dañar tu fe en un orden moral, puede destruir tu deseo de morir de forma natural.

—Ay, David —dijo ella, burlándose de mi tono solemne—. Procura expresarte con sencillez. ¿Qué hay en tu corazón? —Se incorporó en la silla, observándome de arriba abajo—. Tienes un aspecto juvenil dentro de este cuerpo joven. ¡Tu piel se ha oscurecido como la mía! Incluso tus rasgos poseen la impronta de Asia. ¡Pero eres más David que nunca!

Yo no dije nada.

La observé con ojos aturdidos mientras ella bebía otro trago de ron. El cielo a su espalda se había oscurecido, pero unas luces brillantes y cálidas iluminaban la noche. Sólo el café, débilmente iluminado por unas pocas y polvorientas bombillas instaladas detrás del mostrador, aparecía envuelto en unas sombras siniestras.

Su frialdad y desenvoltura me aterrorizaban. Me aterrorizaba que me hubiera tocado sin el menor recato, que nada en mi naturaleza vampírica le repeliera, pero al mismo tiempo recordaba lo atraído que me había sentido por Lestat, aureolado por un discreto esplendor.

¿Se sentía Merrick atraída por mí? ¿Se había producido la fatídica fascinación?

Merrick mantenía sus pensamientos semiocultos, como de costumbre.

Pensé en Louis, en su petición. Louis ansiaba desesperadamente que Merrick obrara el milagro con sus artes mágicas. Pero ella tenía razón. Yo la necesitaba. Necesitaba su amor y comprensión.

Cuando volví a hablar, advertí que mis palabras expresaban dolor y desconcierto.

—Ha sido magnífico —dije—. E insoportable. Estoy

fuera de la vida y no puedo escapar de ello. No tengo a nadie a quien ofrecer lo que he aprendido.

Merrick no me contradijo ni hizo pregunta alguna. Sus ojos adquirieron de pronto una expresión dulce y comprensiva, la máscara de fría compostura se había desvanecido. Yo había presenciado muchas veces esos cambios bruscos en ella. Ocultaba sus emociones salvo en algunos momentos silenciosos y elocuentes.

—¿Crees que Lestat te habría forzado como lo hizo si no te hubieras apoderado de ese cuerpo joven? —preguntó—. ¿Crees que si hubieras seguido siendo viejo, nuestro David, nuestro bendito David, con setenta y cuatro años cumplidos, Lestat, el honorable Superior de nuestra Orden, te habría seducido?

—No lo sé —respondí secamente, pero no con aspereza—. Yo mismo me he hecho esta pregunta a menudo. Sinceramente no lo sé. Esos vampiros... quiero decir nosotros, los vampiros, amamos la belleza, nos alimentamos de ella. Nuestra definición de la belleza es enormemente amplia, no puedes imaginar hasta qué punto. Por bondadosa que sea tu alma, no puedes imaginar lo hermosas que nos parecen algunas cosas que a los mortales les repugnan, pero lo cierto es que nos propagamos por medio de la belleza, y este cuerpo posee una belleza que yo he utilizado con fines perversos en innumerables ocasiones.

Merrick alzó su vaso en un pequeño brindis y bebió un largo trago.

—Si hubieras venido a mí sin preámbulos —dijo—, murmurando en medio de una multitud y tocándome, yo te habría reconocido. —Su rostro se ensombreció unos momentos, pero enseguida recuperó la serenidad—. Te quiero, viejo amigo —dijo.

—¿Estás segura, mi amor? —pregunté—. He hecho

muchas cosas para alimentar a este cuerpo, algunas tan horripilantes que me estremezco de pensar en ellas.

Merrick apuró el vaso, lo dejó en la mesa, y tomó de nuevo la botella sin darme tiempo a que se lo rellenara.

—¿Quieres los papeles de Aaron? —preguntó.

La miré atónito.

—¿Estás dispuesta a entregármelos?

—Soy leal a Talamasca, David. ¿Qué habría sido de mí de no ser por la Orden? —Tras unos instantes de vacilación, prosiguió—: Pero al mismo tiempo te soy profundamente leal a ti. —Hizo otra pausa, pensativa—. Tú encarnabas para mí a la Orden, David. ¿Imaginas lo que sentí cuando me dijeron que habías muerto?

Suspiré. ¿Qué podía responder?

—¿Te dijo Aaron la pena que nos causó a todos tu muerte, es decir, a todos los que no nos habían confiado un ápice de la verdad?

—Lo lamento en el alma, Merrick. Creíamos que debíamos guardar ese peligroso secreto. ¿Qué más puedo decir?

—Moriste aquí, en Estados Unidos, en Miami Beach, según la historia oficial. Y habían enviado tus restos en avión a Inglaterra antes de que me llamaran para comunicarme que habías muerto. ¿Sabes lo que hice, David? Les pedí que no te enterraran hasta que yo llegara. Cuando aterricé en Londres ya habían sellado el ataúd, pero les pedí que lo abrieran. Les exigí que lo hicieran. Me puse a gritar y a protestar hasta que cedieron a mi petición. Luego les obligué a salir de la habitación y me quedé a solas con el cadáver, David, un cadáver empolvado y embellecido que reposaba en un nido de raso. Permanecí allí una hora, mientras ellos no cesaban de aporrear la puerta. Por fin les dije que podían proceder al entierro.

Su rostro no mostraba ira, sólo una leve expresión de asombro.

—No podía dejar que Aaron te revelara la verdad en aquellos momentos —respondí—, cuando no sabía si lograría sobrevivir a aquel cuerpo ni lo que el destino iba a depararme. No podía. Y luego fue demasiado tarde.

Merrick arqueó las cejas e hizo un pequeño gesto de incredulidad con la cabeza. A continuación bebió otro trago de ron.

—Lo comprendo —dijo.

—Gracias a Dios —contesté—. Al cabo de un tiempo, Aaron te habría contado lo del cambio de cuerpos —insistí—, estoy seguro de ello. No pretendí engañarte con la historia de mi muerte.

Ella asintió con la cabeza, reprimiendo la primera respuesta que se le ocurrió.

—Creo que debes archivar esos papeles de Aaron —dije—. Debes entregárselos a los Ancianos, y sólo a ellos, para que los guarden en sus archivos. Olvídate de momento del Superior de la Orden.

—Déjalo estar, David —replicó Merrick—. ¿Sabes una cosa? Ahora que habitas el cuerpo de un joven, resulta más fácil discutir contigo.

—Nunca tuviste problemas para discutir conmigo, Merrick —contesté—. ¿No crees que de haber vivido Aaron habría archivado esos papeles?

—Es posible —respondió—, y es posible que no. Quizás Aaron prefería que te dejáramos a merced de tu destino. Quizá prefería que te convirtieras en lo que estabas destinado a convertirte, sin que nadie se inmiscuyera.

Yo no estaba seguro de entender lo que decía. La Orden de Talamasca era tan pasiva, tan reticente, tan reacia a inmiscuirse en el destino de nadie, que no comprendí a qué se refería.

Merrick se encogió de hombros, bebió otro trago de ron y deslizó el borde del vaso contra su labio inferior.

—Quizá no tenga importancia —dijo—. Sólo sé que Aaron no archivó esos papeles.

Al cabo de unos momentos prosiguió:

—La noche después de que muriera Aaron, me dirigí a su casa en Esplanade Avenue. Como sabes, se casó con una Mayfair blanca, no una bruja, sino una mujer fuerte y generosa llamada Beatrice Mayfair. Aún vive, y a instancias suyas me llevé los papeles que ostentaban el membrete de «Talamasca». Ella no sabía lo que contenían.

»Me dijo que Aaron le había dado mi nombre. Le dijo que me llamara en caso de que él sufriera un accidente, y ella cumplió con su deber. Por otra parte, no hubiera podido leer esos documentos. Estaban escritos en latín, de acuerdo con el viejo estilo de Talamasca.

»Había varios dossieres y mi nombre y número figuraban en la cubierta de todos ellos, de puño y letra de Aaron. Un dossier estaba dedicado por entero a ti, aunque sólo habían utilizado la inicial D. Los papeles que se referían a ti los traduje al inglés. Nadie los ha visto jamás. Nadie —recalcó con vehemencia—. Pero yo me los conozco prácticamente de memoria.

No dejaba de ser un alivio el oírla hablar de esas cosas, de los secretos de Talamasca, que antiguamente constituían nuestro sello distintivo. Un alivio, sí, como si la cálida presencia de Aaron se hallara nuevamente entre nosotros.

Merrick se detuvo para beber otro trago de ron.

—Supuse que debía contártelo —dijo—. Tú y yo nunca nos hemos ocultado nada. Al menos que yo sepa.

Claro que mi trabajo era el estudio de la magia, lo cual me ha permitido explorar numerosos ámbitos.

—¿Qué sabía Aaron al respecto? —pregunté. Noté que los ojos me lloraban. Me sentí humillado. Pero quería continuar—. No volví a verlo después de mi metamorfosis vampírica —confesé con tristeza—. No tuve ánimos para enfrentarme a él. ¿No imaginas el motivo?

Experimenté un sensible aumento de dolor psíquico y de confusión. Mi pesar por la muerte de mi amigo Aaron no desaparecería nunca, y lo había soportado durante años sin decir una palabra ni a Louis ni a Lestat, mis colegas vampiros.

—No —respondió Merrick. No lo imagino. Pero te diré... —Hizo una pausa respetuosa para darme la oportunidad de detenerla, pero no lo hice—. Te diré que se sintió decepcionado y al final te perdonó.

Incliné la cabeza y apoyé la frente en mi fría mano.

—Según dijo, rezaba todos los días para que regresaras a su lado —me explicó Merrick lentamente—, para tener la ocasión de mantener una última conversación contigo, sobre todo lo que habíais soportado juntos y lo que os había separado.

Creo que hice una mueca de dolor. De cualquier modo, comprendí que lo tenía merecido, más de lo que ella podía sospechar. Había sido una indecencia por mi parte no escribirle siquiera una nota. ¡Hasta Jesse, cuando había desaparecido de Talamasca, me había escrito!

Merrick continuó hablando. Si había adivinado mi pensamiento, no dio muestras de ello.

—Por supuesto, Aaron escribió sobre tu cambio de cuerpo faustiano, según lo llamaba él. Te describió dentro de ese cuerpo joven aludiendo en numerosas ocasiones a unos trabajos de investigación del cuerpo, que al parecer habíais realizado juntos, afirmando que el alma había abandonado el cuerpo. ¿No es cierto que Aaron y tú hicisteis unos experimentos con el fin de alcanzar la sagrada alma, exponiéndoos incluso a morir en el intento?

Asentí con la cabeza, incapaz de hablar, desesperado y al mismo tiempo avergonzado.

—En cuanto a ese canalla del Ladrón de Cuerpos, ese diablo de Raglan James que fue quien inició el espectáculo sobrenatural, Aaron estaba convencido de que su alma había pasado a la eternidad, según dijo, y era imposible alcanzarla.

—Es cierto —respondí—. El dossier sobre él está cerrado, estoy convencido de ello, tanto si está completo como si no.

Su expresión triste y respetuosa se ensombreció. Yo había tocado una fibra sensible, y durante unos momentos guardó silencio.

—¿Qué más escribió Aaron? —le pregunté.

—Dijo que Talamasca había ayudado oficiosamente al «nuevo David» a reclamar sus cuantiosas inversiones y propiedades —respondió—. Estaba convencido de que no debía crearse ningún dossier sobre la Segunda Juventud de David ni enviar los documentos al respecto a los archivos de Londres o de Roma.

—¿Por qué no quería que se estudiara el cambio de cuerpos? —inquirí—. Habíamos hecho cuanto habíamos podido para las otras almas.

—Aaron dejó escrito que el tema del cambio de cuerpos era demasiado peligroso, demasiado fascinante; temía que el material cayera en manos de quien no debía leerlo.

—Por supuesto —contesté—, aunque en los viejos tiempos no tuvimos esas dudas.

—Pero el dossier no se completó —prosiguió Merrick—. Aaron estaba seguro de que volvería a verte. A veces creía sentir tu presencia en Nueva Orleans y buscaba tu rostro entre la multitud.

—Que Dios me perdone —murmuré.

Casi volví la cara. Agaché la cabeza y me tapé los ojos durante unos momentos. Mi viejo amigo, mi querido y viejo amigo, ¿cómo pude haberle abandonado tan fríamente? ¿Por qué se convierte la vergüenza y el autodesprecio en crueldad hacia seres inocentes? ¿Por qué ocurre con tanta frecuencia?

—Continúa, por favor —dije, recobrando la compostura—. Quiero que me cuentes esas cosas.

—¿No quieres leerlas tú mismo?

—Sí, lo haré pronto —respondí.

Merrick prosiguió. El ron le había soltado la lengua y su voz sonaba más melódica, con un leve toque de su viejo acento francés de Nueva Orleans.

—Aaron había visto en cierta ocasión al vampiro Lestat contigo. Lo describió como una experiencia espeluznante, una palabra que a Aaron le encantaba pero que utilizaba rara vez. Dijo que ocurrió la noche que fue a identificar el viejo cuerpo de David Talbot y a asegurarse de que recibía santa sepultura. De pronto te vio, en el cuerpo del joven, de pie junto al vampiro. Sabía que tú y ese ser manteníais una amistad íntima. Dijo que jamás había sentido tanto pavor por lo que pudiera pasarte como en aquellos momentos.

—¿Qué más? —pregunté.

—Más tarde —continuó Merrick, con voz queda y respetuosa—, cuando desapareciste, Aaron tenía el convencimiento de que Lestat te había obligado a transformarte. Según él era la única explicación posible al hecho de que no te hubieras comunicado con él, junto con la información de tus bancos y agentes, por lo demás fidedigna, de que seguías vivo. Había dedicado su vida a resolver los problemas de los Mayfair blancos, de las Brujas de Mayfair. Necesitaba tu consejo. Escribió en numerosas ocasiones y con diversas palabras que estaba convencido de que jamás preguntaste por la sangre vampírica.

Durante mucho rato no fui capaz de responder. No me eché a llorar porque no lloro. Aparté la cara y dejé que mis ojos se pasearan por el café desierto hasta que no vi nada, salvo un grupo borroso de turistas en la calle que se dirigían hacia Jackson Square. Yo sabía muy bien cómo estar solo en medio de un momento terrible, se produjera donde se produjera. En esos momentos estaba solo.

Luego dejé que mi mente se concentrara de nuevo en él, mi amigo Aaron, mi colega, mi compañero. Evoqué unos recuerdos mucho más importantes que cualquier incidente aislado. Lo vi en mi imaginación, su rostro jovial y sus ojos grises e inteligentes. Lo vi paseando por Ocean Avenue, brillantemente iluminada, en Miami Beach, presentando un aspecto maravillosamente fuera de lugar, como un espléndido adorno en aquel singular escenario, vestido con su terno mil rayas de algodón.

Dejé que el dolor hiciera presa en mí. Asesinado por los secretos de las Brujas de Mayfair. Asesinado por unos renegados de Talamasca. Por supuesto que no había entregado a la Orden su informe sobre mí. Aquéllos habían sido unos tiempos conflictivos, y en última instancia él había sido traicionado por la Orden; y mi historia permanecería, incompleta, en los legendarios archivos.

—¿Había algo más? —pregunté a Merrick por fin.

—No. Sólo la misma canción con un ritmo distinto. Esto es todo. —Bebió otro trago de ron—. Al final, Aaron alcanzó la felicidad.

—Cuéntamelo.

—Amaba profundamente a Beatrice Mayfair. Nunca imaginó que se casaría y sería feliz, pero así fue. Ella era una mujer guapa y muy sociable, como tres o cuatro personas reunidas en una sola. Aaron me dijo que nunca se había divertido tanto como con Beatrice, la cual no era una bruja, por supuesto.

—Me alegra saberlo —respondí con voz trémula—. De modo que Aaron se convirtió en uno de ellos, por así decir.

Merrick se encogió de hombros, sosteniendo el vaso vacío en la mano. Ignoro a qué esperaba para beber otro trago; quizá para convencerme de que no era la impenitente alcohólica que yo creía que era.

—Pero no sé nada sobre esos Mayfair blancos —dijo al cabo de unos momentos—. Aaron siempre me impidió que me acercara a ellos. Mi trabajo durante los últimos años se había centrado en el vudú. He visitado varias veces Haití. He escrito numerosas páginas sobre el tema. No sé si sabes que soy uno de los pocos miembros de la Orden que estudia sus propios poderes psíquicos, con la autorización de los Ancianos a utilizar esa nefasta magia, como la llama ahora el Superior.

No lo sabía. No se me había ocurrido que ella hubiera regresado al vudú, el cual había arrojado su sombra generosa sobre su juventud. Nunca habíamos alentado a una bruja a practicar la magia. Sólo el vampiro que yo llevaba dentro era capaz de tolerar semejante idea.

—Oye, mira —dijo—, no importa que no hubieras escrito a Aaron.

—¿Eso crees? —murmuré secamente. Pero me apresuré a aclarar—: No pude escribirle. No pude llamarlo por teléfono. En cuanto a verlo, o dejar que él me viera, era totalmente imposible —musité.

—Y tardaste cinco años en acudir por fin a mí —comentó Merrick.

—¡Has dado en el clavo! —contesté—. Me llevó cinco años, o más. De haber vivido Aaron, ¿quién sabe lo que hubiera hecho yo? Pero el elemento más importante en este asunto es que Aaron era viejo, Merrick. Era viejo y pudo haberme pedido la sangre. Cuando eres viejo y tienes miedo, cuando estás cansado y enfermo, cuando empiezas a sospechar que tu vida carece de sentido... Empiezas a soñar con trueques vampíricos. Empiezas a pensar que de algún modo la maldición vampírica no debe de ser tan terrible, a cambio de la inmortalidad; empiezas a pensar que si tuvieras la oportunidad, podrías convertirte en un testigo excepcional de la evolución del mundo que te rodea. Ocultas tus deseos egoístas bajo esa idea grandiosa.

—¿Crees que yo no pensaré nunca en eso? —preguntó arqueando las cejas y abriendo mucho sus ojos verdes y luminosos.

—Eres joven y hermosa —respondí—, rebosas valor. Tus órganos y tu cuerpo son tan fuertes como tu mente. Nada ha conseguido derrotarte jamás y gozas de una salud a toda prueba.

Yo temblaba de pies a cabeza. No podía soportarlo más. Había soñado con compartir con ella unos momentos de solaz e intimidad, y lo había logrado, pero a un precio terrible.

¿No era infinitamente más sencillo pasar el rato en compañía de Lestat, que jamás despegaba los labios, que yacía inmóvil semidormido, escuchando música, que tiempo atrás le había despertado y luego le había sumido en un sueño, un vampiro que ya no aspiraba a nada?

¿No era más sencillo deambular por la ciudad en compañía de Louis, mi compañero más débil y encantador, en busca de nuestras víctimas y perfeccionando el arte del «pequeño trago» para dejar a nuestra presa aturdida pero ilesa? ¿No era más sencillo permanecer en el santuario de la mansión urbana en el Barrio Francés, leyendo con la velocidad de un vampiro todos los volúmenes de historia o historia del arte que había leído tan lentamente cuando era un mortal?

Merrick me miró con evidente compasión y me tomó la mano.

Yo evité todo contacto con ella precisamente por lo mucho que lo deseaba.

—No me rehúyas, viejo amigo —dijo ella.

Me sentía tan confundido que no pude responder.

—Lo que pretendes darme a entender —dijo— es que ni tú ni Louis de Pointe du Lac me daréis jamás la sangre, aunque os lo implore, que esto no formará nunca parte de un trato entre nosotros.

—¡Un trato! ¡No sería un trato! —exclamé.

Merrick bebió otro trago de ron.

—Y nunca me matarás —dijo—. A fin de cuentas, eso ya es un trato. Jamás me harás daño, como podrías hacérselo a otra mujer mortal que se cruzara en tu camino.

La cuestión de las personas que se cruzaban en mi camino era tan inquietante para mí que me impedía responder de forma coherente. Por primera vez desde que nos habíamos encontrado, traté de penetrar en sus pensamientos, pero no lo conseguí. Como vampiro, yo poseía un mayor poder en ese aspecto. Louis apenas tenía ese poder. Lestat era el maestro indiscutible.

La contemplé mientras se bebía el ron, más despacio, y observé que sus ojos chispeaban de gozo y sus rasgos se suavizaban maravillosamente a medida que penetraba en sus venas. Tenía las mejillas ligeramente arreboladas. Su tez presentaba una tonalidad perfecta.

Sentí de nuevo un escalofrío que me recorrió los brazos, los hombros y un lado de la cara.

Me había alimentado antes de acudir a la cita con Merrick, no fuera que la fragancia de su sangre me nublara la razón con más intensidad aún que la alegría de compartir con ella un rato de intimidad. No me había cobrado ninguna vida, no, era demasiado sencillo alimentarme sin hacerlo, por más que la perspectiva me atrajera. Me ufanaba de ello. Me sentía limpio para ella, aunque no tenía mayores problemas en «buscar al malvado», como me había indicado Lestat en cierta ocasión, encontrar una persona cruel y perniciosa que se me antojara peor que yo mismo.

—He llorado mucho por ti —dijo Merrick con un tono más exaltado—. Y luego por Aaron, por todos los de tu generación, que nos dejasteis repentina y prematuramente, uno tras otro.

De improviso encogió los hombros y se inclinó hacia delante, como si sintiera dolor.

—Los jóvenes de Talamasca no me conocen, David —se apresuró a añadir—. Y tú no has venido a verme sólo porque Louis de Pointe du Lac te haya pedido que lo hicieras. No has venido sólo para pedirme que invoque el fantasma de esa niña vampiro. Tú me quieres, David, querías verme, David, y yo quería verte a ti.

—Has acertado en todo, Merrick —confesé. Las palabras brotaron atropelladamente de mis labios—. Te amo, Merrick, como amaba a Aaron, como amo a Louis y a Lestat.

Observé un destello de dolor en su rostro, como el destello de una luz en su interior.

—No debes arrepentirte de haber venido a verme —dijo cuando alargué la mano para acariciarla. Tomó mis manos entre las suyas, húmedas y cálidas, y las retuvo unos instantes—. No te arrepientas. Yo no me arrepiento. Pero prométeme que no te desmoralizarás y me abandonarás sin una explicación. No me abandones precipitadamente. No cedas a un absurdo sentido del honor. Si lo haces, me volveré loca.

—Te refieres a que no te abandone como abandoné a Aaron —dije con voz ronca—. No lo haré, te lo prometo, amor mío. Jamás. Es demasiado tarde.

—Te amo —declaró ella en un murmullo—. Te amo como siempre te he amado. No, más que eso, porque has traído este milagro contigo. Pero ¿y el espíritu que anida en tu interior?

—¿Qué espíritu? —pregunté.

Pero ella estaba absorta en sus pensamientos. Bebió otro trago directamente de la botella.

No soportaba que la mesa se interpusiera entre nosotros. Me levanté lentamente, alzando sus manos hasta tenerla de pie junto a mí, y la abracé con pasión. La besé en los labios, aspirando su acostumbrada fragancia, la besé en la frente y sostuve su cabeza contra mi corazón, que palpitaba violentamente.

—¿Lo oyes? —musité—. ¿Qué espíritu puede anidar en mi interior si no el mío? Sólo mi cuerpo ha cambiado.

Me sentía abrumado por el deseo de poseerla, el deseo de conocerla a fondo a través de su sangre. Su perfume me enloquecía. Pero no existía la menor probabilidad de que ella cediera a mis deseos.

No obstante la besé de nuevo. Y no fue un beso casto.

Permanecimos abrazados durante varios minutos. Creo que le cubrí el pelo con pequeños y sagrados besos mientras su perfume me atormentaba con los recuerdos que evocaba. Quería dotarla de una protección contra todo aquello que fuera tan sórdido como yo.

Por fin ella retrocedió, como si se viera obligada a hacerlo, y noté que lo hacía tambaleándose un poco.

—En todos esos años, jamás me acariciaste de esta forma —dijo en voz baja—. No sabes cuánto te deseaba. ¿Recuerdas? ¿Recuerdas la noche en la selva cuando por fin conseguí lo que me había propuesto? ¿Recuerdas lo borracho que estabas, lo maravilloso que fue todo? ¡Oh, qué pronto acabó!

—Fui un idiota, pero no merece la pena que recordemos esas cosas —murmuré—. No estropeemos lo que ha ocurrido. Ven, he alquilado una habitación para ti en un hotel. Te acompañaré para asegurarme de que no te ocurre nada malo.

—¿Pero por qué? Oak Haven está donde ha estado siempre —respondió aturdida, sacudiendo la cabeza para despabilarse—. Me voy a casa.

—No. Has bebido más ron del que imaginé. Mira, te has bebido más de media botella. Y sé que te beberás el resto en cuanto subas al coche.

—Siempre tan caballeroso —contestó, soltando una breve y burlona carcajada—. El Superior de la Orden. Puedes acompañarme a mi vieja casa en la ciudad. Conoces perfectamente la dirección.

—¿Que te lleve a ese barrio, a estas horas? Rotundamente no. Además, tu amable y viejo guarda es un incompetente, un idiota. Amor mío, voy a llevarte al hotel.

—Tonto —dijo ella, dando un traspiés—. No necesito ningún guarda. Prefiero ir a casa. No te pongas pesado. Siempre fuiste un poco pelmazo.

—Y tú eres una bruja y una borracha —repliqué con tono educado—. Mira, le pondremos el tapón a la botella —se lo puse—, la guardaremos en este bolso de lona que llevas y te acompañaré andando hasta el hotel. Agárrate a mi brazo.

Durante unos instantes me miró con expresión juguetona y desafiante, pero luego se encogió de hombros con languidez, sonriendo ligeramente, me entregó su bolso tal como le había pedido y me tomó del brazo.

3

Apenas echamos a andar cedimos a unos abrazos tan frecuentes como apasionados. El perfume favorito de Merrick, una antigua fragancia de Chanel, me hacía recordar viejos tiempos; pero el olor de sangre que exhalaban sus venas vivas constituía el mayor aliciente.

Mis deseos se fundían en un tormento. Cuando llegamos a la Rue Decateur, a menos de una manzana y media del café, comprendí que teníamos que tomar un taxi. Una vez dentro del vehículo, empecé a besar a Merrick en toda la cara y el cuello, deleitándome con el aroma a sangre que emanaba de su interior y el calor de sus pechos.

Ella había alcanzado también el punto álgido de excitación y me preguntó insistentemente, entre gemidos y murmullos confidenciales, si todavía era capaz de hacer el amor como un hombre normal y corriente. Le dije que era imposible, que tuviera presente que, borracho o sobrio, yo era por naturaleza un depredador, y nada más.

—¿Nada más? —inquirió, deteniendo aquellos gloriosos preámbulos para beber otro largo trago de la botella de ron—. ¿Qué ocurrió entonces en las selvas de Guatemala? Responde. Seguro que no lo has olvidado. La tienda de campaña, la aldea, ¿recuerdas? No me mientas, David. Sé lo que llevas dentro. Quiero saber en qué te has convertido.

—Calla, Merrick —pedí, pero no podía contenerme. Con cada beso le rozaba la piel con los dientes—. Lo que ocurrió en las selvas de Guatemala —dije no sin esfuerzo— fue un pecado mortal.

Le cubrí la boca, besándola y devorándola con la lengua pero sin dejar que mis dientes malévolos la lastimaran. Sentí que me enjugaba el sudor de la frente con un paño suave, posiblemente su chal o un pañuelo, pero le aparté la mano.

—No lo hagas —le dije. Temía que aparecieran unas gotas de sudor de sangre. Ella siguió besándome y murmurando palabras seductoras contra mi piel.

Yo estaba desesperado. La deseaba. Sabía que incluso el más pequeño sorbo de su sangre era demasiado arriesgado para mí, pues sentiría que la había poseído, y ella, a pesar de su presunta inocencia en el tema, acabaría siendo mi esclava.

Unos vampiros mayores que yo me habían advertido sobre todos los aspectos de lo que podía ocurrirme. Y Armand y Lestat habían insistido en que no debía creer que el «pequeño trago» era inofensivo. De pronto me enfurecí.

Alargué la mano y le arranqué el pasador de cuero que sujetaba su espesa cabellera castaña en la parte posterior de la cabeza, dejando que el pasador y la varilla que lo sujetaba cayeran al suelo. Deslicé los dedos sobre su cuero cabelludo y la besé de nuevo en los labios. Ella cerró los ojos.

Sentí un gran alivio cuando llegamos a la espaciosa entrada del hotel Windsor Court. Ella bebió otro trago de ron antes de que el portero la ayudara a apearse del taxi y, como la mayoría de bebedores habituales, daba la impresión de estar sobria cuando no lo estaba.

La conduje directamente a la suite que había alquilado para ella, abrí la puerta con la llave y la deposité sobre la cama.

Era una *suite* magnífica, quizá la mejor de la ciudad, amueblada con unas piezas tradicionales de exquisito gusto y unas luces amortiguadas. Había pedido además que la llenaran con jarrones de flores.

Era una *suite* digna de un miembro de Talamasca. Nunca reparábamos en gastos cuando viajábamos. Mis numerosos recuerdos de ella me rodeaban como una nube de vapor, atrapándome.

Merrick parecía no percatarse de nada. Apuró la botella de ron sin contemplaciones, se tumbó sobre las almohadas, y sus ojos verdes se cerraron casi de inmediato.

Durante largo rato me limité a contemplarla. Parecía como si alguien la hubiera arrojado sobre la gruesa colcha de terciopelo y el nido de almohadas. Observé sus ropas blancas de algodón, livianas y delicadas, sus largos y esbeltos tobillos, sus pies calzados en unas sandalias de cuero de aire un tanto bíblico, su rostro de marcados pómulos y exquisita mandíbula, que el sueño parecía haber suavizado.

No me arrepentía de haber trabado amistad con ella. No podía arrepentirme. Pero reiteré mi promesa: David Talbot, no lastimarás a esta criatura. De algún modo, Merrick se beneficiará de esto; la experiencia la enriquecerá; su alma triunfará pese a que Louis y yo hayamos fracasado.

Luego, después de echar un vistazo por la *suite* y comprobar que las flores que había ordenado habían sido colocadas sobre la mesita de café delante del sofá del saloncito, sobre el escritorio y sobre el tocador; que el baño contenía una abundante provisión de cosméticos; que en el armario había un grueso y esponjoso albornoz y unas zapatillas de rizo; y que el bar estaba bien surtido de botellines de licor, junto con una botella de cuarto de litro de ron que había enviado yo, la besé, dejé un juego de llaves sobre la mesita de noche y me fui.

Me detuve brevemente ante el mostrador de recepción, con la obligada propina, para asegurarme de que nadie la molestaría durante el tiempo que ella permaneciera en el hotel y que le proporcionarían cuanto pidiera.

Hecho esto, decidí regresar andando a nuestro apartamento en la Rue Royale.

No obstante, antes de abandonar el vestíbulo del hotel, maravillosamente iluminado y bastante concurrido, me sorprendió un leve mareo, acompañado por la extraña sensación de que todas las personas que estaban allí me estaban mirando, y no precisamente con simpatía.

Me detuve inmediatamente, rebuscando en el bolsillo como si me dispusiera a encender un cigarrillo, y eché una ojeada a mi alrededor.

No observé nada raro en el vestíbulo ni en la gente que estaba allí. Sin embargo, al salir volvió a invadirme la sensación de que las personas que se hallaban frente a la entrada me miraban, que habían descubierto mi identidad bajo mi disfraz de mortal, cosa nada fácil, que sabían quién era yo y los desmanes que quizá me disponía a cometer.

Eché de nuevo un vistazo a mi alrededor. Estaba equivocado. Es más, los botones me dirigieron unas sonrisas cordiales.

Eché a andar hacia la Rue Royale.

Experimenté de nuevo aquella extraña sensación. No sólo me parecía que todo el mundo se fijaba en mí, sino que la gente salía de los portales y se asomaba a las ventanas de las tiendas y los restaurantes para mirarme; y el mareo, que rara vez me acometía desde que me había convertido en un vampiro, aumentó.

Me sentía francamente incómodo. Me pregunté si sería el resultado de haber compartido unos momentos de intimidad con un ser mortal, porque jamás me había sentido tan vulnerable. Lo cierto era que gracias a mi bronceada piel podía moverme por el mundo de los mortales con total impunidad. Todos mis atributos sobrenaturales quedaban velados por mi oscura tez, y mis ojos, aunque excesivamente brillantes, eran negros.

No obstante, durante todo el trayecto hasta casa tuve la sensación de que la gente me observaba subrepticiamente.

Por fin, cuando me encontraba a unas tres manzanas del apartamento que compartía con Louis y Lestat, me detuve y me apoyé contra una farola negra de hierro forjado, como había visto hacer a Lestat cuando salíamos por las noches, años atrás, cuando todavía era capaz de moverse. Tras observar a los viandantes, me convencí de que mis sospechas eran infundadas. Por supuesto que no era Merrick, pero la solidez de la aparición era terrorífica.

De pronto me llevé tal sobresalto que me puse a temblar violentamente. Vi a Merrick, en la puerta de una tienda, con los brazos cruzados. Me miró fijamente, con expresión de reproche, y luego desapareció.

Me seguía una sombra. Me volví bruscamente y vislumbré de nuevo a Merrick, vestida de blanco. Después de dirigirme una prolongada y sombría mirada, la figura se fundió en las sombras del portal de un comercio.

Me quedé estupefacto. Era cosa de brujería, sin duda alguna, ¿pero cómo era posible que turbara los sentidos de un vampiro? Y yo no era un simple vampiro, sino David Talbot, quien en su juventud había sido un sacerdote del candomblé. Como vampiro, yo había visto numerosos fantasmas y espíritus y estaba al tanto de los trucos que suelen hacer, y conocía bien a Merrick, pero jamás había experimentado un conjuro como éste.

Vi de nuevo a Merrick dentro de un taxi que atravesaba la Rue Royale, mirándome a través de la ventanilla abierta, con la melena suelta, tal como la había dejado. Y cuando me volví, convencido de que me seguía, divisé su inconfundible figura en el balcón de un piso alto.

La postura de la figura me pareció de lo más siniestra. Yo no paraba de temblar, lo cual me disgustaba. Me sentía como un imbécil.

No aparté los ojos de la figura. De hecho, nada podía haberme obligado a alejarme. Al cabo de unos momentos se desvaneció la figura. De pronto, el Barrio Francés me pareció desolado, aunque estaba atestado de turistas y oía una música procedente de la Rue Bourbon. Nunca había visto tantas macetas derramando sus flores sobre los balcones de hierro forjado. Nunca había visto tal cantidad de hermosas plantas trepadoras decorando las fachadas de las viejas paredes estucadas.

Intrigado y ligeramente molesto, me dirigí a la Rue Ste. Anne para echar un vistazo al café en el que Merrick y yo nos habíamos reunido. Tal como sospechaba, estaba lleno de clientes cenando o tomando copas, y el flaco camarero parecía agobiado.

Merrick estaba sentada en el centro, con su blanca y amplia falda, rígida, como si fuera de cartón; luego, como era de prever, la aparición se desvaneció al igual que las otras.

Pero lo que me llamó la atención fue que en esos momentos el café estaba abarrotado, como lógicamente debía de estar cuando nosotros estuvimos allí. ¿Cómo había Merrick ahuyentado a la gente durante nuestra reunión? ¿Y qué estaba haciendo ahora?

Me volví. El cielo tenía un color azul, como suele presentar el cielo sureño al atardecer, tachonado de estrellas casi imperceptibles. Por doquier se oían conversaciones animadas y alegres risas. Ésta era la realidad de las cosas, una dulce noche primaveral en Nueva Orleans, cuando las aceras enlosadas parecían mullidas al pisarlas y los sonidos dulces al oído.

Sin embargo, volvía a tener la sensación de que toda la gente a mi alrededor me observaba. La pareja que dobló la esquina rápidamente lo hizo sin disimulo. Entonces vi a Merrick frente a mí, a cierta distancia, y en esta ocasión su rostro mostraba una expresión decididamente desagradable, como si gozara con mi ansiedad.

Cuando se desvaneció la aparición, respiré hondo.

—¿Pero cómo es posible que haga esto? —murmuré en voz alta—. ¿Y por qué lo hace?

Apreté el paso en dirección a nuestra casa, aunque no estaba seguro de si debía entrar en ella mientras me hallara bajo la maldición, pero al aproximarme a la entrada —un amplio portal en arco enmarcado por un muro de ladrillos desde el que arrancaba el camino de acceso al edificio—, contemplé una imagen pavorosa.

Detrás de la reja de la puerta estaba la niña Merrick de antaño, vestida con el mismo vestido liviano color lavanda, con la cabeza ligeramente ladeada al tiempo que asentía y murmuraba unas palabras en tono confidencial al oído de una anciana que no era otra que su difunta madrina, Gran Nananne, fallecida hacía muchos años.

En los labios delgados de Gran Nananne se dibujaba una leve sonrisa mientras hablaba y asentía con la cabeza.

La presencia de Gran Nananne me inundó en el acto de recuerdos y viejas sensaciones. Mi terror dio paso a la furia. Me sentía desorientado y comprendí que necesitaba recobrar la compostura.

—¡No desaparezcáis, no os alejéis! —grité, apresurándome hacia el portal, pero las figuras se desvanecieron como si mis ojos se hubieran nublado de pronto, como si me fallara la visión.

Alcé la vista, exasperado. En nuestra casa había unas luces encendidas y percibí el sonido encantador de una música de clavicémbalo, Mozart, si no me equivocaba, sin duda procedente del pequeño tocadiscos que Lestat tenía junto a su lecho de columnas. Esto significaba que esta noche había decidido hacernos una visita, aunque lo único que haría sería permanecer postrado en la cama escuchando discos hasta poco antes del alba.

Sentí unos deseos imperiosos de subir, de entrar en nuestra casa, de dejar que la música calmara mis nervios, de ver a Lestat y ocuparme de él, de encontrarme con Louis y referirle lo ocurrido.

Pero era preciso que regresara de inmediato al hotel. No podía entrar en nuestro apartamento mientras me hallara bajo este «conjuro», y debía eliminarlo de raíz.

Me dirigí apresuradamente a la Rue Decateur, paré un taxi y me prometí no mirar ni nada ni a nadie hasta que me hubiera encarado con Merrick. Mi furia iba en aumento.

Absorto en mis pensamientos, empecé a murmurar unos ensalmos protectores, invocando a los espíritus para que me protegieran en lugar de lastimarme, pero tenía escasa fe en esas viejas fórmulas. En lo que sí creía era en los poderes de Merrick, que había presenciado hacía tiempo y que jamás olvidaría.

Subí rápidamente la escalera hacia la *suite* que ocupaba Merrick e introduje la llave en la cerradura de la puerta.

Tan pronto como entré en el saloncito, distinguí el resplandor oscilante de una vela y percibí un grato olor que asociaba con la Merrick de antaño. Era el aroma a agua de colonia de Florida, rebosante de naranjas recién cortadas, un aroma muy apreciado por Ezili, la diosa del vudú, y por una diosa del rito candomblé de nombre similar.

En cuanto a la vela, estaba colocada sobre una elegante cómoda situada frente a la puerta.

Era una vela votiva, que ardía dentro de un vaso de agua, al abrigo de cualquier corriente de aire, y detrás de ella, observándola, había una hermosa estatuilla en yeso de san Pedro sosteniendo las llaves del cielo, una figurita de unos treinta centímetros de altura. La estatua tenía la tez oscura y unos ojos de cristal de color ámbar pálido.

Estaba cubierta con una suave túnica verde ribeteada de oro y un manto púrpura cuya orla dorada era aún más vistosa. No sólo sostenía las proverbiales llaves del reino de los cielos, sino también un voluminoso libro en su mano derecha.

Yo no salía de mi estupor. Se me puso la piel de gallina.

Por supuesto sabía que esta estatuilla no sólo era san Pedro, sino Papá Legba del rito vudú, el dios de las encrucijadas, que debía abrir los dominios espirituales para que uno obtuviera el resultado deseado con sus artes mágicas.

Antes de iniciar un conjuro, tenías que recitar una oración u ofrecer un sacrificio a Papá Legba. Y la persona que había confeccionado la estatuilla era quien llevaba a cabo el rito. ¿Cómo explicar sino la tez deliberadamente oscura del santo, que parecía ser un hombre de color, o el libro misterioso que sostenía en su mano derecha?

Papá Legba tenía su homólogo en el rito candomblé

que yo conocía tan bien. Era el orisha, o dios, llamado Exu. Y cualquier templo del candomblé habría iniciado sus ceremonias saludando primero a ese dios.

Mientras contemplaba la estatuilla y la vela, evoqué los olores de esos templos brasileños con sus suelos de tierra. Oí los tambores. Percibí los olores de la comida preparada ofrecida al dios. Me dejé invadir por esas sensaciones.

Entonces evoqué también otros recuerdos, unos recuerdos de Merrick.

—Papá Legba —musité en voz alta. Estoy seguro de que incliné ligeramente la cabeza mientras me ardía la cara—. Exu —murmuré—, no te ofendas por nada de lo que yo haga aquí.

Recité una breve oración, más formularia en el portugués que había aprendido hacía tiempo, rogando al dios que fuera cual fuere el dominio que acababa de abrir, no me negara la entrada, puesto que mi respeto por él era tan profundo como el de Merrick.

La estatuilla permaneció inmóvil, por supuesto, con sus ojos pálidos de cristal fijos en los míos, pero yo nunca había contemplado un objeto que ofreciera un aspecto animado de forma tan sutil e inexplicable.

«Estoy perdiendo la razón», pensé. ¿Pero no había acudido a Merrick para pedirle que hiciera un conjuro? ¿Y acaso no sabía de qué era capaz? ¡Pero no había sospechado que recurriría a esos trucos!

Vi de nuevo en mi imaginación el templo de Brasil, donde me habían instruido durante meses en las distintas hojas utilizadas en los ritos de sacrificio, aprendiendo los mitos de los dioses.

Al cabo de muchos meses de esfuerzo aprendí a bailar con los otros en sentido contrario a las manecillas del reloj, hasta alcanzar el frenesí, hasta sentir que la deidad me penetraba, me poseía... Luego me despertaba, sin recordar nada de lo ocurrido, y los otros me decían que había sido poseído por el dios, tras lo cual caía en un agotamiento sublime.

Por supuesto. ¿Qué había creído yo que íbamos a hacer aquí sino invocar esos viejos poderes? Merrick conocía mejor que nadie mis viejos puntos fuertes y los débiles. Yo no podía apartar la vista del rostro de la estatuilla de san Pedro. Pero al fin lo conseguí.

Retrocedí como hacen los fieles al abandonar un templo, y entré sigilosamente en el dormitorio.

Aspiré de nuevo la intensa fragancia cítrica del agua de colonia de Florida y un olor a ron.

¿Dónde estaba el Chanel 22, su perfume favorito? ¿Es que había dejado de utilizarlo? El olor a agua de colonia de Florida era muy fuerte.

Merrick yacía dormida en la cama.

No daba la impresión de que se hubiera movido. En esos momentos me percaté de la semejanza que guardaban su blusa y su falda blancas con la vestimenta clásica de las mujeres que practicaban el candomblé.

Sólo le faltaba un turbante en la cabeza para completar la imagen.

La nueva botella de ron, de la que había consumido una tercera parte, estaba abierta sobre la mesita de noche. No observé ningún otro cambio evidente. El olor era intenso, lo cual significaba que ella lo había pulverizado por el aire a través de los dientes, ofreciéndoselo al dios.

Dormida presentaba unos rasgos perfectos, como suele ocurrir cuando una persona se relaja por completo. Se me ocurrió entonces que si la convertía en vampiro, conservaría ese rostro sin tacha.

Sentí un profundo horror y repugnancia. Y por primera vez en muchos años comprendí que yo, sin ayuda de nadie, podía conceder esta magia, transformar a Merrick en una vampiro, no sólo a ella sino a cualquier ser humano. Por primera vez comprendí la monstruosa tentación que encerraba esa perspectiva.

Por supuesto, nada de esto le ocurriría a Merrick. Merrick era mi niña. Merrick era mi... hija.

—¡Despierta, Merrick! —dije bruscamente, tocándola en el hombro—. Tienes que explicarme esas visiones. ¡Despierta!

No respondió. Parecía estar borracha como una cuba.

—¡Despierta, Merrick! —repetí, muy enojado. La alcé por los hombros con ambas manos, pero su cabeza cayó hacia atrás. Su cuerpo exhalaba el perfume de Chanel. ¡Ah, eso era precisamente lo que me encantaba!

Me fijé en sus pechos, que el escote de su blusa de algodón dejaba a la vista. La dejé caer sobre las almohadas.

—¿Por qué lo hiciste? —pregunté al cuerpo inerte de la hermosa mujer postrada en el lecho—. ¿Qué te propones? ¿Acaso crees que lograrás atemorizarme y ponerme en fuga?

Pero era inútil. No fingía. Estaba inconsciente. No adiviné en ella ningún sueño ni pensamiento subterráneo. Al examinar brevemente el minibar del hotel, que estaba mojado, comprobé que se había bebido un par de botellines de ginebra.

—Típico de Merrick —dije con cierta irritación.

Siempre había sido propensa a beber en exceso en determinados momentos. Después de trabajar duro en sus estudios o en el ámbito de su especialidad varios meses seguidos, anunciaba que se «iba a la Luna», según decía ella, y se sumía en una borrachera que se prolongaba durante noches y días. Sus bebidas favoritas eran los licores dulces y de sabor intenso, como el ron de azúcar de caña, el brandy de albaricoque, el Grand Marnier, etcétera.

Cuando bebía y se replegaba en sí misma, se dedicaba a cantar, a escribir, a bailar, y exigía que la dejáramos tranquila. Si nadie se metía con ella, todo iba bien. Pero una discusión podía desembocar en histerismo, náuseas, desorientación, un intento desesperado de recobrar la lucidez y, por último, en un sentimiento de culpabilidad. Pero esto sucedía rara vez. Por lo general, bebía durante una semana, sin que ninguno de nosotros la importunáramos. Entonces se despertaba una mañana, pedía el desayuno con café bien cargado y a las pocas horas reanudaba su trabajo, sin repetir su breve vacación hasta al cabo de seis o nueve meses.

Pero incluso cuando bebía en algún acontecimiento social, lo hacía para emborracharse. Ingería ron o algún licor dulce en unos exóticos combinados. No le gustaba beber con moderación. Cuando organizábamos una fastuosa cena en la casa matriz, cosa que hacíamos con frecuencia, ella se abstenía de beber o lo hacía hasta perder el conocimiento. El vino la ponía agresiva.

En esos momentos estaba inconsciente. Y aunque yo consiguiera despertarla, me exponía a que nos enzarzáramos en una encarnizada batalla.

Me acerqué para contemplar de nuevo la figurita de san Pedro, o Papá Legba, en el improvisado altar dedicado al rito vudú. Tenía que eliminar el temor que me inspiraba aquella pequeña entidad, imagen sagrada o lo que fuera.

Al examinar la estatuilla por segunda vez me quedé atónito. Mi pañuelo de bolsillo se hallaba extendido debajo de la estatua y la vela, y junto a él estaba mi anticuada pluma estilográfica. No me había fijado en ellos hasta entonces.

—¡Merrick! —grité furioso.

¿No me había enjugado ella la frente en el taxi? Al observar indignado el pañuelo vi unas manchitas de sangre, el sudor de mi frente, que ella había utilizado para su encantamiento.

—No contenta con arrebatarme una prenda de vestir, mi pañuelo, te apoderaste también de los fluidos de mi piel.

Regresé al dormitorio, la zarandeé de forma muy poco caballerosa para despertarla de su letargo etílico, dispuesto a pelearme con ella, pero fue en vano. La deposité de nuevo sobre las almohadas, apartándole suavemente el pelo de la frente, y observé, pese a mi indignación, lo bonita que era.

Su piel cremosa realzaba sus exquisitos pómulos, y sus pestañas eran tan largas que arrojaban unas sombras diminutas sobre su rostro. Tenía los labios oscuros, sin pintar. Le quité las sencillas sandalias de cuero y las deposité junto a la cama, pero en realidad era otra excusa para tocarla, no un rasgo de generosidad.

Luego me aparté de la cama y, tras echar un vistazo a través de la puerta hacia el altar instalado en el salón, me volví en busca de su bolso, el enorme bolso de lona.

Lo había arrojado sobre una silla y estaba abierto. Tal como yo esperaba, contenía un abultado sobre con la inconfundible letra de Aaron.

Me había robado el pañuelo y la pluma. Se había apoderado de mi sangre, nada menos que de mi sangre, que jamás debía caer en manos de los de Talamasca. No era para la Orden, no. La había robado para ella y sus conjuros, pero el caso es que la había robado. ¡Y yo la había besado como un escolar enamorado!

Por tanto, tenía todo el derecho de examinar el sobre que contenía su bolso. Además, ella misma me había preguntado si quería aquellos papeles. De modo que decidí tomarlos. ¿No iba a entregármelos ella?

Cogí rápidamente el sobre, lo abrí, comprobé que en su interior estaban todos los informes de Aaron sobre mi persona y mis andanzas, y decidí llevármelo. El bolso de Merrick contenía además un diario, que yo no tenía ningún derecho a leer, y que seguramente estaba escrito en una clave en francés imposible de descifrar, un revólver con la empuñadura de madreperla, una billetera llena de dinero, un cigarro Montecristo de los caros y una botellita de agua de colonia de Florida.

Supuse que el puro no era para ella, sino para el diminuto Papá Legba. Merrick había traído consigo la estatua, la colonia de Florida y el puro. Al pensarlo me puse furioso, pero ¿qué derecho tenía a protestar?

Regresé al salón y, evitando los ojos de la estatuilla y su taimada expresión, recogí mi pluma estilográfica del improvisado altar. Localicé el papel de cartas del hotel en el cajón central de un elegante escritorio francés, me senté y escribí una nota:

> De acuerdo, querida, estoy impresionado. Veo que has aprendido otros trucos desde la última vez que nos vimos. Pero debes explicarme los motivos de este conjuro. He tomado los folios escritos por Aaron. De paso, he recuperado mi pañuelo y mi pluma estilográfica. Puedes quedarte en el hotel el tiempo que quieras.
>
> DAVID

Era breve, pero no me sentía particularmente efusivo después de aquel pequeño contratiempo. Por lo demás, tenía la desagradable sensación de que Papá Legba me miraba enojado desde su altar violado. En un ataque de irritación, añadí una posdata:

«¡Fue Aaron quien me regaló esta pluma estilográfica!» Fin del asunto.

Acto seguido me acerqué de nuevo al altar con profunda aprensión.

Primero me expresé rápidamente en portugués, luego en latín, saludando de nuevo al espíritu de la estatuilla, revelador del dominio espiritual. «Abre mi comprensión, le rogué, y no te ofendas por lo que haga, pues sólo deseo saber, no pretendo mostrarme irrespetuoso. Te aseguro que comprendo tu poder. Te aseguro que soy un alma sincera.»

Exploré mi memoria en busca de sensaciones además de datos. Dije al espíritu de la estatua que estaba dedicado al orisha, o dios, llamado Oxalá, señor de la creación. Le expliqué que siempre había sido leal a esta deidad, aunque no había hecho todas las pequeñas cosas que otros afirmaban que debían hacerse. No obstante, amaba a este dios, amaba sus historias, su personalidad, todo cuanto conocía de él.

Experimenté una sensación negativa. ¿Cómo era posible que un vampiro fuera leal al señor de la creación? ¿Acaso el acto de chuparle la sangre a un mortal no constituía un pecado contra Oxalá?

Reflexioné sobre ello. Pero no retrocedí. Mis emociones pertenecían a Oxalá, al igual que hacía muchas décadas en Río de Janeiro. Oxalá era mío, y yo suyo.

—Protégenos en nuestra empresa —musité.

Entonces, antes de que pudiera desmoralizarme, apagué la vela, levanté la estatua y, tras rescatar el pañuelo, la deposité de nuevo con cuidado en el altar.

—Adiós, Papá Legba —dije a la estatua, y me dispuse a abandonar la *suite*.

Pero permanecí inmóvil, de espaldas al altar, frente al pasillo. No podía moverme. Mejor dicho, me pareció que no debía moverme.

Lentamente, vacié mi mente. Concentrado en mis sentidos físicos, me volví y dirigí la vista hacia la puerta del dormitorio que acababa de atravesar. Era la anciana, por supuesto, la arrugada y diminuta Gran Nananne, con la mano apoyada en la manija de la puerta, mirándome fijamente, moviendo su boca de finos labios como si murmurara para sus adentros o a alguien invisible, con la cabeza ladeada.

Respiré hondo y la miré. La minúscula aparición, aquella diminuta anciana que me contemplaba directamente sin dejar de mover los labios, no dio muestras de debilitarse. Llevaba un holgado camisón de franela lleno de manchas desteñidas de café, o quizá de sangre. No sólo no se debilitó, sino que observé que su imagen adquiría una mayor solidez y precisión.

Iba descalza, y las uñas de sus pies tenían el color de un hueso amarillento. Su pelo canoso se veía con toda nitidez, como si sobre ella brillara una luz; vi las venas moviéndose en sus sienes, y las venas en el dorso de una mano que descansaba a su costado. Sólo las personas muy viejas tienen el aspecto que ella ofrecía. Tenía el mismo aspecto que cuando yo había visto su fantasma en la entrada de mi casa hacía un rato, y exactamente el mismo que el día de su muerte. Recordaba su camisón. Recordaba las manchas. Recordaba que cuando cubría su cuerpo moribundo estaba manchado pero limpio y planchado.

Mientras la observaba empecé a sudar y no podía mover un músculo, sólo hablar.

—¿Piensas que voy a lastimarla? —murmuré.

La figura no mudó de postura. Siguió moviendo su

pequeña boca, pero sólo oí un leve y seco murmullo, como el de una vieja que reza el rosario en la iglesia.

—¿Piensas que voy a hacerle algo malo? —insistí.

La figura desapareció. Desapareció mientras yo hablaba.

Di media vuelta y miré furioso la estatuilla del santo. Parecía tan sólo un objeto material. Se me ocurrió romperla en mil pedazos, pero no tenía claras mis intenciones y sus implicaciones. De pronto oí unos golpes ensordecedores en la puerta de la *suite*.

Al menos, a mí me parecieron ensordecedores. Sospecho que no tenían nada de particular, pero me llevé un susto tremendo. No obstante, abrí la puerta.

—¿Qué demonios quieres? —pregunté enojado.

Ante mi asombro y el suyo, mi exabrupto iba dirigido a uno de los empleados del hotel.

—Nada, señor, discúlpeme —respondió el hombre con el tono pausado característico de las gentes del sur—, sólo quería entregarle esto a la señora. —Me mostró un pequeño sobre blanco, que cogí de sus manos.

—Espera un momento —dije rebuscando en mi bolsillo hasta encontrar un billete de diez dólares. Había metido varios en el bolsillo de la chaqueta para propinas y le di uno, que el empleado aceptó encantado.

Cerré la puerta. El sobre contenía las dos piezas del pasador de cuero que yo le había quitado bruscamente a Merrick, es decir, la pieza ovalada de cuero y la varilla forrada de cuero con que se había sujetado el cabello.

Me eché a temblar de pies a cabeza. Esto era espantoso.

¿Cómo demonios había llegado ese objeto hasta aquí? Me parecía imposible que lo hubiera traído el taxista. Pero ¿qué sabía yo? En aquellos momentos sólo pensé que debía recogerlo del suelo y guardármelo en el bolsillo, pero me hallaba bajo una fuerte tensión.

Me acerqué al altar y deposité el pasador ante Papá Legba, evitando mirarlo a los ojos. Luego abandoné la *suite*, bajé la escalera, atravesé el vestíbulo y salí del hotel.

Esta vez me juré no observar nada, no mirar nada, y me dirigí directamente a nuestra casa.

Si me tropecé con unos espíritus durante el trayecto, no los vi, pues mantenía los ojos fijos en el suelo y avanzaba lo más rápidamente posible procurando no llamar la atención de los mortales. Atravesé el portal de entrada, me dirigí hacia el jardín trasero, subí por la escalera de hierro forjado y entré en el piso.

4

El piso estaba a oscuras, lo cual no había previsto, y no encontré a Louis ni en el saloncito delantero ni en el posterior, ni en su habitación.

En cuanto a Lestat, la puerta de su habitación estaba cerrada y la música de clavicémbalo, cadenciosa y bellísima, parecía emanar de las mismas paredes, como suele ocurrir con las grabaciones contenidas en los modernos discos compactos.

Encendí todas las lámparas en el saloncito delantero y me instalé en el sofá, dispuesto a leer de inmediato los papeles de Aaron.

No merecía la pena perder el tiempo pensando en Merrick, sus encantos y sus espíritus, y menos aún en la anciana, sus murmullos ininteligibles y su diminuto y arrugado rostro.

En cuanto a mis pensamientos sobre Oxalá, mi orisha, eran poco halagüeños. Los largos años que había pasado en Río habían sido de esforzada dedicación. Había creído en el candomblé en la medida en que yo, David Talbot, era capaz de creer en algo. Me había entregado a la religión en la medida en que era capaz de abandonarme a una causa. Y me había convertido en seguidor y adorador de Oxalá. Había sido poseído por él en numerosas ocasiones sin apenas recordar nada del trance en que había caído, y había seguido escrupulosamente sus reglas.

Pero todo eso había constituido un mero episodio en mi vida, un intermedio. A fin de cuentas, yo era un intelectual británico, antes y después. Y después de ingresar en la Orden de Talamasca, el poder que Oxalá o cualquier orisha pudiera tener sobre mí se había evaporado para siempre. Con todo, en esos momentos me sentía confuso y arrepentido. Me había entrevistado con Merrick para hablar de magia, imaginando que podría controlar lo que había ocurrido. Y la primera noche me había llevado un buen chasco.

No obstante, tenía que serenarme y examinar los papeles de Aaron. Se lo debía a mi viejo amigo. Lo demás podía esperar.

Pero no lograba borrar de mi mente la imagen de la anciana. Esperaba con impaciencia la llegada de Louis. Quería comentarle esos temas. Era importante que le explicara esos pormenores sobre Merrick, pero no tenía ni remota idea de dónde podía encontrarse Louis a estas horas.

La música de clavicémbalo constituía un alivio, como lo es siempre la música de Mozart, con la alegría que destilan todas sus composiciones, pero me sentía intranquilo e inseguro en aquellas cálidas habitaciones en las que acostumbraba pasar muchas horas solo o en compañía de Louis, o de Louis y Lestat.

Decidí sacudirme de encima aquellas inquietudes.

Era el mejor momento para leer los papeles de Aaron.

Me quité la chaqueta, me senté ante el amplio escritorio situado de frente a la habitación (puesto que a ninguno de nosotros nos gustaba trabajar de espaldas a la habitación), abrí el sobre y saqué los folios que me proponía leer.

El informe no era muy extenso, y tras leerlo someramente comprendí que Merrick me había ofrecido una imagen exhaustiva de los pensamientos de Aaron. No obstante, le debía a mi amigo leer sus escritos, palabra por palabra.

Me llevó unos momentos olvidarme de todo lo referente a mí y escuchar la conocida voz de Aaron expresándose en inglés, pese a que lo había escrito todo en latín. Tuve la sensación de que se encontraba allí conmigo, revisando y leyendo su informe para que yo pudiera hacer algún comentario al respecto antes de que él lo enviara a los Ancianos.

Aaron describía cómo me había conocido en Florida, donde había hallado el cuerpo envejecido de su amigo David Talbot muerto y sin haber recibido digna sepultura, mientras que el alma de David estaba encerrada en el cuerpo de un joven anónimo.

El joven era de origen angloindio, medía un metro noventa y dos centímetros de estatura, tenía el pelo castaño oscuro y ondulado, la piel tostada y unos muy ojos grandes de color castaño oscuro y mirada bondadosa. El joven gozaba de excelente salud y estaba en magnífica forma. Tenía un oído muy agudo y un buen sentido del equilibrio. Parecía carecer de todo espíritu, salvo el de David Talbot.

Aaron describía a continuación los días que habíamos pasado juntos en Miami, durante los cuales yo había proyectado con frecuencia mi espíritu fuera del cuerpo que albergaba, para luego recuperar el cuerpo perfectamente sin que se apreciara ninguna resistencia de un dominio espiritual conocido o desconocido.

Por último, tras dedicar un mes a esos experimentos, convencido de que podía permanecer en aquel cuerpo juvenil, yo había decidido recabar toda la información que pudiera sobre el alma que había reinado anteriormente en él.

No referiré esos pormenores aquí por cuanto conciernen a personas que no tienen nada que ver con esta narración. Baste decir que Aaron y yo teníamos la certeza de que el alma que había gobernado anteriormente mi nuevo cuerpo había desaparecido y era imposible rescatarla. Los informes del hospital referentes a los últimos meses de la vida de esa alma en la Tierra dejan bien claro que «la mente» del individuo había quedado destruida por unos desastres psíquicos y la extraña química de ciertas drogas que éste había ingerido, aunque las células del cerebro no habían sufrido daño alguno.

Yo, David Talbot, en plena posesión del cuerpo, no sentí que el cerebro hubiera quedado dañado.

Aaron describía de forma muy detallada la situación, explicando lo torpe que yo me había mostrado durante los primeros días con mi nueva estatura y el interés con que él había observado la forma en que ese «extraño cuerpo» se convertía poco a poco en su viejo amigo David, al tiempo que yo adquiría la costumbre de sentarme en las sillas con las piernas cruzadas o de cruzar los brazos delante del pecho, o encorvar la espalda a la hora de escribir o leer unos papeles.

Aaron comentaba que la mejoría de visión en mis ojos nuevos había sido una bendición para David Talbot, puesto que durante sus últimos años David había sufrido una pérdida de vista. Sí, eso también era cierto, aunque yo no había reparado en ello. En la actualidad veía como un vampiro y no recordaba esas gradaciones clave de visión mortal durante mi breve juventud faustiana.

A continuación, Aaron expresaba su deseo de que el informe completo de ese incidente no debía guardarse en los archivos de Talamasca, que estaban abiertos a todo el mundo.

«La transformación de David deja bien claro —decía Aaron textualmente— que el cambio de cuerpos es posible cuando uno trata con individuos expertos, y lo que me horroriza no es el hecho de que en la actualidad David ocupe este cuerpo joven y espléndido, sino la forma en que el cuerpo le fue arrebatado a su primer dueño por un ser a quien llamaremos el Ladrón de Cuerpos, con fines egoístas y siniestros.»

Seguidamente, Aaron decía que tenía el propósito de entregar aquellas hojas a los Ancianos de Talamasca.

Pero por motivos trágicos, no había podido hacerlo.

Los últimos párrafos, que ocupaban unas tres páginas, estaban escritos a mano en un estilo algo más ceremonioso.

Arriba aparecía escrito: «Desaparición de David.» Aaron se refería a Lestat simplemente como EVL. En esta última parte, su estilo reflejaba una mayor cautela y cierto pesar.

Aaron describía cómo yo había desaparecido de la isla de Barbados, sin dejar mensaje alguno, abandonando mis maletas, máquina de escribir, libros y papeles.

Qué terrible le debió de resultar a Aaron el ir a rescatar los desechos de mi vida, sin recibir una sola palabra de disculpa de mi parte.

«De no haber estado tan ocupado con los asuntos de las Brujas de Mayfair —escribió—, quizás esta desaparición no se habría producido nunca. Debí haber prestado más atención a D. durante su transición. Debí manifestarle mi afecto de forma más firme para conquistar su plena confianza. Lo cierto es que sólo puedo deducir lo que le ha ocurrido, y temo que haya sido víctima involuntaria de una catástrofe espiritual.

»Sin duda se pondrá en contacto conmigo. Lo conozco bien y sé que lo hará. Acudirá a mí. Sea cual sea su estado de ánimo, que no puedo imaginar, me consta que acudirá a mí en busca de consuelo.»

Me dolió tanto leer esto que dejé los folios a un lado. Durante unos momentos sólo fui consciente de mi fallo, de mi fallo tremendo y cruel.

Pero quedaban otras dos hojas, que debía leer. Tras una pequeña pausa para recuperarme, seguí leyendo las últimas notas de Aaron.

«Ojalá pudiera acudir a los Ancianos en busca de ayuda. Ojalá pudiera, después de los años que llevo en Talamasca, tener una confianza absoluta en nuestra Orden y en la autoridad de los Ancianos. Pero nuestra Orden, que yo sepa, se compone de hombres y mujeres mortales que distan mucho de ser infalibles. Por lo demás, no puedo recurrir a nadie sin hacerle partícipe de unos conocimientos que no deseo compartir.

»De un tiempo a esta parte, Talamasca ha tenido numerosos problemas. Y mientras no se resuelva la identidad de los Ancianos, y no tengamos la certeza de poder comunicarnos directamente con ellos, este informe debe permanecer en mis manos.

»Entre tanto, nada puede quebrantar mi fe en D., ni mi fe en su bondad esencial. Al margen de las corrupciones que podamos haber sufrido nosotros en la Orden de Talamasca, ésta nunca mancilló la ética de David, ni de muchos como él, y aunque todavía no puedo confiar en ellos, me consuela el hecho de que David pueda presentarse, sino ante mí, al menos ante ellos.

»Mi fe en David es tan grande que a veces mi imaginación me juega malas pasadas, y creo verle aunque enseguida me doy cuenta de mi error. Por las noches le busco entre la multitud. He regresado a Miami en su busca. Le he enviado un mensaje telepáticamente. No me cabe duda de que una noche, muy pronto, David responderá, aunque sólo sea para despedirse de mí.»

Sentí un dolor desgarrador. Durante un rato sólo fui capaz de experimentar la inmensidad de la injusticia de que había sido víctima Aaron.

Por fin recuperé, no sin esfuerzo, la movilidad.

Doblé los folios con cuidado, los metí de nuevo en el sobre y permanecí sentado bastante tiempo, con los codos apoyados en le mesa, cabizbajo.

La música de clavicémbalo había cesado hacía rato, y aunque me encantaba, me impedía pensar con claridad, así que me alegré de poder gozar de unos minutos de silencio.

Jamás había sentido una tristeza tan amarga. Jamás me había sentido tan descorazonado. La mortalidad de Aaron me parecía tan real como su vida. De hecho, ambas me parecían auténticamente milagrosas.

Por lo que respectaba a Talamasca, yo sabía que sus heridas acabarían sanando. Eso no me preocupaba, aunque Aaron había estado en lo cierto al sospechar de los Ancianos hasta que se resolviera la cuestión de su identidad y autoridad.

Cuando yo abandoné la Orden, el tema de la identidad de los Ancianos se debatía intensamente. Y ciertos incidentes referentes a los secretos habían causado corruptelas y traiciones. El asesinato de Aaron formaba parte de aquel clima malsano. El célebre Ladrón de Cuerpos que había seducido a Lestat era uno de los nuestros.

¿Quiénes eran los Ancianos? ¿Eran también corruptos? Yo no lo creía. Talamasca era una orden muy antigua y autoritaria que avanzaba con lentitud en lo tocante a asuntos eternos, siguiendo el reloj del Vaticano. Pero ahora todo esto estaba vedado para mí. Unos seres humanos se encargarían de depurar y reformar Talamasca, tal como habían empezado a hacer. Yo no podía ayudarlos en su empresa.

Que yo supiera, los problemas internos habían sido solventados. Lo que no sabía, ni deseaba saber, era cómo ni quién lo había conseguido.

Sólo sabía que los seres que yo amaba, inclusive Merrick, parecían estar en paz con la Orden, aunque tenía la impresión de que Merrick, y aquellos a quienes yo había espiado de vez en cuando en otros lugares, tenían un concepto más «realista» que yo de la Orden y sus problemas.

Y, por supuesto, mi entrevista con Merrick, y lo que habíamos hablado, debía constituir un secreto entre nosotros dos.

Pero ¿cómo iba a mantener un secreto con una bruja que me había hecho un conjuro con extraordinaria rapidez, eficacia y desenfado? Al pensar en ello volví a enfurecerme. Me arrepentí de no haberme apoderado de la estatuilla de san Pedro. Eso le habría servido de escarmiento.

Pero ¿qué se había propuesto Merrick? ¿Advertirme de su poder, hacerme comprender que Louis y yo, unos seres terrenales, no éramos inmunes a ella, o que nuestro plan era peligroso?

De pronto me sentía somnoliento. Como ya he dicho, me había alimentado antes de reunirme con Merrick, y no tenía necesidad de beber sangre.

Pero sentía un gran deseo de hacerlo por haber tocado a Merrick, sobre la que no dejaba de fantasear, y experimenté un amodorramiento debido a mi pugna con ella y al dolor que me causaba pensar en Aaron, que había muerto sin recibir una palabra de aliento de mi parte.

Cuando me disponía a tumbarme en el sofá, oí un sonido muy agradable que reconocí en el acto, pese al tiempo transcurrido. Era el canto de unos canarios y el ligero ruido metálico que organizaban dentro de la jaula. Oí su aleteo, el rechinar del pequeño trapecio o columpio o como se llame, el crujido de los goznes de la jaula.

Entonces volvió a sonar la música de clavicémbalo, muy rápida, mucho más de lo que pudiera desear un ser humano. Era una música enloquecida, rebosante de magia, como si un ser sobrenatural tocara el teclado.

Comprendí al instante que Lestat no estaba en casa, ni lo había estado en todo el rato, y que esos sonidos —esta música y el suave estrépito de los pájaros—, no venían de su habitación, que estaba cerrada.

No obstante, tenía que comprobarlo.

Con lo poderoso que es, Lestat puede ocultar su presencia casi por completo, y yo, que soy su pupilo, no puedo captar nada de su mente.

Me levanté torpemente, soñoliento, sorprendido de mi cansancio, y me dirigí por el pasillo hacia su habitación. Llamé respetuosamente, esperé unos momentos prudenciales y abrí la puerta.

Todo estaba en orden. Contemplé el gigantesco lecho de columnas típico de una plantación sureña, de caoba tropical, con su polvoriento dosel de guirnaldas de rosas y los cortinajes de terciopelo rojo oscuro, el color preferido de Lestat. La mesita de noche estaba cubierta de polvo, al igual que el escritorio situado cerca de la cama y los libros en la estantería. No se veía ningún tocadiscos ni instrumento musical.

Me volví, con la intención de regresar al saloncito, para escribir esto en mi diario, si es que conseguía dar con él, pero me sentía tan torpe y soñoliento que creí preferible echar un sueñecito. Por otra parte estaba la cuestión de la música y los pájaros. Algo sobre los pájaros me llamó la atención. ¿Qué era? Algo que Jesse Reeves había escrito en su informe sobre la terrorífica visión que la había perseguido en las ruinas de esta casa hacía unas décadas. Unos pajaritos.

—¿De modo que ya ha empezado? —murmuré.

Me sentía muy débil, deliciosamente débil. Me pregunté si a Lestat le molestaría que me tumbara un ratito en su cama. Tal vez se presentara esta noche. Nunca sabíamos cuándo iba a aparecer. No era correcto por mi parte. Pese al sueño que tenía, empecé a mover la mano rápidamente al ritmo de la música. Conocía esa hermosa sonata de Mozart, la primera que el joven genio había compuesto, una obra excelente. No era de extrañar que los pájaros estuvieran tan alegres. Sin duda sentía una afinidad con esa música, pero era muy importante no tocarla a una velocidad tan precipitada, por hábil que fuera la persona que la interpretara, por hábil que fuera la niña.

Salí de la habitación como si avanzara a través de agua y me encaminé a mi dormitorio, donde tenía mi propia cama, muy cómoda por cierto, pero entonces comprendí que era necesario que me acostara en mi ataúd, en mi escondrijo, porque no podía permanecer consciente hasta el amanecer.

—Sí, es imprescindible que vaya —dije en voz alta, pero no oí mis palabras debido al volumen de la música tan viva. De pronto me di cuenta, disgustado, de que había entrado en el saloncito trasero del piso, el que daba al jardín, y que me había aposentado en el sofá.

Louis estaba a mi lado, ayudándome a instalarme en el sofá. Me preguntó si me ocurría algo malo.

Le miré, y me pareció la viva imagen de la perfección masculina, con esa camisa de seda blanca y esa chaqueta de terciopelo negro de corte impecable, con su melena negra y rizada peinada con esmero hacia atrás, formando unos airosos y atractivos bucles sobre el cuello de la chaqueta. Me encantaba contemplarlo, como me encantaba contemplar a Merrick.

Pensé en lo distintos que eran sus ojos verdes de los de Merrick. Los ojos de Louis eran más oscuros. No se apreciaba un círculo negro en torno al iris, y sus pupilas no destacaban tanto como las de ella. No obstante, tenía unos ojos preciosos.

En el piso reinaba un silencio total.

Durante unos momentos no pude hacer ni decir nada.

Luego lo miré mientras se sentaba junto a mí en una butaca tapizada de terciopelo rosa. En sus ojos se reflejaba la luz de una lámpara cercana. A diferencia de Merrick, cuyo rostro dejaba siempre entrever una expresión desafiante, incluso cuando estaba relajada, los ojos de Louis traslucían paciencia y serenidad, como los de una pintura, fijos e inmutables.

—¿La has oído? —pregunté.

—¿A qué te refieres? —contestó Louis.

—¡Dios mío, ya ha comenzado! —repuse suavemente—. ¿No te acuerdas? Haz memoria, hombre. ¿No te acuerdas de lo que te dijo Jesse Reeves? Intenta recordarlo.

Entonces le expliqué, un tanto atropelladamente, lo de la música de clavicémbalo y el canto de los pájaros. El mismo sonido que Jesse había oído hacía unas décadas, la noche en que había hallado el diario de Claudia en un escondite en la desvencijada pared. El sonido había estado acompañado por una visión de quinqués y figuras que se movían. Jesse, aterrorizada, había salido huyendo del piso, llevándose una muñeca, un rosario y el diario, para no volver jamás.

El fantasma de Claudia la había perseguido hasta la oscura habitación de un hotel. De allí habían trasladado a Jesse, enferma y sedada, a un hospital, tras lo cual había regresado a Inglaterra y, que yo supiera, no había vuelto a poner los pies en este lugar.

Jesse Reeves se había convertido en una vampiro debido a su destino, no a los errores o fallos de los de Talamasca. Y la propia Jesse Reeves había contado a Louis esta historia.

Ambos conocíamos los detalles, pero yo no recordaba que Jesse hubiera identificado la composición musical que había oído en las sombras.

Fue Louis quien dijo con tono quedo que sí, que a su amada Claudia le encantaban las primeras sonatas de Mozart, que le gustaban porque éste las había compuesto de niño.

De pronto se apoderó de Louis una intensa emoción. Se levantó, dándome la espalda, y se puso a mirar, según deduje, a través de los visillos de encaje, el cielo que se extendía sobre los tejados y los altos plataneros que crecían junto a los muros del jardín.

Le observé guardando un educado silencio. Sentí que recobraba la energía. Sentí la fuerza sobrenatural con la que siempre podía contar desde la primera noche que me había saciado de sangre.

—Sí, ya sé que debe de resultar fascinante —dije al cabo de unos momentos—. Es muy fácil llegar a la conclusión de que nos aproximamos.

—No —contestó Louis, volviéndose sin brusquedad hacia mí—. ¿No lo comprendes, David? Has oído la música. Yo no. Jesse oyó la música. Yo no la he oído nunca. Nunca. Y llevo años esperando oírla, deseando oírla, pero no lo he conseguido.

Se expresaba con un marcado y preciso acento francés, como le ocurría siempre que se hallaba bajo una fuerte tensión emocional. Me encantaba la riqueza de su lenguaje. Creo que las personas de habla anglosajona deberíamos prestar más atención a los acentos. Nos enseñan mucho sobre nuestra propia lengua.

Yo le amaba, amaba sus movimientos elegantes y airosos, la pasión o indiferencia con que reaccionaba ante las cosas. Conmigo se había comportado con extraordinaria generosidad desde que nos habíamos conocido, ofreciéndose a compartir conmigo su casa, esta casa, y su lealtad hacia Lestat era incuestionable.

—Si te sirve de consuelo —me apresuré a añadir—, he visto a Merrick Mayfair. Le he hecho unas preguntas, y no creo que rechace nuestra petición.

La sorpresa de Louis me dejó perplejo. A veces olvido hasta qué punto es humano: es el más débil de los dos, y no puede penetrar en la mente de los demás. Yo creía que últimamente me había estado vigilando, manteniendo las distancias, pero espiando como sólo un vampiro o un ángel es capaz de hacer, para comprobar cuándo iba a producirse mi encuentro con Merrick.

Se acercó y volvió a sentarse en la butaca.

—Cuéntamelo todo —dijo.

Durante unos instantes, su rostro se tiñó de rojo y perdió su palidez sobrenatural. Parecía un joven de veinticuatro años, con unos rasgos bien definidos y armoniosos y unas mejillas enjutas y exquisitamente modeladas. Era tan extraordinariamente perfecto, que parecía como si Dios lo hubiera creado para que lo pintara Andrea del Sarto.

—Te lo ruego, David, cuéntamelo todo —insistió en vista de mi silencio.

—Descuida, lo haré. Pero permíteme que reflexione unos instantes. Está ocurriendo algo y no sé si es obra de la malévola mente de Merrick.

—¿Malévola mente? —preguntó con ingenuidad.

—No lo decía en serio. Es una mujer muy fuerte, con una personalidad de lo más extraña. Te lo contaré todo, sí.

Pero antes de comenzar le observé de nuevo, convencido de que ninguno de los nuestros, esto es, ninguno de los vampiros ni bebedores de sangre inmortales con quienes me había tropezado, era ni remotamente parecido a él.

Durante los años que había permanecido con él, habíamos sido testigos de numerosos prodigios. Habíamos visto a los seres más ancianos de nuestra especie, lo cual no sólo nos había hecho sentirnos humildes sino que había puesto en ridículo la larga búsqueda por parte de Louis, durante todo el siglo XIX, de unas respuestas que no existían.

Durante nuestras recientes convocatorias, muchos de los ancianos habían ofrecido a Louis el poder de su sangre antigua. La vieja Maharet, a quien considerábamos la hermana gemela de la Madre absoluta de todos nosotros, había insistido machaconamente a Louis para que bebiera de sus venas. Yo había observado la escena con profunda aprensión. Al parecer, la debilidad de Louis ofendía a Maharet.

Louis había rechazado su ofrecimiento. Se había negado a hacer lo que le pedía. Jamás olvidaré aquella conversación.

—No me complace mi debilidad —le había explicado—. Tu sangre transmite poder, no lo dudo. Sólo un idiota lo pondría en duda. Pero he llegado a la conclusión, por lo que he aprendido de vosotros, de que es importante saber morir. Si bebo tu sangre seré, al igual que tú, demasiado fuerte para realizar el sencillo acto de suicidarme. Y no puedo consentirlo. Deja que siga siendo humano entre vosotros. Deja que adquiera mi fuerza despacio, como hiciste tú antiguamente, a partir del tiempo y de sangre humana. No quiero convertirme en el ser en el que se ha convertido Lestat por haber bebido la sangre de los Ancianos. No quiero ser tan fuerte y hallarme tan lejos como él de una muerte sencilla.

El evidente disgusto de Maharet me asombró. Nada sobre Maharet es sencillo, precisamente porque todo lo es. Quiero decir que es tan anciana que está totalmente alejada de la expresión común de unas emociones sensibles, salvo quizá por un designio deliberado y misericordioso.

Cuando Louis rechazó su oferta, Maharet se desentendió de él y, que yo sepa, no volvió a mirarle a la cara ni a pronunciar su nombre. No le lastimó, aunque tuvo sobradas oportunidades. Pero para ella ya no era un ser vivo, ya no era uno de «nosotros». En todo caso, ésa fue mi impresión.

Pero ¿quién era yo para juzgar a una criatura como Maharet? El hecho de haberla visto, de haber oído su voz, de haber permanecido un tiempo con ella en su santuario, no era sino motivo para sentirme agradecido.

Yo respetaba a Louis por haberse negado a beber el elixir de los dioses tenebrosos. Louis había sido convertido en vampiro por Lestat, cuando éste era muy joven. Louis era mucho más fuerte que los humanos, capaz de fascinarlos y de derrotar al mortal más hábil sin mayores problemas. Aunque seguía atado a las leyes de la gravedad en mayor medida que yo, podía moverse por el mundo con gran rapidez, consiguiendo un grado de invisibilidad que yo jamás había alcanzado. No podía captar los pensamientos de los demás, y no era un espía.

Con todo, Louis seguramente moriría si se exponía a la luz del sol, aunque había superado el estadio en que el sol le reduciría a cenizas, como le había sucedido a Claudia setenta años después de su nacimiento. Louis seguía teniendo que alimentarse de sangre todas las noches. Era muy probable que fuera a buscar alivio en las llamas de una pira.

Me estremecí al recordar las deliberadas limitaciones de aquella criatura y la sabiduría que parecía poseer.

Mi sangre era extraordinariamente fuerte debido a que procedía de Lestat, que no sólo había bebido la sangre del viejo Marius, sino de la Reina de los Condenados, la vampiro progenitora. No sé exactamente qué tendría que hacer yo para poner fin a mi existencia, pero sabía que no sería empresa fácil. En cuanto a Lestat, cuando pensaba en sus aventuras y sus poderes, me parecía imposible que lograra abandonar este mundo por ningún medio.

Esos pensamientos me disgustaron tanto que cogí la mano de Louis.

—Esta mujer es muy poderosa —dije a modo de preámbulo—. Esta noche me ha hecho unos cuantos trucos y no sé por qué ni cómo.

—Estás agotado —comentó Louis amablemente—. ¿Seguro que no quieres descansar un rato?

—No, necesito hablar contigo —respondí.

Y empecé describiendo nuestro encuentro en el café y todo lo que ocurrió entre nosotros, inclusive mis recuerdos de la niña Merrick de hace unos años.

5

Le conté todo lo que les he contado hasta ahora.

Describí incluso mis escasos recuerdos de mi primer encuentro con la niña Merrick, y mi temor contenido cuando tuve la certeza de que los antepasados de los daguerrotipos habían manifestado su aprobación con respecto a Aaron y a mí.

Louis se mostró sorprendido cuando le referí esa parte de la historia, pero no me dejó detenerme, sino que me instó a proseguir.

Le expliqué brevemente que nuestro encuentro había desencadenado en mí otros recuerdos de Merrick, más eróticos, pero que ésta no había rechazado su petición.

Le dije que Merrick le había visto y que sabía quién era y qué era mucho antes de que los de Talamasca le hubieran pasado alguna información sobre los vampiros. Es más, que yo supiera, nadie había pasado a Merrick ninguna información sobre los vampiros.

—Recuerdo más de un encuentro con ella —comentó Louis—. Debí decírtelo, pero a estas alturas ya debes de saber cómo soy.

—¿Qué quieres decir?

—Sólo te cuento lo imprescindible —respondió suspirando—. Quiero creer lo que digo, pero es difícil. Sí, tuve un encuentro con Merrick. Es cierto. Y también es cierto que me maldijo. Eso bastó para que me alejara de ella. Cometí con ella un error de apreciación. Pero no estaba asustado. Si yo pudiera adivinar los pensamientos de los demás como haces tú, no habría caído en ese error.

—Explícate —dije.

—Me encontraba en un callejón, bastante peligroso. Creí que Merrick deseaba morir. Caminaba sola en la oscuridad y al oír mis pisadas tras ella, no se molestó en volverse ni apretar el paso. Fue una actitud imprudente y muy inusual en una mujer. Supuse que estaba cansada de vivir.

—Te comprendo.

—Pero luego, cuando me aproximé a ella —continuó Louis—, me fulminó con la mirada y me transmitió una advertencia que percibí con la misma claridad que si la hubiera expresado de viva voz: «Si me tocas te destruiré.» Es la mejor traducción del francés que soy capaz de hacer. Me maldijo y me llamó de todo, unos insultos que no estoy seguro de lo que significan. Pero no me alejé de ella atemorizado. Simplemente, no le planté cara. Me acerqué a ella porque estaba sediento y creí que deseaba morir.

—Comprendo —dije—. Encaja con lo que ella me contó. Según tengo entendido, te ha visto en otras ocasiones, de lejos.

Louis reflexionó unos momentos antes de responder.

—Había una anciana, una anciana muy poderosa.

—Así que has oído hablar de ella...

—Cuando acudí a ti para pedirte que te entrevistaras con Merrick, había oído hablar de ella, sí. Pero de eso hace mucho tiempo, cuando la anciana vivía. Me consta que me había visto algunas veces y sabía quién era yo. —Hizo una breve pausa y continuó—: Hace tiempo, antes de principios de siglo, había unas mujeres que practicaban el vudú y que estaban informadas de nuestra existencia. Pero estábamos seguros porque nadie las creía.

—Por supuesto —respondí.

—Confieso que nunca creí mucho en esas mujeres. Cuando me encontré con Merrick, presentí algo tremendamente poderoso y ajeno a mis conocimientos. Pero continúa, por favor. Cuéntame lo que ocurrió esa noche.

Le expliqué que después de haber acompañado a Merrick al hotel Windsor Court había caído sobre mí un conjuro acompañado de numerosas apariciones, la más nefasta y terrorífica de las cuales había sido la de Gran Nananne, la madrina de Merrick, que había muerto hacía años.

—Si hubieras visto a esas dos figuras hablando entre ellas en la entrada de la casa, si hubieras visto lo absortas que estaban en la conversación, su aire de complicidad y el descaro con que me observaron, se te habrían puesto los pelos de punta.

—No lo dudo —contestó Louis—. Y dices que las viste, como si realmente estuvieran allí. No fue simplemente una imaginación tuya.

—No, querido amigo, las vi con claridad. Parecían reales. Claro que no tenían el aspecto de la gente normal. ¡Pero estaban allí!

A continuación le conté lo de mi regreso al hotel, el altar, Papá Legba y mi vuelta a casa, y describí de nuevo la música de clavicémbalo y el canto de los pájaros enjaulados.

Louis se mostró visiblemente triste al oír eso, pero no me interrumpió.

—Como ya te he contado —dije—, reconocí la música. Era la primera sonata de Mozart. La persona que la tocaba lo hacía de una forma totalmente irreal, llena de...

—Cuéntame.

—Pero tú debiste de oírla. Fue escalofriante. Me refiero a que debiste de oír esa música hace mucho tiempo, cuando alguien la tocó en esta casa por primera vez, porque esos sucesos fantasmagóricos sólo repiten algo que sucedió antiguamente.

—Llena de ira —dijo Louis suavemente, como si la palabra «ira» le hiciera bajar la voz.

—Sí, estaba llena de ira. Era Claudia la que tocaba, ¿no es así?

Louis no respondió. Parecía sobrecogido por sus recuerdos y reflexiones.

—Pero no sabes si fue Claudia quien te hizo oír esos sonidos —dijo por fin—. Pudo haber sido Merrick y sus conjuros.

—Tienes razón, pero tampoco sabemos si fue Merrick quien provocó las otras apariciones. El altar, la vela, incluso mi sangre en el pañuelo... Nada de eso demuestra que fuera Merrick quien me envió esos espíritus. Debemos tener en cuenta el fantasma de Gran Nananne.

—¿Te refieres a que ese fantasma pudo interferirse entre nosotros?

—Quizás ese fantasma quiera proteger a Merrick —dije asintiendo con la cabeza—. Quizá quiera impedir que su ahijada invoque el alma de un vampiro. ¡Quién sabe!

Louis parecía a punto de caer en la desesperación. Seguía conservando la serenidad y la compostura, pero tenía el rostro crispado. Se dominó enseguida y se volvió hacia mí para cederme la palabra, como si no se sintiera capaz de expresar lo que sentía.

—Escucha, Louis. Sólo tengo unos conocimientos vagos sobre lo que voy a decir, pero es muy importante.

—¿De qué se trata? —Louis volvía a mostrarse animado y humilde, sentado muy tieso en la butaca, instándome a continuar.

—Tú y yo somos criaturas terrenales. Somos vampiros. Pero somos materiales. De hecho, estamos profundamente vinculados con el *homo sapiens* en tanto en cuanto nos alimentamos tan sólo de la sangre de esa especie. Sea cual sea el espíritu que se aloja en nuestros cuerpos, que rige nuestras células, que nos permite vivir, es un espíritu insensible y, por lo que a nosotros nos atañe, anónimo. Supongo que estarás de acuerdo en esto...

—Desde luego —contestó Louis, ansioso por seguir escuchándome.

—Lo que hace Merrick es magia, Louis. Pertenece a otro ámbito.

No respondió.

—Lo que le hemos pedido que haga es magia —proseguí—. El vudú es magia, al igual que el candomblé, al igual que el sacrificio de la misa.

Louis se mostró sorprendido, pero fascinado.

—Dios es mágico —continué—, como también lo son los santos. Los ángeles son mágicos. Los fantasmas, si son las apariciones de unas almas que en otro tiempo habitaron en la Tierra, también son mágicos.

Louis asimiló estas palabras respetuosamente, en silencio.

—Quede claro —proseguí—, que no digo que todos estos elementos mágicos sean iguales. Lo que sí digo es que todos ellos están divorciados de lo material, de la Tierra, de la carne. Por supuesto, reaccionan recíprocamente con la materia, con la carne. Pero pertenecen al ámbito de la pura espiritualidad donde existen otras leyes, unas leyes distintas de nuestras leyes físicas y terrenales.

—Ya te entiendo —dijo Louis—. Me adviertes que esta mujer es capaz de hacer ciertas cosas que pueden confundirnos, como confundirían a unos hombres mortales.

—Sí, en parte eso es lo que pretendo —respondí—. No obstante, Merrick puede hacer mucho más que confundirnos. Debemos considerarla, tanto a ella como a sus poderes, con el máximo respecto.

—Te comprendo muy bien —dijo Louis—. Pero si los seres humanos poseen un alma que sobrevive a la muerte, un alma que puede manifestarse como un espíritu ante los vivos, eso significa que los seres humanos poseen también unos componentes mágicos.

—Sí, un componente mágico, que tú y yo todavía tenemos, junto con un componente adicional vampírico, pero cuando un alma abandona realmente su cuerpo físico entra en el reino de Dios.

—De modo que crees en Dios —dijo Louis, asombrado.

—Sí, creo que sí. Miento, estoy seguro de ello. ¿Para qué ocultarlo como si fuera fruto de un talante ingenuo o absurdo?

—Entonces debes de sentir un gran respeto por Merrick y su magia —comentó Louis—. Y crees que Gran Nananne, como tú la llamas, puede ser un espíritu muy poderoso.

—Exactamente —respondí.

Louis se reclinó en la butaca, moviendo los ojos de un lado para otro bastante rápidamente. Se sentía excitado por lo que yo le había contado, pero su estado de ánimo era de profundo pesar y nada de lo que yo dijera podía hacerle adoptar una expresión alegre o satisfecha.

—Según dices, Gran Nananne puede ser peligrosa —murmuró—. Quizá quiera proteger a Merrick de...

Su pesadumbre le confería un aspecto espléndido. Pensé de nuevo en los retratos de Andrea del Sarto. Tenía una belleza sensual, pese a las líneas nítidas y pronunciadas de sus ojos y su boca.

—No espero que mi fe influya lo más mínimo en ti —dije—. Pero quiero recalcar estos sentimientos porque la cuestión del vudú, de los espíritus, es un tema peligroso.

Louis se mostraba turbado pero no atemorizado, ni siquiera en guardia. Yo quería añadir más, quería contarle mis experiencias en Brasil, pero no era ni el momento ni el lugar oportunos.

—Pero en lo referente a los fantasmas, David —dijo al cabo de unos momentos, manteniendo un tono respetuoso—, sin duda existe todo tipo de fantasmas.

—Sí, me parece que sé lo que quieres decir —repuse.

—Concretamente, esta Gran Nananne, suponiendo que apareciera por voluntad propia, ¿de dónde provenía?

—Eso no podemos saberlo de ningún fantasma, Louis.

—Pero algunos fantasmas son manifestaciones de espíritus terrenales, según afirman los estudiosos de lo esotérico, ¿no es así?

—En efecto.

—Si esos fantasmas son los espíritus de los muertos terrenales, ¿cómo podemos afirmar que son puramente mágicos? ¿Acaso no se hallan dentro de la atmósfera? ¿Acaso no pugnan por alcanzar a los vivos? ¿No están divorciados de Dios? ¿Cómo interpretar si no el hecho de que Claudia se apareciera a Jesse? Si no fue Claudia, eso significa que no se ha trasladado a un ámbito puramente espiritual. Eso significa que Claudia no pertenece a las leyes ajenas a nosotros, que no ha alcanzado la paz.

—Ya entiendo —repuse—. De modo que éste es el motivo por el que quieres llevar a cabo el rito. —Me sentía como un estúpido por no haber caído hasta entonces en la cuenta—. Crees que Claudia sufre.

—Es posible —contestó Louis—, suponiendo que Claudia no se apareciera a Jesse tal como creyó ésta. —Parecía muy deprimido—. Francamente, confío en que no consigamos que se nos aparezca el espíritu de Claudia. Confío en que el poder de Merrick resulte ineficaz. Confío en que si Claudia tiene un alma inmortal, ésta se haya reunido con Dios. Confío en cosas en las que no creo.

—De modo que por eso te atormenta la historia del fantasma de Claudia. No quieres hablar con ella. Sólo quieres comprobar si está en paz.

—Sí, porque temo que su espíritu se sienta inquieto y atormentado. No puedo saberlo por las historias de otros. Nunca se me ha aparecido un espíritu, David. Ya te he dicho que nunca he oído aquí esa música de clavicémbalo, ni el canto de unos pájaros enjaulados. Nunca he presenciado nada que indique que Claudia existe en alguna parte bajo alguna forma. Quiero invocar a Claudia para saberlo.

Esta confesión le había costado un esfuerzo. Se reclinó de nuevo en la butaca y volvió el rostro, tal vez para replegarse en lo más íntimo de su alma.

—Si hubiera conseguido verla —dijo por fin, manteniendo los ojos fijos en un punto invisible en las sombras—, habría podido llegar a alguna conclusión, por vaga que fuera. Por más que intento convencerme de que ningún espíritu errante podría hacerme creer que era Claudia, lo cierto es que nunca he visto a un espíritu errante, ni nada remotamente parecido. Sólo me baso en la historia de Jesse sobre lo sucedido, que la misma Jesse trató de suavizar para no herir mis sentimientos, y las balbucientes declaraciones de Lestat de que Claudia se le apareció también a él, unas experiencias pasadas que lo abrumaron cuando padeció su aventura con el Ladrón de Cuerpos.

—Sí, le he oído hablar de eso.

—Pero tratándose de Lestat, cualquiera sabe... —dijo Louis—. Es posible que estuviera describiendo su conciencia a través de esas historias. No lo sé. Lo único que sé es que ansío desesperadamente que Merrick Mayfair trate de invocar el espíritu de Claudia y que estoy preparado para lo que pueda suceder.

—En todo caso, crees estar preparado —me apresuré a decir, un tanto injustamente.

—Comprendo que el conjuro del que has sido víctima esta noche te haya impresionado.

—No puedes imaginar hasta qué punto —contesté.

—De acuerdo, lo confieso. No puedo imaginarlo. Pero hay algo que no entiendo. Te has referido a un ámbito más allá de la Tierra y dices que Merrick utiliza la magia para tratar de alcanzarlo. Pero ¿qué tiene que ver en ello la sangre? Porque ella utiliza la sangre en sus ritos, ¿no es así? —Louis prosiguió, visiblemente enojado—: El vudú contiene casi siempre una ofrenda de sangre —afirmó—. Dices que el sacrificio de la misa es mágico, y te comprendo, porque si el pan y el vino se transforman en el sacrificio de la crucifixión, demuestra que es mágico, pero ¿qué tiene que ver la sangre? Somos unos seres terrenales, sí, pero un pequeño componente de nosotros es mágico, ¿y por qué exige ese componente de sangre?

Louis se expresó acaloradamente al terminar, mirándome casi con severidad, aunque yo sabía que sus emociones no tenían nada que ver conmigo.

—Lo que digo es que podemos comparar los rituales que se vienen practicando desde siempre en todo el mundo en las distintas religiones y sistemas de magia, pero siempre contienen un elemento de sangre. ¿Por qué? Sé que los seres humanos no pueden vivir sin sangre, por supuesto; sé que «la sangre es vida», según dice Drácula; sé que la humanidad habla a gritos y en murmullos sobre altares cubiertos de sangre, y sobre baños de sangre y parentescos de sangre, que la sangre exige sangre, y sobre la pureza de la sangre. Pero ¿por qué? ¿Cuál es el vínculo esencial que une a esas tradiciones y supersticiones? Y ante todo, ¿por qué Dios desea sangre?

No sabía qué decir. No quería precipitarme en mi respuesta. Por otra parte, no tenía una respuesta. Su pregunta era demasiado profunda. La sangre constituía una parte esencial del candomblé. Y también de los ritos auténticos del vudú.

—No me refiero concretamente a tu Dios —continuó Louis con tono amable—, pero el Dios del sagrado sacrificio de la misa exige sangre, y la crucifixión se considera uno de los sacrificios de sangre más importantes de todos los tiempos. Pero ¿y los otros dioses, los dioses de la antigua Roma para quienes era necesario que se derramara sangre en la arena del circo y sobre el altar, o los dioses aztecas que seguían exigiendo sacrificios humanos a cambio de gobernar el universo cuando los españoles desembarcaron en sus costas?

—Quizá no formulemos la pregunta en sus justos términos —respondí por fin—. Quizá no sean los dioses quienes exijan sangre, sino nosotros. Quizá la hayamos convertido en el vehículo de la transmisión divina. Quizás algún día el mundo consiga abandonar esta vieja superstición.

—Hummm, no se trata de un mero anacronismo —replicó Louis—, sino de un auténtico misterio. ¿Por qué los nativos de la antigua Suramérica tienen una sola palabra para designar a las flores y a la sangre?

Volvió a levantarse de la butaca, con expresión inquieta, se acercó de nuevo a la ventana y se puso a mirar a través de los visillos de encaje.

—Yo tengo mis propios sueños —dijo con voz queda—. Sueño con que ella vendrá para decirme que está en paz y me dará valor para hacer lo que debo hacer.

Esas palabras me entristecieron y turbaron.

—El Todopoderoso no ha fijado su canon contra mi inmolación —dijo parafraseando a Shakespeare—, porque para conseguirlo lo único que tengo que hacer es no refugiarme cuando despunte el día. Sueño con que ella me advertirá del fuego del infierno y la necesidad de que me arrepienta. Pero nos movemos dentro de una pequeña representación mágica, ¿no es cierto? Si ella se presenta, quizá tenga que avanzar a tientas. Quizá se sienta perdida entre las almas errantes que vio Lestat cuando viajó fuera de este mundo.

—Todo es posible —comenté.

Se produjo una larga pausa durante la cual me acerqué silenciosamente a él y apoyé una mano en su hombro, para indicarle que respetaba su dolor. Él no respondió a ese pequeño gesto de intimidad. Volví a sentarme en el sofá y esperé. No tenía intención de dejarle con aquellos pensamientos tan sombríos.

Por fin se volvió.

—No te muevas —dijo con voz queda, y salió de la habitación y echó a andar por el pasillo. Le oí abrir una puerta. Unos instantes después regresó con algo que parecía una pequeña fotografía antigua.

Sentí una gran curiosidad. ¿Podía ser lo que imaginaba?

Reconocí el pequeño estuche de gutapercha en el que estaba montada, como los daguerrotipos enmarcados que me había enseñado Merrick. Parecía antiguo y bien conservado.

Louis abrió el estuche y contempló la imagen.

—Te has referido a las fotografías de parientes de nuestra querida bruja —dijo con tono reverencial—. Te preguntabas si no serían los vehículos para las almas tutelares.

—En efecto. Hubiera jurado que esos pequeños retratos nos miraban a Aaron y a mí.

—Dijiste que no podías imaginar lo que había significado para nosotros contemplar por primera vez, hace muchos años, unos daguerrotipos, o como se llamen.

Aquello me dejó asombrado. De modo que había estado allí, vivo, testigo de la escena. Se había trasladado del mundo de los retratos pintados al de las imágenes fotográficas. Se había desplazado a través de aquellas décadas y ahora estaba vivo, en nuestra época.

—Imagina unos espejos —dijo— a los que todo el mundo está acostumbrado. Imagina que el reflejo queda congelado para siempre. En eso consistía el mecanismo. Excepto que el color desaparecía por completo, mostrando tan sólo el horror, por así decir; pero a nadie le pareció un fenómeno extraordinario cuando se produjo, y poco después se convirtió en algo corriente. No fuimos capaces de apreciar ese milagro. Se hizo popular con demasiada rapidez. Al principio, cuando se instalaron los primeros estudios, no era para nosotros.

—¿Para nosotros?

—¿No lo entiendes, David? Tenían que tomarlas a la luz del día. Las primeras fotografías pertenecían sólo a los mortales.

—Por supuesto. No había caído en ello.

—Ella odiaba ese nuevo arte —dijo Louis, contemplando de nuevo la imagen—. Y una noche, sin que yo lo supiera, rompió la cerradura de uno de los nuevos estudios (había muchos) y sustrajo todas las fotografías que halló. Estaba furiosa y las rompió, las hizo pedazos. Dijo que era horrible que no nos pudiéramos hacer fotografías. «Sí, es como vernos en unos espejos, que según las viejas leyendas está prohibido —me gritó—. Pero ¿y este espejo? ¿Acaso no representa un peligroso juicio de valor?» Yo expresé una rotunda negativa.

»Recuerdo que Lestat se rió de ella. Dijo que era codiciosa y estúpida y que debía contentarse con lo que tenía. Ella, que no lo soportaba, ni siquiera le contestó. Entonces Lestat mandó que pintaran un retrato en miniatura de ella para que lo luciera en un medallón, el medallón que hallaste para él en una cámara acorazada de Talamasca.

—Comprendo —respondí—. Lestat no me había contado esa historia.

—Lestat olvida muchas cosas —dijo Louis con aire pensativo pero sin tono de censura—. Posteriormente mandó que pintaran otros retratos de ella. En esta casa hay uno muy grande, precioso. Nos lo llevamos a Europa. Llevamos numerosos baúles cargados con nuestras pertenencias, pero no quiero recordar esos tiempos. No quiero recordar el afán de Claudia en herir a Lestat.

Yo guardé un respetuoso silencio.

—Pero lo que a ella le gustaba —prosiguió— eran las fotografías, los daguerrotipos; quería tener una imagen real de sí misma sobre una placa. Estaba furiosa, como te he comentado. Pero años más tarde, cuando llegamos a París, en aquellas noches maravillosas antes de que diéramos con el Théâtre des Vampires y los monstruos que la destruyeron, Claudia averiguó que esas imágenes mágicas podían tomarse de noche, con luz artificial.

Louis parecía revivir esa experiencia con dolor. Yo seguí callado.

—No puedes imaginar su entusiasmo. Había visto una exposición del famoso fotógrafo Nadar, unas fotografías de las catacumbas de París. Unas imágenes de montones de huesos humanos. Nadar era todo un personaje, como ya sabes. A Claudia le encantaron esas fotografías. Fue a su estudio por la noche, después de concertar una cita con él, y Nadar le hizo este retrato.

Louis se acercó a mí.

—Es una imagen borrosa. Fue preciso utilizar un sinfín de espejos y luces artificiales. Claudia permaneció inmóvil durante mucho rato... Sólo una niña vampiro habría sido capaz de realizar este truco. Se quedó muy satisfecha del retrato. Lo tenía en su mesita de noche en el hotel Saint-Gabriel, el último lugar que constituyó nuestro hogar. Teníamos unas habitaciones espléndidas. Estaba cerca de la Ópera. No creo que Claudia llegara a sacar de las maletas los cuadros pintados. Lo que ella quería era esto. Pensé que Claudia llegaría a ser feliz en París. Quizá pudo haberlo sido... Pero no hubo tiempo. Ella creía que esta pequeña fotografía no era más que el principio, planeaba regresar al estudio de Nadar con un vestido aún más bonito...

Louis me miró.

Me levanté para coger la fotografía, que él depositó en mis manos con gran cuidado, como temiendo que la imagen se destruyera por propia voluntad.

Me quedé pasmado. Qué menuda e inocente parecía

aquella niña irrecuperable con el pelo rubio y las mejillas regordetas, con unos labios oscuros y sensuales vestida de encaje blanco. Al contemplarla observé que sus ojos relampagueaban desde el sombrío cristal. Tuve de nuevo la sospecha, que había experimentado intensamente con los daguerrotipos de Merrick, de que la imagen me estaba mirando.

Quizá solté una pequeña exclamación. No lo sé. Cerré el pequeño estuche, e incluso conseguí accionar el diminuto cierre de oro.

—¿Verdad que era una belleza? —preguntó Louis—. A que sí. No se trata simplemente de una opinión. Era una belleza. No puede negarse.

Yo le miré. Quería decirle que tenía razón, que Claudia era una belleza, pero no conseguí articular palabra.

—Tenemos este objeto para que Merrick realice el conjuro —dijo—. No su sangre, ni una prenda de vestir, ni un mechón de su cabello. Pero tenemos esto. Cuando murió, regresé a las habitaciones del hotel donde habíamos sido tan felices y lo cogí. El resto lo dejé.

Louis se guardó la fotografía en el bolsillo interior de la chaqueta. Parecía un tanto impresionado, con la mirada deliberadamente ausente. Luego meneó un momento la cabeza.

—¿No crees que será lo suficientemente potente para que Merrick consiga invocarla? —inquirió.

—Sí —contesté. En mi mente se agolpaba un montón de palabras tranquilizadoras, pero todas me parecían pobres y huecas.

Nos miramos directamente a los ojos. Me sorprendió la intensidad de su expresión. Presentaba un aspecto completamente humano, apasionado. Me parecía increíble que hubiera soportado aquel dolor.

—En realidad no quiero verla, David —dijo—. Créeme. No quiero que se me aparezca su fantasma y, francamente, dudo que lo consigamos.

—Te creo, Louis —dije.

—Pero si aparece, y está atormentada...

—Merrick sabrá guiarla —me apresuré a responder—. Sé que lo hará. Todos los médiums de Talamasca saben cómo guiar a los espíritus. Todos los médiums saben cómo orientar a los espíritus atormentados a buscar la luz.

Louis asintió con la cabeza.

—Cuento con ello —dijo—. Pero no creo que Claudia se sienta perdida, sino que desea permanecer en el ámbito en el que se halla. Confío en que una bruja poderosa como Merrick logre convencerla de que más allá de ese ámbito hay un lugar donde no existe el dolor.

—Exactamente.

—Bien, no quiero molestarte más —dijo Louis—. Tengo que salir. Sé que Lestat está en la parte alta de la ciudad, en el viejo orfanato. Ha ido a escuchar música allí. Quiero asegurarme de que no ha entrado ningún intruso.

Yo sabía que eso era una quimera. Lestat, al margen de su estado de ánimo, podía defenderse contra casi todo, pero traté de aceptar sus palabras como habría hecho cualquier caballero.

—Tengo sed —añadió, mirándome con una leve sonrisa—. Tienes razón en eso. No voy a ver a Lestat. He estado en Ste. Elizabeth's. Lestat está solo con su música, tal como desea. Estoy muy sediento. Necesito beber sangre. Y debo ir solo.

—No —respondí suavemente—. Deja que vaya contigo. Después de experimentar el conjuro de Merrick, no quiero que salgas solo.

Louis accedió, aunque ésta no era la forma en que hacía las cosas.

6

Salimos juntos y echamos a andar rápidamente, dejando atrás las manzanas iluminadas de la Rue Bourbon y la Rue Royale.

Nueva Orleans no tardó en abrirse para nosotros: penetramos en un barrio derruido, parecido a aquel en el que yo había conocido hacía tiempo a Gran Nananne, la madrina de Merrick. Pero si esa noche había alguna bruja merodeando por los alrededores, yo no vi rastro de ella.

Permítanme decir aquí unas palabras sobre Nueva Orleans y lo que representaba para nosotros.

En primer lugar no es una ciudad monstruosa como Los Ángeles o Nueva York. Y aunque posee un nutrido inframundo marginal de individuos peligrosos, es una población pequeña.

No soporto la sed de tres vampiros. Y cuando un gran número de vampiros se sienten atraídos por ella, la feroz sed de sangre que se desata crea un desagradable barullo.

Eso era lo que había ocurrido recientemente, a raíz de que Lestat publicara sus memorias de Memnoch el Diablo y muchos de los vampiros más ancianos acudieran a Nueva Orleans, junto con otros vampiros errantes, criaturas de poderoso apetito y escasa consideración hacia la especie y las sendas subterráneas que debemos seguir a fin de sobrevivir en el mundo moderno.

Durante esos días en que nos habíamos reunido aquí, yo había conseguido convencer a Armand para que me dictara la historia de su vida, y había publicado, con su consentimiento, los folios que la vampiro Pandora me había entregado tiempo atrás.

Esas historias habían atraído a un mayor número de vampiros rebeldes, unos seres sin amo que se dedicaban a difundir mentiras sobre sus orígenes, que a menudo persiguen y atormentan a sus presas mortales de una forma que nos crea graves problemas a todos.

La inquietante convocatoria no duró mucho tiempo.

Pero aunque Marius, hijo de dos milenios, y su consorte, la hermosa Pandora, no aprobaban el estilo de esos vampiros jóvenes, se negaban a levantar una mano contra ellos para matarlos o ponerlos en fuga. No era propio de ellos reaccionar ante esta catástrofe, por más que les indignara la conducta de esos colegas de baja estofa.

En cuanto a Gabrielle, la madre de Lestat, uno de los personajes más fríos y fascinantes que he conocido jamás, la situación le tenía sin cuidado, mientras nadie perjudicara a su hijo.

Pero era imposible que nadie perjudicara a su hijo. Que yo sepa, Lestat es inmune a todo daño. Mejor dicho, y para expresarlo más claramente, sus correrías le han perjudicado infinitamente más de lo que pudiera hacerlo cualquier otro vampiro. Su viaje al cielo y al infierno con Memnoch, ya fuera una fantasía o un viaje sobrenatural, le ha causado un perjuicio espiritual de tales proporciones que es incapaz de reemprender sus andanzas y convertirse en el Príncipe Mocos que todos habíamos adorado.

No obstante, cuando unos sórdidos y viciosos vampiros se pusieron a derribar todas las puertas de Ste. Elizabeth's y llegaron a la escalinata de hierro forjado de nuestra casa en la Rue Royale, fue Armand quien logró despertar a Lestat y obligarle a asumir el control de la situación.

Lestat, que se había despertado para escuchar la música de piano de una vampiro novata, se culpabilizó de la escandalosa invasión. Él fue quien creó la «Asamblea de Eruditos», como nos denominábamos. Así pues nos aseguró, en voz baja y con escaso o nulo entusiasmo por entrar en combate, que se encargaría de enderezar las cosas.

Armand, que de un tiempo a esta parte se había dedicado a encabezar asambleas de vampiros y a destruirlas, ayudó a Lestat a exterminar a los vampiros errantes e intrusos antes de que el tejido social quedara irreparablemente destruido.

Dado que poseía el don del fuego, como lo llamaban los otros —esto es, la facultad de provocar fuego por telequinesia—, Lestat había destruido por medio de las llamas al grupo de invasores que habían irrumpido en su morada, y a todos aquellos que habían violado la privacidad de los discretos Marius y Pandora, Santino, Louis y yo mismo.

Los pocos seres sobrenaturales que no murieron huyeron de la ciudad. Muchos fueron capturados por Armand, que no mostró misericordia alguna hacia esos engendros, despiadadamente torpes y crueles.

Cuando todos comprobaron que Lestat había regresado a su semiletargo —enfrascado en las grabaciones de la mejor música clásica que le procurábamos Louis y yo— los ancianos, Marius, Pandora, Santino y Armand, junto con dos jóvenes colegas, se marcharon poco después.

Fue una separación inevitable, porque ninguno de nosotros éramos capaces de soportar la compañía de tantos colegas vampiros durante mucho tiempo.

Al igual que ocurre con Dios y con Satanás, nuestro tema es la humanidad. Por consiguiente, pasamos buena parte del tiempo inmersos en el universo mortal y sus numerosas complejidades.

Por supuesto, en el futuro nos reuniremos todos en varias ocasiones. Todos sabemos cómo localizarnos mutuamente. No desdeñamos escribir cartas ni utilizar otros medios de comunicación. Los ancianos averiguan telepáticamente cuándo les ha ocurrido alguna calamidad a los jóvenes, y viceversa. Pero de momento, sólo Louis, Lestat y yo merodeamos por las calles de Nueva Orleans en busca de una presa, y así será durante un tiempo.

Esto significa que en realidad sólo Louis y yo salimos en busca de presas, puesto que Lestat ya no se alimenta de sangre humana. Dado que tiene el cuerpo de un dios, ha sofocado el apetito que sigue afligiendo a los más poderosos y permanece postrado en su letargo mientras suena la música.

Así, Nueva Orleans, en su apacible belleza, sólo alberga a dos vampiros. Con todo, debemos mostrarnos muy astutos. Debemos ocultar nuestros actos. Hemos jurado alimentarnos de la sangre del malvado, como dice siempre Marius; no obstante, la sed de sangre es espantosa.

Pero antes de regresar a mi historia, sobre cómo Louis y yo salimos aquella noche a la que me he referido antes, permítaseme añadir unas palabras más sobre Lestat.

Personalmente no creo que su situación sea tan sencilla como consideran otros. Más arriba he descrito al lector lo más sobresaliente de su profundo letargo en el que se halla sumido, semejante a un coma, así como su música. Pero su presencia conlleva unos aspectos muy inquietantes que no puedo negar ni resolver.

Aunque soy incapaz de penetrar en su mente, porque fue él quien me convirtió en un vampiro y por tanto soy su pupilo y estoy demasiado compenetrado con Lestat para gozar de esa comunicación, sin embargo percibo ciertas cosas sobre él mientras permanece postrado hora tras hora escuchando la brillante y tormentosa música de Beethoven, Brahms, Bach, Chopin, Verdi, Chaikovski y otros compositores a quienes admira.

He confesado estas «dudas» sobre su bienestar a Marius, Pandora y Armand. Pero ninguno de ellos ha conseguido traspasar el velo de silencio sobrenatural que Lestat ha tejido en torno a todo su ser, su cuerpo y su alma.

«Está cansado —dicen algunos—. No tardará en volver a ser el Lestat de siempre.» Y otros afirman que «ya se recuperará».

No pongo en duda esas afirmaciones. En absoluto. Pero para decirlo sin rodeos, su estado es más grave de lo que piensan los demás. En ocasiones, aunque parece estar «ahí», no está presente en su cuerpo.

Ahora bien, esto puede significar que proyecta su alma fuera de su cuerpo para poder vagar tranquilamente en forma de espíritu. Ciertamente, Lestat sabe hacerlo. Lo aprendió de la más anciana de los vampiros, y demostró ser capaz de hacerlo cuando realizó un cambio de cuerpos junto con el perverso Ladrón de Cuerpos.

Pero a Lestat no le gusta ese poder. Y nadie a quien le hayan robado el cuerpo podrá utilizarlo más que un rato durante una noche.

Tengo la impresión de que aquí sucede algo mucho más grave, que Lestat no siempre controla su cuerpo y su alma, y debemos aguardar a descubrir los términos y el resultado de una batalla que posiblemente persista todavía.

En cuanto al aspecto que ofrece Lestat, yace en el suelo de la capilla, o en el lecho de columnas de la casa en la ciudad, con los ojos abiertos, aunque al parecer no ve nada. Durante un tiempo después de la gran batalla purificadora, se cambiaba periódicamente de ropa. Prefería utilizar chaquetas de terciopelo rojo de antaño, camisas ribeteadas de encaje de puro lino, pantalones de corte clásico y austeras botas negras.

Algunos han interpretado esa atención a su indumentaria como una señal positiva. Yo creo que Lestat hacía esas cosas para que le dejáramos tranquilo.

Por desgracia, no tengo más que decir sobre el tema en esta narración. En todo caso, eso creo. No puedo proteger a Lestat de lo que está ocurriendo, y nadie ha conseguido nunca protegerlo o detenerlo, independientemente de las circunstancias de su desgraciada situación.

Ahora, permítanme que retome el hilo de los acontecimientos.

Louis y yo nos adentramos en un sector desolado y mísero de la ciudad, donde muchas de las casas estaban abandonadas y se desmoronaban y las pocas que daban muestras de estar habitadas se hallaban cerradas a cal y canto con barras de hierro en las ventanas y las puertas.

Como suele ocurrir en cualquier barrio de Nueva Orleans, al cabo de unos momentos llegamos a una calle que daba a un mercado, donde vimos unas tiendas desiertas cuyas puertas y ventanas estaban cerradas con unos tablones clavados en la fachada. Sólo un «club de ocio», que así se llamaba, daba muestras de estar habitado, y los individuos que había en su interior estaban borrachos y se dedicaban a jugar a los naipes y a los dados durante toda la noche.

No obstante proseguimos nuestro camino. Yo seguía a Louis, como si fuera de caza, y al poco llegamos a una pequeña vivienda, entre dos viejos comercios, las ruinas de una humilde chabola, cuyos escalones de acceso estaban sepultados entre los hierbajos.

Dentro había unos mortales, según intuí inmediatamente, de distintas edades y condiciones.

La primera mente que capté fue la de una anciana, sentada junto a una modesta cuna en la que dormía un bebé, una mujer que rezaba suplicando a Dios que la librara de sus circunstancias, refiriéndose a dos personas jóvenes que se encontraban en una habitación delantera de la casa, entregadas al alcohol y a las drogas.

De forma sigilosa y eficiente, Louis me condujo hasta el callejón invadido de malas hierbas situado en la parte posterior de la pequeña y deforme chabola, y sin hacer ruido se puso a contemplar, a través del ventanuco, sobre un aparato de aire acondicionado que runruneaba, a la desgraciada mujer, que enjugaba la carita del niño, que no lloraba.

Oí murmurar a la mujer una y otra vez que no sabía qué hacer con las dos personas que se hallaban en la habitación delantera, que habían destruido su casa y su hogar y le habían dejado al pobre niñito que moriría de hambre o por falta de cuidados si su joven madre, bebida y drogada, tenía que cuidar ella sola de él.

Louis parecía un ángel de la muerte mirando a través de la ventana.

Al observar la escena más de cerca, sobre el hombro de Louis, adquirí una perspectiva más clara de la anciana y comprobé que no sólo se ocupaba del niño, sino que planchaba unas ropas sobre una tabla baja que le permitía hacerlo sentada, meciendo de vez en cuando al niño que dormía en su cuna de mimbre.

El olor de ropa recién planchada era delicioso, un olor a quemado pero agradable, de calor contra algodón y lino.

También observé que la habitación estaba llena de prendas, por lo que deduje que la mujer planchaba a cambio de un salario.

—Dios santo —murmuró la anciana con voz cadenciosa, meneando la cabeza mientras planchaba—, ojalá te lleves a esa chica, a ella y a sus amigos. Dios santo, ojalá me lleves de este valle de lágrimas, en el que he vivido tanto tiempo.

La habitación tenía unos muebles cómodos y unos pequeños y pulcros toques caseros, como unos pañitos de encaje sobre los respaldos de las butacas y un suelo de linóleo limpio y reluciente como si acabaran de pulirlo con cera.

La mujer era corpulenta y llevaba el pelo recogido en un moño en la nuca.

Louis se puso a examinar las habitaciones traseras de la casa mientras la anciana seguía rogando a Dios que la librara de sus desgracias, sin percatarse de nuestra presencia.

La cocina, también inmaculada, mostraba el mismo suelo reluciente de linóleo y todos los cacharros limpios y escurriéndose junto al fregadero.

Las habitaciones delanteras eran otra historia. Las personas jóvenes estaban sumidas en un ambiente sórdido, una tendida en una cama desprovista de una sábana que ocultara el cochambroso colchón, y la otra desgraciada, sola, en la salita de estar, tan drogada que había perdido el conocimiento.

Ambas eran mujeres, aunque a primera vista era imposible darse cuenta. Por el contrario, su pelo cortado casi al rape, sus depauperados cuerpos y su indumentaria vaquera les daba un aspecto menesteroso y asexuado. Las pilas de ropa diseminadas a su alrededor no indicaban una preferencia por el atuendo masculino o femenino.

Aquel espectáculo se me antojó insoportable.

Por supuesto, Marius nos había advertido sin ambages antes de partir de Nueva Orleans de que si no cazábamos exclusivamente al malvado, no tardaríamos en enloquecer. Alimentarse de sangre inocente es sublime, pero conduce inevitablemente a tal afán de cobrarse vidas humanas que el vampiro que lo hace termina loco.

No estoy seguro de estar de acuerdo con Marius sobre este particular, y creo que otros vampiros han sobrevivido perfectamente alimentándose de seres inocentes.

Personalmente, para mi paz interior, prefiero la perspectiva de cazar al malvado. La intimidad con el mal es algo que debo soportar.

Louis entró en la casa a través de una puerta lateral, típica de esas viviendas humildes que carecen de un vestíbulo y consisten simplemente en una cadena de habitaciones.

Yo preferí permanecer en el jardín de la casa lleno de hierbajos, respirando un aire más puro y contemplando de vez en cuando las reconfortantes estrellas, hasta que de pronto percibí un hedor a vómitos y heces procedente del pequeño baño de la casa, otro prodigio de orden y limpieza excepto por la porquería depositada recientemente en el suelo.

Al parecer, las dos mujeres requerían una inmediata intervención, que alguien las salvara de sí mismas, pero Louis no estaba allí para proporcionarles ayuda, sino en calidad de vampiro, tan hambriento que hasta yo lo percibí. Entró primero en el dormitorio y se sentó sobre el colchón a rayas, junto a la joven esquelética, y rápidamente, haciendo caso omiso de su risita nerviosa al verlo, la rodeó con el brazo derecho y le clavó los colmillos para beber el fatídico trago.

A todo esto, la anciana seguía rezando en la habitación trasera.

Supuse que Louis desearía largarse cuanto antes de aquel lugar, pero me equivocaba.

Tan pronto como el consumido cuerpo de la mujer cayó de costado sobre el colchón, Louis se levantó y se detuvo unos momentos bajo la luz de las escasas lámparas que iluminaban la habitación.

Presentaba un aspecto espléndido con la luz reflejada en su pelo negro y rizado y en sus pupilas verde oscuro. La sangre que había ingerido proporcionaba a su rostro un color y un resplandor naturales. Vestido con una chaqueta de terciopelo marrón claro con botones dorados, parecía una aparición entre las sucias ropas y ásperas texturas de aquel lugar.

Me quedé estupefacto cuando enfocó los ojos lentamente y se dirigió luego hacia la habitación delantera.

Al verlo, la otra mujer lanzó una sonora exclamación entre aturdida y alegre. Louis permaneció unos instantes de pie observando a la joven que estaba tumbada en un espacioso butacón, con las piernas separadas y los brazos desnudos, cubiertos de llagas, colgando a cada lado.

Parecía indeciso. Pero entonces observé que su rostro pensativo asumía una expresión en blanco que indicaba que se disponía a atacar. Le vi acercarse a la mujer, perdiendo toda la gracia de un ser humano contemplativo, dominado por su apetito feroz, y tras alzar en sus brazos a aquella joven desdichada, oprimió los labios sobre su cuello. No vi sus dientes, no advertí ningún gesto de crueldad. Simplemente un beso postrero.

Acto seguido se produjo el desvanecimiento de rigor, que pude observar con más nitidez al mirar a través de la ventana delantera. Duró sólo unos momentos; luego, la mujer exhaló su último suspiro. Louis la depositó cuidadosamente de nuevo sobre el sucio butacón. Le vi utilizar su sangre para sellar las heridas de sus colmillos en el cuello de la joven. Sin duda había hecho lo propio con la víctima de la otra habitación.

Me embargó un profundo pesar. La vida me pareció insoportable. Tuve la sensación de que jamás volvería a sentirme seguro ni dichoso. Por otra parte, no tenía derecho a ello. El caso era que Louis experimentaba en esos momentos lo que la sangre podría procurar a un monstruo, y había elegido a sus víctimas con tino.

Salió por la puerta de entrada, que estaba abierta de par en par, y vino a reunirse conmigo en el jardín junto a la casa. Su rostro había experimentado una transformación total. Parecía el hombre más guapo del mundo, con unos ojos luminosos, casi feroces, y las mejillas teñidas por un exquisito rubor.

Las autoridades creerían que aquellas dos desgraciadas habían muerto a causa de las drogas que habían ingerido. En cuanto a la anciana que se hallaba en la habitación trasera, seguía recitando sus plegarias, las cuales había convertido en una canción de cuna para el niño, que había empezado a berrear un poco.

—Déjale algo para los funerales —dije en voz baja a Louis. Mi petición pareció confundirle.

Me encaminé apresuradamente hacia la puerta principal, entré silenciosamente en la casa y dejé una sustanciosa suma de dinero sobre una desvencijada mesa repleta de ceniceros llenos de colillas y vasos medio llenos de vino rancio. También dejé un poco de dinero sobre un viejo escritorio.

Louis y yo regresamos a casa. Hacía una noche tibia y húmeda, pero límpida y hermosa, y aspiré el aroma de las alheñas.

Poco después alcanzamos las calles iluminadas, que nos encantaban.

Louis caminaba con paso rápido y ofrecía un aspecto completamente humano. Se detuvo para coger las flores que crecían sobre las verjas de los jardincitos. Tarareaba una suave y discreta melodía.

De vez en cuando alzaba la vista para contemplar las estrellas.

Todo ello me resultaba muy grato, aunque me preguntaba cómo tendría el valor de alimentarme sólo del malvado, o responder a una plegaria como acababa de hacer Louis. Comprendí que era una falacia y volví a sentir una profunda tristeza y la imperiosa necesidad de exponer mis distintos puntos de vista, pero no me pareció el momento oportuno.

De pronto caí en la cuenta de que había vivido hasta una edad avanzada como mortal, y que por tanto mantenía unos vínculos con la raza humana que muchos otros vampiros no poseían.

Louis tenía veinticuatro años cuando hizo un pacto con Lestat para obtener la Sangre Oscura. ¿Cuánto puede aprender un hombre en ese espacio de tiempo, y cuánto puede olvidar más tarde?

Posiblemente habría seguido con esas reflexiones y habría entablado una conversación con Louis, pero de pronto observé algo que me inquietó, concretamente un gato negro, un enorme gato negro, que salió apresuradamente de unos matorrales y se detuvo frente a nosotros.

Me paré en seco. Louis me imitó.

Durante unos instantes se reflejaron los faros de un coche que pasaba en los ojos del gato, que parecían de oro puro; luego el animal, uno de los gatos domésticos más gigantescos que he visto jamás, un ejemplar de aspecto verdaderamente inquietante, se escabulló entre las sombras con tanta rapidez como había aparecido.

—No irás a interpretarlo como un mal augurio —dijo Louis sonriendo, casi burlándose de mí—. Tú no eres supersticioso, David, como dirían los mortales.

Me encantaba el dejo de frivolidad que detecté en su voz. Me encantaba verlo tan rebosante de sangre cálida que parecía humano.

Pero no pude responder a sus palabras.

El gato no me hizo ninguna gracia. Estaba furioso con Merrick. De haberse puesto a llover, le habría echado la culpa a ella. Me sentía amenazado por Merrick. Mi indignación iba en aumento, pero no dije una palabra.

—¿Cuándo dejarás que vea a Merrick? —me preguntó Louis.

—Primero te relataré su historia —contesté—, o la parte que conozco. Mañana sal temprano para alimentarte, y cuando regrese al piso te contaré lo que debes saber.

—¿Y hablaremos de una entrevista?

—Luego tú mismo tomarás una decisión al respecto.

7

La noche siguiente, al levantarme, comprobé que el cielo estaba insólitamente despejado y cuajado de estrellas. Un buen augurio para todos aquellos que se encuentran en estado de gracia. Esto no es normal en Nueva Orleans, pues el aire está saturado de humedad y el cielo presenta con frecuencia un aspecto velado y un pequeño espectáculo de nubes y luz.

Como no tenía necesidad de alimentarme, me dirigí al hotel Windsor Court, entré de nuevo en su hermoso vestíbulo moderno, un lugar que posee la típica elegancia de los establecimientos antiguos, y subí a la *suite* de Merrick.

Acababa de marcharse, según me informaron, y una camarera se disponía a preparar las habitaciones para los próximos clientes.

Había permanecido más tiempo del que yo había supuesto, pero no tanto como esperaba. No obstante, imaginando que habría emprendido el regreso a Oak Haven y se encontraría a salvo, pregunté en recepción si me había dejado algún mensaje. Sí, me había dejado uno.

Esperé hasta estar solo, en la calle, para leer la breve nota.

«Me voy a Londres para retirar de la cámara acorazada los pocos objetos que sabemos que están relacionados con la niña.»

Me chocó la rapidez con que se habían precipitado los hechos.

Por supuesto, Merrick se refería a un rosario y a un diario que nuestra investigadora Jesse Reeves había hallado en el piso de la Rue Royale hacía más de diez años. Y si la memoria no me fallaba, había otros objetos que habían sido rescatados hacía un siglo de la habitación desierta de un hotel en París, donde según los rumores que circulaban se habían alojado los vampiros.

Me sentí francamente alarmado.

Pero ¿qué esperaba? ¿Que Merrick se resistiría a mi petición? Con todo, no había previsto que actuara con semejante celeridad. Naturalmente sabía que Merrick podía conseguir los objetos a que se refería. Era muy poderosa dentro de Talamasca y tenía un acceso ilimitado a las cajas fuertes.

Se me ocurrió tratar de llamarla a Oak Haven para decirle que debíamos discutir el asunto, pero no quise arriesgarme.

Los miembros de Talamasca eran pocos, pero todos estaban dotados psíquicamente de diversas formas. El teléfono es un poderoso medio de conexión entre almas, y yo no estaba dispuesto a que alguien presintiera algo «raro» en la voz que sonaba al otro lado del hilo telefónico.

Así pues, dejé las cosas como estaban y me dirigí a nuestro piso en la Rue Royale.

Cuando entré en el portal noté que algo se deslizaba a mi lado y me rozaba la pierna. Me detuve y escudriñé la oscuridad hasta distinguir la silueta de otro gigantesco gato negro. Seguramente era otro. Me parecía increíble que el animal que había visto la noche anterior me hubiera seguido hasta casa sin ningún incentivo de comida o leche.

El gato se escabulló hacia el jardín trasero, y cuando alcancé la escalera posterior de hierro forjado ya había desaparecido. Pero esto no me gustó nada. El gato no me gustó. En absoluto. Me entretuve un rato en el jardín. Paseé alrededor del estanque, que hacía poco habían limpiado y llenado de grandes peces de colores, y dediqué unos minutos a contemplar los rostros de los querubines de piedra, con unas caracolas que sostenían en alto, repletas de líquenes, y luego examiné los macizos de flores, cubiertos de hierbajos, junto a los muros de ladrillo.

El jardín estaba atendido pero descuidado, las losas del suelo barridas, pero las plantas habían crecido de forma descontrolada. Supuse que a Lestat le gustaba así. Y a Louis le encantaba.

De pronto, cuando me disponía a subir, vi de nuevo al gato —en mi opinión un repugnante monstruo negro, aunque debo aclarar que a mí los gatos no me gustan—, deslizándose sobre la tapia.

Un montón de pensamientos se agolpaban en mi cabeza. Sentía un creciente entusiasmo sobre este proyecto con Merrick y al mismo tiempo cierta inquietud, que supuse un precio necesario. Me preocupaba que hubiera partido precipitadamente para Londres, que yo hubiera influido en ella hasta el extremo de hacerla abandonar los proyectos que tuviera entre manos.

¿Debía contarle a Louis lo que Merrick se proponía hacer? Esto sin duda pondría fin a nuestros planes.

Al entrar en el piso, encendí todas las luces eléctricas de la habitación, un detalle que se había convertido para nosotros en una costumbre y que me proporcionaba una sensación de normalidad, por más que se tratara de una mera fantasía, aunque es posible que la normalidad sea siempre una fantasía. ¿Quién sabe?

Louis llegó casi inmediatamente después que yo y subió por la escalera trasera con su acostumbrado paso sigiloso. En mi estado alerta, lo que percibí fueron los latidos de su corazón, no sus pasos.

Louis me encontró en el saloncito trasero, el más alejado de los ruidos de los turistas que transitan por la Rue Royale, con sus ventanas abiertas al jardín. En esos momentos yo miraba por la ventana, tratando de localizar de nuevo al gato, aunque me resistía a reconocerlo, y observando que nuestras buganvillas cubrían prácticamente por entero las elevadas tapias que nos rodeaban y mantenían a salvo del resto del mundo. La glicina crecía también de forma feroz, trepando por los muros de ladrillo hasta alcanzar la barandilla de la terraza posterior e incluso el tejado.

Las espléndidas flores de Nueva Orleans nunca dejan de maravillarme. Me llenan de alegría cada vez que me detengo para contemplarlas y rendirme a su fragancia, como si aún tuviera derecho a hacerlo, como si aún formara parte de la naturaleza, como si aún fuera un hombre mortal.

Louis iba vestido con esmero y elegancia, al igual que la noche anterior. Lucía un traje negro de hilo exquisitamente cortado en torno a la cintura y las caderas, lo cual es difícil de conseguir con el hilo, otra inmaculada camisa de seda blanca y una corbata de seda oscura. Su pelo constituía la acostumbrada masa de ondas y bucles, y sus ojos verdes emitían un extraordinario fulgor.

Era evidente que esta noche ya se había alimentado. Su tez pálida aparecía de nuevo teñida por el color carnal de la sangre.

Me chocó esa seductora atención al detalle, aunque

no dejaba de complacerme. Ese esmero a la hora de elegir su indumentaria parecía indicar una paz interior, o cuando menos el cese de la desesperación interior.

—Siéntate en el sofá, haz el favor —dije.

Yo me senté en la butaca que él había ocupado la noche anterior.

El saloncito nos rodeaba con sus lámparas de cristal antiguas, el rojo vivo de su alfombra de Kirman y el brillo de su suelo pulido. Yo era vagamente consciente de sus hermosas pinturas francesas. Hasta los detalles más ínfimos me proporcionaban solaz.

Pensé que había sido en esta habitación donde Claudia había tratado de asesinar a Lestat hacía más de un siglo. Pero el propio Lestat había reclamado recientemente este espacio, y durante varios años solíamos reunirnos aquí, de modo que ese episodio no tenía demasiada importancia.

De pronto reparé en que debía comunicar a Louis que Merrick había partido para Inglaterra. Debía contarle algo que me turbaba profundamente, que en la década de 1800 la Orden se había afanado en recuperar todas las pertenencias que él había abandonado en el hotel Saint-Gabriel en París, según me había comentado la noche anterior.

—¿Estabais al tanto de nuestra presencia en París? —me preguntó. Observé que tenía las mejillas arreboladas.

Reflexioné durante unos instantes antes de responder.

—No lo sabíamos con certeza —dije—. Por supuesto, habíamos oído hablar del Théâtre des Vampires, y sabíamos que los intérpretes no eran humanos. En cuanto a ti y a Claudia, un investigador de la Orden supuso que estabais relacionados. Y cuando abandonaste todas tus cosas en el hotel, cuando te vieron partir de París una noche en compañía de otro vampiro, nos movimos con cautela para adquirir todo lo que habías dejado en el hotel.

Louis aceptó mi explicación en silencio.

—¿Por qué no tratasteis nunca de lastimar ni poner al descubierto a los vampiros del teatro? —preguntó al cabo de un rato.

—La gente se habría reído de nosotros si hubiéramos tratado de denunciarlos —respondí—. Por otra parte, no es nuestro estilo. Nunca hemos hablado de Talamasca, Louis. Para mí es como hablar de un país del que me he convertido en un traidor. Pero ten en cuenta que Talamasca siempre vigila y considera su supervivencia a lo largo de los siglos como su objetivo primordial.

Se produjo una breve pausa. Su rostro estaba sereno y sólo dejaba traslucir una leve tristeza.

—Así que cuando Merrick regrese podrá utilizar la ropa de Claudia.

—Sí, en tanto en cuanto nos pertenece. Ni siquiera yo sé con exactitud lo que contiene la cámara acorazada. —Me detuve. En cierta ocasión había traído a Lestat un regalo procedente de la cámara acorazada. Pero en esa época yo era un hombre. En la actualidad jamás se me ocurriría robarles nada a los de Talamasca.

—Me he preguntado muchas veces qué deben de contener esos archivos —dijo Louis, y añadió con voz tierna—: Nunca me he atrevido a preguntarlo. Es a Claudia a quien deseo ver, no las cosas que dejamos en el hotel de París.

—Te comprendo.

—Pero servirán para llevar a cabo el conjuro, ¿no es cierto? —preguntó.

—Sí. Lo entenderás mejor cuando te hable de Merrick.

—¿Qué quieres explicarme de Merrick? —inquirió con vehemencia—. Estoy impaciente por que me lo cuentes. Anoche me hablaste de vuestro primer encuentro. Me dijiste que te había mostrado los daguerrotipos...

—Sí, eso fue durante el primer encuentro. Pero hay más, mucho más. Recuerda lo que te dije anoche. Merrick es una especie de hechicera, una bruja, una auténtica Medea, y la magia puede influir en nosotros al igual que en cualquier criatura terrenal.

—Mis deseos son singulares y puros —dijo Louis—. Sólo quiero ver al fantasma de Claudia.

No pude por menos de sonreír. Creo que eso le hirió. En cualquier caso, me arrepentí enseguida.

—Sin duda te das cuenta de que existe cierto riesgo en abrir la vía a lo sobrenatural —insistí—. Pero deja que te cuente lo que sé sobre Merrick, lo que creo que puedo decirte.

Empecé a contarle mis recuerdos siguiendo un orden cronológico.

A los pocos días de que Merrick llegara a Oak Haven, hacía unos veinte años, Aaron y yo partimos con ella en coche hacia Nueva Orleans para visitar a Gran Nananne, la madrina de Merrick.

Lo recordaba con toda claridad.

Habían transcurrido los últimos días frescos de primavera y nos hallábamos inmersos en un tiempo caluroso y húmedo que, dado lo que me entusiasmaban los trópicos, me resultaba muy agradable. No lamentaba en absoluto haber abandonado Londres.

Merrick no nos había revelado aún la fecha de la muerte de Gran Nananne, que le había confiado la misma anciana. Y Aaron, aunque era el personaje del sueño que había comunicado a Gran Nananne la fatídica fecha, no sabía nada sobre ese sueño.

Aunque Aaron me había hablado de la parte antigua de Nueva Orleans que íbamos a visitar, para que no me pillara por sorpresa, me quedé pasmado al contemplar aquel barrio de casas humildes de diversos tamaños y estilos, sepultadas por las adelfas que proliferaban en el calor húmedo. Pero lo que me llamó la atención más poderosamente fue la vieja casa construida sobre unos pilotes que pertenecía a Gran Nananne.

Como ya he dicho, el día era húmedo y caluroso, aderezado por violentos y repentinos aguaceros, y aunque hace cinco años que me convertí en vampiro, recuerdo con claridad que el sol se filtraba a través de la lluvia e iluminaba las maltrechas aceras, los hierbajos que asomaban por las alcantarillas, que en realidad no eran más que unas zanjas abiertas, y los vetustos y sarmentosos robles, algarrobos y álamos de Virginia que contemplamos a nuestro alrededor mientras nos dirigíamos hacia la residencia que Merrick se disponía a dejar atrás.

Por fin llegamos a una elevada cerca y a una casa mucho más grande que las que la circundaban, y más antigua también.

Era una de esas casas estilo Luisiana sostenidas por unos pilotes de un metro y medio aproximado de altura, sobre unos cimientos de ladrillo, con una escalera central de madera que arranca en el porche delantero. Una hilera de sencillas columnas cuadradas sostenían el tejado del porche neogriego, y la puerta de entrada, adornada con un pequeño montante de abanico intacto, guardaba cierta semejanza con las puertas, más imponentes, de Oak Haven.

En la fachada había unas ventanas alargadas que se extendían desde el suelo hasta el tejado, pero estaban cubiertas con periódicos, lo cual daba a la casa un aspecto de total abandono. Los tejos, que alargaban sus escuálidas ramas hacia el cielo a ambos lados del porche delantero, añadían una nota fantasmagórica, y el vestíbulo principal al que penetramos estaba vacío y en sombras, aunque se prolongaba hasta una puerta abierta situada al fondo. No había una escalera que condujera a la buhardilla, aunque deduje que ésta debía de existir, puesto que el cuerpo principal de la casa estaba cubierto por un tejado abuhardillado. Más allá de la puerta abierta situada al fondo, se veía una masa de vegetación verde y selvática.

La casa tenía una profundidad de tres habitaciones desde la fachada hasta la parte trasera, lo cual representaba un total de seis habitaciones en la planta baja, y en la primera de ellas, a la izquierda del vestíbulo, encontramos a Gran Nananne, bajo un montón de colchas cosidas a mano sobre un viejo lecho de columnas de caoba, desprovisto de dosel, de diseño austero. Cuando me refiero a este tipo de lechos digo que me recuerdan a los de las plantaciones, porque son tan gigantescos y a menudo se hallan en los reducidos dormitorios de los pisos urbanos, que uno imagina de inmediato los grandes espacios en el campo para los que estaban destinados. Por lo demás, las columnas de caoba, aunque exquisitamente talladas, eran sencillas.

Al contemplar a la diminuta anciana, enjuta y reseca, que descansaba sobre una almohada cubierta de manchas, su cuerpo completamente invisible debajo de las raídas colchas, pensé por un momento que estaba muerta.

De hecho, habría jurado, por lo que conocía de los espíritus y los humanos, que el alma de aquel cuerpo menudo y reseco postrado en la cama ya lo había abandonado. Quizá la anciana había soñado con la muerte y la ansiaba hasta tal extremo que había abandonado unos momentos su cuerpo mortal.

Pero cuando la pequeña Merrick se detuvo en el umbral, Gran Nananne regresó y abrió sus ojillos amarillentos. Su vieja piel, aunque ajada, presentaba un hermoso color dorado. Tenía la nariz pequeña y chata, y en sus labios se dibujaba una sonrisa. Su pelo formaba unos mechones ralos y grises.

Unas toscas y deslucidas lámparas eléctricas constituían la única fuente de iluminación, salvo un gran número de velas dispuestas sobre un inmenso altar junto al lecho. No pude distinguir el altar con claridad, pues estaba instalado contra las ventanas cubiertas con periódicos de la fachada y se hallaba en penumbra. Lo primero que me llamó la atención fue la gente.

Aaron acercó una vieja silla de mimbre para sentarse junto a la mujer que yacía en la cama.

La cama apestaba a vómitos y orines.

Observé que las destartaladas paredes estaban empapeladas con hojas de periódicos y estampas religiosas de colorines. No había un palmo de yeso sin cubrir, salvo en el techo, que estaba lleno de grietas y desconchones y amenazaba con desplomarse sobre nosotros. Sólo las ventanas laterales tenían cortinas, pero buena parte de los cristales estaban rotos y aparecían cubiertos con pedazos de periódicos. Más allá de las ventanas se veía el sempiterno follaje.

—Enviaremos a unas enfermeras para que cuiden de usted, Gran Nananne —dijo Aaron con tono bondadoso y sincero—. Perdóneme por haber tardado tanto en venir a verla —añadió, inclinándose hacia delante—. Debe confiar en mí. Le enviaremos las enfermeras en cuanto partamos esta tarde.

—¿Por qué han venido? —preguntó la anciana, hundida en la almohada de plumas—. ¿Acaso les he pedido a usted o al otro que vinieran? —Hablaba sin acento francés. Su voz era asombrosamente juvenil, grave y potente—. Merrick, siéntate un ratito a mi lado, *chérie* —dijo—. No se mueva, señor Lightner. Nadie le ha pedido que viniera.

Su brazo se alzó y descendió como una rama agitada por la brisa, inerte y descolorida, arañando con los dedos curvados como garras el vestido de Merrick.

—¿Has visto lo que me ha comprado el señor Lightner, Gran Nananne? —preguntó Merrick, gesticulando con los brazos extendidos mientras admiraba su vestido nuevo.

Yo no me había percatado de que se había puesto sus ropas domingueras, un vestido de piqué blanco y unos zapatos negros de charol. Los calcetines blancos quedaban ridículos en una joven tan desarrollada, pero Aaron la veía como una niña inocente.

Merrick se inclinó y besó a la anciana en la cabeza.

—No debes temer más por mí —dijo—. Ahora vivo con ellos, Gran Nananne, como si estuviera en mi propia casa.

En ese momento entró un sacerdote, un hombre alto, flaco y cargado de hombros, tan viejo como Gran Nananne, que se movía lentamente, vestido con una toga negra sujeta con un grueso cinturón de cuero que bailaba sobre sus enjutos huesos, portando un rosario que golpeaba suavemente contra su muslo.

Parecía ciego a nuestra presencia. Se limitó a asentir a la anciana y se marchó sin despegar los labios. En cuanto a lo que pensaría del altar situado a nuestra izquierda, contra el muro de la fachada de la casa, era imposible adivinarlo.

Sentí un instintivo recelo, el temor que aquel hombre nos impidiera, no sin razón, llevarnos a la niña Merrick.

Nunca se sabe qué sacerdote puede haber oído hablar de Talamasca, qué sacerdote puede temerla o despreciarla, bajo las directrices de Roma. Para los jerarcas de la Iglesia, éramos unos seres extraños y misteriosos. Éramos rebeldes y controvertidos. Seculares pero antiguos. No confiábamos en conseguir la colaboración y comprensión de la Iglesia católica.

Después de que aquel hombre se hubiera marchado, y mientras Aaron proseguía su educada conversación en voz baja con la anciana, tuve ocasión de examinar a fondo el altar.

Estaba construido con ladrillos, desde el suelo, formando unos escalones coronados por un altar alto y ancho en el que supuse que depositaban las ofrendas. Sobre el altar había un gran número de gigantescos santos de yeso, dispuestos en largas filas a la izquierda y la derecha del mismo.

Vi enseguida a san Pedro, el Papá Legba del vudú haitiano, y un santo montado a caballo que se parecía a santa Bárbara, en lugar de Chango o Xango en el rito candomblé, que siempre habíamos sustituido por san Jorge. La Virgen María estaba presente en forma de Nuestra Señora del Carmelo, en lugar de Ezili, una diosa del vudú, con montones de flores a sus pies y el mayor número de velas ante ella, cuyas llamas oscilaban dentro de los vasos cada vez que una brisa recorría la habitación.

También estaba presente san Martín de Porres, un santo negro de Suramérica, sosteniendo su escoba, y junto a él san Patricio, mirando al suelo, con los pies rodeados de serpientes que se escabullían. Todos ellos ocupaban un lugar en las religiones ocultas que los esclavos de las Américas habían alimentado durante mucho tiempo.

Sobre el altar, delante de esas estatuas, había todo tipo de curiosos recuerdos, y los escalones estaban repletos de diversos objetos, junto con platos que contenían pienso para pájaros, grano y comida preparada hacía días que había empezado a descomponerse y emanaba un olor rancio.

Cuanto más observaba aquel espectáculo, más cosas veía, como la imponente figura de la Madona Negra, con el Niño Jesús negro en brazos. Había numerosos saquitos cerrados, y unos puros de aspecto caro que se hallaban aún dentro de sus envolturas, quizá para utilizarlos como ofrendas en una ocasión posterior. En un extremo del altar había varias botellas de ron.

Era sin duda uno de los altares más grandes que yo había visto jamás, y no me sorprendió que las hormigas hubieran devorado una parte de la comida. Se trataba de un espectáculo infinitamente más inquietante y terrorífico que el burdo y pequeño altar que Merrick había construido en el hotel. Mis experiencias con los ritos de candomblé en Brasil no me habían inmunizado contra este espectáculo solemne y salvaje; antes bien, no hacían sino intensificar mi temor.

Quizá sin darme cuenta de lo que hacía me adentré más en la habitación, acercándome al altar, de forma que la mujer postrada en la cama quedó fuera de mi campo visual, a mis espaldas.

De pronto la voz de la anciana que yacía en el lecho me sobresaltó, interrumpiendo mis reflexiones.

Al volverme comprobé que se había incorporado, lo cual parecía casi imposible debido a su fragilidad, y que Merrick había colocado las almohadas de forma que reposara sobre ellas mientras hablaba.

—Sacerdote del candomblé —dijo dirigiéndose a mí—, sagrado para Oxalá.

Al oírla mencionar a mi dios, me quedé tan estupefacto que no pude responder.

—No le vi en mi sueño, inglés —continuó la anciana—. Ha viajado a las selvas, para rescatar tesoros.

—¿Tesoros, señora? —contesté, pensando tan rápidamente como hablaba—. No eran tesoros en el sentido estricto de la palabra, ni mucho menos.

—Sigo los dictados de mis sueños —dijo la anciana, observándome con una expresión siniestra—, y le entrego a esta niña. Pero cuidado con su sangre. Desciende de una larga línea de hechiceros más poderosos que usted.

Sus palabras me volvieron a llenar de asombro. Estaba de pie ante ella. Aaron había abandonado su silla para cederme sitio.

—¿Ha invocado al Espíritu Solitario? —me preguntó—. ¿Sintió miedo en las selvas de Brasil?

Era imposible que aquella mujer conociera aquellos datos sobre mí. Ni siquiera Aaron conocía toda mi historia. Yo había considerado siempre mis experiencias en el candomblé como un episodio sin importancia.

En cuanto al «Espíritu Solitario», sabía por supuesto a qué se refería. Cuando uno invoca al Espíritu Solitario, invoca a un alma atormentada, un alma que está en el purgatorio, o sufriendo en la Tierra, al objeto de solicitar su ayuda para comunicarse con unos dioses o unos espíritus que se hallan en otros ámbitos. Era una vieja leyenda. Tan vieja como la magia que existe bajo otros nombres en otras tierras.

—Oh, sí, sé que es usted todo un erudito —dijo la anciana, sonriendo y mostrando una dentadura tan perfecta como falsa, amarilla como su piel. Sus ojos parecían más animados que antes—. ¿En qué estado se encuentra su alma?

—No hemos venido aquí para hablar de esto —repliqué enojado—. Sabe que deseo proteger a su ahijada. Sin duda lo ve en mi corazón.

—Sí, sacerdote del candomblé —repitió la mujer—. Vio a sus antepasados cuando contempló el cáliz, ¿no es así? —inquirió sonriendo. El tono grave de su voz me produjo un escalofrío—. Y le dijeron que regresara a Inglaterra o perdería su alma inglesa.

Todo ello era cierto, pero sólo en parte.

—Sabe algo pero no todo —le espeté—. Uno tiene que utilizar la magia con fines nobles. ¿No se lo ha enseñado a Merrick? —Mi voz denotaba una cólera que la anciana no se merecía. ¿Acaso envidiaba su poder? No podía reprimir mi ira—. ¿Cómo es posible que su magia la haya conducido a esta lamentable situación? —pregunté señalando a mi alrededor—. ¿Cree que es el lugar indicado para una niña tan bonita como su ahijada?

Aaron intervino para rogarme que me callara.

Hasta el sacerdote se acercó y me miró a los ojos. Meneó la cabeza, como si tratara con un niño, arrugando el ceño con tristeza y sacudiendo el dedo ante mis narices.

La anciana soltó una breve y seca risotada.

—¿De modo que le parece bonita, inglés? —preguntó—. A los ingleses les encantan los niños.

—¡No es mi caso! —protesté, ofendido por su insinuación—. Ni usted cree lo que dice. Habla para impresionar a los demás. Envió a esta niña sola a Aaron. —Tan pronto lo hube dicho me arrepentí. Sin duda, el sacerdote se opondría a que nos lleváramos a Merrick.

Pero observé que mi osadía le había impresionado hasta el punto de que ni siquiera rechistó.

El pobre Aaron se sentía incómodo por mi intolerable conducta.

Yo había perdido toda compostura y estaba furioso con la anciana que agonizaba ante mí.

Pero cuando miré a Merrick no vi sino una expresión astuta y divertida. Luego miró a la anciana a los ojos y ambas se transmitieron un mensaje en silencio que aún no estaban dispuestas a revelar al resto de los presentes.

—Sé que cuidarás de mi ahijada —dijo la anciana entornando sus arrugados párpados. Vi su pecho estremecerse debajo del camisón de franela, y su mano tembló convulsivamente sobre la colcha—. No debes temer lo que pueda hacer.

—No, nunca —contesté respetuosamente, tratando de hacer las paces con ella. Me acerqué más a la cama—. Ninguno de nosotros le haremos daño, señora —añadí—. ¿Por qué trata de atemorizarme?

Parecía como si la anciana no pudiera abrir los ojos. Por fin los abrió y me miró.

—Aquí me siento a gusto, David Talbot —dijo. No recordé que nadie le hubiera dicho mi nombre—. Vivo como quiero. En cuanto a esta niña, aquí siempre se ha sentido feliz. Esta casa tiene muchas habitaciones.

—Lamento lo que le dije —me apresuré a responder—. No tenía derecho a hacerlo —añadí sinceramente.

La anciana suspiró entrecortadamente al tiempo que fijaba la mirada en el techo.

—Siento dolor —dijo—. Deseo morir. Los dolores no cesan. Cualquiera pensaría que puedo hacer que desaparezcan con mis sortilegios, ¿no es así? Puedo utilizar mis sortilegios para sanar a otros, pero no para sanarme a mí misma. Además, ha llegado mi hora, y en el momento oportuno. He vivido cien años.

—No lo dudo —repuse, apesadumbrado al oírla referirse a su dolor y por la evidente veracidad de sus palabras—. Tenga la certeza de que cuidaré de Merrick.

—Le enviaremos a unas enfermeras —dijo Aaron, que le gustaba ocuparse de los aspectos prácticos, resolver lo que estuviera en su mano—. Enviaremos a un médico esta misma tarde. No tiene por qué seguir atormentada por los dolores, no es necesario. Voy a hacer unas llamadas. Vuelvo enseguida.

—No quiero extraños en esta casa —replicó la anciana, mirando a Aaron y luego a mí—. Pueden llevarse a mi ahijada, y todo lo que hay en esta casa. Cuéntales lo que te he dicho, Merrick. Cuéntales lo que tus tíos te enseñaron, y tus tías, y tus bisabuelas. Este hombre, alto y moreno —dijo mirándome—, sabe que guardas unos tesoros de Sandra la Fría, puedes confiar en él. Cuéntales lo de Honey Rayo de Sol. A veces siento la presencia de espíritus malévolos a tu alrededor, Merrick... —La anciana me miró—. Protéjala de los espíritus malévolos, inglés. Usted conoce las artes mágicas. Ahora comprendo el significado de mi sueño.

—¿Qué significa Honey Rayo de Sol? —pregunté.

La anciana cerró los ojos con amargura y apretó los labios en una extraordinaria expresión de dolor. Merrick se estremeció y por primera vez parecía a punto de romper a llorar.

—No te preocupes, Merrick —dijo la anciana al cabo de un momento. Alzó una mano para señalar con el dedo, pero luego la dejó caer de nuevo, como si le faltaran las fuerzas.

Traté con todas mis fuerzas y mi capacidad de concentración de penetrar en la mente de la anciana, pero no conseguí nada, salvo sobresaltarla.

Me apresuré a subsanar mi torpeza.

—Confíe en nosotros, señora —insistí—. Ha guiado a Merrick por el camino indicado.

La anciana meneó la cabeza.

—Usted cree que la magia es sencilla —murmuró mirándome de nuevo—. Cree que es algo que puede dejar atrás cuando cruza el océano. Cree que *les mystères* no existen.

—Se equivoca.

La anciana volvió a soltar una carcajada grave y burlona.

—No ha presenciado todo su poder, inglés —dijo—. Ha conseguido hacer que los objetos tiemblen y se agiten, pero eso es todo. Era un extraño en tierras extrañas que practicaba el candomblé. Ha olvidado a Oxalá, pero él nunca se olvida de usted.

Empecé a perder la compostura.

La anciana cerró los ojos y asió la delgada muñeca de Merrick. Oí el rumor del rosario al rozar contra la pierna del sacerdote y luego percibí un aroma a café recién hecho que se mezclaba con la fragancia de la lluvia que había comenzado a caer.

Fue un momento que me proporcionó un grato y profundo alivio: el aire húmedo de la primavera en Nueva Orleans, la fragancia de la lluvia que caía a nuestro alrededor, el suave murmullo de unos truenos que sonaban a lo lejos, a nuestra derecha. Percibí el olor de la cera y las flores del altar, y de nuevo los olores humanos que emanaban del lecho. Me pareció que componían una armonía perfecta, inclusive esos aromas que tachamos de acres y desagradables.

Sí, había llegado la hora de la muerte para la anciana y era natural que se produjera ese ramillete de aromas. Debíamos aspirarlo, contemplarla y amarla. Era nuestro deber.

—¡Ah! ¿No oís los truenos? —preguntó Gran Nananne. Fijó de nuevo sus ojillos en mí—. Me voy a casa —dijo.

Merrick estaba muy asustada. Había abierto los ojos como platos y le temblaba la mano. Su terror iba en aumento mientras escrutaba el rostro de la anciana.

La anciana entornó los ojos y arqueó la espalda sobre la almohada, pero las colchas eran demasiado pesadas y no permitían alcanzar el espacio que deseaba.

¿Qué podíamos hacer? Una persona puede tardar una eternidad en morir, o expirar en pocos segundos. Yo también estaba asustado.

El sacerdote entró y pasó junto a nosotros para contemplar el rostro de la anciana. Su mano estaba tan arrugada como la de ella.

—Talamasca —murmuró la anciana—. Talamasca, llévate a mi niña. Talamasca, guarda a mi niña.

Creí que también yo iba a echarme a llorar. Había presenciado la muerte de muchas personas. Nunca es fácil pero hay algo tremendamente excitante en ello; el terror total a la muerte provoca excitación, como al comienzo de una batalla cuando, en realidad, ésta llega a su fin.

—Talamasca —repitió la anciana.

Sin duda el sacerdote lo había oído. Pero no prestaba atención. No era difícil penetrar en su mente. Sólo había venido para administrar la extremaunción a la mujer que conocía y respetaba. El altar no le había escandalizado.

—Dios te aguarda para acogerte, Gran Nananne —dijo el sacerdote suavemente. Se expresaba con un marcado acento local, un tanto rural—. Dios te espera y quizá te reúnas allí también con Honey Rayo de Sol y Sandra la Fría.

—Sandra la Fría —dijo la anciana exhalando un largo suspiro seguido por un sonido sibilante involuntario—. Sandra la Fría —repitió como si rezara—. Honey Rayo de Sol... en manos de Dios.

Por la expresión de su rostro comprendí que esta escena disgustaba profundamente a Merrick, que se echó a llorar. La niña, que había demostrado una gran entereza hasta el momento, parecía ahora muy frágil, como si se le fuera a partir el corazón.

La anciana no había terminado.

—No pierdas el tiempo buscando a Sandra la Fría —dijo—, ni a Honey Rayo de Sol. —Aferró la muñeca de Merrick con más fuerza—. Déjalas de mi cuenta. Sandra la Fría abandonó a su bebé por un hombre. No llores por Sandra la Fría. Mantén tus velas encendidas por los otros. Llora por mí.

Merrick estaba trastornada. Lloraba en silencio. Se agachó y apoyó la cabeza en la almohada junto a la de la anciana, quien rodeó con su ajado brazo los hombros de la niña, que estaban encorvados como si sostuviera un pesado fardo.

—Mi niña —dijo—, mi niñita. No llores por Sandra la Fría. Se llevó a Honey Rayo de Sol en su viaje al infierno.

El sacerdote se apartó del lecho. Se puso a rezar el avemaría en inglés, y al pronunciar las palabras «reza por nosotros, pecadores, ahora y en la hora de nuestra muerte», levantó tímida y suavemente la voz.

—Si encuentro a esas dos, ya te lo comunicaré —murmuró Gran Nananne—. San Pedro, abre la puerta y déjame pasar. San Pedro, déjame entrar.

Yo sabía que invocaba a Papá Legba. Posiblemente Papá Legba y san Pedro representaran lo mismo para ella. Supuse que el sacerdote también lo sabía.

El sacerdote se acercó de nuevo al lecho. Aaron retrocedió en señal de respeto. Merrick siguió con la cabeza apoyada en la almohada, con la cara sepultada en ella, mientras acariciaba con la mano derecha la mejilla de la anciana.

El sacerdote alzó las manos para impartir la bendición en latín, *In Nomine Patris, et Filii, et Spiritus Sancti, Amen.*

Pensé que debía salir de la habitación, por decencia, pero Aaron no me hizo ninguna señal. ¿Qué derecho tenía yo a quedarme?

Contemplé de nuevo el siniestro altar y la gigantesca estatua de san Pedro con las llaves del cielo, muy parecida a la que vería años después —hacía sólo una noche— en la *suite* del hotel que ocupaba Merrick.

Salí al pasillo. Me asomé a través de la puerta trasera, aunque no sé muy bien por qué, quizá para observar cómo la lluvia oscurecía el follaje. El corazón me latía con violencia. Las grandes y ruidosas gotas penetraban por la parte posterior y la fachada de la casa, manchando el viejo y cochambroso suelo de madera. Oí gritar a Merrick. El tiempo se detuvo, como suele ocurrir en las tardes calurosas de Nueva Orleans. De pronto, Merrick lanzó un grito más angustioso y Aaron le rodeó los hombros con el brazo.

Me sobresalté al percatarme de que la anciana postrada en el lecho había muerto.

Me quedé estupefacto. La había conocido hacía menos de una hora, había oído sus revelaciones... No comprendía sus poderes, pero caí en la cuenta de que buena parte de mi experiencia en Talamasca había sido puramente académica, y al enfrentarme a una magia auténtica me sentía tan aterrorizado como un vulgar mortal.

Permanecimos junto a la puerta del dormitorio durante casi tres cuartos de hora. Al parecer, los vecinos querían entrar a despedirse de la anciana.

Al principio Merrick se opuso. Apoyada en Aaron, no cesaba de llorar y lamentarse de que nunca encontraría a Sandra la Fría, insistiendo en que ésta debía regresar a casa.

El dolor palpable de la niña nos afectó a todos; el sacerdote se acercó a ella una y otra vez para besarla y darle unas palmaditas de ánimo.

Por fin, dos mujeres jóvenes de color, ambas muy rubias y con evidentes rasgos africanos, vinieron para preparar el cadáver que yacía en la cama. Una de ellas tomó la mano de Merrick y le dijo que cerrara los ojos de su madrina. Contemplé maravillado a las dos mujeres, no sólo por su hermosa piel tostada y sus ojos claros, sino por su talante ceremonioso, a la antigua usanza. Iban ataviadas con unos vestidos camiseros de seda, adornadas con joyas, como si hubieran venido de visita, conscientes de la importancia de la pequeña ceremonia.

Merrick se acercó al lecho e hizo lo que debía utilizando dos dedos de la mano derecha. Aaron se reunió conmigo en el vestíbulo.

Merrick salió de la habitación y preguntó a Aaron, entre sollozos, si podía esperar un rato mientras las mujeres lavaban a Gran Nananne y cambiaban las ropas de la cama. Naturalmente, Aaron respondió que haría lo que ella quisiera.

Entramos en un salón de aspecto un tanto frío y solemne, situado al otro lado del pasillo. De pronto recordé las orgullosas frases de la anciana. El salón comunicaba por medio de un arco con un espacioso comedor, y ambas estancias contenían numerosos y costosos objetos.

Sobre las chimeneas, cuyas repisas eran de mármol blanco tallado, había unos espejos; y los muebles, de excelente caoba, podrían ser vendidos a buen precio.

En las paredes colgaban varias pinturas de santos, que se habían oscurecido con el paso del tiempo. El voluminoso aparador contenía una valiosa y antigua vajilla de porcelana exquisitamente decorada. Me fijé también en unas lámparas de gran tamaño, cuyas bombillas despedían una luz tenue debajo de las polvorientas pantallas.

La habitación habría resultado cómoda de no ser por el sofocante calor que hacía, y a través de los cristales rotos de las ventanas sólo penetraba la humedad, que llegaba hasta el rincón en sombra donde nos hallábamos sentados.

Enseguida apareció otra exótica joven de color, muy bella y vestida tan recatadamente como las otras, para cubrir los espejos. Llevaba una gran cantidad de trapos negros y una pequeña escalera. Aaron y yo hicimos cuanto pudimos para ayudarla.

Al terminar cerró el teclado del viejo piano vertical en el que yo ni siquiera había reparado. Luego se acercó a un enorme reloj de pie, situado en una esquina, abrió la puerta de cristal y detuvo las manecillas. Oí el tic-tac por primera vez cuando dejó de sonar.

Delante de la casa se había congregado un numeroso grupo de personas, blancas y negras, y de una mezcla de razas.

Por fin pudieron entrar a presentar sus últimos respetos a la anciana, formándose un largo cortejo. Aaron y yo nos retiramos a la acera, puesto que era evidente que Merrick, que se había situado junto a la cabecera del lecho, ya no se sentía tan trastornada, sino tan sólo muy triste.

Los vecinos entraban en la habitación, se detenían a los pies del lecho, salían por la puerta trasera de la casa y reaparecían de nuevo junto a ella al abrir una pequeña puerta lateral que daba a la calle.

Recuerdo que me sentí muy impresionado por la solemnidad y el silencio que reinaban, al tiempo que un tanto sorprendido por la cantidad de coches que aparecían, de los que se apeaban unas gentes elegantemente vestidas —también de las dos razas y de una mezcla de ambas— y subían los peldaños de la entrada.

Yo tenía la ropa tiesa y pegajosa debido al sofocante calor, y entré varias veces en la casa para asegurarme de que Merrick estaba bien. Los ventiladores del dormitorio, del cuarto de estar y del comedor refrescaban el ambiente.

La tercera vez que entré en la casa observé que habían organizado una colecta para sufragar los gastos del funeral de Gran Nananne. Sobre el altar había una bandeja de porcelana repleta de billetes de veinte dólares.

Merrick saludaba a todas las personas que se acercaban con una breve inclinación de cabeza. Su rostro apenas traslucía emoción alguna, pero era evidente que se sentía aturdida y triste.

A medida que transcurrían las horas, la gente seguía acudiendo a la casa, entrando y saliendo de ella en un respetuoso silencio, sin ponerse a conversar hasta haberse alejado unos metros de la casa.

Unas mujeres de color, elegantemente vestidas, conversaban con un suave acento sureño, muy distinto del acento africano que he oído.

Aaron me aseguró en voz baja que éste no era un funeral típico de Nueva Orleans. Los asistentes eran muy distintos y el silencio, un tanto insólito.

No tuve ninguna dificultad en intuir el problema. La gente había temido a Gran Nananne. Y temían a Merrick. Todos procuraban que Merrick los viera. Dejaban numerosos billetes de veinte dólares. Al enterarse de que no iba a celebrarse una misa de funeral, se quedaban perplejos. Opinaban que debía oficiarse una misa, pero

Merrick dijo que Gran Nananne se había opuesto a ello.

Por fin, cuando nos dirigimos al callejón para fumarnos tranquilamente unos cigarrillos, observé una expresión de preocupación en el rostro de Aaron. Éste hizo un gesto sutil para indicarme que me fijara en el cochazo que acababa de detenerse frente a la casa.

Varias personas inconfundiblemente blancas se apearon del coche: un joven bien parecido y una mujer de aspecto austero que lucía unas gafas con montura metálica. Subieron los escalones de la casa, evitando mirar a los curiosos que merodeaban por allí.

—Son los Mayfair blancos —dijo Aaron en voz baja—. No quiero que me vean aquí.

Nos adentramos en el callejón, hacia la parte trasera de la casa. Al cabo de unos momentos, cuando las espléndidas plantas de glicinia nos impidieron seguir avanzando, nos detuvimos.

—Pero ¿qué significa? —pregunté—. ¿Por qué han venido esos Mayfair blancos?

—Por lo visto se sienten obligados a hacerlo —murmuró Aaron—. Te ruego que no hagas ruido, David. No hay un miembro de esa familia que no posea poderes psíquicos. Ya sabes que he intentado en vano ponerme en contacto con ellos. No quiero que nos vean aquí.

El exótico ambiente, la vieja y extraña casa, la clarividencia de la anciana, la abundante maleza y la alegre y luminosa lluvia se me habían subido a la cabeza. Me sentía tan estimulado como si hubiera visto a unos fantasmas.

—Los abogados de la familia —dijo Aaron en voz baja, tratando de ocultar su enojo hacia mí—. Lauren Mayfair y el joven Ryan Mayfair. No saben nada sobre el vudú y la brujería, ni que existan aquí ni en la parte alta de la ciudad, pero es evidente que saben que la anciana estaba relacionada con esas prácticas. Los Mayfair no rehúyen nunca sus responsabilidades familiares, pero no esperaba verlos aquí.

En esos momentos, mientras Louis volvía a advertirme que guardara silencio y no me entrometiera, oí hablar a Merrick dentro de la casa.

Me acerqué a las ventanas rotas del salón pero no pude captar lo que decía.

Aaron también aguzó el oído. Al poco rato salieron los Mayfair blancos de la casa y partieron en su flamante coche.

Cuando se hubieron marchado, Aaron subió los escalones de la entrada.

Los últimos vecinos se estaban despidiendo. Los que se hallaban en la acera ya habían presentado sus respetos. Seguí a Aaron hasta la habitación de Gran Nananne.

—¿Han visto a los Mayfair que viven en la parte alta de la ciudad? —preguntó Merrick en voz baja—. Querían pagar todos los gastos. Les dije que disponíamos de dinero suficiente. Miren, tenemos miles de dólares, y el empleado de la funeraria ya está de camino. Esta noche velaremos al cadáver, y mañana lo enterraremos. Tengo hambre. Necesito comer algo.

El anciano empleado de la funeraria era también un hombre de color, muy alto y completamente calvo. Llegó con un cesto rectangular en el que depositaría el cadáver de Gran Nananne.

En cuanto a la casa, quedó a cargo del padre del empleado de la funeraria, un hombre de color, viejísimo, con una tez del mismo color que Merrick pero con el pelo muy rizado y blanco.

Los dos ancianos tenían un aire distinguido e iban vestidos de forma un tanto protocolaria, teniendo en cuenta el monstruoso calor que hacía.

Ambos coincidían en que debía celebrarse una misa católica en la iglesia de Nuestra Señora de Guadalupe, pero Merrick volvió a indicar que no era necesario ofrecer una misa para Gran Nananne.

Así, con una facilidad pasmosa, la niña dejó zanjado el asunto.

Acto seguido se acercó al escritorio que había en el dormitorio de Gran Nananne, sacó del cajón superior un paquete envuelto en un lienzo blanco y nos indicó que podíamos marcharnos.

Fuimos a un restaurante, donde Merrick, sin decir palabra y sosteniendo el paquete en su regazo, devoró un gigantesco bocadillo de langostinos fritos y dos Cocacolas *light*. Parecía cansada de llorar y mostraba el aspecto fatigado y deprimido de quienes han sufrido una pérdida irreparable.

El pequeño restaurante me pareció de lo más exótico, con un suelo inmundo y unas mesas no menos sucias, pero atendido por unos camareros y unas camareras alegres a más no poder, al igual que la clientela.

Me sentía fascinado por Nueva Orleans, por Merrick, aunque la niña seguía encerrada en su mutismo, pero no imaginaba que iban a ocurrir unos hechos aún más extraños.

Sumidos en un ensueño, regresamos a Oak Haven para bañarnos y cambiarnos de ropa para asistir al velatorio. Una joven miembro de Talamasca, digna de toda confianza y cuyo nombre me reservo por razones obvias, ayudó a Merrick a vestirse elegantemente con un traje azul marino nuevo y un sombrero de paja de ala ancha. Aaron se afanó en lustrar sus zapatos de charol.

Merrick llevaba un rosario y un devocionario católico con las tapas de madreperla.

Pero antes de dejar que regresáramos a Nueva Orleans, quiso mostrarnos el contenido del paquete que había tomado de la habitación de la anciana.

Nos encontrábamos en la biblioteca, donde yo había visto por primera vez a Merrick, hacía poco tiempo. Los miembros de la casa matriz estaban cenando, de modo que teníamos la estancia a nuestra entera disposición, sin ningún tipo de cortapisas.

Cuando Merrick le quitó el envoltorio, me quedé asombrado al contemplar un libro antiguo, o códice, con unas ilustraciones espléndidas en la cubierta de madera, tan manoseado que estaba hecho trizas. Merrick lo manipuló con extremo cuidado.

—Es el libro que me ha dejado Gran Nananne —dijo, mirando el grueso volumen con evidente respeto. Dejó que Aaron acercara el libro en su envoltorio a la mesa, para examinarlo bajo la luz de la lámpara.

El papel vitela o pergamino constituye el material más resistente que se ha inventado para los libros, y aquella obra era tan antigua que no habría sobrevivido de haber sido escrita en otro tipo de papel. De hecho, la cubierta de madera se caía a pedazos.

Merrick decidió desplazarlo un poco hacia un lado para poder leer la portada.

Estaba escrito en latín y lo traduje de forma tan instantánea como era capaz de hacer cualquier miembro de Talamasca.

Este libro contiene todos los secretos
de las artes mágicas,
tal como los ángeles tutelares se los enseñaron
a Cam, hijo de Noé,
y que él transmitió a Misráim,
su único hijo.

Alzando con cuidado esta página, que al igual que las otras estaba sujeta por tres tiras de cuero, Merrick nos mostró la primera de muchas páginas sobre conjuros mágicos, escritas en latín con una letra desteñida pero claramente visible y muy apretada.

Era el libro de magia más antiguo que yo había visto jamás, y en la portada se afirmaba por supuesto que era el primer libro sobre magia negra que se conocía desde los tiempos del Diluvio.

Yo estaba más familiarizado con las leyendas que rodean a Noé, y a su hijo, Cam, y una leyenda anterior, que afirma que los ángeles tutelares habían enseñado las artes mágicas a las hijas de los hombres cuando habían yacido con ellas, según el Génesis.

Incluso el ángel Memnoch, que había seducido a Lestat, había revelado su propia versión de la leyenda, afirmando que durante su primera visita a la Tierra había sido seducido por la hija del hombre. Pero en esa época yo no sabía nada sobre Memnoch.

Ansiaba quedarme a solas con aquel libro. Deseaba leer cada sílaba que contenía. Deseaba hacer que nuestros expertos analizaran el papel, la tinta, además de examinar el estilo en que estaba escrito.

A la mayoría de los lectores de este relato no les sorprenderá que les diga que algunas personas son capaces de calcular la antigüedad de un libro a simple vista. Yo no era una de esas personas, pero estaba convencido de que el texto que sostenía en las manos había sido copiado en un monasterio en algún lugar de la cristiandad, antes de que Guillermo el Conquistador desembarcara en las costas de Inglaterra.

En resumidas cuentas, el libro probablemente databa del siglo VIII o IX. En la primera página ponía que se trataba de una «copia fiel» de un texto mucho más antiguo, que por supuesto procedía de Cam, el hijo de Noé.

Existe un gran número de leyendas en torno a esos nombres, a cuál más interesante. Pero lo maravilloso del caso era que aquel texto pertenecía a Merrick y que ella nos lo había mostrado.

—Este libro me pertenece —repitió—. Sé cómo realizar los sortilegios y conjuros que contiene. Los conozco todos.

—¿Pero quién te ha enseñado a leerlo? —pregunté, incapaz de ocultar mi entusiasmo.

—Matthew —respondió Merrick—, el hombre que nos llevó a Sandra la Fría y a mí a Suramérica. Cuando vio este libro se sintió muy interesado en él, al igual que los otros. Yo ya había leído algunos pasajes, pues había aprendido un poco de latín, y Gran Nananne lo había leído de cabo a rabo. Matthew era el mejor hombre de todos los que mi madre trajo a casa. Cuando él estaba con nosotras nos sentíamos seguras y felices. Pero no es el momento de hablar de estas cosas. Me permitirán conservar este libro, ¿verdad?

—Desde luego —se apresuró a responder Aaron. Creo que temía que yo quisiera apoderarme de aquel texto, pero estaba equivocado. Deseaba pasar un rato examinándolo, sí, pero sólo cuando la niña me lo permitiera.

En cuanto al hecho de que Merrick mencionara a su madre, yo sentía una gran curiosidad por averiguar más detalles. Quise interrogarla de inmediato sobre el particular, pero cuando empecé a hacerle unas preguntas, Aaron me miró severamente y meneó la cabeza.

—Debemos regresar —dijo Merrick—. Ya habrán dispuesto el cadáver para el velatorio.

Después de dejar el valioso libro en la habitación de

Merrick, situada en el piso superior, regresamos de nuevo a la ciudad de los sueños.

El cadáver había sido trasladado de nuevo a la casa en un féretro de color gris claro forrado de raso, e instalado sobre un catafalco portátil en el frío y solemne salón que he descrito más arriba. A la luz de las numerosas velas (la araña que pendía del techo despedía una luz demasiado intensa y la habían apagado), la habitación ofrecía un aspecto casi hermoso. Habían vestido a Gran Nananne con un elegante vestido de seda blanco con unas rositas bordadas en el cuello, una de las prendas preferidas de la anciana.

En torno a sus dedos enlazados habían colocado un bonito rosario de cuentas de cristal, y sobre su cabeza, contra la tapa forrada de raso del féretro, colgaba un crucifijo de oro. Junto al féretro había un reclinatorio de terciopelo rojo, sin duda instalado por el director de la funeraria, y muchas personas se arrodillaron en él para santiguarse y rezar.

Aparecieron de nuevo legiones de gente, que se dividieron en grupos según su raza, como siguiendo órdenes: los de tez clara se arracimaron en un grupo, los blancos se juntaron con los blancos, los negros con los negros.

Desde entonces he presenciado muchas situaciones en la ciudad de Nueva Orleans en que la gente se autosegrega ostensiblemente según su color. Por supuesto, yo no conocía la ciudad. Sólo sabía que la monstruosa injusticia de la segregación legal ya no existía, por lo que me maravilló el hecho de que el color de la piel determinara la separación en aquel grupo.

Aaron y yo esperábamos inquietos a que nos preguntaran sobre Merrick, sobre el futuro de la niña, pero nadie dijo una palabra al respecto. Los asistentes se limitaron a abrazar a Merrick, a besarla y a murmurar unas palabras de condolencia, tras lo cual se marchaban. Vi que habían dispuesto otra bandeja, en la que la gente depositaba dinero, pero ignoraba con qué fin. Probablemente para Merrick, puesto que las personas que habían acudido sabían que no tenía allí ni a su madre ni a su padre.

Cuando nos disponíamos a acostarnos en unos catres instalados en una habitación trasera que carecía de otros muebles (el cadáver iba a permanecer expuesto toda la noche), Merrick trajo al sacerdote para que hablara con nosotros, y le explicó en un francés excelente y rápido que éramos sus tíos y que iría a vivir con nosotros.

«De modo que ésa es la historia que cuenta», pensé. Éramos los tíos de Merrick. Sin duda, Merrick asistiría a una escuela fuera de Nueva Orleans.

—Es justamente lo que iba a recomendarle que dijera —comentó Aaron—. Me pregunto cómo se le ocurrió. Supuse que el cambio no le gustaría y que nos pondríamos a discutir.

Yo no sabía qué pensar. Aquella niña tan madura, tan seria y tan hermosa me turbaba y atraía. Todo el panorama me hacía dudar de mi buen criterio.

Aquella noche dormimos mal. Los catres eran incómodos, la habitación estaba desprovista de muebles y era calurosa, y la gente no paraba de circular por el pasillo, murmurando sin cesar.

Entré varias veces en el salón y vi a Merrick durmiendo tranquilamente en su butaca. Hacia el amanecer, el anciano sacerdote echó también un sueñecito. A través de la puerta trasera divisé un jardín envuelto en sombras, en el que ardían unas lejanas lámparas o velas cuya luz agitaba la brisa. Era inquietante. Me quedé dormido cuando aún se divisaban unas estrellas en el cielo.

Por fin amaneció y llegó la hora de que comenzara el funeral.

El sacerdote apareció ataviado con los ropajes apropiados para la ocasión, acompañado por un monaguillo, y entonó unas oraciones que todos los presentes parecían conocer. La ceremonia, oficiada en inglés, estuvo revestida de una solemnidad no menos impresionante que los antiguos ritos en latín, los cuales habían sido desechados. Luego cerraron el féretro.

Merrick se puso a temblar y luego a sollozar. Era angustioso verla en aquel estado. Se había quitado el sombrero de paja y tenía la cabeza descubierta. Sus sollozos se intensificaron. Varias mujeres de color, elegantemente vestidas, la rodearon para ayudarla a bajar los escalones de la entrada. Le frotaron los brazos con energía y le enjugaron la frente. Merrick sollozaba entrecortadamente, como si hipara. Las mujeres la besaron y trataron de apaciguarla. De pronto lanzó un grito.

Se me encogió el corazón al ver a aquella niña, tan dueña de sus emociones, presa de un ataque de histerismo.

Tuvieron que transportarla casi en brazos hasta la limusina del cortejo fúnebre. La seguía el féretro, que unos portadores de expresión solemne transportaron al coche funerario. Luego emprendimos el camino hacia el cementerio. Aaron y yo íbamos en el coche de Talamasca, inquietos por tener que separarnos de Merrick, pero resignados porque sabíamos que era preferible así.

La lluvia que caía inexorable sobre nosotros no hacía sino realzar la deprimente teatralidad de la escena, mientras los restos de Gran Nananne eran transportados por el camino repleto de hierbajos de St. Louis Número 1, entre unas elevadas tumbas de mármol con una cubierta de doble vertiente, para ser depositados en la fosa semejante a un horno de una sepultura compuesta por tres departamentos.

Los mosquitos eran insoportables. Las plantas estaban infestadas de insectos invisibles, y cuando Merrick vio cómo depositaban el féretro en la fosa, comenzó a gritar de nuevo.

Las bondadosas mujeres le frotaron de nuevo los brazos, le enjugaron la cara y la besaron en las mejillas.

De golpe Merrick lanzó una angustiosa exclamación en francés.

—¿Dónde estás, Sandra la Fría, y tú, Honey Rayo de Sol? ¿Por qué no habéis vuelto a casa?

Muchos asistentes rezaban en voz alta, con un rosario entre los dedos, mientras Merrick permanecía apoyada contra la tumba, con la mano derecha sobre el féretro.

Por fin, agotada de tanto llorar y más serena, dio media vuelta y se dirigió con paso decidido, sostenida por las mujeres, hacia donde estábamos Aaron y yo. Mientras las mujeres le daban unas palmaditas para infundirle ánimo, Merrick se arrojó a los brazos de Aaron y sepultó la cabeza en su cuello.

En esos momentos la animosa joven que llevaba dentro había desaparecido y sentí una profunda compasión hacia ella. Confiaba en que Talamasca la envolviera en fantasías y le concediera todos los caprichos. A todo esto, el sacerdote insistió en que los empleados del cementerio cerraran la tumba de inmediato, lo cual provocó una áspera discusión, pero el anciano se salió con la suya y la lápida fue colocada de nuevo en su lugar, sellando la tumba, y el féretro desapareció del alcance de nuestra mano y de nuestra vista.

Recuerdo que saqué el pañuelo para enjugarme los ojos.

Aaron acarició la larga cabellera castaña de Merrick y le dijo en francés que Gran Nananne había gozado de una vida larga y maravillosa, y que el deseo que había expresado en su lecho de muerte, que Merrick hallara un refugio seguro, se había cumplido.

Merrick levantó la cabeza y pronunció una sola frase. «Sandra la Fría debió venir.» Lo recuerdo porque cuando lo dijo, algunos asistentes menearon la cabeza e intercambiaron unas miradas escandalizadas.

Me sentía impotente. Observé los rostros de los hombres y las mujeres que me rodeaban. Vi algunas de las personas de sangre africana más negras que jamás he visto en América, y algunas de piel muy clara. Vi personas de extraordinaria belleza y otras de aspecto poco llamativo. Pero casi ninguna era corriente ni vulgar, tal como nosotros entendemos estas palabras. Resultaba prácticamente imposible adivinar el linaje o historia racial de las personas que estaban allí.

Pero ninguna de aquellas personas era allegada de Merrick. Exceptuando a Aaron y a mí, estaba sola. Las mujeres amables y bien vestidas habían cumplido con su deber, pero en realidad no la conocían. Eso era evidente. Y se alegraban de que Merrick tuviera dos tíos ricos dispuestos a llevársela a vivir con ellos.

En cuanto a los «Mayfair blancos» que Aaron había visto la víspera, ninguno había hecho acto de presencia en el funeral, lo cual era «una suerte», según Aaron. De haber sabido que una niña Mayfair se había quedado sola y desamparada en el mundo, se habrían empeñado en subsanar aquella situación. Reparé en que tampoco habían asistido al velatorio. Habían cumplido con su deber, Merrick les había contado una historia satisfactoria y se habían marchado tranquilamente.

A continuación regresamos a la vieja casa.

Una furgoneta de Oak Haven aguardaba para transportar las pertenencias de Merrick, que no estaba dispuesta a abandonar la vivienda de su madrina sin llevarse todo lo que era suyo.

Antes de que llegáramos a la casa, Merrick dejó de llorar y su rostro adquirió una expresión sombría que he visto muchas veces.

—Sandra la Fría no lo sabe —soltó de sopetón. El coche avanzaba lentamente a través de la llovizna—. De haberlo sabido, habría acudido.

—¿Es tu madre? —preguntó Aaron con tono respetuoso.

Merrick asintió.

—Eso es lo que dice ella —respondió, esbozando una pícara sonrisa. Luego meneó la cabeza y se puso a mirar a través de la ventanilla del coche—. No se preocupe por eso, señor Lightner —dijo—. Sandra la Fría no me quiere. Se marchó y no ha vuelto.

En aquel momento me pareció que sus palabras tenían sentido, quizá porque deseaba que lo tuvieran, que no se sintiera profundamente herida por una realidad más cruel.

—¿Cuándo la viste por última vez? —inquirió Aaron.

—Cuando tenía diez años y regresé de Suramérica. Cuando Matthew aún vivía. Hay que comprenderla. Fue la única de doce hermanos que no daba el pego.

—¿No daba el pego? —preguntó Aaron.

—No pasaba por blanca —solté sin poder reprimirme.

Merrick volvió a sonreír.

—Ya entiendo —dijo Aaron.

—Es muy guapa —comentó Merrick—, nadie puede negarlo, y era capaz de atrapar a cualquier hombre. Nunca se le escapó ninguno.

—¿Atrapar? —preguntó Aaron.

—De atraparlo con un encantamiento —dije en voz baja.

Merrick me volvió a mirar, sonriendo.

—Ya entiendo —repitió Aaron.

—Mi abuelo, al ver que mi madre tenía una piel tan tostada, dijo que no quería a aquella niña, y mi abuela vino y depositó a Sandra la Fría a la puerta de la casa de Gran Nananne. Todos los hermanos y hermanas de Sandra la Fría se casaron con personas blancas. Claro que mi abuelo también era blanco. Todos se han instalado en Chicago. El padre de Sandra la Fría era dueño de un club de jazz en Chicago. Cuando las personas se enamoran de Chicago o Nueva York, no quieren volver aquí. Pero a mí ni me gustaron esas ciudades.

—¿De modo que las has visitado? —pregunté.

—Sí, fui con Sandra la Fría —respondió Merrick—. Por supuesto, no fuimos a ver a nuestros parientes blancos. Pero los localizamos en la guía telefónica. Sandra la Fría quería ver a su madre, según dijo, pero no para hablar con ella. ¿Quién sabe? Quizá le echó un conjuro maligno. Quizá se lo echó a todos. A Sandra la Fría le daba mucho miedo volar a Chicago, pero aún le daba más miedo ir en coche. ¡Y no digamos el pavor que sentía a ahogarse! Tenía unas pesadillas en que se ahogaba. No quería atravesar el puente en coche. Temía que el lago la engullera. Tenía miedo de muchas cosas. —Se detuvo unos momentos, con expresión distraída. Luego prosiguió, frunciendo ligeramente el ceño—: No recuerdo que Chicago me gustara. Y en Nueva York no había árboles, al menos yo no vi ninguno. Deseaba volver a casa. A Sandra la Fría también le encantaba Nueva Orleans. Siempre regresaba allí, hasta la última vez.

—¿Tu madre era una mujer inteligente? —pregunté—. ¿Era tan lista como tú?

Mi pregunta la hizo reflexionar unos momentos.

—No es una mujer instruida —contestó Merrick—. No lee libros. A mí me gusta mucho leer. En los libros se aprenden cosas. Yo leía las revistas viejas que la gente desechaba. Un día me llevé un montón de ejemplares de la revista *Time* de una casa que iban a demoler. Leí todos los artículos, absolutamente todos: sobre artes y ciencia, libros, música, política y otros temas, todo, hasta que las revistas se caían a pedazos de tanto manosearlas. También leía libros de la biblioteca y de las estanterías en las tiendas de ultramarinos; leía periódicos. Leía viejos devocionarios. He leído libros de magia. Tengo muchos libros de magia que aún no les he enseñado.

Merrick se encogió levemente de hombros; tenía un aspecto frágil y cansado, pero seguía siendo una niña aturdida por todo cuanto había ocurrido.

—Sandra la Fría nunca leía nada —dijo—. Nunca miraba los informativos de las seis de la tarde. Gran Nananne la mandó a estudiar con las monjas, según dijo, pero se portaba tan mal que la enviaban a casa cada dos por tres. Por otra parte tenía la piel tan clara que no le gustaban las personas de color. El hecho de que su padre la rechazara debía de haberla escarmentado, pero no fue así. Su piel era del color de las almendras, como se ve en la fotografía, pero tenía los ojos de ese amarillo claro que siempre revela que tienes sangre negra. Detestaba que la gente la llamara Sandra la Fría.

—¿Por qué le pusieron ese apodo? —pregunté—. ¿Fueron los niños quienes empezaron a llamarla así?

Casi habíamos llegado a nuestro destino. Recuerdo que había muchas cosas que deseaba averiguar sobre aquella extraña sociedad, tan ajena a cuanto yo conocía. En esos momentos comprendí que había desperdiciado muchas oportunidades en Brasil.

Las palabras de la anciana me habían herido en lo más profundo del corazón.

—No, se lo pusieron en casa —respondió Merrick—. Desde luego, es un apodo muy desagradable. Cuando los vecinos y los niños se enteraron, dijeron: «Hasta Gran Nananne te llama Sandra la Fría.» Se lo pusieron por las cosas que hacía. Ya se lo he dicho, utilizaba sus poderes mágicos para atrapar a las personas. Les echaba el mal de ojo. En cierta ocasión la vi desollar a un gato negro, un espectáculo que no quisiera volver a presenciar.

Supongo que debí de hacer un gesto de repugnancia, porque Merrick esbozó una breve sonrisa. Luego prosiguió:

—Cuando cumplí seis años, ella misma empezó a llamarse Sandra la Fría. Me decía: «Ven, Merrick, acércate a Sandra la Fría.» Y yo me apresuraba a sentarme en su regazo.

La voz se le quebró un poco, pero continuó hablando.

—No se parecía en nada a Gran Nananne —dijo Merrick—. Se pasaba el día fumando y bebiendo; siempre estaba nerviosa, y cuando bebía se ponía muy agresiva. Cuando regresaba a casa después de ausentarse durante una larga temporada, Gran Nananne le preguntaba: «¿Qué ocultas ahora en tu frío corazón, Sandra la Fría? ¿Qué mentiras vas a contarnos?»

»Gran Nananne decía que no era necesario practicar la magia negra en este mundo, que podías conseguir cuanto quisieras con la magia blanca. Cuando apareció Matthew, Sandra la Fría se mostró más feliz de lo que jamás la habíamos visto.

—Matthew es el hombre que te dio el libro de pergamino, ¿verdad? —pregunté con delicadeza.

—Él no me dio ese libro, señor Talbot, me enseñó a leerlo —respondió Merrick—. Ese libro ya estaba en casa cuando él llegó. Había sido del tío abuelo Vervain, que era un hombre terrible y muy aficionado al vudú. Era conocido en toda la ciudad como el doctor Vervain. Todo el mundo acudía a él para rogarle que hiciera algún conjuro. Ese anciano me dio muchas cosas antes de morir. Era el hermano mayor de Gran Nananne. Fue la primera persona que vi morir de repente. Estaba sentado a la mesa, a la hora de cenar, sosteniendo el periódico en la mano.

Yo tenía más preguntas que formularle en la punta de la lengua.

Durante todo el rato en que Merrick había ido desgranando su relato, no había mencionado ni una sola vez el otro nombre que Gran Nananne había pronunciado antes de morir: Honey Rayo de Sol.

Pero enseguida llegamos a la vieja casa. El sol crepuscular lucía aún con fuerza y la lluvia había remitido.

8

Me sorprendió ver allí a tanta gente. Todo el mundo estaba en silencio pero atento. Enseguida observé que de la casa matriz habían llegado no una sino dos furgonetas, y que había un pequeño grupo de acólitos de Talamasca dispuestos a recoger las cosas de la casa.

Saludé a los jóvenes de la Orden, agradeciéndoles de antemano su solicitud y discreción, y les pedí que esperaran tranquilamente hasta que les indicáramos que podían comenzar su trabajo.

Cuando subimos los escalones y entramos en la casa, vi a través de las ventanas que no estaban cubiertas con periódicos a un montón de gente en los callejones, y cuando salimos al jardín trasero descubrí a un gran número de personas a lo lejos, por todas partes, más allá del tupido bosquecillo de robles cuyas ramas se extendían a escasa altura del suelo. No vi ninguna cerca. Creo que en aquellos días las casas no estaban rodeadas por cercas.

Todo se hallaba en sombras bajo las frondosas copas de los árboles, y estábamos rodeados por el suave murmullo del agua que caía. Unos jacintos silvestres de color rojo crecían en los lugares donde el sol podía filtrarse a través de la grata penumbra. Contemplé unos esbeltos tejos, esa especie tan sagrada para los muertos y los magos. Era un lugar tan apacible y evocador como un jardín japonés.

A medida que mis ojos se fueron adaptando a la luz, vi que nos hallábamos en una especie de patio con el suelo enlosado, adornado por unos cuantos árboles sarmentosos pero gigantescos, lleno de grietas e invadido por un musgo reluciente y resbaladizo. Vimos ante nosotros un enorme cobertizo abierto, con techado de chapa ondulada sostenido por un pilar central.

El pilar estaba pintado de rojo vivo hasta la mitad y de verde hasta la parte superior, que se alzaba desde un gigantesco altar de piedra lleno de manchas, como era de prever. Más allá, en la oscuridad, se hallaba el inevitable altar, rodeado por unos santos más numerosos y espléndidos que los que había visto en el dormitorio de Gran Nananne.

Había un sinfín de velas encendidas dispuestas en hileras.

Por mis estudios, deduje que se trataba de una configuración vudú muy corriente: el pilar central y la piedra. Se podía ver por toda la isla de Haití. Y este lugar con el suelo enlosado y lleno de hierbajos constituía lo que un doctor de vudú haitiano habría llamado su peristilo.

A un lado, entre los apretados tejos de extensas ramas, vi dos mesas de hierro forjado, pequeñas y rectangulares, y una enorme olla o caldera, que es la palabra indicada, descansando sobre un brasero de tres patas. La caldera y el amplio brasero me produjeron cierta inquietud, posiblemente más que cualquier otra cosa. La caldera tenía un aspecto malévolo.

De pronto oí un zumbido que me distrajo, porque temí que proviniera de unas abejas. Las abejas me inspiran pavor y, como muchos miembros de Talamasca, temo cierto secreto referente a las abejas que está relacionado con nuestros orígenes, pero es demasiado largo para explicarlo en estas páginas.

Permítanme que añada tan sólo que de repente comprendí que el sonido lo emitían unos colibrís que cantaban en aquel lugar lleno de plantas que crecían descontroladamente, y cuando me detuve en silencio junto a Merrick, me pareció verlos suspendidos en el aire junto a la hiedra cubierta de flores que se extendía sobre el techado del cobertizo.

—Al tío Vervain le encantaban —dijo Merrick en voz baja—. Les dejaba comida. Los conocía por sus colores y les puso unos nombres preciosos.

—A mí también me encantan, hija mía —dije yo—. En Brasil, el colibrí tiene un nombre portugués muy hermoso, lo llaman el «besador de flores» —le expliqué.

—Sí, el tío Vervain sabía esas cosas —dijo Merrick—. Había estado en toda Suramérica. El tío Vervain veía siempre unos fantasmas suspendidos en el aire a su alrededor.

Tras estas palabras se detuvo. Tuve la impresión de que iba a resultarle muy difícil despedirse de todo esto, de su hogar. En cuanto a la frase que había empleado, «fantasmas suspendidos en el aire», confieso que me había impresionado tanto como todo lo demás. Por supuesto, conservaríamos esta casa para ella. Si lo deseaba, haríamos que la restauraran de arriba abajo.

Merrick miró a su alrededor, deteniéndose sobre la caldera de hierro sostenida por un trípode.

—El tío Vervain hervía cosas en la caldera —comentó con voz queda—. Colocaba carbones debajo. Aún recuerdo el olor que emanaba el carbón. Gran Nananne se sentaba en los escalones traseros para observarle. Los demás le tenían miedo.

Merrick se acercó al cobertizo y se detuvo delante de los santos para contemplar las numerosas ofrendas y las velas relucientes. Se santiguó rápidamente y apoyó dos dedos de la mano derecha sobre el pie desnudo de la alta y hermosa Virgen.

¿Qué podíamos hacer?

Aaron y yo nos detuvimos a pocos pasos de ella, uno a cada lado, como dos ángeles de la guarda un tanto confusos. Los platos sobre el altar contenían comida. Aspiré una dulce fragancia y el olor a ron. Deduje que algunas de las personas que había distinguido semiocultas entre la maleza habían traído aquellas misteriosas ofrendas. Pero al percatarme de que uno de los curiosos objetos depositados sobre el altar era una mano humana, retrocedí horrorizado.

Había sido amputada por encima del hueso de la muñeca y al secarse había adquirido una terrorífica crispación, pero eso no era el único aspecto espeluznante. Estaba cubierta de hormigas, que se habían dado un siniestro festín de carne humana.

Cuando me di cuenta de que todo estaba infestado de los odiosos insectos, experimenté un horror que sólo me producen las hormigas.

Vi con asombro que Merrick cogía la mano con cuidado, sosteniéndola con el pulgar y el índice, y que la sacudía con brusquedad para eliminar a las voraces hormigas.

No oí ningún sonido procedente de los curiosos que nos observaban a cierta distancia, pero tuve la sensación de que se aproximaban un poco. El canto de los colibrís casi había conseguido hipnotizarme, y percibí de nuevo el suave murmullo de la lluvia.

Nada atravesaba la frondosa bóveda formada por las copas de los árboles. Nada golpeaba sobre el techado de chapa.

—¿Qué quieres que hagamos con estas cosas? —inquirió Aaron suavemente—. Imagino que no querrás dejar nada de lo que hay aquí.

—He decidido desmontar la casa —respondió Merrick—, si no tienen inconveniente. Ha llegado la hora de cerrarla. Sólo espero que cumplan las promesas que me han hecho. Deseo ir con ustedes.

—Muy bien, haremos que lo desmonten todo.

Merrick observó de pronto la mano reseca que sostenía en la suya. Las hormigas correteaban sobre su piel.

—Déjala, niña —dije casi sin darme cuenta.

Merrick volvió a sacudirla un par de veces y me obedeció.

—Quiero llevármela conmigo, al igual que todo lo demás —dijo—. Algún día, sacaré todos estos objetos para examinarlos —agregó, quitándose de encima las molestas hormigas.

Confieso que lo dijo con una frialdad que me tranquilizó.

—Desde luego —dijo Aaron. Se volvió e hizo una seña a los acólitos de Talamasca, que se habían acercado hasta el borde del patio que había detrás de nosotros—. Ahora mismo empezarán a empacarlo todo.

—Hay una cosa en el jardín trasero que quiero llevar personalmente —dijo Merrick, mirándonos a Aaron y luego a mí. No lo dijo con tono misterioso ni bromista, sino preocupado.

Retrocedió unos pasos y se dirigió lentamente hacia uno de los sarmentosos árboles frutales en el centro del patio. Agachó la cabeza al avanzar bajo las ramas bajas y verdes y levantó los brazos como si quisiera abrazar el árbol.

Enseguida comprendí lo que se proponía. Debí suponerlo. Una gigantesca serpiente descendió del árbol y se enrolló alrededor de los brazos y los hombros de Merrick. Era una boa constrictor.

Sentí que un escalofrío me recorría el cuerpo, y una

intensa repugnancia. Ni siquiera los años que había pasado en la Amazonia habían logrado convertirme en un paciente aficionado a las serpientes. Todo lo contrario. Pero sabía lo que uno sentía al tocarlas, su siniestro y sedoso peso, la extraña sensación, como un calambrazo que te traspasaba la piel cuando se enrollaban rápidamente alrededor de los brazos.

Experimenté esas sensaciones mientras observaba a Merrick.

Enseguida oí unos murmullos procedentes de la frondosa y salvaje vegetación. Había gente observando la escena. Habían venido para eso. Éste era el momento cumbre. La serpiente era un dios del vudú, estaba claro. Aunque lo sabía, no por ello dejó de asombrarme.

—Es totalmente inofensiva —se apresuró a decir Aaron para tranquilizarme. ¡Como si pudiera estar seguro de ello!—. Le daremos a comer un par de ratas, pero a nosotros no...

—Déjalo —contesté sonriendo, para echarle una mano. Era evidente que se sentía incómodo. Luego, para tomarle un poco el pelo y aliviar la sensación de melancolía que producía aquel lugar, añadí—: Imagino que sabes que los roedores tienen que estar vivos.

Aaron se quedó horrorizado y me miró con expresión de reproche, como indicándome que no hacía falta que se lo recordara. Pero era demasiado educado para expresarlo de palabra.

Merrick habló a la serpiente en voz baja, en francés.

Luego se dirigió de nuevo al altar, donde había una caja de hierro negra con unas ventanas cubiertas con barrotes por todos los costados (no sé describirla de otra forma). La abrió con una mano, haciendo rechinar los goznes de la tapa, y depositó la serpiente en la caja, que por suerte para nosotros se instaló lenta y airosamente en ella.

—A ver qué valeroso caballero se ofrece para transportar a la serpiente —comentó Aaron al ayudante que estaba junto a él, mientras los otros contemplaban la escena mudos de terror.

Entre tanto, la multitud empezó a dispersarse entre los árboles. Oí el crujir de las ramas. Las hojas caían a nuestro alrededor. Presentí que los pájaros seguían allí, aunque invisibles, en el impenetrable jardín, suspendidos en el aire y agitando velozmente sus diminutas alas.

Merrick se quedó unos momentos mirando hacia lo alto, como si hubiera descubierto una abertura en la bóveda formada por el denso follaje.

—Tengo la impresión de que jamás regresaré aquí —dijo suavemente, dirigiéndose a Aaron o a mí, o quizás a nadie en particular.

—¿Por qué dices eso, hija mía? —pregunté—. Puedes hacer lo que quieras, puedes venir aquí cada día si te apetece. Hay muchas cosas de las que tenemos que hablar.

—Este lugar está en ruinas —contestó—. Además, si Sandra la Fría regresa aquí algún día, no quiero que me encuentre. —Se volvió para mirarme directamente a los ojos—. Como es mi madre, podría llevarme con ella, y no quiero que eso ocurra.

—No ocurrirá —respondí, aunque no existía nadie en el mundo que pudiera garantizarle eso prescindiendo del amor maternal, y Merrick lo sabía. Lo único que podía hacer yo era procurar que todos cumpliéramos los deseos de la niña.

—Vamos —dijo—, quiero recoger algunas cosas que están en el ático.

El ático constituía el segundo piso de la casa, una buhardilla debajo del tejado de doble vertiente, tal como he descrito, con cuatro ventanas situadas en cada uno de los puntos cardinales, suponiendo que la casa estuviera bien orientada, cosa que yo no sabía.

Subimos por una estrecha escalera trasera, la cual describía un recodo, y penetramos en un lugar rebosante de fragancias a madera que me dejó atónito. Pese al polvo, tenía un aire acogedor y pulcro.

Merrick encendió una bombilla que pendía del techo y emitía una áspera luz, y comprobamos que estábamos rodeados de viejos baúles, bolsas, y maletas de cuero. Unas piezas de época, que cualquier anticuario se habría apresurado a adquirir. Y yo, habiendo visto ya un libro de magia, estaba preparado para ver más.

Merrick tenía una maleta a la que quería más que a cualquier otro objeto, según nos dijo, la cual colocó sobre el polvoriento suelo debajo de la bombilla que pendía del techo.

Se trataba de una bolsa de lona con las esquinas reforzadas con unas piezas de cuero. La abrió con facilidad, pues no estaba cerrada con llave, y contempló una serie de bultos envueltos también en telas blancas, o para ser más exactos, en unas fundas de almohada de algodón viejas y raídas.

Era evidente que el contenido de la bolsa revestía una importancia especial, pero no pude adivinar hasta qué punto.

Me quedé asombrado al observar cómo Merrick alzaba uno de los bultos, al tiempo que rezaba una breve oración, un avemaría, si no me equivoco, y retiraba el envoltorio para mostrar un insólito objeto: una hoja de hacha de color verde, con unos números esculpidos en ambos lados.

Debía de medir medio metro de largo y era muy pesada, aunque Merrick la sostenía sin esfuerzo. Aaron y yo vimos tallado en la piedra el dibujo de una cara de perfil.

—Es de jade puro —comentó Aaron con tono reverente.

El objeto presentaba un aspecto lustroso y la cara de perfil lucía un espectacular y hermoso tocado, que si no me equivoco consistía en unas plumas y unas mazorcas de maíz.

El dibujo tallado o imagen ritual, que para el caso da lo mismo, tenía el tamaño de un rostro humano.

Cuando Merrick le dio la vuelta, observé que en el otro lado aparecía esculpida una figura humana. En la parte superior del objeto, más estrecha que la base, habían practicado un pequeño orificio, quizá para llevarlo colgando del cinturón.

—Dios mío —exclamó Aaron en voz baja—. Es un objeto olmeca, ¿no es cierto? Debe de tener un valor incalculable.

—Sí, yo diría que es olmeca —coincidí—. Jamás había visto un objeto tan grande y exquisitamente decorado fuera de un museo.

Merrick no parecía sorprendida.

—No diga cosas que no son ciertas, señor Talbot —me reprendió—. Tiene varios objetos como éste en su cámara acorazada —añadió mirándome a los ojos durante un momento prolongado y evanescente.

No salía de mi estupor. ¿Cómo lo había averiguado? Entonces deduje que se lo habría dicho Aaron. Pero al mirarlo comprendí que estaba equivocado.

—No son tan hermosos, Merrick —dije sinceramente—. Aparte de que los nuestros son meros fragmentos.

En vista de que no respondía, sino que seguía callada sosteniendo la reluciente hacha con ambas manos, como si gozara observando cómo la luz se reflejaba en ella, proseguí:

—Esto vale una fortuna, hija mía —dije—. Jamás

imaginé que contemplaría un objeto semejante en esta casa.

Merrick reflexionó unos instantes, tras lo cual asintió con expresión solemne.

—En mi opinión —continué, tratando de conquistar de nuevo su aprobación—, procede de una de las civilizaciones más antiguas de Centroamérica. Al contemplarlo siento que se me aceleran los latidos del corazón.

—Quizá se remonte a una época anterior a los olmecas —dijo Merrick, mirándome de nuevo. Luego dirigió la vista perezosamente hacia Aaron. La luz dorada de la bombilla caía sobre ella y la figura ricamente ataviada esculpida en el hacha—. Eso fue lo que dijo Matthew cuando la cogimos de una cueva que estaba detrás de la cascada. Y lo que dijo el tío Vervain cuando me indicó dónde la encontraría.

Contemplé de nuevo la espléndida cara tallada en la piedra verde, con sus ojos de mirada ausente y su nariz chata.

—No hace falta que te diga que seguramente tienes razón —dije—. Los olmecas aparecieron como por generación espontánea, según dicen los libros de historia.

Merrick asintió.

—El tío Vervain nació de una india que conocía las artes mágicas más ocultas. Un hombre de color y una india piel roja procrearon al tío Vervain y a Gran Nananne, y la madre de Sandra la Fría era nieta de Gran Nananne, de modo que lo llevo en las venas.

Me quedé sin habla. No tenía palabras para expresar mi confianza ni mi estupor.

Merrick dejó el hacha sobre los numerosos bultos y tomó otro con el mismo cuidado que había demostrado anteriormente. Era un paquete más pequeño y más largo, y cuando lo abrió me quedé de nuevo pasmado.

Se trataba de una figura alta, maravillosamente tallada, de un dios o un rey. Al igual que en el caso del hacha, el tamaño era de por sí impresionante al igual que el fulgor de la piedra.

—Nadie lo sabe —dijo la niña, como si hubiera adivinado mis pensamientos—, pero el cetro que sostiene es mágico. Si es un rey, también debe de ser un sacerdote y un dios.

Intimidado, examiné la talla con atención. La figura larga y estrecha llevaba un vistoso tocado encasquetado hasta los ojos, separados y de mirada feroz, el cual le alcanzaba los hombros. Sobre su pecho desnudo lucía un disco suspendido de un collar radial que le cubría los hombros y el cuello.

En cuanto al cetro, parecía a punto de golpear con él la palma de su mano izquierda, como si se dispusiera a atacar con él cuando se acercara su enemigo o su víctima. Tenía un aspecto a un tiempo estremecedor y hermoso en su sinceridad y exquisito detalle. Estaba bruñido y relucía, al igual que la máscara.

—¿Quiere que lo coloque de pie o tumbado? —preguntó Merrick, mirándome—. No me gusta jugar con estos seres. Jamás se me ocurriría hacerlo. Siento la magia que poseen. He realizado algunos conjuros con ellos, pero no me gusta jugar con esos seres. Volveré a taparlo para que se quede tranquilo.

Después de envolver de nuevo al ídolo, Merrick tomó un tercer bulto. No pude calcular el número de bultos que quedaban en la bolsa.

Observé que Aaron se había quedado mudo. No era preciso ser un experto en antigüedades mesoamericanas para comprender el valor de aquellos artefactos.

Merrick se puso a hablar mientras quitaba el envoltorio de la tercera maravilla...

—Fuimos allí, siguiendo el mapa que el tío Vervain nos había dado. Sandra la Fría no dejaba de implorar al tío Vervain para que nos indicara adónde debíamos ir. Íbamos Matthew, Sandra la Fría y yo. Sandra la Fría repetía una y otra vez: «¿No te alegras de no haber ido nunca a la escuela? Siempre andas protestando. Bien, pues ahora estás viviendo una gran aventura.» Y era verdad.

Cuando Merrick hubo retirado el trapo, vimos que sostenía un pico largo y afilado. Estaba tallado de una sola pieza de jade verde, y el mango ostentaba los rasgos de un colibrí y dos ojillos esculpidos en la piedra. Yo había visto otros objetos parecidos en los museos, pero jamás un ejemplar tan espléndido como aquél. Entonces comprendí el amor del tío Vervain por los pájaros que cantaban en el jardín de la casa.

—Sí señor —dijo Merrick—. Él decía que esos pájaros eran mágicos, y les daba de comer. ¿Quién llenará los comederos cuando yo no esté?

—Nosotros nos ocuparemos de este lugar —respondió Aaron con su acostumbrado tono tranquilizador. Pero vi que estaba muy preocupado por Merrick. La niña siguió hablando.

—Los aztecas creían en los colibrís. Permanecen suspendidos en el aire como por arte de magia. Se vuelven de un lado para otro, creando un nuevo color. Según una leyenda, cuando morían los guerreros aztecas se convertían en colibrís. El tío Vervain decía que los magos tienen que saberlo todo. Decía que todos nuestros parientes eran magos, que nuestros orígenes se remontaban a miles de años antes que los aztecas. También me habló sobre las pinturas rupestres.

—¿Y sabes dónde está esa cueva? —le preguntó Aaron, que se apresuró a aclarar—: No debes contárselo a nadie, tesoro. Los hombres pierden el sentido común por un secreto como ése.

—Tengo las páginas del tío Vervain —respondió Merrick con su característico tono de voz evanescente. Depositó la afilada hoja del hacha sobre el montón de objetos envueltos en tela de algodón. Luego nos enseñó un cuarto objeto, como sin darle importancia, un pequeño y rechoncho ídolo tan exquisitamente tallado como el que nos había mostrado antes. Luego posó la mano de nuevo sobre el perforador con el mango circular en forma de colibrí—. Durante los ritos que llevaban a cabo extraían sangre. El tío Vervain me dijo que hallaría esto, un objeto para extraer sangre, y Matthew me aseguró que este perforador servía para eso.

—Esta maleta está repleta de este tipo de objetos, ¿no es así? —pregunté—. Y éstos no son los más representativos, ¿verdad? —añadí, echando un vistazo a mi alrededor—. ¿Qué otras cosas se ocultan en este ático?

Merrick se encogió de hombros. Por primera vez parecía sentirse agobiada por el calor debajo del techo abuhardillado.

—Vamos —dijo educadamente—, recogeremos las maletas y bajaremos a la cocina. Digan a sus gentes que no deben abrir esas cajas, sólo colocarlas en un sitio donde estén a buen recaudo. Les prepararé un poco de café. Preparo un café excelente. Mejor que Sandra la Fría o Gran Nananne. Parece estar a punto de desmayarse del calor, señor Talbot, y usted también tiene un aspecto preocupado, señor Lightner. Nadie entrará nunca a robar en esta casa, se lo aseguro, y la casa donde viven ustedes está vigilada por unos guardias día y noche.

Merrick envolvió de nuevo con cuidado la hoja de hacha, el ídolo y el perforador, y luego cerró la maleta con los dos candados oxidados. Entonces reparé por primera vez en la vieja y deteriorada etiqueta de cartón en la que aparecía escrito el nombre de un aeropuerto de México, y los sellos que indicaban que la maleta había viajado muchos kilómetros más allá.

Reprimí las preguntas que quería formular hasta que bajamos a la cocina, donde el ambiente era menos sofocante. Comprendí que lo que había dicho Merrick de que parecía a punto de desvanecerme era verdad. Me sentía casi mareado.

Merrick dejó la maleta en el suelo, se quitó los panties blancos y los zapatos, puso en marcha un oxidado ventilador instalado sobre el frigorífico, el cual oscilaba perezosamente, y se dispuso a preparar café, tal como nos había prometido.

Aaron rebuscó en la alacena hasta dar con el azúcar y sacó de la vieja nevera, como la llamaba Merrick, una jarra de nata que aún estaba en buen estado y fría. Pero Merrick lo que quería para el café era leche, que calentó pero sin dejar que hirviera.

—Ésta es la forma adecuada de hacerlo —nos informó a ambos.

Por fin nos sentamos en torno a una mesa de roble, cuya superficie pintada de blanco limpió con un paño.

El café con leche estaba cargado y muy rico. Cinco años entre los vampiros no pueden matar la memoria. Nada puede con ella. Le eché varias cucharadas de azúcar, al igual que ella, y me lo bebí a grandes tragos, convencido de que era una bebida reconstituyente, y luego me repantigué en la silla de madera que crujía cada vez que me movía.

La cocina estaba ordenada, aunque era una reliquia. Incluso el frigorífico era una antigualla con un motor sobre ella que no dejaba de runrunear, debajo del ventilador que rechinaba al girar. Las baldas sobre la cocina económica y en las paredes estaban cubiertas con unas puertas de cristal, y vi todos los enseres que utilizan las personas que comen habitualmente en la cocina. El viejo suelo era de linóleo y estaba muy limpio.

De pronto me acordé de la maleta. Me levanté apresuradamente y miré a mi alrededor. Estaba junto a Merrick, sobre la silla vacía.

Cuando miré a Merrick, vi que tenía los ojos llenos de lágrimas.

—¿Qué te pasa, tesoro? —pregunté—. Dímelo y haré cuanto pueda por solucionarlo.

—Es por la casa y por todo lo que ha ocurrido, señor Talbot —respondió—. Matthew murió en esta casa.

Era la respuesta a una pregunta muy importante, que yo no me había atrevido a formular. No puedo decir que me sintiera aliviado al oírla, pero no pude por menos de preguntarme quién podría reclamar los tesoros que Merrick consideraba suyos.

—No se preocupe por Sandra la Fría —me dijo Merrick—. Si hubiera pensado volver para recuperar esas cosas, ya lo habría hecho hace tiempo. No había suficiente dinero en el mundo para ella. Matthew la amaba sinceramente, pero tenía mucho dinero, y eso influyó de forma decisiva.

—¿Cómo murió, tesoro? —pregunté.

—De una fiebre que contrajo en esas selvas. Paradójicamente, nos había obligado a nosotras a vacunarnos. Las agujas no me gustan. Nos vacunamos contra todas las enfermedades tropicales que cabe imaginar. Pero cuando volvimos, él ya estaba enfermo. Al cabo de unos días, durante uno de sus ataques en que se ponía a gritar y a estampar cosas contra la pared, dijo que los indios de las selvas habían echado una maldición a Matthew, y que nunca debió subir a la cueva que había detrás de la cascada. Pero Gran Nananne dijo que era una fiebre resistente a todos los remedios. Matthew murió ahí, en la habitación trasera.

Merrick señaló el pasillo que nos separaba de la habitación en la que Aaron y yo habíamos pasado una noche desastrosa.

—Después de morir Matthew y de que Sandra se marchara, saqué los muebles. Están en el dormitorio delantero, junto al de Gran Nananne. Desde ese día he dormido allí.

—Comprendo el motivo —dijo Aaron con tono tranquilizador—. Debió de ser terrible para ti perderlos a los dos.

—Matthew fue muy bueno con nosotras —prosiguió Merrick—. Ojalá hubiera sido mi padre, aunque en aquellos momentos no me habría servido de nada. Cada dos por tres tenían que ingresarlo en el hospital, y al cabo de un tiempo los médicos dejaron de venir a verlo porque siempre estaba borracho y se metía con ellos. Y al final la palmó.

—¿Sandra ya se había marchado cuando él murió? —preguntó Aaron con delicadeza. Tenía la mano apoyada en la mesa, junto a la de Merrick.

—Se pasaba el día en el bar que hay en la esquina, y cuando la echaron de allí, se fue a otro bar que está en la calle mayor. La noche que Matthew empeoró, recorrí dos manzanas a la carrera para avisarla. Me puse a golpear la puerta trasera del local para que saliera, pero estaba tan borracha que no podía dar un paso.

»Estaba sentada con un hombre blanco muy atractivo, que la miraba con adoración, lo vi claramente, pero ella tenía tal borrachera que no se sostenía de pie. De pronto lo comprendí. Ella no quería ver morir a Matthew. Temía estar junto a él cuando ocurriera. No lo hacía por crueldad, sino porque estaba asustada. Así que volví corriendo.

»Gran Nananne le estaba lavando la cara a Matthew y dándole unos tragos de su whisky, que era lo que él bebía siempre, lo único que quería beber, y no dejaba de boquear como si se ahogara, de modo que permanecimos sentadas junto a él hasta que amaneció. Entonces dejó de boquear y empezó a respirar de forma tan acompasada que parecía el tic-tac de un reloj, arriba y abajo, arriba y abajo.

»Era un alivio que hubiera dejado de boquear. Entonces comenzó a respirar tan flojito que apenas oíamos su respiración. Su pecho dejó de moverse. Y Gran Nananne me dijo que había muerto.

Merrick hizo una pausa para beberse el resto del café, tras lo cual se levantó, apartó su silla bruscamente, tomó la cafetera que había dejado sobre el fogón y nos llenó las tazas con el espeso café que había preparado.

Luego volvió a sentarse y se pasó la lengua por el labio, como tenía por costumbre. Cuando hacía esos gestos parecía una niña, quizá debido a la forma en que se sentaba muy tiesecita con los brazos cruzados, como le habían enseñado en el colegio de monjas.

—Les agradezco que me hayan escuchado mientras les contaba esto —dijo mirando a Aaron y luego a mí—. Nunca se lo había contado a nadie. Sólo los pequeños detalles. Matthew dejó a Sandra la Fría mucho dinero.

»Sandra la Fría se presentó al día siguiente, al mediodía. Nos preguntó de malos modos adónde lo habíamos llevado y se puso a gritar y a estampar cosas contra la pared, protestando que no debimos haber llamado a la funeraria para que se lo llevaran.

»"¿Y qué pensabas hacer con él? —le preguntó Gran Nananne—. En esta ciudad hay unas leyes que regulan lo que hay que hacer con un cadáver, ¿sabes? ¿O es que pensabas enterrarlo en el jardín?" Al final vinieron los parientes que Matthew tenía en Boston y se lo llevaron, y en cuanto Sandra la Fría vio el cheque, el dinero que él le había dejado, se marchó de casa y desapareció.

»Por supuesto, no pensé que ésa sería la última vez que la vería. Sólo sé que metió unas ropas en su maleta nueva de cuero de color rojo y se vistió como una de esas modelos que salen en las revistas, con un traje blanco de seda. Se había recogido el pelo en un moño. Era tan guapa que no necesitaba maquillarse, pero se había pintado los párpados con una sombra de color púrpura oscuro y los labios con un carmín oscuro, también violáceo. Aquel color oscuro me dio mala espina. Pero estaba muy guapa.

»Me besó y me dio un frasco de perfume Chanel 22. Me dijo que me lo regalaba. Me aseguró que volvería a buscarme. Me dijo que se iba a comprar un coche para marcharse de aquí. Dijo: "Si consigo atravesar el aliviadero sin ahogarme, me largo de esta ciudad."

Merrick se detuvo unos momentos con el ceño fruncido y la boca entreabierta. Luego reanudó su relato.

—«¡Y un cuerno que vas a volver a por ella! —le contestó Gran Nananne—. Nunca has hecho nada por esta niña salvo dejar que se criara como una salvaje. ¡Pues se quedará conmigo, y tú puedes irte al infierno!»

Merrick hizo otra pausa. Su rostro aniñado mostraba una expresión serena. Temí que rompiera a llorar, pero se tragó las lágrimas. Luego carraspeó un poco para aclararse la garganta y siguió hablando, aunque apenas pude entender sus palabras.

—Creo que se fue a Chicago —dijo.

Aaron aguardó respetuosamente cuando se hizo el silencio en la vieja cocina. Yo tomé mi taza de café y bebí otro trago, saboreándolo, tanto en atención a la niña como por placer.

—Eres nuestra, tesoro —dije.

—Ya lo sé, señor Talbot —respondió Merrick con un hilo de voz. Luego, sin apartar los ojos de un objeto distante, alzó la mano derecha y la apoyó en la mía. Nunca olvidaré aquel gesto. Parecía como si quisiera consolarme.

—Gran Nananne ahora ya lo sabe —dijo al cabo de un rato—. Sabe si mi madre está viva o muerta.

—Sí, lo sabe —respondí, expresando mi convencimiento un tanto precipitadamente—. Y aparte de lo que sepa, tu madre está en paz.

Durante el silencio que se produjo a continuación, fui consciente del dolor de Merrick y de los ruidos que hacían los acólitos de Talamasca al trasladar los objetos y colocarlos en su lugar. Oí el chirrido cuando arrastraban o empujaban las estatuas de gran tamaño. Oí los ruidos que producían cuando estiraban y arrancaban trozos de cinta adhesiva.

—Yo quería mucho a ese hombre, a Matthew —dijo Merrick suavemente—. Le quería muchísimo. Me enseñó a leer el Libro de la Magia. Me enseñó a leer todos los libros que nos había dejado el tío Vervain. Le gustaba mirar las fotografías que les he enseñado a ustedes. Era un hombre interesante.

Se produjo otra larga pausa. Había algo en la atmósfera de la casa que me turbaba. Me sentía confundido por aquella sensación. No tenía nada que ver con el ruido o el trajín normal. De pronto comprendí que era preciso ocultar mi incómoda turbación a Merrick, para no inquietarla en unos momentos tan delicados para ella.

Parecía como si una persona nueva y distinta hubiera penetrado en la casa; uno percibía los movimientos sigilosos de esa persona. Producía la sensación de una presencia coherente. Lo borré de mi mente, sin que en ningún momento me produjera temor y sin apartar los ojos de Merrick, cuando ésta empezó a hablar de nuevo, como si estuviera en un trance, rápidamente y con un tono monocorde.

—Matthew había estudiado historia y ciencias en Boston. Conocía México y las selvas. Me contó la historia de los olmecas. Cuando estuvimos en México, me llevó al museo. Quería que yo asistiera a la escuela. Las selvas no le infundían ningún temor. Estaba convencido de que las vacunas nos protegerían. No nos dejaba beber el agua del grifo y esas cosas. Era muy rico, como he dicho, y jamás habría tratado de robarnos nada a Sandra la Fría ni a mí.

Merrick no apartaba la vista del punto donde la había fijado.

Yo seguía sintiendo la presencia de aquella entidad en la casa, y me di cuenta de que ella no la sentía. Aaron tampoco se había percatado de ella. Pero estaba allí. Y no lejos de donde nos encontrábamos nosotros. Escuché a Merrick con toda mi atención.

—El tío Vervain nos dejó muchas cosas. Ya se las enseñaré. Decía que nuestras raíces se hundían en esas tierras selváticas, y en Haití, antes de que nuestra familia viniera aquí. Dijo que no nos parecíamos a los negros americanos, aunque nunca empleaba la palabra «negros», sino que decía gente de color. Sandra la Fría se burlaba de él. El tío Vervain era un mago muy poderoso, y también lo había sido su abuelo, y el tío Vervain nos contaba historias de lo que era capaz de hacer el Anciano.

Hablaba con tono quedo, pero cada vez más rápidamente. El relato brotaba de sus labios atropelladamente.

—Siempre lo llamábamos así, el Anciano. Practicaba el vudú durante la guerra civil. Regresó a Haití para aprender cosas, y cuando regresó a esta ciudad, dicen que causó un gran revuelo con sus conocimientos de magia. La gente habla siempre de Marie Laveau, por supuesto, pero también del Anciano. A veces siento que el tío Vervain y el Anciano están cerca de mí, al igual que Lucy Nancy Marie Mayfair, que aparece en una fotografía, y otra reina del vudú llamada Justine la Guapa. Según dicen, todos temían a Justine la Guapa.

—¿Qué es lo que quieres, Merrick? —le pregunté de sopetón, tratando de frenar la creciente rapidez de sus palabras.

Me miró con expresión adusta, y luego sonrió.

—Quiero ser una persona instruida, señor Talbot. Quiero ir a la escuela.

—Eso es maravilloso —afirmé.

—Se lo dije al señor Lightner —prosiguió—, y respondió que usted lo dispondría todo. Quiero estudiar en una buena escuela donde me enseñen griego y latín, y a utilizar el tenedor indicado para la ensalada o el pescado. Quiero aprender todo lo referente a la magia, como hizo Matthew, que me contaba cosas de la Biblia, y que leía esos libros antiguos y me explicaba cosas que habían quedado más que demostradas. Matthew nunca tuvo que ganarse el sustento. Supongo que yo sí tendré que ganármelo, pero quiero ser una persona instruida, ya me entiende, ¿no?

Merrick me miró fijamente con ojos secos y límpidos, y en aquellos instantes me percaté de que tenían un color precioso, como ya he indicado. Siguió hablando, un poco más despacio, con un tono más sereno y casi dulce.

—El señor Lightner dice que todos ustedes, los

miembros de la Orden, son gente instruida. Me lo dijo antes de que usted llegara. Observo que las personas que viven en la casa matriz tienen buenos modales y que hablan con educación. El señor Lightner dice que es una tradición de la Orden. Educan a los miembros, porque ser miembro es una condición vitalicia y todos viven bajo un mismo techo.

Sonreí. Era cierto. Muy cierto.

—Sí —dije—, educamos a todos los que se incorporan a nuestra Orden, en tanto en cuanto estén dispuestos a aprender y a asimilar nuestras enseñanzas, y haremos lo mismo contigo.

Merrick se inclinó y me besó en la mejilla.

Ese gesto de afecto me sorprendió hasta el extremo de que no supe cómo reaccionar.

—Tesoro, te lo daremos todo —dije de corazón—. Tenemos mucho que compartir contigo. Es nuestro deber..., pero más que un deber para nosotros.

De pronto, algo invisible desapareció de la casa. Lo sentí tan nítidamente como si hubiera chasqueado los dedos y se hubiera esfumado. Merrick no parecía haberse percatado.

—¿Y qué puedo hacer yo a cambio? —preguntó con tono sosegado y firme—. No pueden dármelo todo a cambio de nada, señor Talbot. Dígame qué quieren de mí.

—Que nos enseñes todo lo que sabes sobre magia —respondí—, y te conviertas en una mujer feliz, fuerte, que nunca temas nada.

9

Cuando abandonamos la casa, estaba oscureciendo.

Antes de partir de Nueva Orleans cenamos los tres juntos en Galatoire's, un venerable restaurante de Nueva Orleans donde la comida me pareció deliciosa, pero Merrick estaba tan rendida que palideció y se quedó dormida en la silla.

Experimentó una asombrosa transformación. Dijo que Aaron y yo debíamos cuidar de sus tesoros olmecas.

—Pueden examinarlos, pero con cuidado —dijo. Luego le sobrevino una modorra que la dejó inconsciente, aunque su cuerpo era dúctil, según comprobé.

Aaron y yo prácticamente tuvimos que transportarla hasta el coche (podía caminar si la empujábamos), y por más que yo deseaba hablar con Aaron no me atreví a hacerlo, aunque Merrick, instalada entre nosotros, durmió a pierna suelta durante todo el trayecto a casa.

Cuando llegamos a la casa matriz, la bondadosa miembro femenina de la Orden a la que me he referido anteriormente, y que a partir de ahora llamaré Mary, nos ayudó a transportar a Merrick a su habitación y acostarla en la cama.

Hace un rato he comentado que yo quería que Talamasca la envolviera en fantasías y le concediera todos sus caprichos y deseos.

Permítanme que explique que ya habíamos iniciado

este proceso creando una habitación para ella en una esquina del piso superior, que suponíamos que colmaría el sueño de cualquier jovencita. El lecho de madera frutal, con sus columnas y dosel decorados con flores esculpidas y ribeteado con un exquisito encaje, el tocador con su silloncito tapizado en satén y su enorme espejo circular, con sus dos elegantes lamparitas idénticas y multitud de frascos, formaba parte de la fantasía, junto con un par de muñecas ataviadas con unos vestidos de volantes, las cuales tuvimos que retirar a un lado para poder acostar a la pobre niña sobre la almohada.

Y para que el lector no piense que éramos unos imbéciles y unos misóginos, permítanme explicar que una pared de la habitación, la que no tenía ventanales que daban a la terraza, estaba ocupada por una estantería llena de magníficos libros. En un rincón dedicado a la lectura había una mesa y unas sillas, además de muchas lámparas repartidas por la habitación y un cuarto de baño equipado con jabones perfumados, champús multicolores y aceite para el baño. La propia Merrick había traído consigo varios productos perfumados con Chanel 22, una esencia maravillosa.

Cuando la dejamos dormida como un tronco y al cuidado de la amable Mary, creo que Aaron y yo ya estábamos completamente enamorados de ella, aunque en un sentido paternal, y yo estaba decidido a no dejar que nada en Talamasca me distrajera de su caso.

Puesto que Aaron no era el Superior de la Orden, podría concederse el lujo de permanecer con ella después de que yo me viera obligado a regresar a mi despacho en Londres. Le envidiaba por disfrutar de la oportunidad de estar presente cuando la niña conociera a sus tutores y eligiera ella misma la escuela a la que quería asistir.

En cuanto a los tesoros olmecas, los llevamos a Luisiana para depositarlos en la pequeña cámara acorazada, y una vez dentro de la misma abrimos la maleta, no sin cierta resistencia por parte de Merrick, para examinar su contenido.

El tesoro que contenía era extraordinario. Había cerca de cuarenta ídolos, al menos doce cuchillos perforadores y numerosos objetos más pequeños de hoja afilada que solemos llamar celtas. Todos los objetos eran exquisitos. También había un inventario manuscrito, al parecer obra del misterioso y desdichado Matthew, consignando cada objeto y su tamaño, y una nota añadida que decía lo siguiente:

> Hay muchos otros tesoros en esta cueva, pero los excavaremos más adelante. Estoy enfermo y debo regresar a casa cuanto antes. Honey y Sandra no están de acuerdo. Quieren sacar todos los objetos de la cueva. Pero yo me siento cada día más débil. En cuanto a Merrick, mi enfermedad la aterroriza. Tengo que llevarla a casa. Cabe destacar que mientras siga teniendo fuerza en mi mano derecha, nada asusta a mis damiselas, ni las selvas, ni los poblados ni los indios. Debo regresar.

Las palabras del hombre que había muerto me conmovieron, al tiempo que aumentaba mi curiosidad con respecto a la tal «Honey».

Nos disponíamos a envolver todos los objetos y restituirlos a su lugar, cuando oímos que alguien llamaba a la puerta exterior de la cámara acorazada.

—Venid, deprisa —dijo Mary a través de la puerta—. Se ha puesto histérica. No sé qué hacer.

Nos dirigimos arriba y antes de alcanzar el segundo piso la oímos sollozar con desespero.

Merrick estaba incorporada en la cama, vestida aún con el traje azul marino que se había puesto para el funeral, descalza, con el pelo alborotado, repitiendo entre sollozos que Gran Nananne había muerto.

Era absolutamente comprensible, pero Aaron ejercía un influjo casi mágico sobre la gente en tal estado, y enseguida consiguió apaciguar a la niña con sus palabras, mientras Mary le ayudaba en lo que podía.

Merrick preguntó a través de las lágrimas si podía beber un vaso de ron.

Ninguno de nosotros estábamos a favor de semejante remedio, por supuesto, pero por otra parte, como apuntó Aaron, el licor la calmaría e induciría el sueño.

Hallamos varias botellas en el bar en la planta baja, y dimos a Merrick un vaso de ron, pero nos pidió otro.

—Esto es un sorbo —dijo sin dejar de sollozar—, necesito un vaso lleno. —Parecía tan desgraciada que no pudimos negarnos a su deseo. Por fin, después de beberse el ron, sus sollozos empezaron a remitir.

—¿Qué voy a hacer, adónde voy a ir? —preguntó compungida. De nuevo tratamos de tranquilizarla, pero su dolor era tan intenso que comprendí que tuviera que expresarlo con lágrimas.

En cuanto a las dudas sobre su futuro, ése era otro tema. Después de pedir a Mary que saliera de la habitación, me senté en la cama junto a Merrick.

—Escúchame, cariño —le dije—. Eres rica. Esos libros del tío Vervain valen una fortuna. Las universidades y los museos pujarían por ellos en una subasta. Por lo que se refiere a los tesoros olmecas, poseen un valor incalculable. Es lógico que no quieras desprenderte de esos objetos, y nosotros no queremos que lo hagas, pero ten la certeza de que tu futuro está asegurado, aunque no contaras con nosotros.

Mis palabras la tranquilizaron un poco.

Por fin, después de haber pasado casi una hora llorando quedamente contra mi pecho, abrazó a Aaron, apoyó la cabeza sobre su hombro y dijo que si le asegurábamos que permaneceríamos en la casa, que no nos marcharíamos, se dormiría.

—Mañana por la mañana nos encontrarás abajo esperándote —le dije—. Queremos que seas tú quien nos prepare el café. Hemos sido unos estúpidos hasta ahora por beber un café que no valía nada. Nos negamos a desayunar sin ti. Ahora, vete a dormir.

Merrick me dirigió una sonrisa amable y llena de gratitud, aunque por sus mejillas seguían rodando unos gruesos lagrimones. Luego, sin pedir permiso a nadie, se encaminó al adornado tocador, donde la botella de ron destacaba de modo incongruente entre los elegantes frasquitos de perfume, y bebió un buen trago del licor.

Cuando nos levantamos para marcharnos, Mary respondió a mi llamada apareciendo con un camisón para Merrick. Yo tomé la botella de ron, haciendo un gesto con la cabeza a Merrick para asegurarme de que me había visto hacerlo, fingiendo que le pedía permiso para llevármela, y Aaron y yo nos retiramos a la biblioteca de la planta baja.

No recuerdo cuánto tiempo estuvimos conversando. Posiblemente una hora. Hablamos sobre tutores, escuelas, programas de educación, todo lo referente a lo que debía hacer Merrick.

—Por supuesto, no podemos pedirle que nos demuestre sus poderes psíquicos —dijo Aaron con firmeza, como temiendo que yo le llevara la contraria—. Pero son considerables. Lo he presentido durante todo el día, y ayer también.

—Pero hay otra cuestión —repuse, disponiéndome

a abordar el tema de la extraña «presencia» que había intuido en casa de Gran Nananne cuando estábamos en la cocina. Sin embargo, algo me impidió hacerlo.

Me percaté de que en esos momentos sentía la misma presencia, debajo del techo de la casa matriz.

—¿Qué te pasa? —preguntó Aaron, que conocía todas mis expresiones faciales, y de haberse empeñado en ello probablemente habría podido adivinar mis pensamientos.

—Nada —contesté. Luego, instintiva y quizás egoístamente, movido por cierto afán de hacerme el héroe, añadí—: No te muevas de aquí.

Me levanté y salí al pasillo por la puerta abierta de la biblioteca.

En la parte superior y trasera de la casa sonó una estrepitosa y sarcástica carcajada. Era la risa de una mujer, de eso no cabía duda, que sólo podía provenir de Mary o de los miembros femeninos de la Orden que vivían en la casa. Mary era la única que se hallaba en esos momentos en el edificio principal. Las otras ya se habían ido a acostar en las «dependencias de los esclavos» y edificios anejos situados a cierta distancia de la puerta trasera de la casa.

Oí otra risotada. Parecía como si quisiera responder a mi interrogante.

Entonces apareció Aaron.

—Es Merrick —dijo con tono receloso.

Esta vez no le pedí que no se moviera. Me siguió escaleras arriba.

La puerta de la habitación de Merrick estaba abierta y las luces encendidas, y un intenso resplandor se proyectaba sobre el largo y ancho pasillo central.

—Pase de una vez —dijo una voz de mujer cuando me detuve, indeciso. Al entrar contemplé un espectáculo que me turbó profundamente.

Una joven estaba sentada ante el tocador en una postura muy provocativa, envuelta en una nube de humo. Su cuerpo juvenil y voluptuoso estaba cubierto con una breve combinación de algodón blanca, cuyo delgado tejido apenas ocultaba sus voluminosos pechos y sus pezones rosados, ni la sombra oscura de su entrepierna.

Por supuesto era Merrick, pero no lo era.

Se llevó el cigarrillo a los labios con la mano derecha, dio una calada profunda con el gesto indiferente de una fumadora empedernida y expelió el aire sin mayores problemas.

Me miró con las cejas arqueadas, esbozando una atractiva sonrisa de desprecio. Era una expresión tan ajena a la Merrick que yo conocía que resultaba sencillamente terrorífica. Ni la actriz más consumada habría sido capaz de modificar sus rasgos hasta tal extremo. En cuanto a la voz que surgía de su cuerpo, era sensual y grave.

—Unos cigarrillos excelentes, señor Talbot. Rothmans, ¿no? —dijo mientras jugueteaba con la mano derecha con la cajetilla que había tomado de mi habitación. La voz de mujer prosiguió, fría, impasible, con un leve tono despectivo—. Matthew también fumaba Rothmans, señor Talbot. Los compraba en el Barrio Francés. No se encuentran en todos los estancos. Los fumó hasta el día de su muerte.

—¿Quién eres? —pregunté.

Aaron se mantuvo en silencio. Dejó que yo llevara la voz cantante, pero se mantuvo firme.

—No vaya tan deprisa, señor Talbot —respondió la voz con aspereza—. Hágame algunas preguntas. —La mujer apoyó el codo izquierdo con fuerza sobre el tocador, mostrando por el escote de la combinación sus generosos pechos.

Sus ojos centelleaban a la luz de las lámparas del tocador. Parecía como si sus párpados y sus cejas estuvieran gobernados por una personalidad totalmente distinta. Ni siquiera era la gemela de Merrick.

—¿Sandra la Fría? —pregunté.

La mujer soltó una risotada tan siniestra como impresionante. Agitó su cabellera negra y dio otra calada al cigarrillo.

—¿No te ha hablado de mí? —preguntó, empleando de nuevo aquel tono despectivo, sugerente pero lleno de veneno—. Siempre me tuvo celos. Yo la odié desde el día en que nació.

—Honey Rayo de Sol —dije con calma.

Ella asintió sonriente, expeliendo el humo del cigarrillo.

—Es un nombre que siempre me ha gustado. Y ella va y me deja fuera de la historia. Pues no crea que voy a resignarme, señor Talbot. ¿O prefieres que te llame David? Tienes aspecto de un David, ¿sabes?, un hombre recto, de vida sana y todo eso. —Aplastó el cigarrillo sobre la superficie del tocador. Luego sacó con una mano otro de la cajetilla y lo encendió con el mechero de oro que yo había dejado también en mi habitación.

La mujer dio la vuelta al mechero, con el cigarrillo colgando de los labios, y leyó la inscripción a través de la pequeña serpentina de humo: «Para David, mi salvador, de Joshua.» Clavó los ojos en mi rostro, sonriendo.

Las palabras que había leído me hirieron profundamente, pero no consentiría que se saliera con la suya. La miré impávido. Esto iba a llevar cierto tiempo.

—Tienes razón —dijo ella—, esto llevará cierto tiempo. Como puedes suponer, quiero una parte de lo que va a conseguir ella. Pero hablemos del tema de Joshua, que era tu amante, ¿no es así? Erais amantes y él murió.

Sentí un dolor intenso. Pese a mi pretendida comprensión y conocimiento de mí mismo, me irritó que hubiera dicho aquello en presencia de Aaron. Joshua era joven, y uno de nosotros.

La mujer soltó una carcajada fría, carnal.

—Claro que también eres capaz de acostarte con mujeres, siempre y cuando sean muy jóvenes, ¿no es cierto? —me espetó con rabia.

—¿De dónde vienes, Honey Rayo de Sol? —pregunté.

—No la llames así —murmuró Aaron.

—Es un buen consejo, pero no servirá de nada. No pienso moverme de aquí. Ahora hablemos de ti y de ese chico, Joshua. Según parece era muy joven cuando tú...

—Basta —la interrumpí secamente.

—No le hables, David —murmuró Aaron—. No digas nada. Cada vez que te diriges a ella le das fuerza.

La mujer menuda sentada ante el tocador soltó una alegre carcajada. Meneó la cabeza y se volvió hacia nosotros. Al moverse, el bajo de su combinación se arremangó mostrando sus muslos desnudos.

—Debía de tener unos dieciocho años —dijo, mirándome con ojos chispeantes al tiempo que retiraba el cigarrillo de los labios—. Pero tú no estás seguro, ¿verdad, David? Sólo sabías que tenías que poseerlo.

—Sal de Merrick —dije—. No tienes derecho a estar dentro de ella.

—¡Merrick es mi hermana! —soltó—. Y haré con ella lo que me dé la gana. ¡Me volvió loca desde que era una niña, leyendo siempre mi mente, diciéndome lo que yo pensaba, que era la única culpable de los líos en que me metía, achacándome la culpa de todo!

Me miró con rabia y se inclinó hacia delante, mostrándome sus pezones.

—Tú misma te delatas y muestras como eres —repliqué—. ¿O quizá como eras antes?

De pronto se levantó, y de un golpe con la mano izquierda, con la que no sostenía el cigarrillo, derribó violentamente todos los frascos de perfume y una de las lámparas del tocador.

Los objetos de cristal cayeron al suelo estrepitosamente. La lámpara se apagó de un chispazo. Varios frascos quedaron hechos añicos. La moqueta estaba sembrada de fragmentos de vidrio. Un intenso perfume invadió la habitación.

La mujer se plantó ante nosotros, con la mano sobre la cadera, sosteniendo el cigarrillo en la mano.

—¡Sí, a ella le chiflan esas cosas! —dijo contemplando los frascos en el suelo.

Adoptó una postura más provocativa y desdeñosa.

—Y a ti te gusta lo que ves, ¿verdad, David? Ella es lo suficientemente joven y tiene cierto aire de muchachito, ¿verdad? Gran Nananne te conocía y sabía lo que querías. Yo también te conozco.

Su rostro traslucía una ira que le daba un aspecto muy hermoso.

—Tú mataste a Joshua —dijo con voz grave, achicando los ojos como si tratara de escudriñar mi alma—. Dejaste que emprendiera una expedición para escalar el Himalaya... —Pronunció la palabra como lo hubiera podido hacer yo—. Sabías que era arriesgado pero le amabas tanto que no pudiste negarte.

Sentí un dolor tan intenso que no pude articular palabra. Traté de borrar todos los pensamientos sobre Joshua de mi mente. Traté de no pensar en el día en que trajeron su cadáver a Londres. Traté de concentrarme en la joven que estaba ante mí.

—Merrick —dije haciendo acopio de todas mis fuerzas—. Expúlsala de tu cuerpo, Merrick.

—Me deseas, y tú también, Aaron —continuó. La

sonrisa despectiva daba a sus mejillas un aspecto más suave; tenía la cara arrebolada—. Los dos estaríais más que dispuestos a darme un revolcón en esa cama si creyerais que podríais conseguirlo.

Yo no respondí.

—Merrick —dijo Aaron en voz alta—. Expúlsala. ¡Quiere hacerte daño, tesoro, arrójala de ti!

—¿Sabes qué pensaba Joshua cuando se despeñó? —me preguntó la mujer.

—¡Basta! —protesté.

—¡Te odiaba por haberle enviado a aquella expedición, por haber consentido que fuera!

—¡Mientes! —dije—. ¡Sal de Merrick!

—No me grites —replicó. Miró los fragmentos de vidrio desparramados sobre la moqueta y arrojó la ceniza del cigarrillo sobre ellos—. Vamos a darle un buen escarmiento a esa mocosa.

Avanzó un paso, pisando el montón de cristales rotos y frascos que se interponían entre ella y yo.

—No te muevas —dije, avanzando hacia ella.

La aferré por los hombros y la obligué a retroceder. Pero tuve que hacer acopio de todas mis fuerzas.

Tenía la piel húmeda de sudor y se revolvió contra mí para que la soltara.

—¿No me crees capaz de caminar descalza sobre trozos de cristal? —me espetó a la cara mientras pugnaba por soltarse—. Viejo estúpido —continuó—, ¿por qué iba a querer que Merrick se hiriera en un pie?

La sostuve con firmeza, percibiendo el crujir de los fragmentos de vidrio bajo las suelas de mis zapatos.

—Estás muerta, ¿no es cierto, Honey Rayo de Sol? ¡Estás muerta, y lo sabes, y ésta es la única vida que conseguirás!

Durante unos momentos su bello rostro asumió una

expresión ausente. La joven parecía ser Merrick. Luego arqueó de nuevo las cejas. Los párpados adquirieron su lánguida expresión habitual, haciendo que los ojos centellearan.

—Estoy aquí y no pienso moverme.

—Estás en la tumba, Honey Rayo de Sol —contesté—. Es decir, el cuerpo que tú quieres está en la tumba, y lo único que tienes es un espíritu errante, ¿no es cierto?

Una expresión de temor ensombreció sus rasgos, pero luego su rostro volvió a endurecerse al tiempo que lograba desasirse de mis manos.

—Tú no sabes nada sobre mí —dijo. Estaba desconcertada, como suele ocurrirles a los espíritus. No era capaz de mantener la expresión de descaro en el rostro de Merrick. De pronto empezó a temblar de pies a cabeza. Era la auténtica Merrick quien pugnaba por librarse.

—Vuelve, Merrick, expúlsala de ti —dije, avanzando otro paso.

La figura retrocedió hacia los pies del elevado lecho. Se volvió, con el cigarrillo en la mano, como si pretendiera quemarme con él.

—No te quepa duda —dijo, adivinándome el pensamiento—. Ojalá tuviera algo más contundente con que golpearte. Pero tendré que conformarme con herirla a ella.

Tras estas palabras echó una ojeada alrededor de la habitación. Yo aproveché la oportunidad, avancé hacia ella y la así por los hombros, tratando desesperadamente de sujetarla pese al sudor que la cubría y a sus esfuerzos por liberarse.

—¡Basta, suéltame! —gritó, quemándome en la mejilla con el cigarrillo.

Le agarré la mano y se la torcí hasta obligarla a soltar el cigarrillo. Me abofeteó con tal violencia que durante unos instantes me sentí mareado. No obstante, la sostuve con fuerza por los hombros.

—¡Adelante! —gritó—. ¡Vamos, rómpele los huesos! ¿Crees que con ello conseguirás hacer que vuelva Joshua? ¿Crees que al no ser ya tan joven no tendrás problemas con él y todo se arreglará?

—¡Sal de Merrick! —grité. Seguía oyendo un ruido a cristales triturados debajo de mis zapatos. Ella estaba a punto de pisarlos. La zarandeé con fuerza, haciendo que sacudiera la cabeza de un lado a otro.

Se movía de forma convulsa, pugnando por liberarse, y volvió a atizarme una bofetada con tal fuerza que a punto estuvo de derribarme al suelo. Durante unos segundos se me nubló la vista.

Me arrojé contra ella, la alcé por los sobacos y la arrojé sobre la cama. Me arrodillé sobre ella, sujetándola firmemente mientras trataba de arañarme la cara.

—Suéltala, David —dijo Aaron, detrás de mí. Oí entonces la voz de Mary, aquel otro miembro leal de la Orden, rogándome que no le torciera la muñeca con tanta violencia.

La figura trató de meterme los dedos en los ojos.

—¡Estás muerta, lo sabes muy bien, no tienes derecho a estar aquí! —bramé—. Reconócelo, estás muerta, estás muerta y tienes que dejar en paz a Merrick.

Sentí su rodilla contra mi pecho.

—¡Sal, Gran Nananne! —exclamé.

—¿Cómo te atreves? —gritó—. ¿Crees que puedes utilizar a mi madrina en contra de mí? —Me agarró del pelo con la mano izquierda y dio un tirón.

Pero yo seguí zarandeándola.

Entonces me incorporé, soltándola, e invoqué a mi espíritu, mi alma, para que se transformara en un poderoso instrumento, y con ese instrumento invisible me arrojé sobre ella y la golpeé en el corazón con tal fuerza que se quedó sin aliento.

—¡Sal, sal, sal! —le ordené con toda la fuerza de mi alma. Sentí que se debatía contra mí. Sentí cómo mi fuerza se oponía a la suya. Sentí su poder colectivo, como si no tuviera un cuerpo con que albergarlo. Sentí cómo se resistía a mí. Yo había perdido todo contacto con mi cuerpo—. ¡Sal de Merrick! ¡Ahora mismo!

Empezó a sollozar.

—¡No disponemos de una tumba, so cabrón, so cerdo! —exclamó—. ¡Ni mi madre ni yo disponemos de una tumba! ¡No puedes obligarme a marcharme de aquí!

Miré su rostro, aunque no sabía si mi cuerpo había caído en el suelo o sobre la cama.

—¡Invoca a Dios con el nombre que quieras y ve hacia él! —le ordené—. ¡Abandona a esos cuerpos, dondequiera que yazcan, abandónalos y márchate. ¿Me has entendido? ¡Ahora mismo! ¡Es tu oportunidad de salvarte!

De pronto la fuerza que me oponía resistencia empezó a remitir y noté cómo se desvanecía su intensa presión. Durante unos momentos creí ver una forma amorfa flotando sobre mí. Entonces caí en la cuenta de que yo yacía en el suelo.

Tenía la vista fija en el techo. Y oí a Merrick, a nuestra Merrick, llorando de nuevo.

—¡Están muertas, señor Talbot, están muertas! ¡Sandra la Fría ha muerto, y también Honey Rayo de Sol, mi hermana. Las dos están muertas, señor Talbot, están muertas desde que partieron de Nueva Orleans. Cuatro años esperando y resulta que murieron la misma noche que llegaron a Lafayette, señor Talbot. Están muertas, muertas, muertas.

Me levanté despacio. Las esquirlas de vidrio me habían producido unos cortes en las manos. Me sentía mal.

La niña que yacía en la cama cerró los ojos y seguía llorando con expresión crispada.

Mary se apresuró a cubrirla con una bata gruesa. Aaron se acercó a ella.

De pronto Merrick se colocó boca arriba e hizo una mueca de dolor.

—Me siento mal, señor Talbot —dijo con voz ronca.

—Ven —dije, apartándola de los peligrosos trozos de cristal y transportándola en brazos al baño. Se inclinó sobre el lavabo y se puso a vomitar como una descosida.

Yo no cesaba de temblar. Tenía la ropa empapada en sudor.

Mary me ordenó que me apartara. Al principio me lo tomé como una impertinencia, pero enseguida comprendí que debía de sentirse escandalizada al presenciar aquella escena.

De modo que me retiré.

Al mirar a Aaron me asombró la expresión de su rostro. Había visto muchos casos de posesión. Todos son espeluznantes, independientemente de las características de cada uno.

Esperamos en el pasillo hasta que Mary nos indicó que podíamos entrar.

Merrick estaba vestida con un traje de algodón blanco para recibirnos, con su preciosa cabellera castaña cepillada y lustrosa y los ojos enrojecidos, pero serenos. Se hallaba sentada en la butaca del rincón, bajo la luz de la lámpara de pie.

Tenía los pies protegidos por unas zapatillas de raso blancas, pero todos los fragmentos de cristal que había en el suelo habían desaparecido. El tocador presentaba un bonito aspecto con una sola lámpara y todos los frascos que habían quedado intactos.

Pero no dejaba de temblar, y cuando me acerqué a ella, me tomó la mano y me la apretó.

—Los hombros te dolerán durante unos días —dije con tono de disculpa.

—Les contaré cómo murieron —dijo Merrick, mirándome a mí y luego a Aaron—. Cogieron todo el dinero y se fueron a comprar un coche nuevo. El hombre que se lo vendió las acompañó a Lafayette y las mató para robarles el dinero. Las golpeó en la cabeza con un objeto contundente.

Yo meneé la cabeza.

—Ocurrió hace cuatro años —continuó resueltamente, concentrada en la historia que nos relataba—. Ocurrió al día siguiente de que partieran. Las golpeó en la habitación de un motel en Lafayette, metió los cuerpos en el coche y se dirigió al pantano. Allí dejó que el coche se llenara de agua. Si recobraron el conocimiento, debieron de ahogarse. Ya no queda nada de ellas.

—Santo cielo —murmuré.

—Y durante todo este tiempo —dijo Merrick—, yo me sentí culpable por haber tenido celos, celos de que Sandra la Fría se hubiera llevado a Honey Rayo de Sol y me hubiera abandonado. Honey Rayo de Sol era mi hermana mayor. Tenía dieciséis años y «no daba problemas», según me dijo Sandra la Fría. Yo era muy pequeña y dijo que volvería pronto a buscarme.

Merrick cerró los ojos durante unos instantes y respiró hondo.

—¿Dónde está ella ahora? —pregunté. Aaron me dio a entender que no estaba preparada para eso, pero yo le había formulado la pregunta a la niña.

Merrick tardó en responder. Permaneció con la mirada fija, temblando violentamente.

—Se ha marchado —contestó por fin.

—¿Cómo logró pasar de un ámbito a otro? —pregunté.

Mary y Aaron menearon la cabeza con gesto de desaprobación.

—Déjala tranquila, David —dijo Aaron tan educadamente como pudo. Pero yo no iba a abandonar el tema. Tenía que averiguarlo.

Merrick tampoco respondió de inmediato a esa pregunta. Exhaló un profundo suspiro y se volvió de lado.

—¿Cómo logró pasar de un ámbito a otro? —repetí.

Merrick hizo unos pucheros y rompió a llorar suavemente.

—Por favor, señor —dijo Mary—, déjela.

—¿Cómo logró Honey Rayo de Sol pasar de un ámbito a otro? —insistí—. ¿Sabías que quería hacerlo?

Mary se situó a la izquierda de Merrick y me miró enojada.

Yo no aparté la vista de la niña, que no cesaba de temblar.

—¿Se lo pediste tú? —pregunté suavemente.

—No, señor Talbot —contestó Merrick, mirándome de nuevo—. Recé a Gran Nananne. Recé a su espíritu mientras aún se hallaba cerca de la Tierra y podía oírme. —Estaba tan cansada que apenas podía articular las palabras—. Gran Nananne la envió a decírmelo. Gran Nananne se ocupará de las dos.

—Entiendo.

—¿Sabe lo que hice? —continuó Merrick—. Invoqué a un espíritu que hubiera muerto recientemente. Invoqué a un alma que estuviera cerca de la Tierra para que me ayudara, y me respondió nada menos que Honey.

No me lo esperaba, desde luego, pero a veces ocurren esas cosas. Cuando invocas a *les mystères*, nunca sabes lo que puede pasar.

—Sí —dije—, lo sé. ¿Recuerdas todo lo que ocurrió?

—Sí y no —contestó Merrick—. Recuerdo que usted me zarandeó y recuerdo que yo sabía lo que había sucedido, pero no sé cuánto tiempo transcurrió mientras ella permaneció dentro de mí.

—Ya —respondí aliviado—. ¿Qué sientes ahora, Merrick?

—Siento cierto temor de mí misma —contestó—. Y lamento que ella le hiciera daño a usted.

—Por el amor de Dios, tesoro, no te preocupes por mí. Lo único que me interesa es tu bienestar.

—Lo sé, señor Talbot, pero si le sirve de consuelo, le diré que al morir Joshua penetró en la Luz. No le odiaba a usted cuando se despeñó por la montaña. Eso se lo inventó Honey.

Me quedé pasmado. Noté la súbita turbación de Mary. Observé que Aaron no salía de su asombro.

—Estoy segura de ello —dijo Merrick—. Joshua está en el cielo. Honey le leyó el pensamiento.

No pude responder. Aun a riesgo de confirmar las sospechas y la mala opinión que la vigilante Mary tenía de mí, me incliné y besé a Merrick en la mejilla.

—La pesadilla ha terminado —dijo la niña—. Me he librado de ellas. Soy libre para empezar de nuevo.

Así comenzó nuestro largo viaje con Merrick.

10

No fue sencillo para mí relatar esta historia a Louis, y aún no había terminado. Tenía muchas otras cosas que contarle.

Pero cuando me detuve, tuve la sensación de despertarme en el saloncito, ante la atenta presencia de Louis, y al instante sentí alivio y unos intensos remordimientos. Durante unos momentos estiré las piernas y los brazos y noté que la fuerza vampírica me recorría las venas.

Estábamos sentados uno junto al otro como dos seres de carne y hueso, a la confortable luz de las lámparas cubiertas con unas pantallas de cristal.

Por primera vez desde que había comenzado este relato, contemplé los cuadros que colgaban en las paredes de la habitación. Eran unos tesoros impresionistas, de un colorido maravilloso, que Louis había empezado a coleccionar hacía mucho tiempo y guardaba al principio en una pequeña casa situada en la parte alta de la ciudad, en la que residió hasta que Lestat prendió fuego a la casa. Cuando se reconciliaron, rogó a Louis que viniera aquí a vivir con él.

Miré una pintura de Monet (en la que últimamente apenas había reparado porque me la conocía de memoria), una pintura rebosante de sol y vegetación, en la que aparecía una mujer bordando junto a una ventana, debajo de las ramas de unos delicados árboles interiores. Como tantas otras pinturas impresionistas era a la vez muy intelectual, con sus visibles pinceladas, y eminentemente doméstica. Yo dejé que su decidida santificación de lo ordinario consolara mi apenado corazón.

Deseaba sentir el ambiente doméstico que nos rodeaba aquí, en la Rue Royale. Deseaba sentirme moralmente seguro, lo cual por supuesto no volvería a experimentar jamás.

Había resultado agotador para mi alma revisitar los tiempos en que yo era un ser mortal vivo, cuando daba por descontado la humedad diurna de Nueva Orleans, cuando era un amigo leal de Merrick, que eso era lo que había sido, al margen de lo que Honey Rayo de Sol me hubiera tachado de ser con un chico llamado Joshua, que había vivido hacía muchísimos años.

Por lo que se refería a este asunto, Aaron y Mary no me habían hecho ninguna pregunta al respecto. Pero sabía que ninguno de los dos volvería a mirarme como antes. Joshua era demasiado joven y yo demasiado viejo para aquella relación. Yo no había confesado a los Ancianos mis transgresiones (unas pocas noches de amor) hasta mucho después de haber muerto Joshua. Los Ancianos me habían reprendido conminándome a no volver a cometer una falta semejante.

Cuando me nombraron Superior de la Orden, los Ancianos me obligaron a prometerles que no volvería a transgredir las reglas morales, y yo, humillado de que hubieran vuelto a airear el asunto, había obedecido.

En cuanto a la muerte de Joshua, me culpaba por lo que le había ocurrido. Joshua me había rogado que le dejara partir en aquella expedición, que en sí no era demasiado peligrosa, para escalar una cumbre del Himalaya y visitar un templo que formaba parte de las tradiciones tibetanas que él había estudiado. Le acompañaban otros miembros de la Orden, los cuales habían regresado sanos y salvos. La caída se debió a un pequeño pero repentino alud, según me contaron, y el cadáver de Joshua no fue recuperado hasta al cabo de unos meses.

En estos momentos, mientras relataba esos episodios a Louis, al pensar en que había abordado a la mujer Merrick en mi siniestra y eterna guisa de vampiro, experimenté unos agudos y profundos remordimientos. Jamás podría pedir que me absolvieran por ese acto. Y nadie podría impedirme jamás que volviera a ver a Merrick.

Estaba hecho y no tenía solución. Había pedido a Merrick que invocara al espíritu de Claudia en nuestro nombre. Tenía muchas cosas que contar a Louis antes de que ambos se reunieran, y muchas cosas en mi fuero interno que debía resolver.

Louis me había escuchado todo el rato sin decir palabra. Con el dedo apoyado debajo del labio inferior y el codo sobre el brazo del sofá, me había observado mientras yo desgranaba mis recuerdos, y ahora estaba impaciente por que siguiera contándole la historia.

—Yo sabía que esa mujer era muy poderosa —dijo suavemente—. Lo que no sabía era lo mucho que la amabas.

Me maravillaba su acostumbrada forma de expresarse, el tono meloso de su voz y el hecho de que sus palabras apenas agitaban el aire.

—Yo tampoco —respondí—. Éramos muchos los que formábamos parte de Talamasca, unidos por amor, y cada cual constituye un caso aparte.

—Pero tú amas a esa mujer —insistió Louis con delicadeza—. Y yo te he pedido que hicieras algo que no deseabas.

—Era inevitable que me pusiera en contacto con Talamasca —insistí tras unos instantes de vacilación—. Pero debí ponerme en contacto con los Ancianos por escrito, no de este modo.

—No te condenes tan duramente por haberte puesto en contacto con ella —dijo Louis con una firmeza poco habitual en él. Parecía sincero y, como siempre, eternamente joven.

—¿Por qué no? —pregunté—. Creía que eras un experto en materia de culpabilidad.

Louis soltó una risita cortés, tras lo cual ambos sonreímos en silencio.

—A fin de cuentas, tenemos corazón —dijo meneando la cabeza. Se instaló más cómodamente sobre los cojines del sofá—. Dices que crees en Dios. Es más de lo que los otros me han confesado, te lo aseguro. ¿Qué crees que Dios ha previsto para nosotros?

—No me consta que Dios haya previsto nada —repliqué con cierta amargura—. Sólo sé que Él está aquí.

Pensé en lo mucho que amaba a Louis, desde el momento en que Lestat me había convertido en vampiro. Pensé en lo mucho que dependía de él, y en lo que estaba dispuesto a hacer por él. Era el amor por Louis lo que en ocasiones había hundido a Lestat y esclavizado a Armand. Louis no tenía por qué ser consciente de su belleza, de su encanto manifiesto y natural.

—Perdóname, David —dijo Louis de pronto—. Tengo tantos deseos de conocer a esa mujer que te presiono por motivos egoístas, pero, como he dicho, estoy convencido de que tenemos un corazón en el sentido más amplio de la palabra.

—Te creo —respondí—. Me pregunto si los ángeles tienen corazón —musité—. En cualquier caso, no importa. Somos lo que somos.

Louis no respondió, pero observé que su rostro se ensombrecía unos instantes. Luego se sumió en un ensueño, con su expresión habitual de curiosidad y serena gracia.

—Pero en lo tocante a Merrick —dije—, debo reconocer que me he puesto en contacto con ella porque la necesito desesperadamente. No podía dejar pasar más tiempo sin ponerme en contacto con ella. Cada noche que paso en Nueva Orleans, pienso en Merrick. Me persigue como si fuera un fantasma.

—Cuéntame el resto de tu historia —pidió Louis—. Y si cuando hayas terminado quieres concluir el asunto con Merrick, me refiero a poner fin a tu contacto con ella, lo aceptaré sin rechistar.

11

Proseguí con mi relato, retrocediendo de nuevo unos veinte años, al verano en que Merrick cumplió los catorce.

Es evidente que a Talamasca no le fue difícil acoger a una huerfanita tan desvalida.

Durante los días siguientes al funeral de Gran Nananne, descubrimos que Merrick no tenía una identidad legal, salvo un pasaporte válido obtenido mediante el testimonio de Sandra la Fría afirmando que Merrick era hija suya. El apellido era falso.

Por más que lo intentamos, no conseguimos averiguar si el nacimiento de Merrick había sido registrado en algún municipio. En ninguna iglesia parroquial de Nueva Orleans constaba documento alguno que demostrara que había sido bautizada el año en que había nacido. Las cajas que había traído con nosotros contenían escasas fotografías de ella.

Por lo demás, tampoco existían documentos de Sandra la Fría ni de Honey Rayo de Sol, aparte de unos pasaportes con unos nombres falsos. Aunque calculamos el año en que habían muerto aquellas dos desgraciadas mujeres, no hallamos nada en los periódicos de Lafayette, Luisiana ni ningún otro lugar que indicara que habían sido hallados los cuerpos de las dos mujeres asesinadas.

En suma, Merrick Mayfair inició su andadura en Talamasca con una página en blanco, pero gracias a sus inmensos recursos la organización no tardó en crear para ella la documentación de su nacimiento y edad que el mundo moderno exige. En cuanto a su bautismo católico, Merrick insistió en que le habían administrado el sacramento al poco de nacer (Gran Nananne la había llevado en brazos a la iglesia), y pocos años antes de que yo abandonara la Orden, Merrick seguía explorando infructuosamente los registros de las iglesias en busca de esta prueba.

Nunca llegué a entender la importancia que para Merrick tenía el hecho de haber sido bautizada, pero hay muchas cosas sobre ella que nunca he llegado a explicarme. Lo que sí puedo afirmar es que para Merrick la magia y el catolicismo estuvieron siempre íntimamente ligados.

Por lo que se refiere a aquel hombre inteligente y bondadoso llamado Matthew, no tuvimos mayores dificultades en averiguar datos sobre él. Matthew había sido un arqueólogo especializado en objetos olmecas, y cuando hicimos unas discretas indagaciones entre sus supervivientes en Boston, averiguamos que una mujer llamada Sandra Mayfair había conseguido que se trasladara a Nueva Orleans hacía unos cinco años, por medio de una carta referente a un tesoro olmeca cuyo paradero la mujer aseguraba conocer gracias a un mapa trazado a mano. Sandra la Fría afirmaba que su hija Merrick le había pasado un artículo sobre las aventuras arqueológicas de Matthew, que había sido publicado en la revista *Time*.

Aunque por esa época la madre de Matthew estaba gravemente enferma, Matthew se había trasladado a Nueva Orleans con su bendición, tras lo cual había emprendido una expedición privada que había comenzado en México. Ninguno de sus familiares le había vuelto a ver.

En cuanto a la expedición, Matthew había llevado un diario consistente en unas largas y apasionadas cartas dirigidas a su madre, las cuales habían sido echadas al correo todas juntas a su regreso a Estados Unidos.

Después de la muerte de Matthew, pese a los repetidos intentos de la mujer, ningún experto en estudios sobre los olmecas se había mostrado interesado en lo que Matthew aseguraba haber visto o hallado.

La madre había muerto, dejando todos aquellos papeles a su hermana, que no sabiendo qué hacer con «esa responsabilidad» se había apresurado a vender todos los documentos de Matthew a cambio de una cuantiosa cantidad de dinero. Entre los documentos había una cajita que contenía unas fotografías en color que Matthew había enviado a su madre, en muchas de las cuales aparecían Sandra la Fría y Honey Rayo de Sol, ambas extraordinariamente hermosas, así como la niña de diez años, Merrick, que no se parecía a ellas.

Comoquiera que Merrick se había recuperado de la apatía en la que había permanecido sumida una semana y estaba enfrascada en sus estudios, y fascinada con su instrucción en materia de etiqueta, no me resultó agradable entregarle aquellas fotografías y cartas para que las añadiera a su colección privada.

Merrick no mostró ninguna emoción al contemplar las fotografías de su madre y su hermana. Y con su silencio habitual en lo tocante al tema de Honey Rayo de Sol, que en las fotos aparentaba unos dieciséis años, se apresuró a guardarlas.

Por lo que a mí respecta, dediqué un tiempo a examinar aquellas fotografías.

Sandra la Fría era alta, de piel tostada, con el pelo

muy negro y los ojos claros. En cuanto a Honey Rayo de Sol, parecía colmar todas las expectativas engendradas por aquel nombre. En las fotos su piel parecía del color de la miel, tenía los ojos amarillos como su madre, y un cabello, rubio claro y muy rizado, que le caía sobre los hombros como si fuera espuma. Sus rasgos faciales eran enteramente anglosajones, como los de Sandra la Fría.

En cuanto a Merrick, en las fotografías presentaba un aspecto muy parecido a cuando se había presentado en nuestra casa. A los diez años era ya una mujercita, y parecía tener un carácter más sosegado que las otras dos, que solían posar para la cámara sonriendo y abrazadas a Matthew. Merrick solía aparecer con expresión solemne, y por lo general sola.

Como es lógico, las fotografías revelaban muchos datos sobre el bosque tropical en el que habían penetrado. Entre las fotos había algunas hechas con flash de escasa calidad de unas singulares pinturas rupestres que no parecían olmecas ni mayas, aunque es posible que me equivocara. En cuando a la situación exacta de los lugares que habían visitado, Matthew se había negado a revelarla, utilizando términos como «Poblado Uno» y «Poblado Dos».

Dada la falta de precisión por parte de Matthew y la mala calidad de las fotografías, no era de extrañar que los arqueólogos no se hubieran mostrado interesados en sus hallazgos.

Con autorización de Merrick, y en secreto, hicimos unas ampliaciones de todas las fotografías más interesantes, pero debido a la mala calidad de los originales el resultado dejaba mucho que desear. Por otra parte, carecíamos de datos concretos sobre cómo realizar de nuevo ese viaje. Con todo, de una cosa estaba seguro: puede que hubieran volado en primer lugar a México capital, pero la cueva no se hallaba en México.

Existía un mapa, sí, trazado con mano vacilante en tinta negra sobre un pergamino moderno y corriente, pero en él no figuraban los nombres de los lugares, sólo un diagrama referente a «la Ciudad» y al Poblado Uno y Poblado Dos citados más arriba.

Lo mandamos copiar para conservarlo en nuestros archivos, puesto que el pergamino estaba muy deteriorado, pero no constituía una pista fidedigna.

Era trágico leer las entusiastas cartas que Matthew había escrito a su madre.

Nunca olvidaré la primera de ellas, que había escrito a su madre a raíz del hallazgo del tesoro. Su madre estaba muy enferma y había averiguado hacía poco que estaba a punto de morir, una noticia que Matthew había recibido durante el viaje, aunque no sabíamos exactamente dónde, y Matthew le había rogado que aguardara a que él regresara a casa. Ése fue el motivo por el que decidió acortar el viaje, llevándose sólo una pequeña parte del tesoro y dejando el resto.

«Ojalá estuvieras conmigo», había escrito, o algo por el estilo.

> ¿Me imaginas a mí, tu hijo torpe y larguirucho, zambulléndose en la impenetrable oscuridad de un templo en ruinas para hallar estos extraños murales, imposibles de catalogar? No son mayas, y menos aún olmecas. ¿Pero quién los realizó y para quién?
>
> A todo esto, la linterna se me cae de las manos como si alguien me la hubiera arrebatado, y las pinturas más espléndidas e insólitas que jamás he contemplado quedaron ocultas por las tinieblas.
>
> Pero no bien hubimos abandonado el templo, tu-

vimos que escalar unas rocas junto a la cascada. Sandra la Fría y Honey Rayo de Sol abrían el camino. Hallamos la cueva detrás de la cascada, aunque sospecho que podía tratarse de un túnel; no tenía pérdida puesto que las inmensas peñas volcánicas que la rodeaban habían sido talladas en forma de un rostro gigantesco con la boca abierta.

Por supuesto, no disponíamos de una linterna (la de Sandra la Fría estaba empapada) y al entrar en la cueva estuvimos a punto de desmayarnos debido al calor. Sandra la Fría y Honey Rayo de Sol temían que hubiera unos espíritus merodeando por allí y aseguraron que los «presentían». Merrick incluso llegó a culpar a los espíritus por haberse caído en las rocas.

No obstante, mañana volveremos a hacer el mismo trayecto. De momento, permite que te cuente de nuevo lo que vi a la luz del sol en el templo y en la cueva. Unas pinturas increíbles en ambos lugares, te lo aseguro, que es preciso estudiar de inmediato. En la cueva hallamos también centenares de espléndidos objetos de jade, esperando que alguien los rescatara.

No me explico cómo estos tesoros han sobrevivido a los expolios sistemáticos que se practican en estas tierras. Por supuesto, los nativos mayas niegan todo conocimiento de ese lugar, y yo no pienso facilitarles dato alguno. Con nosotros se portan amablemente, ofreciéndonos comida, bebida y alojamiento. Pero el chamán parece muy enojado con nosotros, aunque se niega a explicarnos el motivo. Estoy impaciente por regresar.

Matthew no regresó nunca. Durante la noche cayó en un estado febril y en su carta siguiente describía el pesar con que había partido de nuevo hacia la civilización, convencido de que su enfermedad tenía fácil remedio.

Qué lástima que aquel hombre curioso y generoso hubiera caído enfermo.

La culpa la tenía la picadura de un insecto extraño, pero no lo averiguaron hasta que Matthew llegó a «la Ciudad», como la llamaba él, absteniéndose de ofrecer una descripción precisa o un nombre. Sus últimas cartas las escribió desde el hospital en Nueva Orleans, pidiendo a las enfermeras que las echaran al correo.

«No hay nada que hacer, madre. Nadie conoce con seguridad la naturaleza de este parásito que ha conseguido infiltrarse en mis órganos internos y ha demostrado ser refractario a todo tipo de medicamentos. A veces me pregunto si los mayas del lugar habrían podido ayudarme a sanar. Eran muy amables. Pero supongo que hace tiempo que los nativos son inmunes a esos percances.»

Su última carta la escribió el día en que se disponía a regresar a casa de Gran Nananne. La letra era menos clara, puesto que Matthew padecía unos incesantes y violentos escalofríos, pero estaba decidido a escribir la carta. Sus noticias contenían la misma extraña mezcla de resignación y rechazo que con frecuencia aflige a los moribundos.

«Sandra la Fría y Honey Rayo de Sol me demuestran una dulzura increíble. Como es lógico, hago cuanto puedo por aliviar su carga. Todos los objetos que hallamos en la expedición pertenecen a Sandra por derecho propio, y en cuanto llegue a la casa trataré de compilar un catálogo de los mismos. Confío en que los cuidados de Gran Nananne obren un milagro. Te escribiré en cuanto tenga buenas noticias que darte.»

La única carta que me quedaba por leer era de Gran

Nananne. Estaba escrita con una letra esmerada, típica de una escuela de monjas, con una pluma estilográfica. La anciana afirmaba en la carta que Matthew había muerto «habiendo recibido los sacramentos», y que al final sus dolores habían remitido. Firmaba la carta Irene Laurent Mayfair.

Trágico. No se me ocurre una palabra más adecuada.

Ciertamente, parecía como si Merrick estuviera rodeada por un círculo de tragedias, habida cuenta de los asesinatos de Sandra la Fría y Honey; y comprendía perfectamente que los documentos de Matthew no la apartaran de sus estudios, ni de los frecuentes almuerzos y las compras en la ciudad.

La niña se mostraba asimismo indiferente a las obras de renovación de la vieja casa que había pertenecido a Gran Nananne y cuyo título de propiedad pasó a manos de Merrick en virtud de un testamento hológrafo, asunto del que se encargó un renombrado abogado de la localidad que se abstuvo de hacer preguntas.

La renovación fue históricamente correcta y muy extensa, dirigida por dos expertos contratistas en este campo. Merrick no manifestó deseo de visitar la casa. Que yo sepa, la casa sigue perteneciendo oficialmente a Merrick.

A fines de aquel largo verano, Merrick disponía de un surtido guardarropa, que crecía de día en día. Le gustaban los vestidos bien hechos, con muchos bordados, y prefería los tejidos con una trama muy trabajada, como el piqué blanco que he descrito. Cuando empezó a venir a cenar luciendo unos zapatos de tacón, me sentí personal e íntimamente trastornado.

No soy un hombre que ame a las mujeres de todas las edades, pero el contemplar su pie, su empeine delicadamente arqueado debido a la altura del tacón, y su pierna, tensa debido a la presión, bastó para provocarme al instante unos pensamientos de lo más inoportunos y eróticos.

En cuanto a su Chanel 22, Merrick había empezado a utilizarlo a diario. Les gustaba incluso a los que aseguraban que el perfume les abrumaba y lo asociaban con su encantadora presencia, sus preguntas, su serena conversación y su avidez por conocer todo tipo de cosas.

Merrick tenía una maravillosa facilidad para captar los fundamentos de la gramática, lo cual le resultó muy útil a la hora de aprender a leer y a escribir en francés. Después enseguida aprendió latín. En cambio detestaba las matemáticas y recelaba de ellas (era incapaz de comprender la teoría), pero era lo suficientemente inteligente para asimilar lo esencial. Su entusiasmo por la literatura era impresionante. Devoraba las obras de Dickens y Dostoievski, comentando los personajes con gran facilidad e infinita fascinación, como si vivieran en la casa de al lado. En cuanto a las revistas, le encantaban las publicaciones sobre arte y arqueología, a las que estábamos suscritos, y devoraba las publicaciones dedicadas a la cultura pop, así como las revistas de opinión que siempre le habían fascinado.

Durante toda su juventud, o sea los años en que yo permanecí a su lado, Merrick estuvo convencida de que la lectura constituía la clave de todo. Aseguraba comprender Inglaterra simplemente porque leía el *Times* de Londres todos los días. Por lo que se refiere a Mesoamérica, sentía un profundo amor por su historia, aunque nunca nos pidió ver la maleta en la que guardaba sus tesoros.

En materia de caligrafía hacía grandes progresos, y muy pronto desarrolló una letra un tanto anticuada.

Consiguió escribir como lo había hecho Gran Nananne, lo cual le permitió llevar numerosos diarios sin mayores problemas.

Quiero dejar claro que no era una superdotada sino una niña de notable inteligencia y talento, quien después de años de frustración y aburrimiento había aprovechado la oportunidad que se le presentaba. No presentaba ningún impedimento en ella para acceder a la cultura. No le molestaba la superioridad o supuesta superioridad de otros. Al contrario, asimilaba todas las influencias que podía.

Siendo como era la única niña que vivía allí, Oak Haven le encantaba. La gigantesca boa constrictor se convirtió en su mascota preferida.

Aaron y Mary llevaban con frecuencia a Merrick a la ciudad para visitar el museo municipal de la localidad, y a menudo tomaban el avión que los trasladaba en poco tiempo a Houston para mostrarle los espléndidos museos y galerías de esa capital sureña.

Por lo que respecta a mí, tuve que regresar varias veces a Inglaterra durante aquel memorable verano, cosa que me disgustó. Me sentía muy a gusto en la casa matriz de Nueva Orleans y buscaba cualquier pretexto para quedarme allí. Escribí largos informes a los Ancianos de Talamasca, reconociendo este fallo, pero explicándoles al mismo tiempo, mejor dicho, rogándoles, que me permitieran permanecer allí para familiarizarme con esta zona tan extraña de América que no parecía en absoluto americana.

Los Ancianos se mostraron comprensivos. Tuve ocasión de pasar mucho tiempo con Merrick. Sin embargo, recibí una carta de ellos advirtiéndome de que no debía encariñarme demasiado con «esa niña». Esto me dolió, pues lo interpreté erróneamente. Les juré que mis intenciones hacia ella eran puras. Los Ancianos me respondieron por carta: «No dudamos de tu pureza, David, pero los niños son inconstantes; lo que nos preocupa es tu corazón.»

Entre tanto, Aaron se ocupó de catalogar todos los objetos pertenecientes a Merrick y acondicionó una estancia en uno de los edificios anejos para que guardara en ella las estatuas que se había traído de sus altares.

El legado del tío Vervain se componía no de uno sino de varios códices medievales. No sabíamos cómo había adquirido aquellos textos, pero todo indicaba que los había utilizado, y en algunos hallamos unas notas suyas escritas en lápiz, junto con ciertas fechas.

Una caja procedente del ático de la casa de Gran Nananne contenía un gran número de libros sobre magia, publicados en el siglo XIX, cuando lo «paranormal» causó sensación en Londres y en el resto de Europa y se impuso la moda de los médiums y las sesiones de espiritismo.

También encontramos un enorme álbum que se caía a pedazos, lleno de recortes de prensa viejos y amarillentos, todos ellos de Nueva Orleans, sobre historias referentes al vudú atribuidas al «renombrado doctor local, Jerome Mayfair», que según nos explicó Merrick era el abuelo del tío Vervain, el Anciano. Todo Nueva Orleans había oído hablar de él y circulaban numerosas y curiosas historias sobre sesiones de vudú que la policía local había disuelto, en las que muchas «señoras de raza blanca» habían sido arrestadas, junto con mujeres de color, y negros.

El descubrimiento más trágico, y que tenía menos utilidad para nosotros en tanto que Orden de Detectives Clarividentes —suponiendo que esto es lo que seamos—, fue el diario del daguerrotipista de color, el cual ocupaba un lugar demasiado remoto en el linaje familiar para tener una relación directa con el relato de Merrick. Era un documento sencillo y simpático, redactado por un tal Laurence Mayfair, en el que mencionaba, entre otras cosas, el tiempo que hacía cada día en la ciudad, el número de clientes que acudían a su estudio y otros pequeños eventos locales.

A mi entender, describía una vida relajada y feliz. Lo copiamos con esmero y enviamos la copia a la universidad local, donde sin duda un documento tan valioso escrito por un hombre de color antes de la guerra civil hallaría el lugar que merecía.

Al cabo de un tiempo enviamos muchos otros documentos similares, además de copias de fotografías, a varias universidades sureñas, pero tomando siempre la precaución de proteger a Merrick.

No mencionábamos su nombre en las cartas que adjuntábamos a aquellos documentos. Ella no quería que nadie la relacionara con aquel material, porque no quería explicar las circunstancias de su familia a personas ajenas a la Orden. Creo que temía, quizá justificadamente, que su presencia entre nosotros pudiera suscitar recelos.

—Comprendo que es importante que conozcan la existencia de mi familia —decía cuando nos sentábamos a comer—, pero no tienen por qué saber nada de mí.

Se sintió muy aliviada de que hubiéramos tomado esa iniciativa, pero al mismo tiempo se daba cuenta de que había penetrado en un mundo nuevo para ella. Nunca volvería a ser la trágica niña que nos había enseñado los daguerrotipos la primera noche que se había presentado allí.

Era Merrick, la alumna que pasaba horas enteras enfrascada en sus libros de texto, la apasionada comentarista sobre política, antes, durante y después de los informativos de televisión. Era Merrick, la propietaria de diecisiete pares de zapatos, que se cambiaba tres veces al día. Era Merrick, la católica, que insistía en ir a misa todos los domingos aunque cayera un diluvio de dimensiones bíblicas sobre la plantación y la iglesia cercana.

Como es natural, me complacía observar sus progresos, aunque sabía que en su interior yacían latentes muchos recuerdos que algún día sería preciso resolver.

Por fin, a fines de otoño, no tuve más remedio que regresar a Londres para siempre. A Merrick le quedaban otros seis meses de estudios antes de trasladarse a Suiza, y nuestra despedida fue muy triste, para decirlo suavemente.

Yo ya no era el señor Talbot, sino David, al igual que para muchos otros miembros, y cuando nos despedimos con la mano a la puerta del avión, vi a Merrick llorar de nuevo por primera vez desde aquella fatídica noche en que había expulsado de su cuerpo al espíritu de Honey Rayo de Sol y había prorrumpido en sollozos.

Fue terrible. Yo anhelaba que el avión aterrizara para escribirle una carta.

Durante meses las frecuentes cartas de Merrick constituyeron el aspecto más interesante de mi vida.

En febrero del año siguiente, acompañé a Merrick en avión a Ginebra. Aunque el tiempo la deprimía, estudió con ahínco en la escuela, soñando con los veranos que había pasado en Luisiana y las numerosas vacaciones que la habían llevado a los trópicos que tanto amaba.

Un año regresó a México, durante la peor época, para visitar las ruinas mayas, y durante ese verano me confió que debíamos visitar de nuevo la cueva.

—Aún no estoy preparada para emprender ese viaje —dijo—, pero ya llegará el momento de hacerlo. Sé que has conservado todo lo que escribió Matthew sobre el tema, y comprendo que quizás haya otros aparte de Matthew que me indican que debo realizar ese viaje. Pero no te preocupes. Aún es demasiado pronto para que vayamos.

Al año siguiente visitó Perú, al otro Río de Janeiro, y en otoño siempre regresaba a la escuela. En Suiza le costaba hacer amistades. Aunque nosotros nos esforzábamos en imbuirle una sensación de normalidad, el carácter de la Orden de Talamasca es especial y misterioso y no creo que lográramos que Merrick se sintiera a gusto con sus compañeras en la escuela.

Al cumplir los dieciocho años, Merrick me informó por medio de una carta de que estaba convencida que deseaba dedicar su vida a Talamasca, por más que le aseguramos que aunque eligiera otra carrera correríamos con todos los gastos de sus estudios. Ingresó como postulante, que para nosotros representa un miembro muy joven, y fue a Oxford para iniciar sus estudios universitarios.

Me alegré mucho de que viniera a Inglaterra. Fui a recogerla al aeropuerto y me quedé atónito al contemplar a la mujer joven y elegante que se arrojó en mis brazos. Cada fin de semana se alojaba en la casa matriz. El tiempo frío la deprimía mucho, pero deseaba quedarse.

Los fines de semana solíamos visitar la catedral de Canterbury, Stonehenge o Glastonbury, según sus preferencias. Durante el trayecto manteníamos una conversación de lo más interesante. Merrick había perdido por completo su acento de Nueva Orleans (lo llamo así porque no sé describirlo de otra forma), conocía a los clásicos mejor que yo, hablaba el griego a la perfección y conversaba en latín con otros miembros de la Orden, unas dotes raras en una joven de su época.

Se especializó en copto y tradujo unos volúmenes de textos mágicos escritos en ese idioma que pertenecían a Talamasca desde hacía siglos. Estaba muy interesada en la historia de la magia, y me aseguraba que las prácticas mágicas eran muy parecidas en todo el mundo y en todas las épocas, cosa que no representaba para mí ninguna novedad.

A menudo se quedaba dormida en la biblioteca de la casa matriz, con la cara apoyada en un libro sobre la mesa. La ropa ya no le interesaba tanto, excepto algunas prendas muy bonitas y superfemeninas, y de vez en cuando compraba y lucía aquellos fatídicos zapatos de tacón alto.

En cuanto a su afición a Chanel 22, no tenía ningún inconveniente en echarse una gran cantidad de ese perfume sobre el cabello, la piel y la ropa. A la mayoría de nosotros nos parecía delicioso, y al margen de dónde me encontrara en aquel momento en la casa, siempre me daba cuenta, por el perfume que flotaba en el ambiente, del momento en que Merrick entraba por la puerta.

El día de su veintiún cumpleaños, le regalé un collar de tres vueltas de perlas blancas e idénticas. Me costó una fortuna, por supuesto, pero no me importó. Yo poseía una fortuna. Merrick se mostró conmovida por el regalo y lucía el collar en todas las funciones importantes de la Orden, bien ataviada con un vestido camisero de seda negro de excelente corte y con la falda de vuelo —su preferido para estas veladas—, o bien con un traje de chaqueta de lana oscuro, más discreto.

Merrick se había convertido en una célebre belleza, y todos los jóvenes miembros se quejaban de que ella rechazaba sus atenciones e incluso sus piropos. Merrick nunca hablaba del amor, ni de los hombres que mostraban interés por ella. Yo sospechaba que sus dotes de clarividente la hacían sentirse aislada y marginada, incluso dentro de nuestros propios muros.

Yo tampoco era inmune a sus encantos. A veces me resultaba muy difícil permanecer en su presencia, debido a su lozanía, su hermosura y su atractivo. Ofrecía un aspecto sensual incluso vestida con una ropa recatada, debajo de la cual se perfilaban sus pechos grandes y juveniles y sus largas piernas exquisitamente torneadas.

Durante un viaje a Roma sentí tal deseo de poseerla que me amargó la estancia en aquella capital. Maldije que la edad no me librara de ese tormento, e hice cuanto pude para que ella no se diera cuenta. Pero creo que lo intuyó y, a su modo, se mostró despiadada.

En cierta ocasión, después de una suntuosa cena en el hotel Hassler, dejó caer que el único hombre interesante en su vida era yo.

—Mala suerte, ¿no crees, David? —me preguntó con un tono cargado de intención. El regreso a la mesa de dos camaradas de Talamasca, mayores que yo, interrumpió nuestra conversación. Me sentí halagado y a la vez profundamente consternado. No podía poseerla, eso era de todo punto imposible, y me sorprendió constatar lo mucho que la deseaba.

Posteriormente, después de ese viaje a Roma, Merrick pasó un tiempo en Luisiana para redactar la crónica de su familia, esto es, todo lo que sabía sobre sus parientes, aparte de sus poderes ocultos, y, junto con unas excelentes copias de sus daguerrotipos y sus fotografías, la ofreció a varias universidades que se mostraron interesadas en ese documento. En la actualidad, la historia de la familia, sin el nombre de Merrick y sin varios nombres claves, forma parte de varias importantes colecciones dedicadas a *«les gens de couleur libres»*, o la historia de las familias negras en el sur.

Aaron me contó que el proyecto había dejado a Merrick agotada emocionalmente, pero que ella le había dicho que *les mystères* la atormentaban y se había visto obligada a hacerlo. Lucy Nancy Marie Mayfair se lo había pedido, al igual que Gran Nananne. Y también el tío Julien Mayfair que residía en la parte alta de la ciudad. Pero cuando Aaron le preguntó si se sentía realmente atormentada por los espíritus, o si éstos se mostraban simplemente respetuosos con ella, Merrick no respondió y se limitó a decir que había llegado el momento de regresar a Europa para reemprender su trabajo.

En cuanto a su sangre afroamericana, Merrick nunca trataba de ocultarla y a veces sorprendía a todo el mundo sacando ella misma el tema. Pero casi sin excepción, en todo tipo de situaciones, pasaba por blanca.

Merrick estuvo dos años en Egipto estudiando. Nada fue capaz de obligarla a abandonar El Cairo, hasta que emprendió una apasionada investigación de documentos egipcios y coptos a través de multitud de museos y bibliotecas en todo el globo. Recuerdo haber recorrido el sombrío y sucio museo de El Cairo con ella, fascinado por su inevitable atracción por los misterios egipcios, un viaje que concluyó con una cena durante la cual Merrick se emborrachó y desvaneció en mis brazos. Por fortuna, yo estaba casi tan borracho como ella. Al despertar, estábamos acostados juntos en su cama, completamente vestidos.

Lo cierto es que aunque bebía ocasionalmente, las borracheras de Merrick eran célebres. En más de una ocasión me había abrazado y besado de una forma que me infundía renovado vigor, pero me dejaba sumido en la desesperación.

Yo rechazaba sus aparentes insinuaciones. Me decía, sin duda acertadamente, que en parte imaginaba que ella me deseaba. Por lo demás, era un hombre de avanzada edad, y una cosa es que una joven crea que te desea cuando eres viejo, y otra muy distinta que decida acostarse contigo. ¿Qué podía yo ofrecerle salvo un montón de debilidades físicas? En esa época yo no soñaba con Ladrones de Cuerpos que me ofrecieran la forma de un hombre joven.

Confieso que años más tarde, cuando me apoderé de este cuerpo que había pertenecido a un joven, pensé en Merrick. Sí, pensé en Merrick. Pero en aquel entonces yo estaba enamorado de un ser sobrenatural, nuestro inimitable Lestat, que incluso me hizo olvidar los encantos de Merrick

Pero no quiero seguir abundando en el tema. Sí, yo la deseaba, pero mi deber es regresar a la historia de la mujer que conozco hoy. Sí, Merrick, la valerosa y brillante miembro de Talamasca, ésa es la historia que deseo contar:

Mucho antes de que el ordenador se convirtiera en un instrumento corriente, Merrick había aprendido a dominarlo para escribir sus trabajos. En ocasiones permanecía sentada ante el ordenador, tecleando a una velocidad pasmosa, hasta bien entrada la noche. Publicó centenares de traducciones y artículos para nuestros miembros, y muchos, bajo un seudónimo, para el mundo de fuera de Talamasca.

Como es lógico, nos mostramos cautelosos a la hora de compartir nuestros conocimientos con otras personas. Nuestro propósito no es llamar la atención; pero existen ciertas cosas que creemos que no debemos ocultar al mundo. Nosotros no insistimos en que utilizara un seudónimo, pero Merrick se mostró tan reacia a revelar su identidad como cuando era niña.

Por lo que se refiere a los «elegantes Mayfair» de

Nueva Orleans, Merrick no mostraba ningún interés personal, y accedió de mala gana a ojear unos artículos sobre ellos que nosotros le recomendamos que leyera. Nunca se sintió emparentada con ellos, al margen de lo que opinara sobre el hecho de que el «tío Julien» hubiera aparecido en el sueño de Gran Nananne. Prescindiendo de lo que uno observe sobre los «poderes» de esos Mayfair, en este siglo no han demostrado ningún interés en la «magia ritual», que era el campo en el que Merrick había decidido especializarse.

Por supuesto, nunca vendimos ninguna de las pertenencias de Merrick. No había motivo para venderlas. Habría sido absurdo.

Talamasca es tan rica que los gastos que pueda ocasionar una persona, como en el caso de Merrick, son insignificantes, y Merrick, aunque era muy joven, estaba entregada a los proyectos de la Orden y trabajaba por propia voluntad en los archivos para actualizar los expedientes, hacer traducciones e identificar y catalogar unos artículos muy parecidos a los tesoros olmecas que le pertenecían.

Ningún otro miembro de la Orden se ganó el sustento con tantos méritos como Merrick, hasta el extremo de dejarnos a los demás en ridículo. Por tanto, si Merrick decidía ir de tiendas en Nueva York o París, nadie iba a prohibírselo. Y cuando elegía un Rolls Royce negro sedán como su coche personal (adquirió una pequeña colección de esos vehículos que tenía repartida por el mundo), a nadie se le ocurrió que fuera una mala idea.

Merrick tenía unos veinticuatro años cuando comunicó a Aaron su deseo de hacerse cargo de la colección de objetos relacionados con lo oculto que había traído a la Orden hacía diez años.

Lo recuerdo porque recuerdo la carta de Aaron.

«Nunca había demostrado el menor interés», escribió éste:

Y sabes que eso me tenía muy preocupado. Incluso cuando escribió la historia de su familia y la envió a varios eruditos, se abstuvo de mencionar las dotes ocultas de los Mayfair. Pero esta tarde me ha confiado que ha tenido varios sueños «importantes» sobre su infancia, y que debe regresar a casa de Gran Nanne. Nuestro chófer nos trasladó en coche al viejo barrio donde ésta había residido, un viaje francamente deprimente.

El barrio se ha degradado hasta extremos increíbles, más de lo que ella había imaginado, y tengo la impresión de que las ruinas del «bar de la esquina» y de la «tienda de la esquina» le han causado una penosa impresión. En cuanto a la casa, ha estado magníficamente conservada por el guarda, que se aloja en la finca. Por expreso deseo, Merrick pasó casi una hora a solas, en el jardín trasero.

El guarda ha creado allí un patio, y el cobertizo está prácticamente vacío. Del templo no queda nada, naturalmente, salvo el pintoresco pilar central.

Más tarde Merrick no dijo una palabra, negándose a comentar los sueños que había tenido.

Expresó su infinita gratitud por habernos ocupado de conservar la casa durante la época de «abandono» por su parte, que confío en que haya concluido.

Pero durante la cena me quedé asombrado al enterarme de que ha decidido mudarse de nuevo a la casa y pasar parte del tiempo allí. Me pidió que le entregara todos los muebles antiguos, y añadió que ella misma se ocuparía de organizar el traslado.

«Pero ¿y el vecindario?», le pregunté tímidamente, a lo que ella respondió sonriendo: «Los vecinos nunca me han infundido miedo. Enseguida comprobarás, Aaron, que son ellos quienes me temen a mí.» Sin dejarme cohibir por su ingeniosa respuesta, pregunté: «¿Y si un extraño trata de asesinarte, Merrick?» Ella se apresuró a contestar: «Que Dios se apiade del hombre o de la mujer que lo intente.»

Merrick cumplió su propósito y se mudó al «viejo barrio», pero antes mandó construir unas dependencias para el guarda.

Las dos viviendas en estado ruinoso que flanqueaban la casa fueron compradas y demolidas; Merrick mandó construir una tapia de ladrillo alrededor de tres lados de la inmensa parcela y la parte delantera, que se unía a la elevada verja de hierro forjado que se alzaba frente a la fachada. Siempre había un hombre que cuidaba de la propiedad; instalaron un sistema de alarma; plantaron flores. Colocaron de nuevo unos comederos para los colibrís. Todo parecía perfecto y natural, pero habiendo visto la casa, se me ponían los pelos de punta al enterarme de la frecuencia con que Merrick iba y venía de la vieja mansión.

La casa matriz seguía siendo su hogar, pero muchas tardes, según me contaba Aaron, Merrick se iba a Nueva Orleans y tardaba varios días en regresar.

«La casa tiene ahora un aspecto elegantemente espectacular —me escribió Aaron—. Todos los muebles fueron reparados y pulidos, naturalmente, y Merrick se ha apropiado del gigantesco lecho de columnas de Gran Nananne para su uso personal. Los suelos de madera de pino han sido maravillosamente restaurados, y dan a la casa un resplandor ambarino. No obstante, me preocupa mucho que Merrick permanezca allí aislada durante varios días.»

Como es lógico escribí a Merrick, aludiendo al tema de los sueños que habían motivado su regreso a la casa.

«Quiero explicarte todo lo referente a ellos, pero es demasiado pronto», contestó Merrick a vuelta de correo.

Permíteme que sólo te diga que en esos sueños es el tío abuelo Vervain quien me habla. A veces me veo de nuevo como la niña que era el día en que murió. En otras ocasiones, los dos somos adultos. Al parecer, aunque no lo recuerdo todo con la misma claridad, en un sueño los dos aparecemos jóvenes.

De momento, no tienes por qué preocuparte. Comprende que era inevitable que regresara a la casa de mi infancia. Tengo una edad en que las personas sienten curiosidad por el pasado, sobre todo cuando has logrado sellarlo y alejarlo de ti como yo había hecho.

Quede claro que no siento remordimientos por haber abandonado la casa en la que me crié. Pero mis sueños me dicen que debo regresar. También me dicen otras cosas.

Estas cartas me preocupaban, pero Merrick sólo daba unas respuestas escuetas a mis preguntas.

Aaron también se sentía preocupado. Merrick pasaba cada vez menos tiempo en Oak Haven. A menudo Aaron se desplazaba en coche a Nueva Orleans para visitarla en su vieja casa, hasta que Merrick le pidió que la dejara tranquila.

Esa forma de vivir no es infrecuente entre los miembros de Talamasca, que a menudo reparten su tiempo entre la casa matriz y un hogar familiar particular. Yo tenía y aún tengo una casa en Cotswolds, Inglaterra. Pero no es una buena señal cuando un miembro se ausenta de la Orden durante largos períodos de tiempo. En el caso de Merrick resultaba aún más alarmante debido a sus frecuentes y crípticas alusiones a sus sueños. Durante el otoño de aquel año memorable, en el que Merrick cumplió veinticinco, me escribió sobre sus deseos de emprender una expedición a la cueva.

Permítanme que continúe con mi reconstrucción de sus palabras:

«David, no pasa una noche en que no sueñe con el tío abuelo Vervain. Pero cada vez me resulta más difícil recordar los detalles de esos sueños. Sólo sé que él desea que regrese a la cueva que visité en Centroamérica de niña. Debo hacerlo, David. Nada puede impedírmelo. Esos sueños se han convertido en una especie de obsesión, y te ruego que no me fustigues con reparos lógicos a algo que tú sabes que debo hacer.»

Merrick proseguía hablando de sus tesoros.

> He examinado todos los presuntos tesoros olmecas y me consta que no son olmecas. Es más, no consigo identificarlos, aunque poseo todos los libros y catálogos que se han publicado sobre antigüedades procedentes de esa parte del mundo. En cuanto al destino en sí, tengo lo que recuerdo, algunos artículos escritos por mi tío Vervain y los papeles de Matthew Kemp, mi querido padrastro que murió hace unos años.
>
> Quiero que realicemos ese viaje juntos, aunque está claro que no podemos ir solos. Te ruego que me contestes cuanto antes sobre este particular. Si no estás dispuesto a acompañarme, organizaré un grupo con el que emprender el viaje.

Ahora bien, cuando recibí esta carta yo tenía casi setenta años y sus palabras representaban un reto para mí, un reto que me turbó. Aunque ansiaba penetrar en aquellas selvas, vivir aquella experiencia, me preocupaba el que mis condiciones físicas no me permitieran realizar aquel viaje.

A continuación Merrick me explicaba que había dedicado muchas horas a examinar los objetos que había rescatado durante la expedición que había realizado en su infancia.

«Son más antiguos que los objetos que los arqueólogos llaman olmecas —escribió—, aunque sin duda algunos comparten muchos rasgos comunes con esa civilización y debido a su estilo podrían denominarse olmecoides. En estos restos proliferan algunos elementos que podríamos considerar asiáticos o chinos; aparte está el tema de las extrañas pinturas rupestres que Matthew fotografió como pudo. Debo investigar esas cosas personalmente. Debo tratar de llegar a alguna conclusión sobre la relación que tuvo mi tío Vervain con esa parte del mundo.»

Aquella noche la llamé por teléfono a Londres.

—Escucha, soy demasiado viejo para emprender un viaje a esa selva —dije—, suponiendo que siga allí. Como sabrás, están talando los árboles tropicales. Quizá lo hayan convertido en tierras de labranza. Además, al margen de esto, yo sería un lastre para ti.

—Quiero que me acompañes —repuso Merrick con tono persuasivo—. Te ruego que accedas, David. Nos adaptaremos a tu ritmo, y cuando llegue el momento de trepar por esa cascada, lo haré sola.

»Hace años visitaste las selvas del Amazonas, David. No sería una experiencia nueva para ti. Imagina las facilidades de que dispondremos con todo tipo de artilugios dotados de un microchip: cámaras, linternas, material de cámping. Dispondremos de toda clase de lujos. Ven conmigo, David. Si lo deseas puedes quedarte en el poblado. Yo iré sola a la cascada. Con un todoterreno moderno, será pan comido.

No fue pan comido.

Una semana más tarde aterricé en Nueva Orleans, decidido a disuadirla de emprender la expedición. El chófer me condujo directamente a la casa matriz. Confieso que me molestó que no hubiera acudido Aaron o Merrick a recogerme al aeropuerto.

12

Aaron me recibió en la puerta.

—Merrick está en su casa en Nueva Orleans. El guarda dice que ha estado bebiendo. Ella se niega a hablar con él. He llamado cada hora desde esta mañana. Pero Merrick no coge el teléfono.

—¿Por qué no me contaste lo que ocurría? —pregunté. Estaba profundamente preocupado.

—¿Por qué? ¿Para que no dejaras de preocuparte durante todo el viaje a través del Atlántico? Sé que eres el único capaz de razonar con ella cuando se encuentra en ese estado.

—¿Qué te hace pensar eso? —protesté. Pero era cierto. A veces lograba convencer a Merrick para que pusiera fin a una de sus borracheras. Pero no siempre.

En cualquier caso me di un baño, me cambié de ropa, dado que hacía un tiempo insólitamente caluroso para ser principios de invierno, y por la tarde partí bajo una suave llovizna, en el coche conducido por el chófer, hacia casa de Merrick.

Aunque cuando llegué había oscurecido, pude ver que el barrio se había degradado más aún de lo que había supuesto. Daba la impresión de haber sido devastado por una guerra y de que los supervivientes no habían tenido más remedio que vivir entre las deprimentes ruinas de madera rodeadas por los eternos y gigantescos hierbajos. Había unas pocas viviendas de madera en buen estado de conservación, cubiertas con una capa reluciente de pintura y unas molduras debajo del tejado. Pero a través de las ventanas enrejadas distinguí el tenue resplandor de unas luces. La maleza que proliferaba en aquel lugar había comenzado a desmoronar algunas casas abandonadas. La zona no sólo se hallaba en un estado ruinoso, sino que además ofrecía peligro.

Presentí que había gente merodeando a través de la oscuridad. Detestaba esa sensación de temor que rara vez había hecho presa en mí de joven. La vejez me había enseñado a respetar el peligro. Como he dicho, odiaba esa sensación. Odiaba pensar que no podría acompañar a Merrick en su insensata expedición a las selvas centroamericanas, lo cual representaría una humillación para mí.

Por fin el coche se detuvo delante de la casa de Merrick.

La hermosa casa, que se alzaba sobre unos pilotes y que estaba recién pintada de un color rosa tropical con un ribete blanco, presentaba un aspecto magnífico detrás de la alta verja de hierro forjado.

Los nuevos muros de ladrillo, gruesos y muy altos, rodeaban por completo la finca. A través de los barrotes de la verja distinguí un parterre de adelfas que en cierto modo protegía la casa de la sordidez de la calle.

Cuando el guarda me recibió en la verja y me condujo hacia los escalones de la entrada, vi que las ventanas alargadas de la habitación de Merrick estaban también provistas de barrotes, a pesar de los visillos de encaje y las persianas, y que había luces encendidas en toda la casa.

El porche estaba limpio; los viejos pilares cuadrados

ofrecían un aspecto sólido; los cristales emplomados de las dos ventanas encajadas en la bruñida puerta de doble hoja relucían esplendorosos. Con todo, en aquellos momentos me invadieron unos recuerdos nostálgicos.

—La señorita Merrick se niega a responder al timbre, señor —dijo el guarda, un hombre en el que apenas había reparado debido a la prisa—. Pero la puerta está abierta para que entre usted. A las cinco le llevé un poco de comida.

—¿Le pidió ella que le llevara la cena? —pregunté.

—No, señor, no me dijo nada. Pero se lo ha comido todo. A las seis fui a recoger los platos.

Abrí la puerta y penetré en el confortable vestíbulo delantero, dotado de aire acondicionado. Observé de inmediato que el viejo saloncito y el comedor situados a mi derecha habían sido espléndidamente remozados y decorados con unas alfombras chinas de brillante colorido. Un moderno barniz cubría los viejos muebles. Los espejos antiguos sobre las repisas de mármol blanco presentaban un aspecto tan oscuro como antes.

A mi izquierda estaba el dormitorio delantero; el lecho de Gran Nananne se hallaba cubierto con un dosel de marfil blanco y una tupida colcha de encaje hecho a ganchillo.

Merrick estaba sentada en una mecedora de madera pulida junto al lecho, frente a los ventanales delanteros; la luz crepuscular iluminaba su rostro.

En la mesita a su lado, junto a una palmatoria, había una botella de ron Flor de Caña.

Merrick se llevó el vaso a los labios, bebió un trago y volvió a depositarlo en la mesa, tras lo cual siguió con la mirada fija en el infinito, como si no se hubiera percatado de mi presencia.

Me detuve en el umbral.

—¿Es que no vas a ofrecerme una copa, tesoro? —pregunté.

Merrick sonrió, sin volver siquiera la cabeza.

—Nunca has tenido afición por el ron, David —respondió suavemente—. Eres hombre de whisky, como Matthew, mi viejo padrastro. Está en el comedor. ¿Te apetece una copa de Highland Macallan, de veinticinco años? ¿Es lo suficientemente bueno para mi querido Superior?

—Por supuesto, amable dama —contesté—. Pero no te preocupes por eso. ¿Puedo pasar?

—Claro, David —respondió Merrick, acompañando sus palabras con una breve y atractiva carcajada—. Vamos, entra.

Cuando miré a mi izquierda me llevé un sobresalto. Entre los dos ventanales delanteros se había erigido un enorme altar de mármol, sobre el que vi multitud de pequeños santos de yeso. La Virgen María, luciendo una diadema y sus ropajes del Monte Carmelo, sostenía en brazos bajo su beatífica sonrisa a un radiante Niño Jesús.

Merrick había añadido unos elementos nuevos. Vi que se trataba de los tres Reyes Magos de las escrituras y tradiciones cristianas. Pero el altar no tenía nada que ver con un belén navideño. Los Reyes Magos habían sido incluidos entre una nutrida panoplia de figuras sagradas y ocupaban un discreto segundo plano.

Observé la presencia entre los santos de algunos misteriosos ídolos de jade; uno de ellos, de aspecto siniestro, sostenía su cetro en alto dispuesto a utilizarlo para hacer valer su autoridad o para atacar.

Otras dos figuritas de aspecto no menos cruel flanqueaban una estatua de san Pedro de grandes dimensiones. Y ante ellos reposaba el perforador, o cuchillo, de jade con el mango en forma de colibrí, uno de los artefactos más bellos pertenecientes a la extensa colección de Merrick.

La maravillosa hacha de obsidiana que yo había visto hacía siete años ocupaba un lugar preferente entre la Virgen María y el arcángel san Miguel.

En la tenue luz emitía un hermoso fulgor. Pero el contenido más sorprendente del altar eran los daguerrotipos y viejas fotografías de los parientes de Merrick, dispuestos apretadamente, como si se tratara de una colección de fotografías familiares colocadas sobre el piano del salón. Sus rostros no se distinguían en la penumbra.

Ante el altar ardían unas velas dispuestas en una doble hilera, y había muchas flores distribuidas en numerosos jarrones. Todo estaba limpio, sin una mota de polvo. Pero de pronto reparé en la mano amputada, que destacaba contra el mármol blanco, retorcida y horripilante, tal como la había visto por primera vez hacía mucho tiempo.

—¿Un recuerdo de los viejos tiempos? —pregunté, señalando el altar.

—No seas absurdo —contestó ella en voz baja. Se llevó el cigarrillo a los labios. Vi sobre la mesita un paquete de Rothmans, la vieja marca que fumaba Matthew. También era mi vieja marca. Yo sabía que Merrick era una fumadora ocasional, al igual que yo.

No obstante, la miré detenidamente. ¿Era realmente mi amada Merrick? Sentí que se me ponía la piel de gallina, como suele decirse, una sensación que detestaba.

—¿Merrick? —pregunté.

Cuando alzó la vista y me miró, comprendí que era ella, que no había ningún otro ser dentro de su cuerpo hermoso y juvenil, y me di cuenta de que no estaba bebida.

—Siéntate, David, querido amigo —dijo con tono sincero, casi melancólico—. La butaca es muy cómoda. Me alegro de que hayas venido.

Al oír aquel tono de voz que me resultaba tan familiar di un respiro de alivio. Atravesé la habitación y me senté en la butaca frente a ella, desde la cual podía observar su rostro. Junto a mi hombro derecho estaba el altar, con aquellos diminutos rostros fotográficos mirándome como habían hecho tiempo atrás.

Comprobé que no me gustaba, como tampoco me gustaban los numerosos santos de expresión indiferente y los discretos Reyes Magos, aunque tuve que reconocer que constituía un espectáculo deslumbrante.

—¿Por qué tenemos que viajar a esas selvas, Merrick? —pregunté—. ¿Qué te ha hecho abandonarlo todo por ese proyecto?

No respondió de inmediato. Bebió un trago de ron del vaso, sin apartar los ojos del altar.

Eso me dio tiempo a tomar nota del inmenso retrato del tío Vervain que estaba colgado en la pared en el otro extremo de la habitación, junto a la puerta a través de la cual había entrado.

Enseguida me di cuenta de que se trataba de una costosa ampliación del retrato que Merrick nos había mostrado hacía años. La copia reproducía fielmente los tonos sepia del original, y el tío Vervain, un joven en la plenitud de la vida, con el codo apoyado cómodamente sobre la columna griega, parecía estar sentado frente a mí, mirándome insistentemente con ojos claros y resplandecientes.

Pese a la oscilante penumbra, observé su hermosa y ancha nariz y sus labios carnosos y exquisitamente modelados. En cuanto a sus ojos claros, conferían al rostro un aspecto aterrador, aunque no estaba seguro de si en realidad era esa sensación la que yo experimentaba en aquellos momentos.

—Veo que has venido para seguir discutiendo conmigo —comentó Merrick—. Pero yo no tengo tiempo para discutir, David. Tengo que marcharme ahora mismo.

—No me has convencido. Sabes bien que no dejaré que viajes a esas tierras remotas sin el apoyo de Talamasca, pero quiero comprender...

—El tío Vervain no me dejará sola —replicó. Observé sus ojos grandes y perspicaces, su rostro un poco en sombras, iluminado por la débil luz del lejano vestíbulo—. Son los sueños, David. La verdad es que hace años que los tengo, pero nunca tan intensos como ahora. Quizá no quise prestarles atención, quizá me hice la desentendida, como si no quisiera comprender su significado.

Me pareció que ofrecía un aspecto mucho más atractivo del que yo recordaba. Llevaba un sencillo vestido de algodón violeta, con un cinturón que realzaba su delgada cintura, y el bajo apenas le cubría las rodillas. Tenía las piernas esbeltas y exquisitamente torneadas. Iba descalza, y las uñas de los pies estaban pintadas de un brillante color violeta, a juego con el vestido.

—¿Cuándo empezaste exactamente a tener esos intensos sueños?

—En primavera —respondió Merrick con cierto recelo—. Justo después de Navidad. No estoy segura. Hizo un invierno muy crudo aquí. Supongo que te lo diría Aaron. Tuvimos una helada tremenda. Murieron todos los hermosos plataneros, aunque renacieron cuando llegó el tiempo primaveral. ¿Los has visto fuera?

—No me he fijado, cariño. Perdóname —respondí.

Merrick prosiguió su relato como si yo no le hubiera contestado.

—Y fue entonces cuando se me apareció con toda claridad. En el sueño no existía el pasado ni el presente, sólo el tío Vervain y yo. Estábamos juntos en esta casa; él se hallaba sentado ante la mesa del comedor —dijo señalando la puerta abierta y los espacios más allá de la misma—, y yo estaba con él. El tío Vervain me dijo: «Niña, ¿no te he dicho que regresaras en busca de esos objetos?» Después me contó una larga historia sobre unos espíritus, unos espíritus horripilantes que le habían hecho que se cayera por una pendiente y se hiciera unos cortes en la cabeza. Me desperté en plena noche y anoté todo cuanto recordaba, pero algunos detalles del sueño se me escapaban, y así debía ser.

—Cuéntame qué más recuerdas ahora.

—El tío Vervain dijo que el bisabuelo de su madre conocía esa cueva —respondió Merrick—. Dijo que el anciano le había llevado allí, aunque a él le asustaba la selva. ¡Calcula la de años que debe hacer de eso! Dijo que nunca regresó a ese lugar. Se estableció en Nueva Orleans y se hizo rico con el vudú, tan rico como pueda hacerse una persona con el vudú. Dijo que a medida que te haces viejo renuncias a tus sueños, hasta que al final no te queda nada.

Creo que torcí el gesto al oírla pronunciar aquellas palabras que rezumaban verdad.

—Yo tenía siete años cuando el tío Vervain murió bajo este techo —dijo Merrick—. El bisabuelo de su madre era un brujo entre los mayas. Ya sabes, un curandero, una especie de sacerdote. Recuerdo que el tío Vervain utilizó precisamente esa palabra.

—¿Por qué quiere tu tío que regreses allí? —pregunté.

Merrick no había apartado los ojos del altar. Al volverme me percaté de que el retrato del tío Vervain figuraba entre los demás objetos. Era un retrato diminuto, sin enmarcar, colocado a los pies de la Virgen María.

—Para que rescate el tesoro —respondió Merrick con tono quedo, preocupado—. Para que lo traiga aquí. Dice que contiene algo que cambiará mi destino. Pero no sé a qué se refiere —agregó con uno de sus suspiros característicos—. Por lo visto piensa que voy a necesitar ese objeto, esa cosa. ¡Pero qué saben los espíritus!

—¿Qué es lo que saben, Merrick? —pregunté.

—No sé decirte, David —contestó—. Sólo puedo decirte que el tío Vervain no deja de presionarme. Quiere que vaya allí y rescate esos objetos.

—Pero tú no deseas hacerlo —dije—. Lo noto en tu forma de expresarte. Te sientes perseguida por su espíritu.

—Es un fantasma muy potente, David —replicó Merrick recorriendo con la vista las estatuas colocadas sobre el altar—. Son unos sueños muy potentes —añadió meneando la cabeza—. Están llenos de su presencia. ¡No sabes cuánto le echo de menos! —Sus ojos adquirieron una expresión distante—. Al hacerse viejo, sus piernas no le respondían, ¿sabes? El cura vino y le dijo que no era necesario que siguiera asistiendo a misa los domingos, porque le suponía un esfuerzo demasiado grande. Pero cada domingo, el tío Vervain se ponía su mejor terno, con su reloj de bolsillo, ya sabes, la cadenita de oro colgando fuera y el reloj dentro del bolsillo del chaleco, y se sentaba en el comedor que hay ahí para escuchar la retransmisión de la misa por la radio mientras rezaba sus oraciones en voz baja. Era todo un caballero. Y por la tarde venía el cura para administrarle la comunión.

»Por mucho que le dolieran las piernas, el tío Vervain se arrodillaba para tomar la comunión. Yo me quedaba junto a la puerta de entrada hasta que se hubieran marchado el cura y el monaguillo. El tío Vervain decía que nuestra Iglesia era mágica debido al cuerpo y sangre de Jesucristo y a la sagrada hostia. Me dijo que me habían bautizado con los nombres de Merrick Marie Louise Mayfair, que estaba consagrada a la Virgen María. Escribían mi nombre al estilo francés: M-e-r-r-i-q-u-e. Sé que me bautizaron. Estoy segura de ello.

Merrick se detuvo. Su voz y su rostro denotaban un sufrimiento que me resultaba insoportable. Si hubiéramos conseguido localizar su certificado de bautismo, pensé desesperado, habríamos podido evitar aquella obsesión.

—No, David —dijo alzando la voz para rectificarme—. Te aseguro que sueño con él. Lo veo sosteniendo ese reloj de oro. —Merrick adoptó de nuevo una actitud evocadora, pero no le procuró ningún consuelo—. El tío Vervain amaba ese reloj, ese reloj de oro. Yo quería que me lo regalara, pero se lo dejó a Sandra la Fría. Yo le rogaba que me dejara contemplarlo, que me dejara girar sus manecillas para ponerlo en hora, que me dejara abrirlo, pero él se negaba. «Este reloj no es para ti, Merrick —me decía—. Es para otra persona.» Y se lo dejó a Sandra la Fría, que se lo llevó consigo al marchar.

—Son fantasmas familiares. ¿No tenemos todos unos fantasmas familiares?

—Sí, David, pero se trata de mi familia, y mi familia nunca fue como las familias de los demás. El tío Vervain se me aparece en sueños y me habla de la cueva.

—No soporto verte sufrir, tesoro —dije—. Cuando estoy en Londres, sentado detrás de mi mesa de trabajo, me aíslo emocionalmente de los otros miembros que están repartidos por todo el mundo. Pero jamás de ti.

Merrick asintió con la cabeza.

—Yo tampoco quiero causarte nunca ningún sufrimiento, jefe —repuso—, pero te necesito.

—No estás dispuesta a cejar en tu intento, ¿no es así? —dije con la máxima ternura.

—Tenemos un problema, David —dijo tras un breve silencio fijando los ojos fijos en el altar, quizá para rehuir mi mirada.

—¿De qué se trata, tesoro? —pregunté.

—No sabemos con exactitud adónde ir.

—No me sorprende —respondí, tratando de recordar las imprecisas cartas de Matthew al tiempo que me esforzaba en no emplear un tono enojado o pomposo—. Las cartas de Matthew fueron echadas todas juntas al correo en México, según tengo entendido, cuando os disponías a regresar a casa.

Merrick asintió con la cabeza.

—Pero ¿y el mapa que te dio el tío Vervain? Ya sé que en él no figuraban los nombres de los sitios, ¿pero qué ocurrió cuando lo tocaste?

—No ocurrió nada cuando lo toqué —contestó Merrick, sonriendo con amargura.

Tras un largo silencio, señaló el altar.

Entonces reparé en un pequeño pergamino enrollado, sujeto con una cinta negra, que reposaba junto al pequeño retrato del tío Vervain.

—Matthew llegó allí gracias a la ayuda que recibió —dijo con voz extraña, casi sorda—. No dedujo la situación de la cueva a partir de ese mapa, ni por sus propios medios.

—¿Te refieres a la brujería? —inquirí.

—Te expresas como el Gran Inquisidor —contestó Merrick con mirada distante; su rostro y su voz no mostraban expresión alguna—. Le ayudó Sandra la Fría. Sandra la Fría sabía cosas que le había contado el tío

Vervain y que yo ignoraba. Sandra la Fría conocía bien aquel terreno. Y Honey Rayo de Sol también. Tenía seis años más que yo.

Merrick se detuvo. Era evidente que se sentía profundamente turbada.

No recuerdo haberla visto tan turbada desde que se había hecho mujer.

—Los parientes por parte materna del tío Vervain guardaban esos secretos —afirmó—. En mis sueños veo muchos rostros. —Meneó la cabeza, como si tratara de despejarse la mente, y continuó casi en un susurro—: El tío Vervain hablaba continuamente con Sandra la Fría. De haber muerto el tío más adelante, es posible que Sandra la Fría se hubiera corregido, pero el tío Vervain era muy viejo y le había llegado la hora.

—¿Y el tío Vervain no te explica en esos sueños dónde está ubicada la cueva?

—Intenta hacerlo —respondió Merrick con tristeza—. Veo imágenes, fragmentos. Veo al brujo maya, el sacerdote, trepando por las rocas junto a la cascada. Veo una piedra muy grande con unos rasgos faciales tallados en ella. Veo incienso y velas, plumas de aves exóticas, unas plumas de un colorido maravilloso, y ofrendas de comida.

—Entiendo —dije.

Merrick se meció un poco en la mecedora, moviendo los ojos lentamente de un lado a otro. Luego cogió el vaso y bebió otro trago de ron.

—Por supuesto, recuerdo detalles del viaje —dijo de forma pausada.

—Tenías diez años —dije con delicadeza—. El hecho de que tengas esos sueños no significa que debas regresar ahora.

Ella no me prestó atención. Bebió otro trago de ron, con los ojos clavados en el altar.

—Hay muchas ruinas, muchos valles en un terreno elevado —dijo—. Muchas cascadas, muchas selvas tropicales. Necesito otro dato. Dos datos, en realidad. La población a la que volamos desde México y el nombre de la aldea en la que acampamos. No recuerdo esos nombres, suponiendo que los supiera entonces. No prestaba atención. Me dedicaba a jugar en las selvas, sola. Ni siquiera sabía muy bien por qué estábamos allí.

—Escúchame, cariño... —dije.

—No te esfuerces. Tengo que volver allí —replicó secamente.

—Supongo que has repasado a fondo todos los libros que tienes sobre ese terreno selvático. ¿Has hecho una lista de las poblaciones y aldeas? —Me detuve, recordando que no quería que emprendiera aquella arriesgada expedición.

Merrick se me quedó mirando fijamente. Sus ojos mostraban una expresión inusitadamente dura y fría. El resplandor de las velas y la luz de las lámparas realzaban el maravilloso color verde de sus pupilas. Observé que llevaba las uñas de las manos pintadas del mismo tono violeta intenso que las de los pies. Me pareció de nuevo la encarnación de todo cuanto siempre he deseado.

—Claro que lo he hecho —respondió suavemente—. Pero tengo que hallar el nombre de esa aldea, el último poblado, y el nombre de la ciudad a la que nos trasladamos en avión. Si tuviera esos datos, podría partir sin mayores problemas —dijo con un suspiro—. Necesito saber sobre todo el nombre de la aldea donde está ese brujo, la cual existe desde hace siglos, inaccesible, esperando que vayamos. Si supiera su nombre, no habría problema para llegar allí.

—¿Pero cómo? —le pregunté.

—Honey lo sabe —repuso Merrick—. Honey Rayo

de Sol tenía dieciséis años cuando emprendimos ese viaje. Honey debe de recordarlo. Ella me lo dirá.

—¡No puedes invocar a Honey! —protesté—. Sabes que es demasiado peligroso, una temeridad, no puedes...

—Tú estás aquí, David.

—¡Dios santo! Si invocas ese espíritu no podré protegerte.

—Pero debes protegerme. Debes protegerme porque Honey seguirá siendo tan perversa como siempre lo fue. Cuando aparezca, tratará de destruirme.

—Entonces no lo hagas.

—Es preciso. Debo hacerlo, debo regresar a esa cueva. Le prometí a Matthew Kemp en su lecho de muerte que informaría al mundo de esos hallazgos. Él no sabía que me estaba hablando a mí. Creía que estaba hablando con Sandra la Fría, con Honey o quizá con su madre, no lo sé. Pero se lo prometí. Le prometí que revelaría al mundo los tesoros que encierra esa cueva.

—¡Al mundo le tiene sin cuidado el descubrimiento de otras ruinas olmecas! —contesté—. Muchas universidades realizan trabajos de investigación en las selvas tropicales y otras selvas. ¡Toda América Central está llena de ciudades antiguas! ¿Qué importa ese hallazgo?

—Se lo prometí al tío Vervain —insistió Merrick—. Le prometí que conseguiría esos tesoros, que los rescataría de esa cueva. «Cuando seas mayor», me dijo, y yo se lo prometí.

—Yo creo que se lo prometió Sandra la Fría —repliqué con aspereza—. Y quizá se lo prometió Honey Rayo de Sol. ¿Qué edad tenías cuando murió tu anciano tío? ¿Siete años?

—Debo hacerlo —respondió Merrick con tono solemne.

—Olvídate de ese proyecto —insistí—. Es muy arriesgado viajar a esas selvas centroamericanas. No estoy de acuerdo en que vayas. Soy el Superior de la Orden. No puedes desobedecerme.

—No pienso hacerlo —repuso Merrick, suavizando el tono—. Te necesito. Te necesito ahora.

Se inclinó hacia un lado, aplastó el cigarrillo y se sirvió un poco más de ron.

Bebió un largo trago y se volvió a acomodar en la mecedora.

—Tengo que invocar a Honey —musitó.

—¿Por qué no invocas a Sandra la Fría? —pregunté exasperado.

—No lo comprendes —respondió Merrick—. Lo he llevado encerrado en mi alma desde hace años, pero debo invocar a Honey. Ella está junto a mí. ¡Siempre está junto a mí! Lo presiento. He tratado de ahuyentarla con mis poderes. He utilizado mis sortilegios y mi fuerza para protegerme. Pero jamás se aleja de mí. —Bebió un largo trago de ron y prosiguió—: El tío Vervain amaba a Honey Rayo de Sol, David. Honey también aparece en esos sueños.

—¡Creo que todo esto es producto de tu macabra imaginación! —contesté.

Merrick soltó una sonora y alegre carcajada.

—Ay, David, eres capaz de decirme que no crees en los fantasmas ni en los vampiros. O que Talamasca no es sino una leyenda, o que la Orden no existe.

—¿Por qué tienes que invocar a Honey?

Merrick meneó la cabeza y se reclinó hacia atrás en la mecedora. Tenía los ojos llenos de lágrimas; las vi relucir a la luz de las velas.

Yo estaba desesperado.

Me levanté, me dirigí al comedor, localicé la botella de whisky Macallan de veinticinco años y los vasos de cristal emplomado en el aparador y me serví una generosa cantidad. Regresé junto a Merrick. Luego volví a por la botella, me senté de nuevo en la silla y deposité la botella en la mesita de noche a mi izquierda. Era un whisky excelente. No había bebido nada en el avión, porque quería tener la cabeza despejada durante mi entrevista con Merrick. El licor me relajó.

Merrick no dejaba de llorar.

—De acuerdo, quieres invocar a Honey porque por alguna razón piensas que conoce el nombre del pueblo o de la aldea.

—A Honey le gustaban esos lugares —respondió impávida, sin dejarse impresionar por mi tono apremiante—. Le gustaba el nombre de la aldea desde la que emprendimos la marcha hacia la cueva. —Se volvió hacia mí—. ¿No lo entiendes? Esos nombres son como gemas engastadas en su conciencia. ¡Ella está ahí con todos sus conocimientos! No tiene que recordar como un ser mortal. ¡Guarda esos conocimientos dentro de sí y yo tengo que obligarla a transmitírmelos!

—Lo comprendo, pero insisto en que es demasiado arriesgado. Además, ¿por qué no ha pasado el espíritu de Honey a otro ámbito?

—No puede hacerlo hasta que yo le diga lo que quiere saber.

Su respuesta me dejó perplejo. ¿Qué querría saber Honey?

Merrick se levantó de la mecedora, como un gato adormilado que de pronto salta para perseguir a una presa, y cerró la puerta que daba al pasillo. La oí girar la llave en la cerradura.

Yo me levanté también, pero no la seguí, pues no sabía qué se proponía. Merrick no estaba tan bebida como para que yo me pusiera en plan autoritario con ella. No me sorprendió verla abandonar su vaso a favor de la botella de ron, que se llevó con ella hasta el centro de la estancia.

Entonces me percaté de que no había alfombra. Avanzó descalza sin hacer ruido sobre el pulido suelo y, apretando la botella con la mano derecha contra su pecho, empezó a girar en un círculo, tarareando una melodía, con la cabeza inclinada hacia atrás.

Yo me situé junto a la pared.

Merrick siguió girando en círculos, haciendo que su falda de algodón color violeta se acampanara y derramando el ron de la botella. Sin hacer caso del licor derramado en el suelo, frenó durante unos instantes la velocidad a la que giraba para beber un trago y luego se puso a dar vueltas con tal rapidez que la falda le golpeaba las piernas.

De pronto se detuvo en seco delante del altar y escupió un buche de ron con los dientes apretados, soltando una fina rociada sobre los santos que aguardaban pacientemente.

De su boca brotó un agudo gemido, mientras seguía escupiendo ron con los dientes apretados.

Empezó de nuevo a bailar, golpeando el suelo con los pies y murmurando. No logré captar el idioma ni las palabras. El pelo le caía alborotado sobre la cara. Luego bebió otro trago, que volvió a escupir; las llamas de las velas oscilaban y danzaban al tiempo que atrapaban las gotas de licor y les prendían fuego.

De pronto Merrick lanzó sobre las velas una rociada de ron. Las llamas se alzaron peligrosamente ante los santos. Por suerte se apagaron.

Merrick echó la cabeza hacia atrás y gritó entre dientes en francés:

—¡Lo hice yo, Honey! ¡Fui yo!

La habitación parecía como si temblara cuando Merrick dobló un poco las rodillas y empezó a girar de nuevo, golpeando el suelo con los pies en una ruidosa danza.

—¡Os solté una maldición, Honey, a ti y a Sandra la Fría! —gritó—. ¡Lo hice yo, Honey!

De pronto se precipitó hacia el altar, sin soltar la botella, tomó el perforador de jade verde con la mano izquierda y se produjo un corte alargado en el brazo derecho.

Me quedé estupefacto. ¿Qué podía hacer para detenerla?, ¿qué podía hacer que no la enfureciera?

La sangre le corría por el brazo. Merrick inclinó la cabeza, se lamió la herida, bebió otro largo trago de ron y volvió a escupir la ofrenda de licor sobre los pacientes santos.

Vi la sangre deslizarse sobre su mano, sobre sus nudillos. La herida era superficial pero sangraba mucho.

Merrick alzó de nuevo el cuchillo.

—¡Lo hice yo! ¡Yo os maté a ti y a Sandra la Fría! ¡Os solté una maldición! —gritó.

Cuando vi que se disponía a hacerse otro corte, decidí impedírselo. Pero no podía moverme.

Juro por Dios que no podía moverme. Era como si estuviera clavado en el suelo. Traté con todas las fuerzas de superar mi parálisis, pero fue en vano. Lo único que pude hacer fue gritar:

—¡No, Merrick!

Merrick se produjo otro corte sobre el primero y la sangre empezó a brotar de nuevo a borbotones.

—¡Ven a mí, Honey, dame tu rabia, dame tu odio, te maté yo, Honey, hice unas muñecas de ti y de Sandra la Fría y las ahogué en el arroyo la noche antes de que os marcharais. Yo os maté, Honey, os ahogué en el agua del pantano, fui yo! —gritaba sin cesar.

—¡Por el amor de Dios! ¡Basta, Merrick! —exclamé.

De improviso, incapaz de contemplar impotente cómo se cortaba de nuevo, empecé a rezar desesperadamente a Oxalá:

—Dame el poder de detenerla, dame el poder de distraerla antes de que se lastime, dame ese poder, Oxalá, te lo ruego, soy tu leal David.

Cerré los ojos. El suelo temblaba bajo mis pies.

De pronto cesó el ruido que armaba gritando y pateando el suelo con los pies descalzos.

Sentí que se apoyaba en mí. Abrí los ojos y la abracé. Permanecimos de cara a la puerta, visiblemente abierta, y a la figura en sombras que se hallaba de espaldas a la luz del pasillo.

Era una bonita joven con el pelo largo y rubio, muy rizado, que se desparramaba sobre sus hombros; tenía el rostro oculto en la sombra y sus ojos amarillos refulgían a la luz de las velas.

—¡Lo hice yo! —murmuró Merrick—. Yo os maté.

Sentí su cuerpo dúctil abandonándose en mis brazos. La estreché con fuerza contra mí y recé de nuevo a Oxalá, en silencio:

—Protégenos de este espíritu si pretende hacernos daño. Oxalá, tú que creaste el mundo, tú que gobiernas desde las alturas, tú que habitas entre las nubes, protégenos. No mires mis defectos cuando te invoco y concédeme tu misericordia. Protégenos de este espíritu si pretende lastimarnos.

El cuerpo de Merrick, presa de unas violentas sacudidas, estaba empapado en sudor de pies a cabeza, como durante la posesión que había tenido lugar hacía muchos años.

—Yo coloqué las muñecas en el arroyo, las ahogué en el arroyo, yo lo hice. Las ahogué. Yo lo hice. Recé:

«¡Deja que mueran!» Sandra la Fría me dijo que iba a comprarse un coche nuevo. Dije: «¡Deja que el coche se caiga del puente, que ambas se ahoguen! ¡Cuando atraviesen el lago en coche, deja que mueran!» Sandra la Fría le tenía pavor al lago. «Deja que mueran», dije.

La figura que permanecía en la puerta parecía tan sólida como cualquier otro objeto de los que podía contemplar. El rostro en penumbra no mostraba expresión alguna, pero no apartaba sus ojos amarillos de nosotros.

De pronto emanó del espíritu una voz grave, llena de odio.

—¡Idiota, tú no nos mataste! —exclamó la voz—. ¿Crees que fuiste tú quien lo hizo, idiota? ¡No hiciste nada! ¡No sabrías arrojar una maldición ni para salvar tu alma, idiota!

Pensé que Merrick iba a desvanecerse pero logró sostenerse en pie, aunque yo estaba preparado para sujetarla en caso de que desfalleciera.

Merrick asintió con la cabeza.

—Perdóname por desearlo —musitó con una voz ronca que parecía efectivamente la suya—. Perdóname, Honey, por haberlo deseado. Quiero que me perdones.

—Pídele a Dios que te perdone —replicó la voz grave que emanaba del rostro en sombras—. No me lo pidas a mí.

Merrick asintió de nuevo. Sentí el tacto pegajoso de su sangre que se deslizaba sobre los dedos de mi mano derecha. Recé de nuevo a Oxalá, pero pronunciaba las palabras automáticamente.

Contemplé fascinado la figura que se hallaba en el umbral, que permanecía inmóvil, sin desvanecerse.

—Arrodíllate —ordenó la voz—. Escribe con sangre lo que voy a dictarte.

—¡No lo hagas! —murmuré.

Merrick se apartó de mí de un salto, postrándose de rodillas sobre el suelo húmedo y resbaladizo, cubierto de sangre y del ron que había derramado.

De nuevo traté de moverme, pero no pude. Era como si tuviera los pies clavados en el suelo.

Merrick estaba de espaldas a mí, imaginé que oprimiendo la mano izquierda sobre las heridas para hacer que sangraran más.

El ser que estaba en el umbral pronunció entonces dos nombres.

Lo oí con toda claridad: «La ciudad donde debéis aterrizar es Guatemala, y la población más cercana a la cueva es Santa Cruz del Flores.»

Merrick se sentó sobre los talones, temblando. Oí su respiración ronca y entrecortada mientras se oprimía las heridas para que la sangre cayera al suelo. Luego se puso a escribir con el índice de la mano derecha los nombres al tiempo que los repetía.

Seguí implorando a Oxalá que me diera fuerzas para luchar contra el espíritu, pero no puedo afirmar que fueran mis oraciones las que lograron que comenzara a desvanecerse.

Merrick lanzó un grito desgarrador:

—¡No me abandones, Honey! —exclamó—. No te vayas. Regresa, Honey, por favor, regresa —suplicó entre sollozos—. Te quiero, Honey Rayo de Sol. No me dejes aquí sola.

Pero el espíritu había desaparecido.

13

Los cortes que Merrick se había producido no eran profundos, aunque la hemorragia resultaba impresionante. Después de vendarle el brazo como pude, la llevé al hospital más cercano, donde le curaron las heridas.

No recuerdo qué tonterías le contamos al médico que la atendió, pero logramos convencerle de que aunque las heridas se las había causado la propia Merrick, estaba en su sano juicio. Luego insistí en que debía regresar a la casa matriz, y Merrick, que estaba aturdida, accedió. Me avergüenza confesar que regresé a por la botella de whisky, pero uno tiende a recordar el sabor de un escocés de malta de veinticinco años como Macallan.

Por lo demás, no estoy seguro de que yo mismo estuviera en mi sano juicio. Recuerdo que bebí en el coche, cosa que no hago jamás, y que Merrick se quedó dormida con la cabeza apoyada sobre mi hombro, aferrándome la muñeca con la mano derecha.

Imagínense mi estado de ánimo.

El espíritu visible de Honey Rayo de Sol había sido uno de los fantasmas más espeluznantes que jamás había contemplado. Yo estaba acostumbrado a las sombras, a las voces interiores e incluso a un acto de posesión; pero el ver la forma pretendidamente sólida de Honey Rayo de Sol en el umbral me había producido una impresión tremenda. La voz era de por sí aterradora, pero la figura, su aparente solidez y duración, la forma en que la luz se reflejaba sobre ella, aquellos ojos reflectantes, me había resultado insoportable.

Por no hablar de mi parálisis durante la experiencia. ¿Cómo lo había conseguido Merrick? En resumidas cuentas, el episodio me había aterrorizado pero a la vez admirado.

Como es lógico, Merrick se negó a revelarme cómo había realizado el conjuro. En cuanto yo nombraba a Honey, se echaba a llorar. Como hombre, su reacción me pareció irritante e injusta. Pero no podía hacer nada al respecto. Merrick se enjugaba las lágrimas y volvía de nuevo sobre el tema de nuestra expedición a la selva.

En cuanto a mi opinión sobre el rito que había utilizado para invocar a Honey, me pareció muy simple; su componente principal había sido el poder personal de Merrick, con el que había logrado la súbita y tremebunda conexión con un espíritu que al parecer no había hallado aún la paz.

El caso es que aquella noche y al día siguiente, Merrick sólo habló del viaje a la selva. Era como una monomanía. Se había comprado el atuendo caqui de rigor. ¡Incluso había encargado el mío! Teníamos que partir de inmediato para América Central. Teníamos que disponer de las mejores cámaras y equipo fotográfico y recabar todo el apoyo que pudiera brindarnos Talamasca.

Quería regresar a la cueva porque quedaban en ella otros objetos y porque deseaba conocer la tierra que había sido tan importante para su viejo tío Vervain. El espíritu de su tío no se le aparecería en sueños de no haber allí un valioso tesoro que él quería que fuera a parar a ella. El tío Vervain no iba a dejarla tranquila.

Durante los dos días siguientes, mientras yo ingería

unas cantidades increíbles del delicioso y fuerte whisky Macallan, del que Merrick me había provisto con varias botellas, traté de controlarla, de impedir que siguiera adelante con el proyecto del viaje. Pero era inútil. Yo me emborrachaba una y otra vez, y Merrick no cejaba en su empeño. Si yo no le concedía el permiso y el apoyo de Talamasca, partiría sola.

Aunque traté por todos los medios de disuadirla, lo cierto era que esas experiencias hacían que volviera a sentirme joven. Experimentaba la curiosa excitación de alguien que ha visto por primera vez un fantasma. Por otra parte, no quería morirme sin volver a contemplar una selva tropical. Incluso las discusiones con Merrick ejercían sobre mí un efecto tremendamente estimulante. El hecho de que aquella mujer joven, bonita y perseverante quisiera que yo la acompañara, se me subió a la cabeza.

—Iremos —afirmó Merrick mientras examinaba un mapa en la biblioteca de Talamasca—. Ya he averiguado la ruta. Honey me proporcionó las claves. Recuerdo haber visto unos carteles indicadores, y sé que buena parte de esa selva no ha sido explorada. He leído todos los libros que se han publicado recientemente sobre ese territorio.

—Pero no has dado todavía con Santa Cruz del Flores —objeté.

—No importa. Está allí. Es una población demasiado pequeña para figurar en los mapas que hemos comprado aquí. Cuando lleguemos al norte de Guatemala nos indicarán dónde se encuentra. Déjalo de mi cuenta. No tienen dinero suficiente para investigar todas las ruinas que existen, y en esa zona de la selva hay multitud de ruinas, posiblemente el recinto de un templo o incluso una ciudad. Tú mismo me lo has dicho.

»Recuerdo haber visto un templo espectacular. ¿No te gustaría contemplarlo con tus propios ojos? —Se mostraba obstinada e ingenua como una niña—. David, te lo ruego, asume la autoridad que te corresponde como Superior de la Orden, o lo que sea, y organízalo todo para que partamos enseguida.

—¿Por qué crees que Honey Rayo de Sol respondió tan fácilmente a tus preguntas? —inquirí—. ¿No te parece sospechoso?

—Es muy sencillo, David —contestó Merrick—. Honey quería revelarme algo valioso, porque quiere que la invoque de nuevo.

La respuesta era tan obvia que me quedé un tanto desconcertado.

—No cabe ninguna duda de que estás fortaleciendo a ese espíritu, Merrick. Le estás facilitando el tránsito hacia la Luz.

—Por supuesto que deseo facilitárselo, pero Honey no me abandonará. Ya te lo dije esa noche, te dije que hace años que intuyo su presencia junto a mí. Me he pasado años fingiendo que Honey no existía, que la selva no existía, que no tenía que evocar esos recuerdos tan dolorosos, que podía volcarme en mis estudios. Tú lo sabes.

»Pero he terminado mis estudios universitarios y debo regresar. Por el amor de Dios, deja de nombrar a Honey. ¿Crees que me gusta recordar lo que hice?

Luego siguió examinando los mapas, pidió que trajeran otra botella de Macallan para mí. Me dijo que teníamos que adquirir el equipo necesario para montar un campamento, y me reprochó que aún no hubiera empezado los preparativos del viaje. Por último le dije que era la estación lluviosa en aquellas selvas y que deberíamos esperar a Navidad, cuando las lluvias hubieran cesado.

Pero ella estaba preparada para rebatir esa objeción: las lluvias ya habían cesado, según dijo, porque había seguido a diario el parte meteorológico. Podíamos marcharnos de inmediato.

No había nada que hacer salvo organizar los preparativos del viaje. De haberme opuesto al proyecto, en tanto que Superior de la Orden, Merrick habría partido sola para América Central. Como miembro de pleno derecho de la Orden, había percibido durante varios años una cuantiosa asignación y había ahorrado hasta el último centavo. Nada le impedía partir sola, según me informó sin rodeos.

—Escucha —dijo—, si tengo que desobedecerte lo haré, aunque se me parta el corazón.

Así pues, pedimos a cuatro ayudantes de campo de Talamasca que nos acompañaran, para encargarse del equipo y para portar unos rifles por si nos topábamos con bandidos en los lugares que íbamos a visitar.

Ahora permítanme explicar brevemente algunos detalles sobre estos ayudantes de campo a cualquiera que lea esta historia y sienta curiosidad al respecto. Talamasca tiene muchos ayudantes de campo repartidos por el mundo. No son miembros de pleno derecho de la Orden, no tienen acceso a los archivos y menos aún a las cámaras acorazadas de Talamasca, sobre las que ni siquiera conocen su existencia. No pronuncian unos votos de obediencia y lealtad como hacen los auténtico miembros de la Orden. No es preciso que posean unas dotes psíquicas. No se comprometen a ser fieles a la Orden durante un número determinado de años.

De hecho, son empleados de Talamasca bajo sus diversos nombres corporativos, y su principal cometido es acompañar a miembros de la organización a expediciones arqueológicas o exploradoras, prestarnos asistencia en ciudades extranjeras y, en términos generales, hacer lo que les pidamos que hagan. Son expertos en obtener pasaportes, visados y el permiso a portar armas de fuego en otros países. Muchos han estudiado derecho y han servido en las fuerzas armadas de distintos países. Son gente de toda confianza.

Nosotros teníamos que hallar la cueva y su tesoro, y los ayudantes de campo se encargarían de que pudiéramos sacar los objetos de forma legal y segura del país, tras haber obtenido los permisos necesarios y haber pagado las debidas tasas. Ahora bien, sinceramente no sé si esos trámites implicaban algún aspecto ilegal. En todo caso, les incumbía única y exclusivamente a los ayudantes de campo.

Estas personas saben vagamente que Talamasca es una Orden perfectamente organizada de investigadores psíquicos, pero en términos generales les gusta su trabajo, perciben unos sueldos fabulosos y jamás tratan de descubrir los secretos de la Orden. Muchos son unos expertos mercenarios. La labor que realizan para nosotros casi nunca implica actos de violencia, y están encantados de percibir un buen dinero de una organización relativamente benigna.

Por fin llegó el día de nuestra partida. Aaron había perdido la paciencia con Merrick y conmigo y, como nunca había viajado a la selva, estaba muy preocupado, pero accedió de buena gana a acompañarnos a tomar el avión.

Volamos al sur, a Guatemala capital, donde nos indicaron la ubicación exacta de la aldea maya de Santa Cruz del Flores, en el nordeste. Merrick estaba eufórica.

Una avioneta nos llevó a una preciosa ciudad norteña situada cerca de nuestro destino, y desde allí partimos con nuestros ayudantes de campo en dos jeeps perfectamente equipados.

Yo gozaba con el calor, el suave sonido de la lluvia, el acento español y las voces de los amerindios nativos. El espectáculo de tantos amerindios vestidos con sus hermosas ropas de color blanco y sus dulces semblantes me hacían sentir maravillosamente saturado de las riquezas culturales de una tierra extranjera que conservaba toda su belleza natural.

Lo cierto es que se trata de una zona muy conflictiva, pero nosotros conseguimos mantenernos al margen de sus problemas. En cualquier caso, sólo me fijaba en los detalles gratos.

Sea como fuere, me sentía extraordinariamente dichoso, me sentía joven de nuevo. Ver a Merrick con su chaqueta de safari y su pantalón corto color caqui me resultaba tan estimulante como su aire de autoridad, que lograba calmarme los nervios.

Merrick conducía nuestro jeep como una loca, pero no me importaba, mientras nos siguiera el segundo vehículo de nuestra pequeña caravana. Opté por no pensar en los litros de gasolina que transportábamos ni en la posibilidad de que estallara si teníamos la desgracia de chocar contra un árbol de chicle. Confiaba en que una mujer capaz de invocar a un fantasma fuera también capaz de conducir un jeep por una carretera peligrosa.

La selva ofrecía un espectáculo maravilloso. Los bananos y cidros proliferaban a ambos lados de la escarpada pendiente por la que subíamos, casi hasta el punto de impedirnos divisar la cima; en algunos puntos crecían unos gigantescos árboles de caoba, algunos de los cuales alcanzaban cincuenta metros de altura, y a través de las elevadas copas de los árboles oíamos el aterrador pero inconfundible estrépito de los monos aulladores e infinidad de especies de aves exóticas.

Nuestro pequeño mundo estaba saturado de verdor, pero en numerosas ocasiones nos hallamos sobre un promontorio desde el que pudimos contemplar la frondosa bóveda de la selva que se extendía sobre las laderas volcánicas.

Muy pronto caímos en la cuenta de que habíamos penetrado en una selva tropical y experimentamos de nuevo esa maravillosa sensación cuando las nubes nos envolvían y la dulce humedad penetraba por las ventanas sin cristales del jeep y se posaba sobre nuestra piel.

Merrick se dio cuenta de que yo me sentía muy a gusto allí.

—Te prometo que la última etapa no será dura —me aseguró.

Por fin llegamos a Santa Cruz del Flores, una aldea situada en la selva, tan pequeña y remota que los últimos conflictos políticos que habían estallado en el país no la habían afectado en lo más mínimo.

Merrick declaró que todo seguía tal como ella recordaba: el reducido grupo de viviendas pintadas de brillantes colores con el techado de paja y la pequeña y antigua iglesia española de piedra, de una belleza extraordinaria. Había cerdos, pollos y pavos por doquier. Divisé unos trigales desde la selva, pero pocos. La plaza de la aldea era de tierra batida.

Cuando aparecieron nuestros dos jeeps, los amables habitantes de la localidad nos saludaron cordialmente, confirmando mi opinión de que los indios mayas son de las gentes más encantadoras del mundo. En su mayoría eran mujeres, vestidas con unas bonitas prendas blancas recamadas con exquisitos bordados. Los rostros que vi a mi alrededor me recordaron de inmediato los que se conservan en pinturas mayas y posiblemente olmecas de América Central.

Según me explicaron, la mayoría de los aldeanos había ido a trabajar en las distantes plantaciones de caña de azúcar o en el rancho más cercano de árboles de chicle. Pensé que quizá se tratara de trabajos forzados, pero decidí que era mejor no preguntar. En cuanto a las mujeres, con frecuencia tenían que recorrer muchos kilómetros a pie para ofrecer sus cestos hábilmente confeccionados y sus tejidos bordados en un amplio mercado nativo. Parecían satisfechas de la oportunidad de exponer sus mercancías en casa.

No existía ningún hotel, ni estafeta de correos, ni teléfono, ni oficina de telégrafos, pero había varias ancianas dispuestas a alquilarnos unas habitaciones en sus casas. Nuestros dólares eran bien acogidos en toda la aldea. Adquirimos un gran número de bonitos objetos de artesanía que confeccionaban en la aldea. Había comida en abundancia.

Yo estaba impaciente por visitar la iglesia, y uno de los nativos me informó en español de que no debía entrar por la puerta principal sin pedir antes permiso a la deidad que gobernaba aquella entrada. Por supuesto, podía entrar por la puerta lateral si lo deseaba.

No deseando ofender a nadie, entré por una puerta lateral y me encontré en un sencillo edificio con los muros encalados entre antiguas estatuas españolas de madera, iluminado por el resplandor de las tradicionales velas. Un lugar muy confortable.

Creo que recé como solía hacerlo mucho tiempo atrás en Brasil. Recé a todas esas deidades benévolas e invisibles, pidiéndoles que nos acompañaran y protegieran de todo mal.

Unos instantes después, Merrick se reunió conmigo.

Tras santiguarse, se arrodilló para recibir la comunión y rezó durante unos minutos. Luego salimos fuera, donde nos entretuvimos un rato.

Allí divisé a un anciano un tanto arrugado, bajo de estatura, con el pelo negro y largo hasta los hombros. Vestía una sencilla camisa y pantalón de confección industrial. Enseguida imaginé que se trataba del chamán local. Le saludé con una respetuosa inclinación de la cabeza. Aunque él me observó sin el menor atisbo de animadversión, al cabo de unos momentos me alejé.

Hacía calor pero me sentía extraordinariamente feliz. La aldea estaba rodeada de cocoteros e incluso algunos pinos debido a la elevación del terreno, y por primera vez en mi vida, mientras paseaba por las selvas circundantes, vi gran cantidad de primorosas mariposas en la penumbra creada por el denso follaje.

En algunos momentos me sentí tan dichoso que estuve a punto de romper a llorar. En el fondo estaba agradecido a Merrick por haberme obligado a acompañarla en aquel viaje, y me dije que al margen de lo que ocurriera a partir de entonces, la experiencia había valido la pena.

A la hora de elegir alojamiento, optamos por un compromiso.

Merrick envió a los cuatro ayudantes de campo a alojarse en unas viviendas en la aldea, después de que hubieran levantado y equipado una tienda de campaña para nosotros detrás de la casa más alejada de la aldea. Todo ello me pareció perfectamente razonable, hasta que caí en la cuenta de que éramos un hombre y una mujer solteros residiendo en la misma tienda de campaña, lo cual no era correcto.

Pero no le di importancia. Merrick se sentía poderosamente estimulada por nuestra aventura, al igual que yo, y deseaba estar a solas con ella. Los ayudantes de Talamasca equiparon nuestra tienda de campaña con catres, linternas, mesitas y sillas de campaña; se aseguraron de que Merrick disponía de un amplio surtido de pilas para su ordenador portátil. Al anochecer, después de una excelente cena a base de tortas de maíz, judías y una carne de pavo riquísima, nos quedamos solos, gozando de nuestra maravillosa intimidad, para hablar sobre lo que íbamos a hacer al día siguiente.

—No pienso llevarme a los otros con nosotros —declaró Merrick—. No corremos ningún riesgo de encontrarnos con bandidos, y ya te he dicho que no está lejos. Recuerdo que pasamos frente a un pequeño poblado, muy pequeño comparado con éste. La gente nos dejará tranquilos.

Jamás la había visto tan eufórica.

—Por supuesto, podemos recorrer una parte del trayecto en jeep antes de iniciar la caminata. En cuanto partamos, verás muchas ruinas mayas. Pasaremos a través de ellas y cuando lleguemos al final de la carretera, seguiremos a pie.

Merrick se instaló cómodamente en su catre, apoyada sobre un codo, y bebió su ron oscuro Flor de Caña, que había adquirido en la ciudad antes de abandonarla.

—¡Caramba, qué rico está! —exclamó, lo cual me hizo temer que pillara una de sus habituales borracheras en plena selva.

—No temas, David —se apresuró a añadir—. Creo que te sentaría bien beber una copa.

Aunque recelaba de sus motivos, sucumbí a la tentación. Confieso que me sentía en el paraíso.

Lo que recuerdo de esa noche todavía me produce ciertos remordimientos. Bebí demasiado de aquel delicioso y aromático ron. En un momento dado, recuerdo que me tumbé de espaldas en mi cama y al alzar la vista contemplé la cara de Merrick, que se había sentado junto a mí. Entonces Merrick se inclinó para besarme y yo la estreché contra mí, respondiendo más fácilmente de lo que había supuesto. Pero ella no se mostró enfadada.

Ahora bien, yo era una persona para quien la sexualidad había perdido gran parte de su atractivo. En las ocasiones en que me había sentido excitado sexualmente, durante los últimos veinte años de mi existencia mortal, casi siempre había sido por un hombre joven.

Pero la atracción por Merrick en cierto modo no tenía que ver con el hecho de que fuera mujer. Comprobé que me sentía insólitamente excitado y deseoso de llevar a cabo lo que había empezado de forma circunstancial. Cuando me aparté para dejar que se tendiera debajo de mí, que era donde deseaba que estuviera, conseguí adquirir cierto control sobre mis impulsos y me levanté de la cama.

—David —musitó ella. Oí el eco de mi nombre: David, David. No podía moverme.

Vi su figura en la penumbra, esperándome. Y de pronto me di cuenta de que las linternas se habían apagado. De la casa más cercana llegaba un poco de luz, que apenas traspasaba la tela de la tienda de campaña, pero me bastó para ver que Merrick se había quitado la ropa.

—Maldita sea, no puedo hacerlo —dije. Pero la verdad era que temía no poder terminar lo que había empezado. Temía ser demasiado viejo.

Merrick se levantó con la misma sorprendente rapidez que cuando invocó a Honey durante su pequeña sesión de espiritismo. Me abrazó, oprimiendo su cuerpo desnudo contra el mío, y empezó a besarme apasionadamente al tiempo que me acariciaba el miembro con toques expertos.

Creo que vacilé unos instantes, pero no lo recuerdo bien. Lo que sí recuerdo con nitidez es que nos acostamos y que, aunque me fallé a mí mismo desde el punto de vista moral, a ella no la fallé. Mi fallo no nos afectó a nosotros en tanto que hombre y mujer, y más tarde me invadió una sensación de modorra y felicidad que no admitía ningún sentimiento de vergüenza.

Cuando me quedé dormido abrazado a ella, tuve la impresión de que ese momento se había ido fraguando a lo largo de los años desde que la había conocido. Ahora era suyo, le pertenecía por completo. Estaba saturado del olor de su perfume y el ron que había bebido, de su piel y su cabello. No quería sino estar con ella y dormir a su lado, y que el calor de su cuerpo penetrara en mis sueños inevitables.

Cuando me desperté a la mañana siguiente, al alba, me sentí tan afectado por todo lo ocurrido que no sabía qué hacer. Merrick dormía profundamente, en un maravilloso estado de abandono, y yo, avergonzado por haber traicionado mi juramento como Superior de la Orden, aparté la vista de su cuerpo, me bañé, me vestí, tomé mi diario y me dirigí a la pequeña iglesia española para poder anotar en él mis pecados.

De nuevo vi al chamán, que estaba junto a la iglesia, observándome como si estuviera al corriente de cuanto había ocurrido. Su presencia me hizo sentir muy incómodo. Ya no me parecía tan inocente ni un personaje pintoresco. Como es lógico, me despreciaba a mí mismo profundamente, pero debo reconocer que me sentía pletórico de vigor, como suele suceder después de esos encuentros carnales y, naturalmente, sí, naturalmente, me sentía muy joven.

Permanecí cerca de una hora en la apacible y fresca atmósfera de la pequeña iglesia, con su techado de doble vertiente y sus tolerantes santos, escribiendo en mi diario.

De pronto apareció Merrick. Después de rezar sus oraciones se sentó junto a mí, como si no hubiera ocurrido nada de particular, y me susurró excitada al oído que debíamos marcharnos.

—He traicionado la confianza que habías depositado en mí, jovencita —murmuré yo.

—No seas tonto —replicó Merrick—. Hiciste exactamente lo que deseabas hacer. ¿Crees que quiero que te sientas humillado? ¡Pues claro que no!

—Le das a todo una interpretación errónea —protesté.

Merrick apoyó las manos en mi nuca, me sostuvo la cabeza con tanta firmeza como pudo, y me besó.

—Vámonos —dijo, como si se dirigiera a un niño—. No perdamos más tiempo. Vámonos ya.

14

Hicimos un trayecto de una hora en jeep, antes de que la carretera llegara a su fin. Luego, portando nuestros machetes, seguimos a pie por el sendero.

Apenas conversamos, pues dedicamos toda nuestra energía a subir por la larga y empinada cuesta. Pero de nuevo me embargó aquel sentimiento de dicha, y el contemplar el cuerpo esbelto y fuerte de Merrick avanzando delante de mí me producía una constante sensación de gozo mezclado con remordimientos.

La selva se había hecho impenetrable, a pesar de la altura, y volvieron a aparecer unas nubes con su maravillosa fragancia y humedad.

Me mantuve alerta por si distinguía ruinas, y efectivamente vimos muchas a ambos lados de nosotros, pero no sabría decir si se trataba de templos, pirámides u otras construcciones. Merrick no les concedió importancia e insistió en que prosiguiéramos nuestro camino sin detenernos.

El calor me empapaba las ropas. El brazo derecho me dolía debido al peso del machete. Los insectos no dejaban de molestarnos, pero en aquellos momentos no deseaba hallarme en ningún otro lugar del mundo.

De pronto Merrick se detuvo y me indicó que me acercara.

Habíamos llegado a un claro, o mejor dicho, a los restos de un claro. Vi unas chozas de argamasa derruidas que antiguamente habían sido viviendas, y un par de cobertizos que todavía conservaban sus techados de paja.

—El pequeño poblado ha desaparecido —dijo Merrick mientras contemplaba el desastre.

Recordé que Matthew Kemp se había referido al Poblado Uno y al Poblado Dos en su mapa y en sus cartas escritas hacía diez años.

Merrick permaneció un buen rato contemplando los restos del lugar.

—¿Sientes algo? —me preguntó con tono confidencial.

Yo no había sentido nada hasta que ella me lo preguntó, pero tan pronto como me hizo la pregunta noté algo espiritualmente turbulento en el ambiente. Decidí aplicar todos mis sentidos en descifrarlo. Era muy poderoso. No puedo decir que sintiera unas figuras o una actitud. Sentí una violenta agitación. Durante unos instantes experimenté una sensación de amenaza, y luego nada en absoluto.

—¿Qué crees que es? —pregunté a Merrick.

Su silencio me inquietó.

—No son los espíritus de esta aldea —respondió—. Pero sea lo que sea lo que sentimos en estos momentos, es justamente lo que hizo que los aldeanos se mudaran a otro lugar.

Tras estas palabras, Merrick reemprendió el camino y no tuve más remedio que seguirla. Estaba casi tan obsesionado como ella. Dimos un rodeo al montón de ruinas del poblado para tomar de nuevo el sendero, pero al poco rato la selva se hizo más densa y tuvimos que utilizar los machetes para abrirnos camino. En ocasiones sentí un dolor espantoso en el pecho.

De pronto, como si hubiera aparecido por arte de magia, vi una gigantesca mole, una pirámide de piedras de un color claro que se alzaba ante nosotros, con las plataformas cubiertas de maleza y parras.

Alguien había retirado hacía un tiempo los rastrojos que se extendían sobre ella, dejando a la vista gran parte de sus extrañas inscripciones, además de sus empinados escalones. No, no era una construcción maya, al menos por lo que pude ver.

—Déjame saborear esto —dije a Merrick.

Ella no respondió. Parecía estar escuchando un sonido importante. Yo agucé también el oído y presentí de nuevo que no estábamos solos. Algo se movía en la atmósfera, algo nos empujaba, algo trataba decididamente de desplazarse contra la ley de la gravedad e influir en mi cuerpo mientras yo permanecía allí de pie, machete en mano.

Merrick giró entonces hacia la izquierda y empezó a abrirse camino con el machete a lo largo del costado de la pirámide, avanzando en la misma dirección que habíamos tomado antes.

El sendero había desaparecido. No había nada excepto la selva. No tardé en observar que a nuestra izquierda se alzaba otra pirámide mucho más alta que la que quedaba a nuestra derecha. Nos hallábamos en un pequeño callejón ante dos monumentos inmensos, y tuvimos que pasar como pudimos a través de un montón de cascotes, pues alguien había excavado hacía un tiempo las ruinas.

—Ladrones —dijo Merrick, como si me hubiera adivinado el pensamiento—. Han expoliado las pirámides muchas veces.

Esto no era novedoso por lo que respecta a las ruinas mayas. ¿Por qué no iba a ocurrirles también a estas extrañas construcciones?

—Pero han dejado atrás un tesoro —dije—. Quiero subir a la cima de una de estas pirámides. Intentémoslo con la más pequeña. Quiero comprobar si puedo alcanzar la plataforma superior.

Merrick sabía también como yo que antiguamente la cima debía de estar rematada por un templo con el techado de paja.

En cuanto a la antigüedad de esos monumentos, yo no tenía ni idea. Era posible que hubieran sido construidos antes de Jesucristo o mil años después. En cualquier caso, me parecían maravillosos y estimulaban mi afán juvenil de aventuras. Ardía en deseos de sacar mi cámara para tomar unas fotografías.

Entre tanto continuaba la agitación espiritual. Era tremendamente intrigante. Parecía como si los espíritus agitaran el aire. La sensación de amenaza era muy poderosa.

—Hay que ver lo que se esfuerzan por detenernos, Merrick —murmuré. Un coro de exclamaciones surgió de la selva como en respuesta a mi comentario. Algo se movió entre los arbustos.

Pero Merrick, después de detenerse unos momentos, siguió avanzando.

—Tengo que encontrar esa cueva —dijo con tono seco y categórico—. No lograron detenernos la primera vez, y ahora no conseguirán detenernos a ti y a mí.

Y continuó avanzando a través de la impenetrable selva que la rodeaba.

—Sí —exclamé—. No es un alma, sino muchas. No quieren que nos acerquemos a estas pirámides.

—No son las pirámides —insistió Merrick abriéndose paso con su machete a través de las enredaderas y la maleza—. Es la cueva, saben que nos dirigimos a la cueva.

Me afané en seguir su ritmo y en ayudarla, pero ella era quien se encargaba de desbrozar el camino.

Cuando hubimos recorrido unos metros, la selva se hizo de pronto impracticable y la luz cambió súbitamente. Me di cuenta entonces de que habíamos llegado a la puerta ennegrecida de un edificio inmenso, cuyos muros inclinados se alzaban a nuestra derecha e izquierda. Se trataba sin duda de un templo. Contemplé las impresionantes figuras esculpidas a ambos lados de la entrada y en la parte superior del muro, que ascendía hasta formar una gigantesca plataforma de piedra decorada con unas complicadas figuras e inscripciones esculpidas y apenas visibles bajo los escasos y elevados rayos de sol que trataban de filtrarse desesperadamente entre las ramas.

—¡Espera, Merrick! —exclamé—. Deja que haga unas fotografías. —Traté de sacar mi pequeña cámara fotográfica, pero tenía que quitarme la mochila y los brazos me dolían debido al cansancio.

La turbulencia de la atmósfera se intensificó. Sentí como unos golpecitos aplicados con unos dedos sobre mis párpados y mejillas. Era muy distinto al acoso incesante de los insectos. Noté que algo me tocaba el dorso de las manos, y a punto estuve de soltar el machete, pero enseguida conseguí recuperarme.

En cuanto a Merrick, contemplaba la oscuridad del vestíbulo que había frente a ella.

—Dios mío —murmuró—. Son más poderosos que antes. No quieren que entremos.

—¿Y por qué íbamos a entrar aquí? —me apresuré a preguntar—. Lo que buscamos es una cueva.

—Saben que esto es justamente lo que estamos haciendo —contestó Merrick—. La cueva está al otro lado del templo. El camino más corto es a través de él.

—¡Por todos los santos! —exclamé—. ¿La otra vez tomasteis por este camino?

—Sí —respondió—. Los aldeanos se negaron a acompañarnos. Algunos no llegaron hasta aquí. Nosotros continuamos adelante a través de este templo.

—¿Y si el techo se derrumba sobre nosotros? —pregunté.

—Yo voy a pasar atravesándolo —declaró Merrick—. Es de piedra caliza, muy resistente. Nada ha cambiado y nada cambiará.

Se quitó la pequeña linterna que llevaba sujeta al cinturón y orientó su haz hacia la entrada. Vi el suelo de piedra a pesar de algunas plantas descoloridas que habían conseguido cubrirlo. Distinguí unas pinturas espectaculares sobre los muros.

La linterna de Merrick iluminó unas exquisitas figuras de gran tamaño, con la piel oscura y unos ropajes dorados, avanzando en procesión sobre un fondo de un azul intenso. En lo alto de los muros rematados por un techo abovedado, vi otra procesión sobre un fondo oscuro de color rojo romano.

Toda la habitación debía de medir unos quince metros de longitud y el débil resplandor de la linterna iluminó unas pocas plantas que crecían en el otro extremo de la misma.

Sentí de nuevo la presencia de los espíritus revoloteando a mi alrededor, silenciosos pero intensamente activos, tratando de golpearme en los párpados y las mejillas.

Merrick retrocedió espantada.

—¡Alejaos de mí! —exclamó—. ¡No tenéis ningún poder sobre mí!

La respuesta fue inmediata. Parecía como si la selva que nos rodeaba hubiera comenzado a temblar y una brisa errante se hubiera precipitado sobre nosotros. Una lluvia de hojas cayó a nuestros pies. Oí de nuevo el tremendo estrépito de los monos aulladores en las copas de los árboles, que parecían hacerse eco de los espíritus.

—Vamos, David —dijo Merrick, pero algo invisible debió de detenerla cuando se puso en marcha, porque se paró en seco. Al retroceder perdió el equilibrio y alzó la mano como para protegerse. Otra lluvia de hojas cayó sobre nosotros.

—¡No lo conseguiréis! —exclamó en voz alta al tiempo que penetraba en la cámara de techo abovedado. El resplandor de su linterna se hizo más intenso y amplio, de tal forma que nos encontramos rodeados por unos de los murales más espectaculares que jamás he contemplado.

Había por doquier unas espléndidas figuras en procesión, altas y delgadas, ataviadas con vistosas túnicas, pendientes y suntuosos tocados. No pude identificar el estilo como maya ni egipcio. Era distinto a todo cuanto yo había estudiado o visto. Las viejas fotografías de Matthew no habían logrado captar una décima parte de la brillantez y el detalle. El suelo estaba orlado con una exquisita franja blanca y negra que lo rodeaba por completo.

Seguimos avanzando. Nuestras pisadas reverberaban entre los muros de la estancia pero el aire se había vuelto insoportablemente caluroso. El polvo se filtraba por mis fosas nasales. Sentí el roce de aquellos dedos por todo mi cuerpo. Incluso noté el tacto de unas manos sobre la parte superior de mi brazo, y un leve soplo de aire en la cara.

Apoyé una mano en el hombro de Merrick para que se apresurara y estuviéramos juntos.

Cuando nos hallábamos en medio del pasaje, Merrick se detuvo de pronto y retrocedió, como si algo la hubiera asustado.

—¡Alejaos de mí, no lograréis detenerme! —exclamó.

Acto seguido soltó una retahíla de palabras en francés, invocando a Honey Rayo de Sol para que nos mostrara el camino.

Continuamos adelante con paso rápido. Yo no estaba muy convencido de que Honey accediera a ayudarnos; más bien pensé que haría que el techo se desplomara sobre nuestras cabezas.

Cuando por fin salimos de nuevo a la selva, tosí para aclararme la garganta. Me volví para mirar el templo. Era menos visible desde este lado que desde la parte delantera. Sentí la presencia de los espíritus a nuestro alrededor. Sentí sus amenazas aunque no las expresaran de palabra. Sentí que unos seres débiles me empujaban y zarandeaban, empeñados en impedir que siguiera adelante.

Saqué el pañuelo por enésima vez para limpiarme el rostro y ahuyentar a los insectos.

Merrick siguió avanzando.

El sendero describía una empinada cuesta. Distinguí el resplandor de la cascada antes de oír su música. Llegamos a un lugar donde el sendero se estrechaba y las aguas fluían tumultuosas. Merrick pasó a la orilla derecha y yo la seguí, abriéndonos paso con los machetes.

No tuve dificultad en trepar junto a la cascada, pero la actividad de los espíritus arreciaba. Merrick volvió a soltar una palabrota entre dientes. Yo invoqué a Oxalá para que nos mostrara el camino.

—Honey, haz que llegue a la cueva —dijo Merrick.

De repente percibí, justo debajo de un saliente que formaba la cascada, una cara monstruosa, con la boca abierta, esculpida en la roca volcánica que rodeaba una abertura que evidentemente se trataba de una cueva. Era exactamente como la había descrito el desdichado de Matthew. La humedad había destrozado su cámara fotográfica antes de que pudiera retratarla, y su tamaño me impresionó.

Imagínense mi satisfacción al alcanzar aquel lugar mítico. Había oído hablar de él durante años, estaba estrechamente ligado en mi mente con Merrick, y por fin habíamos llegado allí. Aunque los espíritus seguían atacándome, la suave rociada de la cascada me refrescó las manos y el rostro.

Seguí trepando hasta llegar junto a Merrick, pero de pronto los espíritus ejercieron una presión tremenda contra mi cuerpo y noté que mi pie izquierdo resbalaba sobre la roca.

Alargué la mano para sujetarme en algún sitio, sin gritar, pero Merrick se dio cuenta del peligro en que me hallaba y me aferró por el hombro de la chaqueta. De ese modo logré recuperar el equilibrio y trepar los pocos metros que faltaban para alcanzar la entrada de la cueva.

—Fíjate en esas ofrendas —dijo Merrick, apoyando la mano izquierda en mi mano derecha.

Los espíritus redoblaron sus esfuerzos, pero yo me mantuve firme y Merrick hizo lo propio, aunque en dos ocasiones se llevó la mano a la cara para apartar algo que la molestaba.

En cuanto a «las ofrendas», lo que vi ante mí fue una cabeza gigantesca de basalto. Era semejante a las cabezas olmecas, pero es cuanto podía decir. ¿Se parecía a los murales del templo? Imposible afirmarlo. En cualquier caso, me encantó. Lucía un casco y estaba vuelta hacia arriba, de forma que el rostro, con sus ojos abiertos y su curiosa boca risueña, recibía la lluvia que caía inevitablemente en aquel lugar. Alrededor de su base, de forma irregular, entre montones de piedras ennegrecidas, vi una asombrosa colección de velas, plumas y flores marchitas, además de numerosas vasijas de barro cocido. Desde el lugar donde me hallaba percibí un olor a incienso.

Las piedras ennegrecidas confirmaban muchos años de velas encendidas, pero la última de las ofrendas no tenía más de dos o tres días de antigüedad.

Noté cierto cambio en la atmósfera que nos rodeaba. Merrick seguía agobiada por los espíritus que no cejaban de fastidiar. Hizo un ademán involuntario, como para ahuyentar a una de aquellas invisibles entidades.

—De modo que nada les ha impedido venir —me apresuré a comentar, observando las ofrendas—. Veamos si este truco funciona. —Saqué del bolsillo de la chaqueta un paquete de Rothmans, que siempre llevaba encima por si me entraban ansias de fumar.

Lo abrí rápidamente, encendí un cigarrillo con mi encendedor de gas, pese a la rociada incesante de la cascada, inhalé el humo y luego coloqué el cigarrillo delante de la gigantesca cabeza, junto con el resto del paquete. Acto seguido recé en silencio a los espíritus, pidiéndoles que nos permitieran acceder a aquel lugar.

—Conocen nuestros motivos —dijo Merrick contemplando la inmensa cabeza vuelta hacia arriba y sus marchitas flores—. Entremos en la cueva.

Encendimos nuestras potentes linternas y al instante cayó sobre nosotros el silencio de la cascada, junto con el olor a tierra seca y ceniza.

Inmediatamente vi las pinturas, o lo que creí que eran unas pinturas. Se hallaban en el interior de la cueva y nos dirigimos con paso rápido y decidido hacia ellas, haciendo caso omiso de los espíritus, que hacían un ruido sibilante junto a mis oídos.

Comprobé con estupefacción que aquellos espléndidos murales eran en realidad unos mosaicos realizados con millones de minúsculos fragmentos de piedras semipreciosas. Las figuras eran mucho más sencillas que las de los murales del templo, lo que indicaba una fecha más antigua.

Los espíritus habían enmudecido.

—¡Qué maravilla! —exclamé, porque tenía que decir algo. De nuevo traté de sacar la cámara, pero el dolor que sentía en el brazo me lo impidió—. Tenemos que hacer fotografías de este lugar, Merrick —le dije—. Fíjate en esas inscripciones, cariño. Hay que fotografiarlas. Estoy seguro de que se trata de jeroglíficos.

Merrick contempló los muros fijamente, como si estuviera en un trance.

No alcanzaba a descifrar si las figuras altas y delgadas plasmadas en el muro avanzaban en procesión, ni atribuirles ningún movimiento; sólo diré que parecían estar de perfil, ataviadas con unos ropajes largos y que portaban unos objetos importantes en las manos. No vi ninguna víctima ensangrentada tratando de liberarse de su tormento. Tampoco vi las inconfundibles figuras de sacerdotes.

Mientras me esforzaba en distinguir con claridad aquellas intermitentes y espléndidas pinturas, tropecé con un objeto hueco. Al mirar hacia abajo vi un gran número de vasijas de brillantes colores dispuestas por todo el interior de la cueva, hasta donde alcanzaba nuestra vista.

—Esto no es una cueva, ¿verdad, Merrick? —pregunté—. Recuerdo que Matthew dijo que había un túnel. Esto es un túnel excavado en la roca por el hombre.

El silencio era aterrador.

Merrick siguió avanzando con cautela y yo la seguí,

aunque en varias ocasiones tuve que apartar las pequeñas vasijas de mi camino.

—Es una tumba, y estos objetos son ofrendas —dije.

De repente sentí un fuerte golpe en la parte posterior de la cabeza. Me volví rápidamente, empuñando la linterna, pero no vi nada. La luz procedente de la entrada de la cueva me deslumbró.

Algo me empujó por el lado izquierdo y luego por mi hombro derecho. Eran los espíritus que volvían a emprenderla conmigo. Vi a Merrick moverse bruscamente y apartarse a un lado, como si algo la hubiera golpeado también.

Murmuré de nuevo una oración a Oxalá, y oí a Merrick reiterar su negativa a detenerse.

—La última vez llegamos hasta aquí —dijo Merrick, volviéndose hacia mí. Su rostro estaba en sombras y dirigió el haz de su linterna hacia el suelo, para no deslumbrarme—. Nos llevamos todo cuanto hallamos aquí. Estoy decidida a continuar adelante.

Yo la seguí, pero el ataque de los espíritus era cada vez más intenso. Uno empujó a Merrick a un lado, pero se recobró enseguida. Oí el ruido de restos de vasijas cuando los pisó sin querer.

—Habéis conseguido enfurecernos —espeté a los espíritus—. Quizá no tengamos ningún derecho a estar aquí. ¡Pero quizá sí!

Apenas hube pronunciado esas palabras recibí un golpe contundente y silencioso en el estómago, pero no lo suficientemente contundente para causarme dolor. De improviso me sentí más eufórico.

—Alejaos, malditos —dije—. Dime, Oxalá, ¿quién está enterrado aquí? ¿Acaso desea ese hombre o esa mujer que su tumba permanezca siempre en secreto? ¿Por qué nos ha enviado el tío Vervain a este lugar?

Merrick, que se había adelantado unos metros, lanzó una exclamación de asombro.

Me apresuré a alcanzarla. El túnel se abría a una espaciosa cámara circular donde los mosaicos ascendían por la bóveda baja. Buena parte de los mismos se habían deteriorado debido al paso del tiempo o a la humedad, pero no dejaba de ser una habitación espléndida. Unas figuras aparecían pintadas en ambos muros formando una procesión, hasta llegar a un individuo cuyos rasgos faciales habían quedado destruidos hacía tiempo.

En el suelo de la cámara, en el centro, rodeados por unas ofrendas de vasijas y hermosas estatuas de jade dispuestas en círculos, había un maravilloso grupo de ornamentos reposando en un nido de polvo.

—Mira, la máscara con la que le enterraron —dijo Merrick. La luz incidía sobre una maravillosa imagen de jade pulido, que seguía en el mismo lugar en el que había sido colocada hacía miles de años, mientras que el cadáver de la persona que la había lucido se había descompuesto hacía tiempo.

Ni ella ni yo nos atrevíamos a avanzar un paso, temiendo desordenar los preciosos artículos dispuestos en torno a los restos del difunto. Unos pendientes relucían entre la tierra blanda y mohosa que casi los había engullido, y frente al arcón del difunto vimos un largo cetro exquisitamente tallado, que quizás había sostenido en su mano.

—Fíjate en estos desechos —comentó Merrick—. Sin duda enterraron al difunto con un manto y valiosos amuletos y sacrificios. Pero el tejido se ha desintegrado y sólo quedan los objetos de piedra.

De repente se produjo un ruido estrepitoso a nuestras espaldas, como si alguien hubiera pisado unas vasijas y las hubiera roto. Merrick lanzó una breve exclamación de asombro, como si de pronto se le hubiera ocurrido algo que le hubiera chocado.

Luego, de forma deliberada, casi impulsivamente, se precipitó hacia delante, cayó de rodillas y cogió la reluciente máscara verde. Acto seguido retrocedió, sosteniendo el preciado objeto, para alejarse de los restos del cadáver.

Una piedra vino volando hacia mí y me golpeó en la frente. Algo me empujó por detrás.

—Vamos, dejemos el resto para los arqueólogos —dijo Merrick—. Ya tengo lo que vine a buscar, lo que el tío Vervain me ordenó que rescatara.

—¿La máscara? ¿De modo que sabías que la máscara estaba en este túnel y eso era lo que habías venido a buscar?

Merrick echó a andar hacia la salida para respirar aire puro.

Apenas la hube alcanzado, algo la empujó hacia atrás.

—Voy a llevármela, es mía —declaró.

Tratamos de continuar adelante, pero algo invisible nos interceptó el paso. Alargué la mano y logré tocarlo. Era como un muro dúctil y silencioso de energía.

De improviso Merrick me entregó su linterna para poder sostener la máscara con ambas manos.

En cualquier otro momento de mi existencia me habría detenido para admirarla por su expresión y detalle. Aunque había unos orificios para los ojos y una abertura horizontal para la boca, todos los rasgos estaban profundamente grabados y desprendía un fulgor espectacular.

Traté de moverme con todas mis fuerzas contra aquella fuerza que me impedía avanzar, esgrimiendo las dos linternas como si fueran unos objetos contundentes.

Merrick lanzó otro grito sofocado, sobresaltándome de nuevo. Se colocó la máscara sobre el rostro y se volvió para mirarme. La máscara brillaba y presentaba un aspecto un tanto siniestro a la luz de las linternas. Parecía suspendida en la oscuridad, pues apenas pude distinguir las manos ni el cuerpo de Merrick.

Merrick se giró, sin apartar la máscara de su rostro, y volvió a lanzar una exclamación de asombro.

El aire de la cueva estaba quieto y en silencio.

Tan sólo oí la respiración de Merrick y la mía. Me pareció que empezaba a murmurar unas palabras en una lengua extranjera, que no pude identificar.

—¿Merrick? —dije suavemente. En el súbito silencio, la humedad del aire de la cueva se me antojó gratamente refrescante—. Merrick —repetí, pero no logré hacerla reaccionar. Permanecía inmóvil, con la máscara sobre el rostro, la mirada clavada en el infinito. De pronto se arrancó la máscara con un gesto brusco y me la entregó.

—Toma, mira a través de ella —murmuró.

Me metí la linterna por la cintura del pantalón, le devolví la suya y cogí la máscara con ambas manos. Recuerdo esos pequeños detalles precisamente porque eran de lo más normales y yo aún no me había formado una opinión sobre el silencio y la penumbra que nos rodeaba.

A lo lejos se extendía el verdor de la selva, y sobre nuestras cabezas y alrededor de nosotros relucían los trocitos de piedra de los toscos pero hermosos mosaicos.

Alcé la máscara tal como me había indicado Merrick. De pronto me sentí mareado. Retrocedí unos pasos, pero no sé qué más hice. Al sostener la máscara firmemente sobre mi rostro, observé que todo lo demás había experimentado un cambio sutil.

La cueva estaba llena de antorchas encendidas, oí a alguien entonando un cántico con tono grave y repetitivo, y vi ante mí en la penumbra una figura que oscilaba como si no fuera completamente sólida, sino hecha de seda, a merced de la débil corriente que penetraba por la entrada de la cueva.

Vi su expresión, aunque no podría definirla con precisión ni decir qué rasgo conspiraba en su rostro joven y viril para mostrar tal o cual emoción. Me rogaba en silencio pero con elocuencia que abandonara la cueva y dejara la máscara.

—No podemos llevárnosla —dije. Mejor dicho, me oí pronunciar esas palabras.

Los cánticos se intensificaron. Otras figuras se agruparon en torno a la primera, que seguía oscilando pero sin moverse de allí. Me pareció que extendía los brazos hacia mí, como implorándome.

—No podemos llevárnosla —repetí.

La figura tenía los brazos de color marrón dorado cubiertos de espléndidas pulseras de piedras, el rostro ovalado y los ojos oscuros y perspicaces. Vi unas lágrimas sobre las mejillas.

—No podemos llevárnosla —insistí, consciente de que estaba a punto de desplomarme—. Debemos dejarla aquí. ¡Tenemos que devolver los objetos que os llevasteis antes!

Una inenarrable tristeza y dolor se apoderó de mí; sólo deseaba tenderme en el suelo. La emoción que me embargaba era tan intensa y justificada, que la sentía y expresaba con todo mi cuerpo.

Pero apenas me hube tumbado en el suelo (en todo caso, creo que eso fue lo que hice), algo me obligó a levantarme bruscamente y me arrancó la máscara del rostro. Durante unos instantes la noté entre mis manos y sobre mi cara, y luego no sentí ni vi nada salvo el lejano y titilante resplandor y las hojas verdes.

La figura había desaparecido, los cánticos habían cesado, la tristeza se había esfumado. Merrick tiraba de mí con todas sus fuerzas.

—¡Vamos, David! —dijo—. ¡Vamos! —me ordenó con tono perentorio.

Sentí un deseo abrumador de salir con ella de la cueva y de llevarme la máscara, de robar aquel objeto mágico, aquel indescriptible objeto mágico que me había permitido contemplar los espíritus del lugar con mis propios ojos. De forma impulsiva y temeraria, sin la menor excusa, me agaché sin detenerme, recogí un puñado de relucientes objetos de piedra de la espesa y mohosa tierra del suelo y me los guardé en el bolsillo al tiempo que seguía avanzando.

Al cabo de unos momentos nos hallamos fuera de la cueva, en la selva. Hicimos caso omiso de las manos invisibles que nos atacaban, de la lluvia de hojas, de los fastidiosos chillidos de los monos aulladores, que parecían haberse unido a nuestros asaltantes.

Un alto y esbelto banano cayó estrepitosamente ante nosotros, pero pasamos sobre él, abatiendo con nuestros machetes otros árboles que parecían doblarse como si se dispusieran a golpearnos en la cara.

Atravesamos el vestíbulo del templo a una velocidad pasmosa. Casi avanzábamos a la carrera cuando hallamos el rastro del sendero. Los espíritus derribaron otros bananos en nuestro camino. También cayó una lluvia de cocos, que no lograron alcanzarnos. De vez en cuando caía una granizada de guijarros.

Pero continuamos adelante, y la agresión de los espíritus fue remitiendo poco a poco. Al cabo de un rato tan sólo percibimos unos aullidos distantes. Yo estaba enloquecido. Me había comportado como un demonio, pero me tenía sin cuidado.

Merrick había logrado apoderarse de la máscara. Tenía la máscara que permitía a una persona ver a los espíritus. Lo había conseguido.

Yo sabía que el tío Vervain no había sido lo suficientemente fuerte para apoderarse de ella. Ni tampoco Sandra la Fría, Honey ni Matthew. Los espíritus les habían expulsado de la cueva.

Merrick sostuvo la máscara contra su pecho y siguió avanzando en silencio. A pesar de la dureza del terreno y del calor sofocante, no nos detuvimos hasta alcanzar el jeep.

Merrick abrió entonces su mochila y guardó en ella la máscara. Luego hizo marcha atrás en la selva, giró el volante y partimos hacia Santa Cruz del Flores a una velocidad endiablada.

Yo guardé silencio hasta que estuvimos a solas en nuestra tienda de campaña.

15

Merrick se dejó caer sobre su catre y durante unos momentos no dijo nada. Luego tomó la botella de ron Flor de Caña y bebió un largo trago.

Yo preferí beber agua. Aunque habíamos recorrido un largo trecho en coche, el corazón me latía aún con violencia y me sentí viejo y decrépito mientras permanecí sentado en mi catre frente a ella, tratando de recuperar el resuello.

Por fin, cuando empecé a decir algo sobre lo que habíamos hecho y cómo, cuando alcé la voz para poner las cosas en su sitio, Merrick me indicó que me callara.

Tenía el rostro encendido. Permanecía sentada respirando trabajosamente, como si su corazón fuera también a saltársele del pecho, aunque yo sabía que no era así, y al cabo de unos instantes volvió a beber otro largo trago de ron.

Tenía las mejillas arreboladas y me miró con la cara empapada en sudor.

—¿Qué viste cuando miraste a través de ella? —preguntó.

—¡Los vi a ellos! —contesté—. Vi a un hombre que lloraba, quizá fuera un sacerdote o un rey, quizá no fuera un personaje importante, pero estaba maravillosamente ataviado. Lucía unos brazaletes espléndidos y una larga túnica. Me imploró. Estaba muy triste. Me comunicó una cosa terrible. ¡Me comunicó que los muertos del lugar habían desaparecido!

Merrick se inclinó hacia atrás, apoyándose en los codos, mostrando la voluminosa redondez de sus pechos, con los ojos fijos en el techo de la tienda de campaña.

—¿Y tú? —pregunté—. ¿Qué viste?

Ella trató de responder, pero al parecer no pudo. Se incorporó y cogió su mochila, moviendo los ojos de un lado a otro, con una expresión que sólo puede calificarse de enloquecida.

—¿Viste lo mismo que yo? —inquirí.

Asintió con la cabeza. Luego abrió la mochila y sacó la máscara con tal cuidado que parecía como si estuviera hecha de cristal. En aquel momento, bajo la tenue luz diurna que penetraba en la tienda de campaña y el resplandor dorado de una linterna, vi lo profunda y exquisitamente que estaban esculpidos los rasgos. Los labios, gruesos y alargados, estaban contraídos en un rictus como si lanzaran un grito. Los orificios de los ojos no conferían un gesto de sorpresa a la expresión.

—Mira —dijo Merrick, introduciendo los dedos a través de una abertura practicada en la parte superior de la frente y señalando un orificio sobre cada oreja—. La llevaba sujeta sobre el rostro probablemente con unas tiras de cuero. No estaba apoyada simplemente sobre sus huesos.

—¿Y qué crees que significa eso?

—Que la máscara era suya, para mirar a los espíritus. Era suya, y él sabía que poseía unas dotes mágicas y no estaba destinada a cualquiera; él sabía que esas dotes mágicas podían ser dañinas.

Merrick dio la vuelta a la máscara y la alzó para colocársela de nuevo sobre la cara, pero algo se lo impedía. Un momento después se acercó a la entrada de la tienda de campaña. Había una abertura a través de la cual podía observar toda la calle de tierra hasta la placita. Merrick sostuvo la máscara debajo de su rostro.

—Vamos, hazlo —dije—, o dámela a mí y lo haré yo.

Tras unos instantes de vacilación, hizo lo que se había propuesto. Sostuvo la máscara con firmeza sobre su rostro un buen rato, y luego la apartó bruscamente. Se sentó extenuada sobre su catre, como si la pequeña acción que le había llevado tan sólo unos momentos la hubiera dejado sin fuerzas. Tenía de nuevo las pupilas dilatadas. Luego me miró y se serenó un poco.

—¿Qué has visto? —inquirí—. ¿Los espíritus de la aldea?

—No —respondió—. Vi a Honey Rayo de Sol. La vi observándome. Vi a Honey. ¡Dios santo, vi a Honey! ¿No comprendes lo que ha hecho?

No respondí de inmediato, pero por supuesto que lo comprendía. Dejé que fuera Merrick quien hablara.

—Ella me ha conducido aquí, me ha conducido hasta una máscara a través de la cual puedo verla. ¡Me ha traído aquí para conseguir pasar de un ámbito al otro!

—Escucha, cariño —dije cogiéndola de la muñeca—. Debes luchar contra ese espíritu. No tiene ningún derecho a reclamarte nada, como no lo tiene ningún espíritu. La vida pertenece a los vivos, Merrick. ¡La vida es más importante que la muerte! Tú no ahogaste a Honey Rayo de Sol, fue ella quien te lo dijo.

No me respondió. Apoyó el codo sobre la rodilla y descansó la frente en la mano derecha, sosteniendo la máscara con la izquierda. Creo que la estaba contemplando, pero no estoy seguro. De pronto se puso a temblar.

Yo le quité la máscara suavemente y la deposité sobre mi catre. Entonces recordé los objetos que había recogido antes de abandonar la cueva y metí la mano en el bolsillo para sacarlos. Eran cuatro figuritas olmecoides perfectamente talladas, dos de unos individuos calvos y un tanto obesos, las otras dos de unos dioses delgados con cara de pocos amigos. Al contemplar los diminutos rostros sentí un escalofrío. Hubiera jurado que en aquel instante oí un coro de voces, como si alguien hubiera subido el volumen de una música que sonaba a través de unos amplificadores. Luego cayó un silencio tan denso que casi era tangible. Noté que estaba sudando.

Las figuritas, los pequeños dioses, relucían como la máscara.

—Nos llevaremos todos estos objetos con nosotros —declaré—. Y por lo que a mí respecta, quiero volver a la cueva en cuanto haya recuperado las fuerzas.

Merrick me miró sorprendida.

—Supongo que no hablarás en serio —respondió—. ¿Pretendes desafiar a esos espíritus?

—Sí. No he dicho que vayamos a llevar de nuevo la máscara a la cueva para mirar a través de ella. Jamás se me ocurriría semejante cosa. Pero no quiero marcharme sin haber explorado este misterio. Tengo que regresar. Quiero examinar lo que hay allí con el máximo detenimiento. Y opino que después debemos ponernos en contacto con una de las universidades de este lugar que realizan trabajos de investigación arqueológica y comunicarles nuestro hallazgo. No voy a hablarles de la máscara, por supuesto, al menos hasta tener la certeza de que es nuestra y que podemos conservarla sin que nadie nos la dispute.

El tema de las universidades, los trabajos arqueológicos y la pertenencia legal de las antigüedades halladas era un asunto complicado y en aquellos momentos no deseaba hablar de ello. Tenía calor y estaba sudado. Sentía náuseas, cosa que rara vez me sucede.

—Debo visitar esa cueva de nuevo. Ahora comprendo que quisieras regresar aquí, te lo aseguro. Quiero volver al menos una vez más, quizá dos, aunque no sé cómo... —Me detuve. La sensación de náuseas había desaparecido.

Merrick me miró como si estuviera en un grave y secreto apuro. Parecía tan trastornada como yo. Se llevó las manos a la cabeza y apartó la espesa melena de su hermosa frente. Sus ojos verdes mostraban una expresión febril.

—Como sabes —añadí—, los cuatro hombres que nos acompañan son más que capaces de sacar esta máscara del país y transportarla de regreso a Nueva Orleans sin mayores problemas. ¿Quieres que se la entregue ahora?

—No, no hagas nada todavía —respondió, levantándose del catre—. Voy a la iglesia.

—¿Para qué? —pregunté.

—¡Para rezar, David! —contestó irritada, mirándome con gesto de reproche—. ¿Es que no crees en nada? Voy a la iglesia a rezar.

Hacía unos veinte minutos que se había ido cuando decidí servirme una copa de ron. Tenía mucha sed. Me extrañó, porque al mismo tiempo sentía náuseas. Salvo por el ruido que hacían unos pollos o pavos, pues no sabía distinguir el sonido de unos y de otros, la aldea estaba en silencio y nadie vino a turbar mi soledad en la tienda de campaña.

Mientras contemplaba la máscara me di cuenta de que tenía jaqueca, un dolor pungente que había comenzado detrás de los ojos. No le di mucha importancia, puesto que rara vez tengo jaquecas, hasta que me percaté de que la máscara iba perdiendo nitidez ante mis ojos.

Pestañeé para aclararme la vista, pero no lo conseguí. Me sentía acalorado y me escocían todas las picaduras de insectos.

—Esto es absurdo —dije en voz alta—. Me han puesto todas las vacunas habidas y por haber, incluso algunas que no existían por la época en que Matthew contrajo la fiebre tropical. —Entonces me di cuenta de que hablaba conmigo mismo. Me serví otra generosa copa de ron y me la bebí de golpe. Tenía la vaga sensación de que me sentiría mucho mejor si la tienda de campaña no estuviera atestada de gente y deseé que los intrusos se marcharan.

Entonces comprendí que era imposible que hubiera otras personas en la tienda de campaña. No había entrado nadie. Traté de recordar los últimos minutos, pero se me escapaba algo. Me volví y miré de nuevo la máscara. Luego bebí otro trago de ron, que me sabía a gloria, dejé la copa y cogí la máscara.

Era tan ligera como maravillosa y la sostuve en alto, de forma que la luz pasara a través de ella. Por un momento me pareció que cobraba vida. Una voz me susurró febrilmente toda suerte de nimiedades sobre las que debía preocuparme, y alguien dijo:

—Vendrán otros cuando hayan transcurrido miles de años. —Las palabras que oí no habían sido pronunciadas en una lengua que yo conociera.

—Pero te entiendo —dije en voz alta. Luego la voz susurrante dijo algo que parecía una maldición y un mal augurio. Estaba relacionado con el hecho de que era preferible no indagar en ciertas cosas.

La tienda de campaña parecía moverse, es decir, el lugar donde yo me hallaba parecía moverse. Apliqué la máscara sobre mi piel y recuperé el equilibrio. Pero el mundo que me rodeaba había cambiado. Yo mismo había cambiado.

Me encontraba sobre una elevada plataforma desde la que divisaba las imponentes montañas que me rodeaban. Las laderas inferiores estaban cubiertas de verdes bosques y el cielo presentaba un espléndido color azul. Al mirar hacia abajo vi una inmensa multitud congregada en torno a la plataforma. En las cimas de otras pirámides había mucha gente, hablando, gritando y cantando. Sobre la plataforma donde me hallaba había un pequeño grupo de personas, situadas a mi lado como unos fieles seguidores.

—Invocarás la lluvia —susurró la voz en mi oído—, y lloverá. Pero un día, en lugar de lluvia caerá nieve, y ese día morirás.

—¡No, eso no sucederá jamás! —protesté. Estaba mareado. Iba a caerme de la plataforma. Me volví y traté de aferrar las manos de mis seguidores—. ¿Sois sacerdotes? —pregunté—. Yo soy David, y os exijo que me lo digáis. ¡No soy la persona que creéis que soy!

Me di cuenta de que me hallaba en una cueva. Me había desplomado sobre la tierra blanda del suelo. Merrick me gritaba que me levantara. Ante mí vi al espíritu que lloraba.

—Espíritu Solitario, ¿cuántas veces me has invocado? —preguntó la figura alta con tristeza—. ¿Cuántas veces has tratado, mago, de invocar a esta alma solitaria? No tienes derecho a invocar a los espíritus que se encuentran entre la vida y la muerte. Deja la máscara. Es una máscara nefasta, ¿es que no lo entiendes?

Merrick gritó mi nombre. Sentí que alguien me arrancaba la máscara de la cara. Alcé la vista. Estaba tendido en mi catre, y ella se encontraba de pie a mi lado.

—Dios mío, estoy enfermo —le dije—. Muy enfermo. Ve a por el chamán. No, no hay tiempo para que vayas en busca del chamán. Debemos partir ahora mismo hacia el aeropuerto.

—Calla, estate quieto, no te muevas —respondió Merrick. Pero su rostro denotaba temor. Oí sus pensamientos con claridad. «Ha vuelto a suceder. Lo que le ocurrió a Matthew le ha ocurrido a David. Yo debo de ser inmune a este mal, pero David lo ha contraído.»

Traté de serenarme. Lucharé contra esto, pensé. Volví la cabeza, confiando en que la frescura de la almohada contra la mejilla me aliviara la fiebre. Aunque oí a Merrick pedir a gritos a los hombres que acudieran de inmediato a la tienda de campaña, vi a otra persona sentada en su catre.

Era un hombre alto y delgado, de piel atezada, con los brazos cubiertos de pulseras de jade. Tenía la frente despejada y el pelo negro y largo hasta los hombros. Me miraba con expresión sosegada. Llevaba una túnica de color rojo oscuro y las uñas de los pies le brillaban por efecto de la luz.

—Tú otra vez —dije—. ¿Crees que conseguirás matarme? ¿Crees que puedes salir de tu sepultura para matarme?

—No deseo matarte —respondió sin que su plácido rostro mudara de expresión—. Devuélveme la máscara, por tu bien y el bien de la mujer.

—No —repliqué—. Comprende que no puedo hacerlo. No puedo dejar ese misterio sin resolver. No puedo renunciar a ello. Tú tuviste tu ocasión y ahora es la mía. Voy a llevarme la máscara conmigo. En realidad es la mujer quien va a llevársela. Pero aunque ella accediera a devolverla, me la llevaría yo.

Seguí tratando de convencerle, en voz baja y en un tono razonable.

—La vida pertenece a los vivos —dije.

En la tienda había más personas, pues habían entrado los hombres que nos habían acompañado en la expedición. Uno de ellos me pidió que me pusiera el termómetro debajo de la lengua.

—No consigo encontrarle el pulso —dijo Merrick.

Del viaje a la capital de Guatemala, no recuerdo nada.

En cuanto al hospital, podía haber sido cualquiera de los que existen en el mundo.

En numerosas ocasiones, al volver la cabeza me encontraba a solas con el individuo de tez morena y rostro ovalado que lucía pulseras de jade, quien por lo general guardaba silencio. Cuando yo trataba de hablar, respondían otros y el hombre simplemente se fundía a medida que otro mundo venía a suplantar el que yo había abandonado.

Cuando estaba plenamente consciente, cosa que no sucedía a menudo, tenía el pleno convencimiento de que las gentes de Guatemala sabrían más sobre la enfermedad tropical que había contraído. No sentía temor. Sabía por la expresión de mi visitante de tez bronceada que no iba a morir. Y no recuerdo que me trasladaran a un hospital en Nueva Orleans.

El visitante no volvió a aparecer después de que regresáramos a Nueva Orleans.

Para entonces yo había mejorado de mi enfermedad y cuando los días empezaron a conectar uno con otro, la fiebre había bajado y la «toxina» había desaparecido por completo de mi organismo. Al poco tiempo dejaron de alimentarme por vía intravenosa. Empezaba a recobrar las fuerzas.

Mi caso no era nada excepcional. Había sido causado por una especie de anfibio con el que debí de toparme en la selva. Incluso el mero hecho de tocar a ese bicho puede ser fatal. Mi contacto con él debió de producirse de forma indirecta.

No tardé en percatarme de que Merrick y los otros no se habían visto afectados, de lo cual me alegré, aunque debido a mi estado de confusión confieso que no me preocupé por ellos como debería haber hecho.

Merrick pasaba mucho tiempo conmigo, pero Aaron estaba también casi siempre presente. Cada vez que empezaba a formular a Merrick una pregunta importante, entraba una enfermera o un médico en la habitación. En otras ocasiones me sentía confundido con respecto al orden cronológico de los hechos, pero no quería reconocer mi confusión. De vez en cuando, muy esporádicamente, me despertaba por la noche convencido de que en mis sueños había regresado a la selva.

Por fin, aunque seguía técnicamente enfermo, me trasladaron en ambulancia a Oak Haven y me instalaron en la habitación delantera del piso superior.

Es uno de los dormitorios más elegantes y hermosos de la casa, y al atardecer del día de mi llegada, salí en bata y zapatillas al porche. Era invierno, pero el paisaje a mi alrededor estaba prodigiosamente verde y soplaba una grata brisa procedente del río.

Por fin, después de dos días de una conversación intrascendente, que amenazaba con hacerme perder la razón, Merrick entró sola en mi habitación. Vestía camisón y bata y parecía agotada.

Llevaba la magnífica cabellera castaña recogida hacia atrás con dos peinetas. Al mirarme observé que mostraba una expresión de alivio.

Yo estaba en la cama, apoyado sobre unas almohadas, con un libro sobre los mayas en las rodillas.

—Creí que ibas a morir —me dijo sin rodeos—. Recé por ti como jamás había rezado en mi vida.

—¿Crees que Dios escuchó tus plegarias? —pregunté. Entonces caí en la cuenta de que ella no había mencionado a Dios para nada—. ¿Estuve tan grave como para morirme?

Mi pregunta pareció desconcertarla. Guardó silencio, como si meditara sobre lo que iba decir. Su reacción a mi pregunta me facilitó en parte la respuesta, de modo que esperé pacientemente a que decidiera responder.

—A veces, en Guatemala —dijo—, los médicos me decían que no creían que resistieras muchos días. Yo me los quitaba de encima como podía y me colocaba la máscara sobre la cara. Vi a tu espíritu suspendido sobre tu cuerpo. Lo vi pugnando por alzarse y liberarse de tu cuerpo. Lo vi extendido sobre ti, tu doble, alzándose, y yo extendía la mano y lo empujaba hacia abajo, para obligarlo a regresar a su lugar.

En aquellos momentos sentí un profundo amor hacia ella.

—Gracias a Dios que se te ocurrió hacer eso —repuse.

Ella repitió las palabras que yo había pronunciado en el poblado de la selva.

—La vida pertenece a los vivos.

—¿Así que recuerdas que dije esa frase? —dije, expresándole mi gratitud.

—La decías con frecuencia —respondió Merrick—. Creías estar hablando con alguien, con ese ser que vimos en la boca de la cueva antes de que lográramos escapar. Creías estar discutiendo con él. Entonces, una mañana temprano, cuando me desperté sentada en la silla y comprobé que habías recobrado la conciencia, me dijiste que habías vencido.

—¿Qué vamos a hacer con la máscara? —pregunté—. Cada vez me fascina más. Me veo probándosela a otros, aunque en secreto. Temo acabar convirtiéndome en su esclavo.

—No permitiremos que eso ocurra —contestó Merrick—. Además, la máscara no afecta a otros del mismo modo.

—¿Cómo lo sabes? —inquirí.

—Cuando tú estabas muy enfermo, los hombres la vieron en la tienda de campaña y la examinaron, creyendo que se trataba de un objeto curioso, claro está. Uno de ellos creía que se la habíamos comprado a los aldeanos. Fue el primero en mirar a través de ella. Pero no vio nada especial. Luego se la puso otro. Y así sucesivamente.

—¿Y qué paso aquí, en Nueva Orleans?

—Aaron no vio nada cuando miró a través de ella —respondió Merrick. Luego añadió con cierto tono de tristeza—: No le conté lo ocurrido. Prefiero que lo hagas tú, si quieres.

—¿Y tú? —pregunté—. ¿Qué ves cuando miras ahora a través de la máscara?

Merrick meneó la cabeza. Fijó la vista a lo lejos, mordiéndose nerviosamente el labio, y luego me miró.

—Cuando miro a través de ella veo a Honey. Casi siempre veo a Honey Rayo de Sol, eso es todo. La veo junto a los robles en la casa matriz. La veo en el jardín. La veo cada vez que miro a través de la máscara. El mundo que la rodea es tal cual es. Pero ella está siempre allí. —Después de una pausa, confesó—: Creo que todo ha sido obra de Honey. Por medio de las pesadillas, ella me obligó a ir a la cueva. En realidad el tío Vervain nunca estuvo allí. Fue cosa de Honey, ávida de alcanzar la vida, lo cual no puedo reprocharle. Nos envió allí para conseguir la máscara y poder mirar ella a través de la misma. Pero he jurado que no se lo permitiré. No permitiré que se haga más fuerte por mediación mía. No dejaré que me utilice y me destruya. Como tú mismo dices, la vida pertenece a los vivos.

—¿Y si hablaras con ella? ¿Por qué no intentas convencerla de que está muerta?

—Ya lo sabe —respondió Merrick—. Es un espíritu poderoso y astuto. Si me pides como Superior de la Orden que intente realizar un exorcismo, que quieres que me comunique con ella, lo haré, pero jamás cederé voluntariamente a sus deseos. Es demasiado astuta. Es demasiado poderosa.

—Jamás te pediré que hagas semejante cosa —me apresuré a responder—. Acércate, siéntate a mi lado. Deja que te abrace. Estoy demasiado débil para hacerte daño.

En estos momentos, cuando echo la vista atrás y recuerdo esos días, no alcanzo a comprender por qué no le hablé a Merrick sobre el espíritu con el rostro ovalado que se me aparecía continuamente durante mi enfermedad, en especial cuando estaba a las puertas de la muerte. Quizás habíamos cambiado confidencias sobre mis visiones cuando me hallaba en un estado febril.

Sólo sé que no lo comentamos con detalle cuando analizamos todo el episodio.

En cuanto a mi reacción personal a ese espíritu, le temía. Yo había saqueado un lugar muy valioso para él. Lo había hecho con ferocidad, con egoísmo, y aunque mi enfermedad me había despojado de buena parte de mi deseo de explorar el misterio de la cueva, temía que ese espíritu regresara.

Lo cierto es que volví a verlo.

Ocurrió muchos años después, una noche, en Barbados, cuando Lestat vino a verme y decidió convertirme en un vampiro en contra de mi voluntad.

En cierto momento, en un vano intento de salvarme de la sangre vampírica, invoqué a Dios, a los ángeles, a cualquiera capaz de ayudarme. Invoqué a mi orisha,

Oxalá, en la antigua lengua portuguesa del candomblé.

Ignoro si mis oraciones fueron atendidas por mi orisha, pero de pronto unos espíritus diminutos irrumpieron en la habitación, aunque ninguno consiguió atemorizar en lo más mínimo a Lestat.

Y mientras éste me succionaba la sangre hasta el extremo de causarme la muerte, al cerrar los ojos, vi al espíritu de piel tostada que habitaba en la cueva.

Mientras perdía la batalla por sobrevivir, y no digamos la batalla por ser mortal, me pareció ver al espíritu de la cueva junto a mí, con los brazos extendidos y el dolor pintado en el rostro.

Vi con claridad que la figura oscilaba. Vi las pulseras que adornaban sus brazos. Vi su larga túnica roja. Vi las lágrimas en sus mejillas.

La visión sólo duró un instante. El mundo de objetos sólidos y cosas espiritualcs titiló unos segundos y se apagó.

Caí en un letargo. No recuerdo nada hasta el momento en que la sangre sobrenatural de Lestat penetró en mi boca. Entonces sólo vi a Lestat y comprendí que mi alma emprendía otra aventura, una aventura que me conduciría más allá de mis sueños más aterradores.

No había vuelto a ver al espíritu de la cueva.

Pero permítanme que termine mi historia sobre Merrick. No queda mucho por decir.

Al cabo de una semana de convalecencia en la casa matriz de Nueva Orleans, me puse mi acostumbrado traje de mezclilla y bajé a desayunar con los otros miembros que estaban reunidos en el comedor.

Más tarde, Merrick y yo dimos un paseo por el jardín, que estaba rebosante de espléndidas camelias de hoja oscura; estas camelias florecen en invierno, incluso cuando se produce una ligera helada. Contemplé unas flores rosas, rojas y blancas que jamás olvidaré. Por doquier crecían unas begonias verdes gigantescas y unas orquídeas de color púrpura. Qué hermosa es Luisiana en invierno. Qué verde, vigorosa y remota.

—He depositado la máscara en la cámara acorazada, en una caja sellada, bajo mi nombre —dijo Merrick—. Creo que debemos dejarla allí.

—Desde luego —convine—. Pero debes prometerme que si alguna vez cambias de opinión sobre la máscara, me lo comunicarás antes de dar ningún paso al respecto.

—¡No quiero volver a ver a Honey! —exclamó Merrick—. Ya te lo he dicho. Pretende utilizarme, y no voy a consentirlo. Yo tenía diez años cuando Honey murió asesinada. Estoy cansada y harta de llorar su muerte. No te preocupes. No volveré a tocar esa máscara a menos que me vea obligada a hacerlo, te lo aseguro.

Que yo sepa, Merrick cumplió su palabra.

Después de escribir una carta pormenorizada sobre nuestra expedición, destinada a la universidad que habíamos elegido, sellamos los documentos y la máscara de forma permanente, junto con los ídolos, el perforador que había empleado Merrick durante su sesión de magia, todos los documentos originales de Matthew y los restos del mapa del tío Vervain. Guardamos en Oak Haven todos esos objetos, a los que sólo Merrick y yo teníamos acceso.

En primavera recibí una llamada de América, de Aaron, para comunicarme que unos investigadores de Lafayette, Luisiana, habían hallado los restos del coche de Sandra la Fría.

Por lo visto Merrick les había conducido a la zona pantanosa donde años atrás se había hundido el vehículo. Quedaban restos suficientes de los cadáveres como para confirmar que las dos mujeres se hallaban dentro del vehículo en el momento del siniestro. Las calaveras de ambas mujeres mostraban unas fracturas tan graves que posiblemente les habían costado la vida. Pero nadie podía determinar si las víctimas habían sobrevivido a los traumatismos el tiempo suficiente para morir ahogadas.

Sandra la Fría había sido identificada por los restos de un bolso de plástico y los objetos que habían encontrado en su interior, concretamente un reloj de bolsillo de oro en una bolsita de cuero. Merrick había reconocido de inmediato el reloj de bolsillo, y la inscripción que ostentaba había confirmado sus sospechas.

«A mi querido hijo, Vervain, de su padre, Alexis André Mayfair, 1910.»

En cuanto a Honey Rayo de Sol, los huesos que quedaban confirmaron que se trataba de los restos de una muchacha de dieciséis años.

Fue cuanto pudieron averiguar al respecto.

Hice la maleta de inmediato y llamé a Merrick para comunicarle que me disponía a partir.

—No es necesario que vengas, David —respondió tranquilamente—. Todo ha terminado. Las han enterrado en el panteón familiar, en el cementerio de St. Louis. No queda nada por hacer. En cuanto me lo autorices, regresaré a El Cairo para reanudar mis trabajos.

—Pero cariño, no puedes partir inmediatamente. ¿No quieres venir unos días a Londres?

—No se me ocurriría marcharme sin pasar antes a verte —respondió.

Cuando se disponía a colgar, dije:

—Ahora el reloj de bolsillo de oro es tuyo, Merrick. Haz que lo limpien y lo reparen. Guárdalo. Nadie puede negarte el derecho a conservarlo.

Se produjo un incómodo silencio al otro lado del hilo telefónico.

—Ya te lo dije, David, el tío Vervain siempre decía que yo no lo necesitaba —contestó Merrick—. Decía que sólo funcionaba para Sandra la Fría y Honey, no para mí.

Esas palabras me turbaron.

—Me parece bien que honres sus recuerdos, Merrick, y sus deseos —insistí—. Pero la vida, y sus tesoros, pertenecen a los vivos.

Una semana después, almorzamos juntos. Merrick presentaba un aspecto tan lozano y atractivo como siempre, con su melena castaña sujeta con el pasador de cuero que tanto me gustaba.

—Quiero que sepas que no utilicé la máscara para encontrar los cadáveres —se apresuró a explicarme—. Fui a Lafayette guiada por mi intuición y mis oraciones. Exploramos varias zonas del pantano hasta que tuvimos la suerte de hallar sus restos. Podría decirse que Gran Nananne me ayudó a encontrarlos. Gran Nananne sabía lo mucho que deseaba dar con ellos. En cuanto a Honey, todavía noto su presencia junto a mí. A veces pienso en ella con tristeza, a veces siento que flaqueo...

—No, estás hablando de un espíritu —la interrumpí—, y un espíritu no es necesariamente la persona que conocías o amabas.

Luego, Merrick sólo habló de sus trabajos en Egipto. Se alegraba de regresar allí. Se habían producido otros hallazgos en el desierto, gracias a la fotografía aérea, y tenía una cita que confiaba que le permitiría contemplar una tumba nueva e inexplorada.

Era estupendo verla de tan buen humor. Cuando pagué la cuenta, Merrick sacó el reloj de bolsillo del tío Vervain.

—Casi me había olvidado de él —dijo. Estaba perfectamente pulido y se abrió fácilmente, con un clic, en cuanto Merrick accionó la tapa con un dedo—. Como es lógico, no puede repararse —me explicó mientras lo acariciaba con cariño—. Pero me gusta conservarlo. ¿Ves? Tiene las manecillas fijas en las ocho menos diez minutos.

—¿Crees que ese dato está relacionado con la hora en que murieron Sandra y Honey? —pregunté con tacto.

—No lo creo —respondió encogiéndose ligeramente de hombros—. No creo que Sandra la Fría se acordara nunca de darle cuerda. Imagino que lo llevaba en el bolso por razones sentimentales. Me extraña que no lo hubiera empeñado. Había empeñado otros objetos.

Merrick volvió a guardarse el reloj en el bolso y me dirigió una sonrisa tranquilizadora.

La acompañé al aeropuerto, hasta la misma escalerilla del avión.

Conservamos la calma hasta el último momento. Éramos unos seres civilizados que se despedían pero que se proponían volver a verse dentro de poco.

De pronto me vine abajo. Era una emoción al mismo tiempo dulce y terrible, demasiado inmensa para asimilarla. La abracé.

—Tesoro, amor mío —dije, sintiéndome como un idiota, ansiando su juventud y su entrega con toda mi alma. Lejos de resistirse, Merrick me besó con un abandono que me partió el corazón.

—Jamás amaré a ningún otro —me susurró al oído.

Recuerdo que la aparté, sujetándola por los hombros, me di media vuelta y, sin volverme una sola vez, me alejé rápidamente.

¿Qué le estaba haciendo a aquella mujer tan joven? Yo acababa de cumplir setenta años y ella aún no había cumplido veinticinco.

Pero durante el larguísimo trayecto de regreso a la casa matriz, comprendí que, por más que me esforzara, no podía sumirme en un estado de permanente culpabilidad.

Había amado a Merrick como años atrás había amado a Joshua, el muchacho que me consideraba el amante más maravilloso del mundo.

La había amado pese a la tentación y pese a haber cedido a esa tentación, y nada podía obligarme a negar ese amor ante mí mismo, ante ella ni ante Dios.

Durante el resto de los años que nos estuvimos relacionando, Merrick permaneció en Egipto, y un par de veces al año regresaba a su hogar en Nueva Orleans haciendo escala en Londres.

En una ocasión me atreví a preguntarle sin ningún rodeo por qué no le interesaba la cultura y las tradiciones mayas.

Creo que mi pregunta le irritó. No le gustaba pensar en aquellas selvas, y menos aún hablar de ellas. Dijo que yo debía de saberlo mejor que nadie, pero no obstante me respondió con educación.

Me explicó con claridad que se había tropezado con demasiados obstáculos en sus estudios sobre Mesoamérica, en particular con los dialectos, que no conocía, y carecía de experiencia sobre arqueología en ese campo. Sus conocimientos la habían conducido a Egipto, del que conocía los escritos, la historia, la cultura. Y era en Egipto donde se había propuesto permanecer.

—La magia es la misma en todas partes —decía a menudo. Pero eso no le había impedido convertirla en la labor a la que había consagrado su vida.

Existe otra pieza del rompecabezas de Merrick que yo poseo.

Mientras Merrick trabajaba en Egipto el año siguiente a nuestro viaje a las selvas, Aaron me escribió una extraña misiva que jamás olvidaré.

Me dijo que la matrícula del coche que habían hallado en el pantano había conducido a las autoridades hasta el vendedor de coches de segunda mano que había asesinado a sus jóvenes clientes, Sandra la Fría y Honey. El hombre era un vago con un largo historial delictivo y no habían tenido dificultades en localizarlo. El tipo, agresivo y cruel por naturaleza, había vuelto a trabajar en varias ocasiones a lo largo de los años en el establecimiento de coches de segunda mano donde había conocido a sus víctimas, y su identidad era bien conocida por numerosas personas que lo habían relacionado con el vehículo encontrado en el pantano.

El hombre no tardó en confesar sus crímenes, aunque el tribunal dictaminó que estaba loco.

«Las autoridades me han informado que ese tipo está aterrorizado —me escribió Aaron—. Insiste en que lo persigue un espíritu, y está dispuesto a todo con tal de expiar su culpa. Suplica que le administren drogas que le dejen inconsciente. Según tengo entendido, van a internarlo en un hospital psiquiátrico, a pesar del evidente ensañamiento con que asesinó a sus víctimas.»

Como es natural, Merrick fue informado del asunto. Aaron le envió un montón de recortes de prensa, así como todas las actas del juicio que logró obtener.

«No es necesario que yo me entreviste con esa persona —me escribió Merrick—. Por todo lo que me ha contado Aaron, estoy segura de que se ha hecho justicia.»

Un par de semanas más tarde, Aaron me comunicó por carta que el asesino de Sandra la Fría y Honey se había suicidado.

Llamé a Aaron inmediatamente.

—¿Se lo has dicho a Merrick? —pregunté.

—Sospecho que ya lo sabe —respondió Aaron tras una larga pausa.

—¿Qué te hace suponer eso? —inquirí de inmediato. Las reticencias de Aaron siempre conseguían irritarme. No obstante, esta vez no se hizo el remolón.

—El espíritu que perseguía a ese tipo era una mujer alta con el pelo castaño y los ojos verdes —dijo Aaron—. Una descripción que no encaja con las fotografías que vimos de Sandra la Fría ni Honey Rayo de Sol, ¿no es así?

Me mostré de acuerdo, porque no encajaba en absoluto.

—El caso es que ese desgraciado ha muerto —dijo Aaron—. Confiemos en que Merrick pueda continuar tranquilamente con su trabajo.

Eso fue exactamente lo que hizo Merrick, continuar tranquilamente con su trabajo.

En cuanto al presente:

Al cabo de tantos años, he regresado a ella para pedirle que invoque el alma de Claudia, la niña muerta, para Louis y para mí.

Le he pedido sin rodeos que utilice sus dotes mágicas, lo que sin duda significa utilizar su máscara, que me consta que tiene guardada en Oak Haven, como ha estado siempre, la máscara que le permite ver a los espíritus que fluctúan entre la vida y la muerte.

Eso fue lo que he hice, yo que sé lo mucho que ha sufrido y lo buena y feliz que puede llegar a ser, y es.

16

Faltaba una hora para que amaneciera cuando terminé esta historia.

Louis me había escuchado todo el rato en silencio, sin formular una sola pregunta, sin un comentario que pudiera distraerme, asimilando mis palabras.

Por respeto a mí permaneció en silencio, pero observé en su rostro que estaba embargado por la emoción. Sus ojos de color verde oscuro me recordaban los de Merrick, y durante unos momentos la deseé con tal intensidad, sentí tal horror por lo que yo había hecho, que no pude articular palabra.

Por fin, Louis me explicó justamente las percepciones y sensaciones que me abrumaban mientras reflexionaba sobre lo que le había contado.

—No me di cuenta de lo mucho que amabas a esa mujer —dijo—. No comprendí lo diferente que eres de mí.

—La amo, sí, y quizá ni yo mismo comprendí la intensidad de ese sentimiento hasta que te conté esta historia. Entonces me obligué a ver la realidad, me obligué a recordarla, me obligué a experimentar de nuevo mi unión con ella. Pero quiero que me aclares a qué te refieres cuando dices que tú y yo somos diferentes.

—Eres sabio —dijo Louis—, como sólo puede serlo un ser humano anciano. Nadie ha experimentado la vejez como tú. Ni siquiera la gran madre, Maharet, conoció la enfermedad antes de convertirse en un vampiro hace siglos. Y Lestat tampoco la conoció, pese a sus numerosos percances. En cuanto a mí, he sido demasiado joven durante demasiado tiempo.

—No debes culparte por ello. ¿Crees que los seres humanos están destinados a conocer la amargura y la soledad que yo conocí durante mis últimos años como mortal? No lo creo. Como todas las criaturas, estamos destinados a vivir hasta alcanzar nuestra madurez. Lo demás es un desastre espiritual y físico. Estoy convencido de ello.

—No estoy de acuerdo contigo —respondió modestamente—. ¿Qué tribu de cuantas existen en la Tierra no ha tenido ancianos? ¿Qué proporción de nuestro arte y nuestros conocimientos proceden de personas que vivieron hasta alcanzar la ancianidad? Cuando dices esas cosas me recuerdas a Lestat, al referirse a su Jardín Salvaje. El mundo nunca me ha parecido un lugar inhóspito y salvaje.

—Tú crees en muchas cosas —dije sonriendo—. No es preciso presionarte mucho para descubrirlo. Sin embargo, tu constante melancolía te hace negar la verdad de todo lo que has aprendido. Es cierto y lo sabes.

Louis asintió con la cabeza.

—No consigo hallar ningún sentido en las cosas, David —confesó.

—Quizá ninguno de nosotros estemos destinados a lograrlo, ni los muy viejos ni los muy jóvenes.

—Es posible. Pero lo más importante ahora mismo es que tú y yo nos comprometamos solemnemente a no lastimar a esta mujer vital y única. Su fuerza no debe cegarnos. Alimentaremos su curiosidad, seremos justos con ella y la protegeremos, sin hacerle el menor daño.

Me mostré de acuerdo. Comprendía perfectamente lo que quería decir. ¡Cómo no iba a comprenderlo!

—Ojalá pudiera decir que íbamos a retirar la petición que le hicimos —dijo Louis—. Ojalá pudiera seguir resistiendo sin recurrir a las dotes mágicas de Merrick. Ojalá pudiera abandonar este mundo sin ver jamás el fantasma de Claudia.

—No hables de poner fin a tu vida, por favor, no lo soporto —me apresuré a decir.

—Pero debo hablar de ello. No pienso en otra cosa.

—Entonces piensa en las palabras que dije al espíritu de la cueva. La vida pertenece a los vivos. Tú estás vivo.

—¡Pero a qué precio! —exclamó.

—Louis, los dos deseamos desesperadamente vivir —dije—. Recurrimos a la magia de Merrick en busca de consuelo. Soñamos con mirar a través de la máscara. Queremos contemplar algo que haga que todo encaje, ¿no es cierto?

—No sé si eso es lo que pretendo, David —respondió Louis. Su rostro denotaba una profunda preocupación en las pequeñas arrugas en las comisuras de los ojos y de la boca, unas arrugas que desaparecían cuando su rostro estaba relajado—. Lo cierto es que no sé lo que quiero —confesó—. Me gustaría ver espíritus, como habéis visto Merrick y tú. ¡Ah, ojalá pudiera oír ese clavicémbalo fantasmal que otros han oído en esta casa! ¡Y poder hablar con un espíritu tan fuerte como Honey Rayo de Sol! Eso significaría mucho para mí.

—¿Cómo podemos infundirte ánimos para seguir adelante, Louis? —pregunté—. ¿Cómo podemos convencerte de que somos unos testigos de excepción de lo que el mundo tiene que ofrecer en todos sus aspectos?

Louis sonrió desdeñosamente.

—Tranquilizando mi conciencia, David —contestó—. No veo otro modo.

—Entonces toma la sangre que te ofrezco —dije—. Toma la sangre que Lestat te ha ofrecido en más de una ocasión. Toma la sangre que has rechazado tantas veces, y ten la fuerza de vivir del «pequeño trago» y alejar a la muerte de tu camino.

Me sorprendió la vehemencia con que le hice la sugerencia, porque antes de este diálogo (antes de esta larga noche en que le conté mi historia), su decisión de no beber la poderosa sangre me había parecido muy sensata.

Como ya he dicho en este relato, Louis era lo bastante débil como para que el sol lo destruyera, lo cual le procuraba un consuelo del que Lestat y yo carecíamos.

Louis me observó con curiosidad. No vi ningún atisbo de censura en sus ojos.

Me levanté y salí lentamente de la habitación. Volví a contemplar el brillante cuadro pintado por Monet con trazo seguro. De improviso sentí mi vida muy cerca; todo mi afán era vivir.

—No, yo no puedo poner fin a mi vida voluntariamente —murmuré—, ni siquiera mediante un acto tan simple como dirigirme hacia el sol. No puedo hacerlo. Quiero saber qué va a ocurrir. Quiero estar presente cuando Lestat despierte de su prolongado letargo, suponiendo que algún día lo consiga. ¡Quiero saber qué va a ser de Merrick! Quiero saber qué va a ser de Armand. ¿Vivir eternamente? ¡Ojalá pudiera! No puedo fingir que soy el mortal que hace años rechazó a Lestat. No puedo retroceder y reclamar el corazón de ese ser tan falto de imaginación.

Al volverme me pareció que la habitación latía violentamente a mi alrededor, que todos sus colores se habían cohesionado, como si el espíritu de Monet hubiera contagiado la sustancia misma de la materia sólida y el aire. Todos los objetos de la habitación se me antojaban arbitrarios y simbólicos. Y más allá yacía la noche salvaje, el Jardín Salvaje de Lestat, y unas estrellas caprichosas y mudas.

En cuanto a Louis, me observaba fascinado como sólo él es capaz de hacer, abandonándose a mi hechizo como rara vez hacen los hombres, al margen de la silueta o la forma que asuma el espíritu masculino en cuestión.

—Qué fuertes sois todos —comentó en voz baja, con tono reverente y triste—. Admirablemente fuertes.

—Debemos jurar no lastimar a Merrick —dije—. Llegará un momento en que Merrick deseará esta magia y nos echará en cara nuestro egoísmo, el haberle rogado que utilizara su magia y negarnos a ofrecerle la nuestra.

Louis parecía a punto de echarse a llorar.

—No la subestimes, David —dijo con voz ronca—. Quizá sea, a su modo, tan invencible como tú lo eras. Quizá nos reserve alguna sorpresa mayúscula que ni siquiera sospechamos.

—¿Ésa es la conclusión que has sacado de lo que te he dicho sobre ella? —pregunté.

—Me la has descrito con intenso y persistente detalle —respondió Louis—. ¿Crees que ella no conoce nuestro tormento? ¿Crees que no lo siente cuando está con nosotros? —Tras vacilar unos instantes, continuó—: No querrá compartir nuestra existencia. ¿Por qué iba a hacerlo cuando puede aparecerse ante otros, cuando puede mirar a través de una máscara de jade y ver el fantasma de su hermana? Por lo que me has contado, deduzco que no está impaciente por renunciar para siempre a contemplar la arena de Egipto bajo el sol del mediodía.

No pude por menos de sonreír. A mi entender, Louis estaba completamente equivocado.

—No sé, amigo mío —dije tratando de ser cortés—. La verdad es que no lo sé. Sólo sé que me he comprometido a llevar a cabo nuestro macabro propósito. Y que todo lo que he recordado deliberadamente no me ha enseñado a mostrarme receloso ni amable.

Louis se levantó de la butaca lentamente, en silencio, y se encaminó hacia la puerta de la habitación. Deduje que había llegado el momento de que fuera a instalarse en su ataúd; dentro de poco yo haría otro tanto.

Le seguí y salimos juntos de la casa, bajamos por la escalera de hierro, atravesamos el empapado jardín y nos dirigimos hacia el portal de entrada.

Durante unos instantes vi al gato negro sobre la tapia posterior, pero no comenté nada, convencido de que los gatos eran muy corrientes en Nueva Orleans y de que me estaba comportando como un idiota.

Por fin llegó el momento de despedirnos.

—Pasaré las próximas veladas con Lestat —dijo Louis con tono quedo—. Quiero leerle en voz alta. No responde, pero no me lo impide. Ya sabes dónde encontrarme cuando Merrick regrese.

—¿No te dice nunca nada? —pregunté, refiriéndome a Lestat.

—A veces habla un poco. Me pide que toque algo de Mozart, o que le lea un viejo poema. Pero en general, como tú mismo has visto, sigue igual. —Louis se detuvo y alzó la vista hacia el cielo—. Quiero estar a solas con él unas cuantas noches, antes de que vuelva Merrick.

Lo dijo de forma tajante, con un dejo de tristeza que me conmovió en el alma. Iba a despedirse de Lestat, eso era lo que iba a hacer, y yo sabía que el letargo de Lestat era tan profundo y agitado que ni el terrible mensaje de Louis conseguiría despertarlo.

Observé a Louis mientras se alejaba y el cielo empezaba a clarear. Oí cantar a los pájaros matutinos. Pensé en Merrick, la deseaba. La deseaba como habría podido desearla cualquier hombre. Como vampiro deseaba succionarle la sangre hasta arrebatarle el alma, tenerla eternamente dispuesta a recibir mis visitas, siempre a salvo. Durante unos preciosos instantes estuve de nuevo a solas con ella en la tienda de campaña en Santa Cruz del Flores, sintiendo aquel placer que conectaba mi cuerpo orgásmico con mi cerebro.

Era una maldición evocar demasiados recuerdos mortales durante nuestra existencia vampírica. Ser viejo equivalía a experiencias y conocimientos sublimes. Por lo demás, esa maldición poseía cierta magnificencia, un esplendor innegable.

Se me ocurrió pensar que si Louis decidía poner fin a su vida, a su periplo sobrenatural, yo no sabría cómo justificarlo ante Lestat o Armand, o ante mí mismo.

Al cabo de una semana recibí una carta de Merrick escrita de su puño y letra. Había regresado a Luisiana.

> Querido David:
>
> Ven a mi vieja casa mañana por la tarde, tan pronto como puedas. Por suerte, el guarda no estará. Me encontrarás sola en la habitación delantera.
>
> Deseo conocer a Louis y que él mismo me indique lo que quiere que haga.
>
> En cuanto a esos objetos que habían pertenecido a Claudia, tengo el rosario, el diario y la muñeca.
>
> Ya nos ocuparemos más tarde de lo demás.

Apenas podía contener mi entusiasmo. Esperar hasta el día siguiente iba a ser un tormento. Enseguida me dirigí a Ste. Elizabeth's, el edificio donde Lestat pasaba sus horas solitarias durmiendo sobre el viejo suelo de la capilla.

Al entrar me encontré a Louis, sentado en el mármol junto a Lestat, leyendo en voz baja un libro antiguo de poesías inglesas.

Le leí a Louis la carta de Merrick.

El semblante de Lestat no registró el menor cambio.

—Sé dónde está la casa —dijo Louis. Estaba muy excitado, aunque creo que se esforzaba en ocultarlo—. No faltaré. Supongo que debí pedirte permiso. El caso es que anoche fui a localizar la casa.

—Perfecto —respondí—. Nos encontraremos allí mañana por la tarde. Pero escucha, debes...

—Anda, dilo —me pidió Louis suavemente.

—Debes tener en cuenta que es una mujer muy poderosa. Hemos jurado protegerla, pero no pienses ni por un momento que es débil.

—Siempre estamos arriba y abajo con el tema de Merrick —dijo Louis pacientemente—. Lo comprendo. Entiendo lo que quieres decir. Cuando decidí tomar este camino, me preparé para cualquier desastre que pudiera ocurrir. Y mañana por la noche me prepararé tan a fondo como sea posible.

Lestat no mostraba señal de haber oído nuestra conversación. Seguía postrado como antes, con su chaqueta de terciopelo roja arrugada y llena de polvo, y su pelo rubio alborotado.

Me arrodillé y deposité un beso respetuoso en la mejilla de Lestat. Él siguió con la mirada fija en la penumbra. De nuevo tuve la clara impresión de que su alma no se hallaba dentro de su cuerpo, al menos de la forma que nosotros lo entendemos. Deseaba contarle nuestro propósito, pero no estaba seguro de querer que él lo supiera.

Pensé que de haber sabido Lestat lo que nos proponíamos, habría tratado de impedírnoslo. Qué lejos de nosotros debían de estar sus pensamientos.

Cuando me marché, Louis siguió leyendo con voz queda, melodiosa y levemente apasionada.

17

La tarde de la cita que habíamos concertado sólo había unas pocas nubes de un blanco radiante. Conseguí distinguir las estrellas, lo cual me proporcionó un ligero consuelo. El aire era menos húmedo de lo habitual y deliciosamente cálido.

Louis se reunió conmigo en un soportal de la Rue Royale, y yo, debido a mi nerviosismo, apenas reparé en su aspecto pero observé que iba extraordinariamente bien vestido.

Como ya he dicho, Louis no elegía su ropa con acierto, pero de un tiempo a esta parte había mejorado mucho, y esa tarde se había esmerado de forma notable.

Repito, yo estaba demasiado interesado en nuestra reunión con Merrick para prestar atención a su atuendo. Tras observar que no parecía sediento, sino que presentaba un aspecto saciado y humano, una confirmación de que ya se había alimentado, partí con él hacia la casa de Merrick.

Mientras atravesábamos el viejo y desolado barrio dejado de la mano de Dios, ni él ni yo dijimos una sola palabra.

En mi mente se agolpaban multitud de pensamientos. El hecho de haber relatado a Louis la historia de Merrick me había aproximado a ella aún más que la noche de nuestro encuentro en el café de la Rue Ste. Anne, y mi deseo de volver a verla, bajo cualquier circunstancia, era más poderoso de lo que me atrevía a reconocer.

Pero el tema del reciente conjuro de Merrick me atormentaba. ¿Por qué me había enviado unas visiones de sí misma para confundirme? Quería preguntárselo a ella misma, convencido de que era preciso aclarar esta cuestión antes de seguir adelante.

Cuando llegamos a la casa, que había sido restaurada, con su elevada cerca pintada de negro, insistí en que Louis esperara pacientemente unos momentos mientras yo echaba un vistazo en torno al lugar.

Enseguida observé que las modestas viviendas situadas a ambos lados de la mansión de Merrick estaban en ruinas. La finca, como ya he indicado, se hallaba rodeada por tres lados, y parte de la fachada, por unos muros de ladrillo muy altos.

Vi un tupido arbolado en el jardín de Merrick; dos de los árboles eran unos robles inmensos y el otro, una elevada y frondosa pacana, que trataban de desembarazarse de los exuberantes tejos que crecían junto a la tapia.

Vi una luz parpadeante que emanaba hacia arriba contra el follaje y sus sarmentosas ramas. Percibí el olor a incienso y a la cera de las velas. En realidad capté numerosos aromas pero no el de un intruso, que era lo que en aquellos momentos me preocupaba.

El apartamento del guarda, situado en la parte trasera del piso superior, estaba vacío y cerrado, cosa que me complació mucho pues no me apetecía encontrarme con aquel mortal.

En cuanto a Merrick, sentí claramente su presencia, a pesar de la tapia, de modo que regresé rápidamente junto a Louis, que me esperaba delante de la verja de hierro forjado que separaba el jardín delantero de la calle.

Las adelfas de Merrick aún no habían florecido, pero constituían unas magníficas plantas de hoja perenne y muchas otras flores crecían de forma descontrolada, en particular el hibisco africano de color rojo intenso y el malvavisco púrpura con sus ramas tiesas, además de las exuberantes calas blancas de hojas cerosas y lanceadas.

Las magnolias, de las que apenas me acordaba, habían crecido durante la última década hasta hacerse gigantescas y componían un grupo de imponentes centinelas junto al porche delantero.

Louis aguardaba pacientemente, con la vista fija en la puerta de cristal emplomado, como si ardiera en deseos de entrar. Toda la casa estaba a oscuras salvo el saloncito delantero, la estancia en la que años atrás habían instalado el ataúd de Gran Nananne. Vislumbré la luz titilante de las velas en el dormitorio que daba a la fachada, pero dudo que un ojo mortal hubiera podido verlas a través de las cortinas corridas.

Atravesamos rápidamente la verja, pasamos por entre los imponentes arbustos, subimos los escalones de acceso y llamamos al timbre. Oí la suave voz de Merrick que respondía desde el interior de la casa:

—Entra, David.

Penetramos en el sombrío vestíbulo de entrada. Una reluciente alfombra china cubría el pulido suelo confiriéndole un vistoso y moderno esplendor; la nueva y enorme araña de cristal que pendía del techo estaba apagada y parecía compuesta de multitud de intrincados pedacitos de hielo.

Conduje a Louis al saloncito, donde encontramos a Merrick, que lucía un vestido camisero de seda blanco.

Estaba cómodamente sentada en una de las antiguas butacas de caoba de Gran Nananne.

La tenue luz de una lámpara de pie la iluminaba maravillosamente. Merrick y yo nos miramos de inmediato a los ojos y sentí un profundo amor hacia ella. Quería que supiera que había revivido nuestros recuerdos, que había elegido la prerrogativa de confiárselos a alguien en quien confiaba plenamente y que seguía amándola tanto o más que antes.

También quería que supiera que las visiones que me había enviado recientemente me habían disgustado sobremanera, y que si tenía algo que ver con la insistente presencia del gato negro con el que me había tropezado, la broma no me había hecho ninguna gracia.

Creo que ella lo sabía. Observé que me miraba sonriendo levemente cuando Louis y yo penetrábamos en la habitación.

Me disponía a sacar a colación el tema de su perverso conjuro, pero me detuvo la expresión de su rostro al mirar a Louis cuando éste se adentró en la estancia y quedó iluminado por la lámpara de pie.

Aunque Merrick se mostraba tan desenvuelta y segura de sí misma como de costumbre, mudó de expresión.

Se levantó para saludar a Louis, cosa que me sorprendió, y su rostro afable y franco denotaba que se había llevado una profunda impresión.

Entonces me percaté de lo hábilmente que Louis se había vestido con un traje de lanilla negro de excelente corte. Lucía una camisa de seda color crema y un pequeño alfiler de oro en la corbata rosa vivo. Hasta sus zapatos estaban impecables, perfectamente lustrados, y se había peinado su espesa y rizada cabellera negra con esmero, salvo unos pocos mechones que le caían sobre la frente. Pero lo que más llamaba la atención de su aspecto eran, por supuesto, sus marcados rasgos y sus ojos luminosos.

No es necesario repetir que son de color verde oscuro, porque lo más destacable no era el color de sus ojos sino su expresión al contemplar a Merrick, la admiración que parecía haber suscitado en él, y la forma en que su boca bien perfilada se fue relajando lentamente.

Louis la había visto en otras ocasiones, sí, pero no estaba preparado para encontrarse con una mujer tan interesante y atractiva.

Y ella, que llevaba el pelo cepillado y recogido con el pasador de cuero, ofrecía un aspecto muy seductor con su vestido de seda blanco y pronunciadas hombreras, su pequeño cinturón de la misma tela y su falda amplia y brillante.

En torno al cuello, sobre el vestido, lucía un collar de perlas de tres vueltas que yo le había regalado años atrás; en las orejas llevaba unos pendientes de perlas y en el anular de la mano derecha una perla fabulosa.

Indico estos detalles porque trataba de hallar cierta cordura en ellos, pero lo que experimentaba, lo que me abochornaba y enfurecía, era que ambos se sintieran tan mutuamente impresionados, que parecía como si yo no existiera.

Merrick contemplaba a Louis con innegable fascinación. Y no cabía la menor duda de la extraordinaria admiración con que él la miraba a ella.

—Merrick, tesoro —dije suavemente—, permite que te presente a Louis.

Pero era como si yo hablara en una lengua incomprensible. Merrick no oyó una sola sílaba de lo que dije. Se sentía transportada y observé en su rostro una expresión provocativa que hasta aquel momento no había visto en ella salvo cuando me miraba a mí.

Rápidamente, tratando de disimular su exagerada reacción, Merrick tendió la mano a Louis.

Él la estrechó con la renuencia de un vampiro, y acto seguido, ante mi consternada mirada, se inclinó y la besó no en la mano, que sostenía con firmeza, sino en sus dos hermosas mejillas.

¿Cómo era posible que yo no hubiera previsto aquello? ¿Cómo no había imaginado que ella iba a contemplarlo como un prodigio inalcanzable? ¿Cómo no me había dado cuenta de que iba a presentarle a uno de los seres más seductores que jamás he conocido?

Me sentí como un idiota por no haber previsto aquella reacción, y como un completo imbécil por dejar que me afectara hasta tal punto.

Mientras Louis ocupaba la butaca junto a la de Merrick, mientras ella se sentaba de nuevo y concentraba su atención en él, yo me instalé en el sofá situado al otro lado de la habitación. Merrick no apartaba los ojos de él, ni por un segundo, y entonces oí la voz de Louis, grave y melodiosa, con su acento francés y la delicadeza con que se expresaba siempre.

—Ya sabes por qué acudo a ti, Merrick —dijo con una ternura que parecía como si le declarara su amor—. Vivo atormentado pensando en esa criatura, una criatura que traicioné una vez, que amé y luego perdí. Acudo a ti porque creo que puedes invocar el espíritu de esa criatura y lograr que hable conmigo. Acudo a ti porque creo que podré comprobar, con tu mediación, si ese espíritu descansa en paz.

Merrick respondió inmediatamente.

—¿Pero en qué consiste a tu juicio el desasosiego de un espíritu, Louis? —preguntó con desenvoltura—. ¿Crees en el purgatorio, o simplemente en unas tinieblas en las que languidecen los espíritus, incapaces de hallar una luz que les guíe?

—No estoy convencido de nada —respondió Louis. Su rostro reflejaba una vehemente elocuencia—. Si existe alguna criatura apegada a la Tierra, esa criatura es el vampiro. Estamos unidos a ella en cuerpo y alma. Sólo la muerte de lo más dolorosa provocada por fuego puede destruir esa unión. Claudia era mi niña. Claudia era mi amor. Claudia murió debido al fuego, el fuego del sol. Pero Claudia se ha aparecido a otros. Claudia puede aparecer si la invocas. Eso es lo que quiero. Ése es mi sueño disparatado.

Merrick se sentía totalmente cautivada por él. Enseguida me di cuenta. Su mente, en la medida en que pude leer sus pensamientos, estaba trastornada. El aparente dolor de Louis la había afectado profundamente. Se compadecía de él con toda su alma.

—Los espíritus existen, Louis —dijo con una voz ligeramente trémula—. Existen, pero mienten. Un espíritu puede aparecer bajo el aspecto de otro. En ocasiones los espíritus son codiciosos y depravados.

Con una exquisitez que me dejó maravillado, Louis frunció el ceño y se llevó un dedo a los labios antes de responder. En cuanto a Merrick, yo estaba furioso con ella y no veía el menor defecto físico ni mental en ella. Era la mujer a quien tiempo atrás le había entregado mi pasión, mi orgullo y mi honor.

—Yo enseguida sabré si es ella, Merrick —aseguró Louis—. No podrán engañarme. Si la invocas, si aparece, sabré si es ella. No tengo ninguna duda al respecto.

—¿Pero y si yo tengo alguna duda, Louis? —replicó Merrick—. ¿Y si te digo que he fracasado? ¿Te esforzarás cuando menos en creerme?

—¿Entonces está decidido? —terció yo—. ¿Vamos a hacerlo?

—Sí, claro que sí —contestó Louis, dirigiendo amablemente la vista hacia el otro lado de la habitación, donde me hallaba sentado, aunque volvió a fijarla de inmediato en Merrick—. Perdónanos, Merrick, por haber venido a importunarte en busca de tus poderes mágicos. En los momentos de desesperación me digo que a cambio podemos ofrecerte nuestros valiosos conocimientos y experiencia, que quizá logremos confirmar tu fe... en Dios. Me digo esas cosas porque me parece increíble que nos hayamos atrevido a perturbar tu vida con nuestra presencia. Te suplico que lo comprendas.

Louis utilizaba las mismas palabras que a mí se me habían ocurrido en mis numerosas y febriles cavilaciones. De pronto me sentí tan furioso con él como con ella.

Era odioso que dijera esas cosas, lo que demostraba que era más que capaz de adivinar mis pensamientos. Tenía que dominarme.

Merrick sonrió de improviso, esbozó una de las sonrisas más maravillosas que he visto jamás. Sus cremosas mejillas, sus impresionantes ojos verdes, su cabello largo, todos sus encantos conspiraban para hacerla irresistible, y vi el efecto que su sonrisa había causado a Louis. Era como si se hubiera arrojado en sus brazos.

—No tengo dudas ni remordimientos, Louis —dijo Merrick—. Las mías son unas dotes potentes e insólitas. Tú me has dado un motivo para utilizarlas. Hablas de un alma atormentada, hablas de un largo sufrimiento y propones que tratemos de poner fin al tormento que esa alma padece.

En aquel momento Louis se sonrojó profundamente y se inclinó hacia delante para asir con fuerza la mano de Merrick entre las suyas.

—Merrick, ¿qué puedo darte a cambio de lo que vas a hacer por mí?

Esto me alarmó. Louis no debió decir eso. Conducía directamente al presente más potente y singular que podíamos ofrecer. No, no debió decirlo, pero guardé silencio mientras observaba a aquellos dos seres que se sentían poderosamente atraídos uno de otro, que se estaban enamorando.

—Espera a que hayamos concluido y entonces hablaremos de esas cosas —dijo Merrick—, en el caso de que lleguemos a hablar de ellas. No necesito que me des nada a cambio. Ya te he dicho que me has dado un motivo para utilizar mis poderes, y con esto me basta. De todos modos, quiero que me asegures que tendrás en cuenta mi opinión sobre lo que ocurra. Si creo que he invocado a un espíritu que no proviene de Dios lo diré, y tú deberás tratar de creerme.

Merrick se levantó, pasó junto a mí dirigiéndome tan sólo una leve sonrisa, y entró en el comedor que quedaba a mi espalda en busca de algo que había en el aparador situado junto a la pared del fondo.

Por supuesto, Louis, el consumado caballero, se levantó de inmediato. Observé de nuevo su espléndida vestimenta, sus gestos elegantes y felinos y sus manos extraordinariamente hermosas e inmaculadas.

Merrick entró de nuevo, bajo la luz, como si apareciera de nuevo en un escenario.

—Toma, esto es de tu amada —dijo, con un paquetito envuelto en terciopelo—. Siéntate, Louis, te lo ruego —continuó—. Deja que deposite estos objetos en tus manos. —A continuación volvió a sentarse, debajo de la lámpara situada frente a él, sosteniendo los valiosos artículos en su regazo.

Louis la obedeció con la radiante sonrisa de un escolar ante una maestra milagrosa y brillante. Se reclinó hacia atrás, como dispuesto a doblegarse ante su menor capricho.

Observé a Merrick, sentada de perfil, carcomido por el sentimiento ruin y despreciable de los celos. Pero debido al amor que me infundía, tuve la sensatez de reconocer que también sentía cierta preocupación.

En cuanto a Louis, no cabía duda de que se sentía tan interesado en ella como en las cosas que habían pertenecido a Claudia.

—¿Cómo es que tenía ese rosario? —inquirió Merrick, sacando las relucientes cuentas del paquetito—. ¡No me irás a decir que rezaba!

—No, lo encontraba bonito, sencillamente —respondió Louis mirando a Merrick con gesto digno pero implorando su comprensión—. Me parece recordar que se lo compré yo. No creo que le dijera nunca lo que era. Convivir y aprender con ella era una experiencia extraña. La considerábamos una niña, cuando debimos comprender que no lo era, y hay que tener en cuenta que la forma externa de una persona tiene una misteriosa relación con la personalidad.

—¿A qué te refieres? —preguntó Merrick.

—Ya sabes —contestó Louis tímidamente, casi con pudor—. Las personas bellas saben que tienen poder, y ella tenía, en su diminuto encanto, cierto poder del que siempre era consciente, aunque no le concediera importancia. —Louis se detuvo, como si se sintiera abrumado por su timidez—. La mimábamos, nos deleitábamos con su presencia. No parecía tener más de seis o siete años a lo sumo. —La luz que iluminaba su rostro se apagó durante unos momentos, como si alguien hubiera accionado un enchufe interior.

Merrick se inclinó de nuevo hacia delante y le tomó la mano. Louis se la entregó sin oponer resistencia, agachó un poco la cabeza y alzó la mano que ella sostenía, como diciendo: «Dame unos instantes.» Y entonces prosiguió:

—A Claudia le gustaba este rosario —dijo—. Quizá le enseñé a rezar, no lo recuerdo. A veces le gustaba acompañarme a la catedral. Le gustaba oír la música de los oficios vespertinos. Le gustaban todas las cosas sensuales que encerraban cierta belleza. Se entusiasmaba como los niños, de forma intensa y duradera.

Merrick le soltó la mano, pero de mala gana.

—¿Y esto? —preguntó, alzando el pequeño diario encuadernado en cuero blanco—. Lo hallamos hace mucho tiempo en el piso en la Rue Royale, en un escondite. ¿No sabías que Claudia tenía un diario?

—No —respondió Louis—. Se lo regalé yo, eso sí lo recuerdo bien. Pero nunca la vi escribir en él. Confieso que me sorprende que tuviera un diario. Era muy aficionada a la lectura. Conocía muchas poesías. A menudo citaba versos con toda naturalidad. Procuro recordar los versos que citaba, los poetas que le gustaban.

Louis contempló el diario como si se resistiera a abrirlo, o incluso tocarlo, como si todavía perteneciera a Claudia.

Merrick lo dejó a un lado y cogió la muñeca.

—No —dijo Louis tajantemente—, a Claudia no le gustaban. Era un error regalárselas. No, esa muñeca no tiene importancia. Aunque si la memoria no me falla, la encontraron junto con el diario y el rosario. No sé por qué la conservó. No sé por qué la guardó. Quizá quería que alguien en un futuro lejano la encontrara y llorara su muerte, pensar que estaba encerrada en el cuerpo de una muñeca; quizá deseaba que una persona solitaria llorara por ella. Sí, eso debió de ser.

—Un rosario, una muñeca, un diario —comentó Merrick con delicadeza—. ¿Conoces el contenido de las entradas en el diario?

—Sólo una, la que Jesse Reeves me leyó y comentó.

Lestat había regalado a Claudia la muñeca para su cumpleaños y ella la odiaba. Había tratado de herirle, se había burlado de él, y Lestat le había respondido con unas líneas de una vieja obra que jamás olvidaré.

Louis agachó la cabeza, pero procurando no ceder a su tristeza, al menos no del todo. Tenía los ojos secos pese al dolor que reflejaban al tiempo que recitaba las palabras:

Cubre su rostro;
estoy deslumbrado;
murió joven.

Al recordar ese episodio hice una mueca de dolor. Lestat se estaba condenando al recitar esas palabras a Claudia, se ofrecía inmolarse para aplacar su cólera. Ella lo sabía. Por eso ella había anotado todo el incidente: el regalo que él le había hecho y ella había despreciado, su escasa afición por los juguetes, la rabia que le producían sus propias limitaciones y el verso que Lestat había elegido para la ocasión.

Merrick dejó que transcurrieran unos minutos en silencio, y luego depositó la muñeca en su regazo y volvió a ofrecer el diario a Louis.

—Hay varias entradas —dijo—. Dos no tienen importancia, y una de ellas te la pediré a cambio de utilizar mis poderes mágicos. Pero hay otra, cargada de significado, que quiero que leas antes de que continuemos.

Sin embargo, Louis se negaba a coger el diario. La miró respetuosamente, como antes, pero no alargó la mano para tomar el librito blanco.

—¿Por qué quieres que la lea? —preguntó a Merrick.

—Piensa en lo que me has pedido que haga, Louis. ¿Y te niegas a leer las palabras que ella escribió en este libro?

—Ha pasado mucho tiempo, Merrick —contestó Louis—. Claudia ocultó este diario años antes de morir. ¿Acaso no es más importante lo que hacemos? Arranca una página, si la necesitas. La página que quieras, no me importa, puedes utilizarla como desees, pero no me pidas que lea una palabra de lo que escribió ella.

—Debes leerla —insistió Merrick con exquisito tacto—. Léela para David y para mí. Yo sé lo que está escrito aquí, y tú también debes saberlo. David nos ayudará a los dos. Por favor, lee la última entrada en voz alta.

Louis la miró fijamente y observé que un velo de lágrimas le nublaba los ojos, pero sacudió la cabeza con un gesto breve e imperceptible y tomó el diario de manos de Merrick.

Lo abrió y fijó la vista en la página, sin necesidad de acercarla a la luz para leerla, como le habría sucedido a cualquier mortal.

—Sí —dijo Merrick con tono persuasivo—. Esta anotación no es importante. Claudia sólo dice que asististeis juntos al teatro. Dice que vio *Macbeth*, que era la obra favorita de Lestat.

Louis asintió con la cabeza, volviendo las pequeñas páginas.

—Y ésa tampoco tiene importancia —continuó Merrick, animándole con sus palabras a resistir aquel tormento—. Dice que le encantan los crisantemos blancos, dice que compró un ramo a una anciana, dice que las flores son para los muertos.

Louis parecía de nuevo a punto de perder el control, pero se tragó las lágrimas. Siguió pasando las páginas.

—Ésa es la que debes leer —dijo Merrick, apoyando

la mano sobre la rodilla de Louis. Observé que extendía los dedos como si quisiera abrazarlo con ese gesto tan viejo como el mundo—. Lee, Louis, te lo ruego.

Él la miró unos instantes y luego fijó los ojos en la página. Al hablar lo hizo con ternura, en un murmullo, pero yo sabía que ella podía oírle lo mismo que yo.

21 de septiembre de 1895

Han transcurrido muchas décadas desde que Louis me regaló este librito para que anote en él mis pensamientos más íntimos. No he tenido éxito en la empresa, porque sólo he escrito unas pocas anotaciones, aunque no estoy segura de haberlas escrito en mi provecho.

Esta noche he decidido tomar pluma y papel porque sé en qué dirección va a llevarme mi odio. Y temo por aquellos que han suscitado mi cólera.

Cuando digo aquéllos me refiero, naturalmente, a mis malvados padres, mis espléndidos padres, aquellos que me han conducido de una mortalidad hace tiempo olvidada a este dudoso estado de «dicha» permanente.

Eliminar a Louis sería una estupidez, dado que es sin duda el más maleable de los dos.

Louis se detuvo, como si no pudiera continuar.

Observé que Merrick le apretaba con fuerza la rodilla.

—Sigue leyendo, por favor —dijo suavemente—. Debes hacerlo.

Louis reanudó la lectura, con una voz tan suave como antes, y deliberadamente dulce.

Louis hará lo que yo quiera, incluso permitirme destruir a Lestat, lo cual he planificado con todo detalle. Lestat, por el contrario, jamás colaboraría conmigo en la destrucción de Louis. Ésta es la falsa lealtad que le profeso, bajo la apariencia de un amor sincero.

Qué misteriosos somos los humanos, los vampiros, los monstruos y los mortales, capaces de amar y odiar simultáneamente, sin revelar nuestras verdaderas emociones. Miro a Louis y le desprecio por haberme creado, y sin embargo le amo. Pero también amo a Lestat.

En el tribunal de mi corazón considero a Louis más responsable de mi presente estado que al impulsivo y simple Lestat. El caso es que debo morir, o el dolor que siento no desaparecerá nunca. La mortalidad no es sino una monstruosa medida de lo que yo sufriré hasta que el mundo llegue a su fin. Debo morir para que el otro dependa aún más de mí, para que se convierta en mi esclavo. Después recorreré el mundo; haré lo que me plazca; no soporto ni a uno ni a otro a menos que uno se convierta en mi siervo de pensamiento, palabra y obra.

Este sino es impensable con Lestat, dado su carácter indómito e irascible. Este destino parece hecho a medida para mi melancólico Louis, aunque el hecho de destruir a Lestat abrirá a Louis nuevos caminos en el laberíntico Infierno por el que yo transito con cada nuevo pensamiento que me viene a la cabeza.

No sé cuándo ni cómo llevaré a cabo mi plan, sólo sé que me produce un gozo indescriptible observar a Lestat en su ingenua alegría, sabiendo que lo humillaré y destruiré, destruyendo de paso la noble e inútil conciencia de Louis para reducir su alma, si no su cuerpo, al tamaño de la mía.

La lectura había terminado.

Lo comprendí por la expresión de perplejidad y dolor que reflejaba el rostro de Louis, por la forma en que sus cejas temblaron unos instantes, por la forma en que se reclinó hacia atrás en la silla y cerró el librito, sosteniéndolo en la mano izquierda despreocupadamente, como si se hubiera olvidado de él. No nos miró ni a Merrick ni a mí.

—¿Todavía deseas comunicarte con ese espíritu? —preguntó Merrick con tono respetuoso. Alargó la mano y Louis le entregó el pequeño diario sin oponerse.

—Oh, sí —respondió Louis con un largo suspiro—. No hay nada que desee tanto.

Me hubiera gustado consolarlo, pero no había palabras con que aliviar un dolor tan íntimo.

—No la censuro por haber expresado lo que sentía —prosiguió con voz débil—. Todo lo que emprendemos nosotros acaba siempre trágicamente —dijo fijando en Merrick su mirada febril—. El Don Oscuro, imagínate qué nombre tan absurdo, cuando al final todo se tuerce.

Se inclinó hacia atrás, como esforzándose en contener sus emociones.

—¿De dónde provienen los espíritus, Merrick? —preguntó—. Sé lo convencionales y absurdas que son las opiniones. Cuál es la tuya.

—Ahora sé menos que antes —respondió Merrick—. Cuando era una niña, estaba muy segura de estas cosas. Rezábamos a los muertos que no habían hallado la paz porque creíamos que permanecían suspendidos cerca de la Tierra, vengativos o confundidos, y así podíamos llegar a ellos. Desde tiempos inmemoriales, las brujas han frecuentado los cementerios en busca de esos espíritus encolerizados y confundidos, invocándolos para hallar el medio de alcanzar a otros poderes más fuertes y descubrir sus secretos. Yo creía en esas almas solitarias, en esas almas atormentadas. Y a mi modo, quizás aún crea en ellas.

»Como David puede confirmarte, parecen ávidas del calor y la luz que proporciona la vida, ávidas también de sangre. ¿Pero quién puede adivinar las verdaderas intenciones de un espíritu? ¿De qué profundidades se alzó el profeta Samuel en la Biblia? ¿Debemos creer, según dice la Biblia, que la magia de la Pitonisa de En-Dor era muy potente?

Louis estaba pendiente de cada palabra que pronunciaba Merrick.

De pronto se inclinó y tomó nuevamente la mano de Merrick, dejando que ella le apretara con fuerza el pulgar.

—Merrick, ¿qué ves cuando nos miras a David y a mí? ¿Ves el espíritu que habita en nosotros, el espíritu voraz que nos convierte en vampiros?

—Efectivamente, pero es mudo y no tiene voluntad, está totalmente subordinado a vuestros cerebros y corazones. Ahora no sabe nada, suponiendo que alguna vez lo supiera, salvo que ansía sangre. Y para obtener esa sangre ejerce su conjuro sobre vuestros tejidos, ordenando lentamente a cada una de vuestras células que obedezca. Él prospera a medida que vuestra vida se prolonga, y ahora está furioso, furioso en tanto en cuanto puede elegir cualquier emoción, porque los vampiros sois pocos.

Louis parecía perplejo, aunque no era difícil de comprender.

—Las matanzas, Louis, la última se produjo aquí, en Nueva Orleans. De esa forma eliminan a los espíritus rebeldes y de poca monta. Y el espíritu se repliega en los que permanecen.

—Así es —dijo Merrick, mirándome unos instantes—. Por eso la sed que ahora sientes es doblemente feroz, por eso estás lejos de contentarte con el «pequeño trago». Hace unos momentos me preguntaste qué quería de ti. Pues bien, permíteme que ahora te responda.

Louis siguió observándola como si fuera incapaz de negarle nada.

—Acepta la sangre poderosa que te ofrezco —prosiguió Merrick—. Acéptala para que puedas seguir existiendo sin necesidad de matar, acéptala para que puedas cesar en tu búsqueda del malvado. Sí, lo sé, me expreso en vuestros mismos términos, quizá con excesiva libertad y orgullo. Los que perseveramos en Talamasca pecamos siempre de orgullo. Estamos convencidos de haber presenciado milagros, estamos convencidos de haber realizado nosotros mismos milagros. Olvidamos que no sabemos nada, olvidamos que quizá no exista nada que averiguar.

—No, existe algo, mucho más —dijo Louis, sacudiendo suavemente la mano de Merrick para subrayar sus palabras—. Tú y David me habéis convencido, aunque ninguno de vosotros tuviera intención de hacerlo. Hay cosas que debemos saber. Dime, ¿cuándo podemos invocar el espíritu de Claudia? ¿Qué más quieres de mí antes de realizar el conjuro?

—¿Realizar el conjuro? —preguntó Merrick con voz queda—. Sí, será un conjuro. Ten, coge este diario —añadió entregándoselo—. Arranca una página de él, la que te parezca que tiene más fuerza o la parte que desees eliminar.

Louis tomó el diario con la mano izquierda, incapaz de soltar la mano de Merrick.

—¿Qué página quieres que arranque? —preguntó.

—Elígela tú mismo. Yo la quemaré cuando me parezca oportuno. No volverás a ver esas palabras.

Merrick le soltó la mano, animándole con un breve ademán a arrancar una página del diario. Louis abrió el libro con ambas manos. Volvió a suspirar, como si este acto le resultara insoportable, pero luego empezó a leer con voz grave y pausada:

«Y esta noche, cuando pasé frente al cementerio, una niña que deambulaba peligrosamente sola implorando la compasión de todo el mundo, compré esos crisantemos y me entretuve un rato aspirando el aroma de las tumbas recientemente abiertas y los muertos que se pudrían en ellas, preguntándome qué muerte me reservaba la vida de haber podido vivirla, preguntándome si habría sido capaz de odiar a un mero ser humano como hago ahora, preguntándome si habría sido capaz de amar como amo ahora.»

Con cuidado, oprimiendo el libro contra su pierna con la mano izquierda, Louis arrancó la página con la derecha, la sostuvo unos instantes bajo la luz y se la entregó a Merrick, sin apartar los ojos de ella, como si estuviera cometiendo un robo imperdonable.

Merrick la tomó respetuosamente y la depositó con suma delicadeza junto a la muñeca que reposaba en su regazo.

—Reflexiona antes de responder —dijo—. ¿Conoces el nombre de su madre?

—No —respondió Louis de inmediato. Luego dudó unos instantes, pero meneó la cabeza y repitió suavemente que no lo sabía.

—¿Claudia nunca te dijo su nombre?

—Hablaba de la Madre; era una niña.

—Piénsalo despacio —dijo Merrick—. Retrocede a esas primeras noches que pasaste con ella; retrocede a la época en que Claudia parloteaba como hacen los niños, antes de que su voz de mujer sustituyera esos recuerdos en tu corazón. Retrocede. ¿Cómo se llama su madre? Necesito saberlo.

—No lo sé —confesó Louis—. Creo que ella nunca... En todo caso no presté atención, esa mujer había muerto. Así fue como la encontré, viva, aferrada al cadáver de su madre.

Comprendí que se sentía derrotado. Miró a Merrick con expresión de impotencia.

Ella asintió con la cabeza. Bajó la vista y luego volvió a mirarle.

—Hay algo más —dijo con tono especialmente afectuoso—. Algo que te niegas a facilitarme.

Louis la miró de nuevo, trastornado.

—¿A qué te refieres? —preguntó con tono sumiso.

—Tengo la página de su diario —respondió Merrick—. Tengo la muñeca que conservó en lugar de destruirla. Pero hay algo que te niegas a facilitarme.

—No puedo —replicó Louis, juntando sus negras cejas en un gesto de preocupación. Luego metió la mano en el bolsillo y sacó el pequeño daguerrotipo en su estuche de gutapercha—. No puedo dártelo para que lo destruyas, es imposible —murmuró.

—¿Crees que después del conjuro seguirás atesorándolo? —preguntó Merrick con voz consoladora—. ¿O crees que nuestro fuego mágico fracasará?

—No lo sé —confesó Louis—. Sólo sé que deseo conservarlo. —Levantó el diminuto cierre, abrió el pequeño estuche y contempló la fotografía hasta que no pudo resistirlo. Luego cerró los ojos.

—Dámela para colocarla en mi altar —dijo Merrick—. Te prometo que no la destruiré.

Louis permaneció en silencio, inmóvil. Simplemente dejó que Merrick tomara el daguerrotipo de sus manos. Yo la observé con atención. Merrick contempló asombrada la antigua imagen de una vampiro, su tenue silueta captada para siempre en la frágil placa de plata y cristal.

—Qué hermosa era, ¿verdad? —preguntó Louis.

—Era muchas cosas —respondió Merrick. Cerró el pequeño estuche de gutapercha pero no cerró el diminuto cierre de oro. Depositó el daguerrotipo en su regazo, junto a la muñeca y la página del diario, y tomó de nuevo entre sus manos la mano derecha de Louis.

Examinó la palma bajo la luz de la lámpara.

De pronto se puso tensa, impresionada.

—Jamás había visto una línea de la vida como ésta —musitó—. Está profundamente impresa, fíjate, no tiene fin —dijo, examinando la mano de Louis bajo diversos ángulos—, y todas las líneas pequeñas han desaparecido hace tiempo.

—Puedo morir —replicó él con tono educado pero desafiante—. Lo sé —añadió con tristeza—. Moriré cuando tenga el valor de hacerlo. Mis ojos se cerrarán para siempre, como los de cualquier mortal que vivió en mi época.

Merrick no respondió. Siguió contemplando la palma de Louis. Observé que la palpaba deleitándose con el tacto sedoso de su piel.

—Veo tres grandes amores —murmuró, como si necesitara el permiso de Louis para decirlo en voz alta—. Tres grandes amores hasta la fecha. ¿Lestat? Sí. Claudia. Desde luego. ¿Y el otro? ¿Puedes decirme quién es?

Louis la miró totalmente confundido, pero no tuvo la fuerza de responder. Se sonrojó, y sus ojos centellearon como si la luz que ardía dentro de ellos hubiera aumentado su incandescencia.

Merrick soltó la mano de Louis, sonrojándose.

Louis me miró, de improviso, como si de pronto hubiera recordado mi presencia y que me necesitaba desesperadamente. Jamás le había visto tan agitado y pletórico de vitalidad. Cualquiera que hubiera entrado en aquellos momentos en la habitación le habría tomado por un joven irresistible.

—¿Estás dispuesto, mi viejo amigo? —preguntó—. ¿Estás preparado para empezar?

Merrick alzó la vista. Los ojos le lagrimeaban ligeramente. Trató de localizarme entre las sombras de la habitación. Luego esbozó una breve y confiada sonrisa.

—¿Qué opinas, Superior General de la Orden? —preguntó con voz queda pero rebosante de convicción.

—No te burles de mí —repuse, porque me complació decirlo. No me sorprendió advertir una leve expresión de dolor en sus ojos.

—No me burlo, David. Te pregunto si estás preparado.

—Estoy preparado, Merrick —contesté, tan preparado como puedo estarlo para invocar a un espíritu en el que apenas creo, en el que no confío.

Merrick sostuvo la página con ambas manos y la examinó, quizá leyendo las palabras para sí, pues movía los labios.

Luego volvió a mirarme, y después a Louis.

—Una hora. Regresad dentro de una hora. Estaré preparada. Nos encontraremos en la parte trasera de la casa. He restaurado el viejo altar para este propósito. Las velas ya están encendidas. Enseguida dispondré los carbones. Allí ejecutaremos nuestro plan.

Hice ademán de levantarme.

—Ahora debéis marcharos —dijo Merrick—. Traed un sacrificio, porque no podemos realizar el conjuro sin él.

—¿Un sacrificio? —pregunté, poniéndome de pie—. ¡Santo Dios! ¿Qué tipo de sacrificio?

—Un sacrificio humano —respondió Merrick observándome fijamente. Luego miró de nuevo a Louis, que seguía sentado en la silla—. El espíritu no acudirá a menos que le ofrezcamos sangre humana.

—Supongo que no lo dirás en serio, Merrick —contesté furioso, alzando la voz—. ¡Por todos los santos! ¿Es que estás dispuesta a ser cómplice de un crimen?

—¿Acaso no lo soy ya? —replicó, mirándome con ojos llenos de sinceridad y determinación—. David, ¿a cuántos seres humanos has matado desde que Louis te convirtió en vampiro? ¿Y tú, Louis? Incontables. He aceptado reunirme aquí con vosotros para planificar lo que nos proponemos llevar a cabo. ¿No me convierte esto en cómplice de vuestros crímenes? Insisto, para este conjuro necesito sangre. Debo preparar un caldo que me procure una magia más potente de la que jamás he precisado. Necesito un holocausto; necesito que el humo brote de la caldera de sangre hirviendo.

—Me niego a hacerlo —dije—. Me niego a traer a un mortal aquí para sacrificarlo. Eres una estúpida ingenua si crees que voy a tolerar semejante espectáculo. Si insistes en ello, cambiarás para siempre. ¿Acaso crees que este asesinato será limpio y elegante porque Louis y yo tenemos un aspecto bonito?

—Haz lo que ordeno, David —respondió Merrick—, o no seguiré adelante con este plan.

—Me niego rotundamente —contesté—. Te has pasado. Me niego a cometer un asesinato.

—Yo me ofrezco para ese sacrificio —terció Louis, inopinadamente. Se levantó y miró a Merrick—. No me refiero a que moriré —añadió con tono compasivo—, sino a que la sangre que manará será la mía. —Tomó de nuevo la mano de Merrick, sujetándola por la muñeca, y se inclinó para besarla. Luego se enderezó, sin apartar los ojos de los suyos.

—Hace años —dijo—, utilizaste tu propia sangre, en esta misma casa, para invocar a tu hermana, Honey Rayo de Sol, ¿no es así? Esta noche utilizaremos mi sangre para invocar a Claudia. Tengo suficiente sangre para tu holocausto; tengo suficiente sangre para una caldera o un fuego.

Merrick lo miró de nuevo con expresión serena.

—Utilizaré una caldera —dijo—. Una hora. El jardín trasero está lleno de viejos santos, como ya he dicho. Las losas sobre las que bailaban mis antepasados están limpias y preparadas para nuestro propósito. El viejo puchero está colocado sobre los carbones. Los árboles han sido testigos de numerosos espectáculos como éste. Sólo me falta ultimar unos detalles. Marchaos y regresad dentro de una hora, como os he pedido.

18

Estaba trastornado de tanta ansiedad. En cuanto pisamos la acera, agarré a Louis por los hombros y le obligué a volverse hacia mí.

—No seguiremos adelante con esto —dije—. Regresaré para decir a Merrick que nos negamos a hacerlo.

—No, David, llevaremos a cabo nuestro plan —respondió Louis sin alzar la voz—. ¡No podrás impedirlo!

Por primera vez desde que fijé los ojos en él, me di cuenta de que estaba firmemente decidido y furioso, aunque su furia no iba dirigida sólo a mí.

—Lo haremos —repitió, apretando los dientes; tenía el rostro crispado debido a la cólera que trataba de sofocar—. Merrick no sufrirá ningún daño, tal como prometimos. Pero debo seguir adelante con esto.

—Pero, Louis, ¿no comprendes lo que ella siente? —pregunté—. ¡Se está enamorando de ti! Nunca volverá a ser la misma después de esto. No puedo consentir que esto ocurra. No puedo dejar que la situación empeore.

—Te equivocas, no está enamorada de mí —afirmó Louis con tono categórico—. Cree lo que creen todos los mortales. Cree que poseemos una gran belleza, que somos exóticos, que tenemos una sensibilidad exquisita. Estoy cansado de verlo. No tengo más que llevar a una de mis víctimas a su presencia para curarla de sus sueños románticos. Pero eso no ocurrirá, te lo prometo. Escucha, David, esta hora de espera será la más larga de la noche. Estoy sediento. Deseo ir en busca de una presa. Apártate de mi camino, David.

Como es natural, me negué.

—¿Y tus emociones, Louis? —pregunté echando a caminar a su lado, decidido a no dejarlo solo—. ¿Estás seguro de que no te sientes atraído por ella?

—¿Y qué si lo estoy, David? —respondió, sin aminorar el paso—. No me la describiste fielmente, David. Me dijiste que era fuerte, astuta, inteligente. Pero no le hiciste justicia —insistió, mirándome de soslayo—. No me hablaste de su sencillez ni de su dulzura. No me dijiste que fuera intrínsecamente bondadosa.

—¿Es así como la ves?

—Ella es así, amigo mío —contestó Louis sin mirarme—. Una escuela singular, esa Talamasca, de la que ambos habéis salido. Ella posee un alma paciente y un corazón rebosante de sabiduría.

—Quiero suspender esto ahora mismo —insistí—. No me fío ni de ti ni de ella. Escúchame, Louis.

—David, ¿me crees capaz de lastimarla? —me preguntó con brusquedad, sin detenerse—. ¿Acaso busco a mis víctimas entre quienes destacan por su naturaleza amable, entre seres humanos que considero bondadosos y extraordinariamente fuertes? Ella jamás correrá ningún peligro conmigo, David, ¿no lo comprendes? Sólo una vez en mi desdichada vida convertí a una inocente en un vampiro, y de eso hace más de un siglo. Merrick está tan segura conmigo como con cualquiera. ¡Hazme jurar que la protegeré hasta el día de su muerte y probablemente lo haré! Después de que hayamos hecho esto desapareceré de su vida, te lo prometo. —Louis siguió caminando y hablando al mismo tiempo—: Hallaré el medio de darle las gracias, de satisfacerla, de dejarla en paz. Lo haremos juntos, David, tú y yo. No me agobies más. No podemos echarnos atrás. Hemos ido demasiado lejos.

Yo le creí. Le creí a pies juntillas.

—¿Qué quieres que haga? —pregunté apesadumbrado—. Ni yo mismo sé qué hacer al respecto. Temo por ella.

—No tienes que hacer nada —repuso Louis con un tono aún más sosegado—. Deja que todo siga su curso tal como planeamos.

Seguimos avanzando juntos a través del destartalado barrio.

Un rato después aparecieron las luces rojas de neón de un bar, parpadeando bajo las escuálidas ramas de un árbol vetusto y moribundo. Había unas palabras pintadas a mano sobre toda la fachada de madera, y la luz en el interior era tan mortecina que apenas pudimos ver nada a través del sucio cristal de la puerta.

Louis entró y yo le seguí, asombrado al contemplar la enorme cantidad de varones anglosajones que charlaban y bebían apostados frente al largo mostrador de caoba, y la multitud de mesitas cochambrosas. Había algunas mujeres vestidas con vaqueros, jóvenes y viejas, al igual que sus acompañantes masculinos. Unas luces chillonas situadas junto al techo emitían un intenso resplandor rojo. Vi por todas partes brazos desnudos, camisas de tirantes inmundas, rostros taimados y cínicos bajo un velo de sonrisas y dientes que destacaban en la penumbra.

Louis se encaminó hacia la esquina de la sala y se sentó en una silla de madera junto a un individuo corpulento, sin afeitar y con greñas, que estaba sentado solo con aire taciturno frente a una botella de cerveza.

Yo le seguí, asqueado por el hedor a sudor y el aire viciado por el humo del tabaco.

El volumen de las voces era insoportable y el ruido de la música resultaba desagradable, en su letra, su ritmo y el tono hostil del canto.

Me senté frente a aquel pobre y degenerado mortal, que posó sus ojos vidriosos sobre Louis y luego sobre mí, como si se dispusiera a divertirse un poco a nuestra costa.

—¿Qué desean, caballeros? —preguntó con voz grave. Observé el espasmódico movimiento de su fornido pecho debajo de la raída camisa que llevaba. Se llevó la botella marrón a los labios y bebió un trago de la dorada cerveza.

—Vamos, caballeros, confiésenlo —dijo con la voz pastosa del borracho—. Cuando unos hombres como ustedes vienen a esta zona de la ciudad, es porque andan buscando algo. ¿De qué se trata? ¿Acaso he dicho que se han equivocado de lugar? ¡Ni mucho menos, caballeros! Quizá lo diga otra persona. Alguien podría decirles que han cometido un grave error. Pero no seré yo quien diga tal cosa, caballeros. Yo lo comprendo todo. Soy todo oídos, caballeros. ¿Qué es lo que quieren, mujeres o un billete de avión? —Nos miró sonriendo—. Tengo todo tipo de mercancías, caballeros. Hagamos como que estamos en Navidad. Díganme lo que desean.

El hombre rió ufano y bebió un trago de la grasienta botella marrón. Tenía los labios rosados y la barbilla cubierta por una barba hirsuta.

Louis lo miró sin responder. Observé fascinado cómo la cara de Louis iba perdiendo poco a poco toda expresión, todo vestigio de sentimiento. Parecía el rostro de un hombre muerto, mientras contemplaba a su víctima, mientras seleccionaba a su víctima, mientras dejaba que la víctima perdiera su desdichada y desesperada humanidad, mientras la idea del asesinato pasaba de lo posible a lo probable y se convertía por fin en un hecho irreversible.

—Quiero matarte —dijo Louis suavemente. Se inclinó hacia delante y contempló de cerca los ojos del individuo, de color gris pálido e inyectados en sangre.

—¿Matarme? —exclamó el hombre arqueando una ceja—. ¿Se cree capaz de hacerlo?

—Desde luego —respondió Louis con tono quedo—. Así de fácil.

Y tras estas palabras clavó los colmillos en el cuello recio e hirsuto del individuo. Vi cómo los ojos del hombre se animaban durante unos instantes al tiempo que miraba sobre el hombro de Louis; luego la mirada quedó fija y poco a poco fue perdiendo toda expresividad.

El hombre apoyó su voluminoso y pesado cuerpo contra Louis; su mano derecha de dedos rechonchos se agitó convulsivamente unos segundos antes de caer, flácida, junto a la botella de cerveza.

Louis se inclinó entonces hacia atrás y ayudó al hombre a apoyar la cabeza y los hombros sobre la mesa. A continuación acarició afectuosamente su pelambrera espesa y canosa.

Una vez en la calle, Louis respiró hondo para llenar sus pulmones con el aire fresco de la noche. Tenía la cara manchada con la sangre de su víctima, teñida con el color vivo de un humano. Esbozó una sonrisa triste, amarga, y alzó los ojos para contemplar las estrellas.

—Agatha —dijo suavemente, como si musitara una oración.

—¿Agatha? —pregunté. Temía por él.

—La madre de Claudia —respondió, mirándome—. Claudia dijo su nombre en una ocasión durante las primeras noches, tal como suponía Merrick. Recitó los nombres de su padre y de su madre, como le habían enseñado a decirlo a los extraños. Su madre se llamaba Agatha.

—Entiendo —contestó—. A Merrick le complacerá saberlo. Según el estilo de los viejos conjuros, cuando invocas a un espíritu, lo normal es incluir el nombre de la madre.

—Lástima que ese hombre sólo bebiera cerveza —comentó Louis cuando echamos a andar de regreso a casa de Merrick—. Me habría sentado bien tomar algo que me calentara un poco la sangre, pero quizá sea mejor así. Es preferible que esté bien despejado para no perder detalle. Creo que Merrick conseguirá hacer lo que deseo que haga.

19

Mientras avanzábamos junto a la fachada lateral de la casa vi unas velas encendidas, y cuando entramos en el jardín trasero descubrí el inmenso altar bajo el cobertizo, con sus elevadas estatuas sagradas de santos y vírgenes, y los tres Reyes Magos, y los arcángeles Miguel y Gabriel con sus espectaculares alas blancas y sus pintorescos ropajes.

El olor a incienso era intenso y delicioso, y los árboles extendían sus ramas bajas sobre la amplia y limpia terraza de losas irregulares de color púrpura.

Al fondo del cobertizo, junto al borde más próximo a la terraza, había una vieja caldera de hierro colocada sobre el trípode del brasero, debajo de la cual relucían unos carbones encendidos. Al otro lado había unas mesas de hierro alargadas, rectangulares, sobre las que Merrick había dispuesto varios objetos con esmero.

La complejidad de la puesta en escena me asombró ligeramente, pero entonces descubrí, de pie sobre los escalones traseros de la casa, a pocos metros de las mesas y la caldera, la figura de Merrick, con el rostro cubierto por la máscara de jade.

Sentí una especie de descarga eléctrica. Los orificios de los ojos y la boca de la máscara parecían vacíos; sólo el resplandeciente jade verde estaba iluminado. El cabello y el cuerpo en sombras de Merrick apenas eran visibles, aunque vi su mano cuando la alzó para indicarnos que nos acercáramos.

—Venid aquí —dijo, con la voz un tanto sofocada por la máscara—. Colocaos junto a mí detrás de la caldera y las mesas. Tú a mi derecha, Louis, y tú a mi izquierda, David. Antes de empezar, prometedme que no me interrumpiréis, que no interferiréis en nada de lo que haga.

Tras estas palabras, Merrick me agarró del brazo para que me situara junto a ella.

Incluso de cerca, la máscara me resultaba aterradora y parecía flotar ante ella como si hubiera perdido su rostro y quizás incluso su alma. Con gesto preocupado, y aun a riesgo de molestarla, alargué la mano para asegurarme de que tenía la máscara firmemente sujeta a la cabeza con unas gruesas tiras de cuero.

Louis se situó detrás de ella, detrás de la mesa de hierro situada a la derecha de la caldera, a la derecha de Merrick, contemplando el reluciente altar con sus hileras de velas contenidas en unos vasos y los fantasmagóricos pero hermosos rostros de los santos.

Yo me coloqué a la izquierda de Merrick.

—¿A qué te refieres al decir que no debemos interrumpirte? —pregunté, aunque me pareció una falta de respeto intolerable, en medio de aquel espectáculo que había asumido una belleza sublime, con los santos de yeso, los altos y oscuros tejos que se erguían junto a nosotros y las ramas bajas y sarmentosas de los robles que ocultaban las estrellas.

—Justamente a lo que he dicho —respondió Merrick con voz grave—. No debéis tratar de detenerme, pase lo que pase. Debéis permanecer detrás de esta mesa, los dos; no debéis situaros frente a ella, al margen de lo que veáis o creáis ver.

—Entendido —dijo Louis—. El nombre que me pediste, de la madre de Claudia, es Agatha. Estoy casi seguro.

—Gracias —contestó Merrick—. Los espíritus aparecerán ahí —añadió señalando al frente—, sobre las losas, suponiendo que aparezcan, pero no debéis acercaros a ellos, no debéis enzarzaros en una lucha con ellos. Haced simplemente lo que yo os diga.

—Entendido —repitió Louis.

—¿Me das tu palabra, David? —me preguntó Merrick.

—De acuerdo —contesté enojado.

—¡Deja de entrometerte, David! —me ordenó.

—¿Qué puedo decir, Merrick? —pregunté—. ¿Cómo quieres que acceda en mi fuero interno a esto? ¿No basta con que esté aquí? ¿No basta que haga lo que me ordenes?

—Confía en mí, David —dijo Merrick—. Me pediste que realizara este conjuro mágico. Y yo he accedido a tu petición. Confía en que lo que haga es por el bien de Louis. Confía en que sabré controlar la situación.

—Una cosa es hablar de magia —comenté con tono quedo—, leer sobre ella, estudiarla, y otra muy distinta participar en un conjuro, estar en presencia de alguien que cree en ella y la conoce.

—Controla tu corazón, David, te lo ruego —intervino Louis—. Nunca he deseado tanto una cosa. Continúa, Merrick, por favor.

—David —dijo Merrick—, prométeme sinceramente que no tratarás de interferir en lo que yo diga o haga.

—De acuerdo, Merrick —accedí, derrotado.

Entonces pude contemplar a placer los objetos dispuestos sobre las dos mesas. Vi la vieja y desastrada muñeca que había pertenecido a Claudia, que yacía inerte como un cadáver diminuto. Y la página del diario, bajo la cabeza redonda de porcelana de la muñeca. Vi también el rosario que descansaba junto a ella, y el pequeño daguerrotipo en su estuche de cuero oscuro. Había un cuchillo de hierro junto a aquellos objetos.

Vi también un cáliz de oro, exquisitamente decorado y orlado de gemas engastadas. Había un frasco alto de cristal con un aceite amarillo y transparente. Cerca de la caldera vi el perforador de jade, un objeto siniestro, afilado y peligroso. Y de pronto reparé en lo que parecía ser una calavera humana.

Este último descubrimiento me enfureció. Examiné apresuradamente lo que había sobre la otra mesa, que estaba situada delante de Louis, y vi una costilla, llena de marcas, y aquella espantosa mano negra y encogida. Había tres botellas de ron y otros objetos: una dorada jarrita de miel, de la que emanaba un dulce aroma, otra jarra de plata que contenía una leche blanca y purísima, y un recipiente de bronce lleno de reluciente sal.

En cuanto al incienso, imaginé que ya se había distribuido y que ardía delante de los distantes e incautos santos.

Merrick había vertido una gran cantidad de incienso, muy negro y ligeramente brillante, cuyo humo brotaba en la oscuridad formando un inmenso círculo sobre las losas de color púrpura ante nosotros, un círculo en el que no reparé hasta ese momento.

Quería preguntarle de dónde procedía la calavera. ¿Habría desvalijado Merrick una sepultura anónima? Se me ocurrió un pensamiento aterrador que me apresuré a eliminar. Miré de nuevo la calavera y vi que tenía grabada una inscripción. Era un objeto macabro y terrorífico, y la belleza que rodeaba aquel espectáculo resultaba tan seductora como potente y obscena.

Pero me limité a hacer un comentario sobre el círculo.

—Los espíritus aparecerán dentro de él —murmuré—, e imaginas que el incienso los contendrá.

—Si me veo precisada a hacerlo, les diré que el incienso les contiene —repuso Merrick fríamente—. Ahora te pido que controles tu lengua si no puedes controlar tu corazón. No reces mientras contemplas esto. Estoy preparada para comenzar.

—¿Y si no hay suficiente incienso? —pregunté en un murmullo.

—Hay suficiente para que arda durante horas. Observa estos pequeños conos con tus astutos ojos de vampiro y no vuelvas a hacerme una pregunta tan estúpida.

Me resigné; no podía detener aquello. Entonces, mientras Merrick se disponía a comenzar, experimenté cierta atracción hacia todo aquel espectáculo.

Merrick sacó de debajo de la mesa un pequeño manojo de ramas secas y la arrojó rápidamente a los carbones del brasero que había debajo de la caldera de hierro.

—Haz que el fuego arda para nuestros fines —murmuró—. Haz que todos los santos y ángeles sean testigos, que la gloriosa Virgen María sea testigo, que el fuego arda para nosotros.

—Esos nombres, esas palabras... —mascullé sin poder evitarlo—. Merrick, estás jugando con los poderes más fuertes que conocemos.

Pero ella continuó, atizando el fuego hasta que sus llamas comenzaron a lamer los costados de la caldera. Entonces cogió la primera botella de ron, le quitó el tapón y la vació en el puchero. Rápidamente, tomó el frasco de cristal y vertió el aceite puro y fragante.

—¡Papá Legba! —exclamó mientras el humo brotaba ante ella—. No puedo iniciar el conjuro sin tu intercesión. Mira a tu sierva Merrick, escucha su voz que te invoca, abre las puertas al mundo de los misterios para que Merrick vea colmados sus deseos.

El oscuro perfume del caldo caliente que emanaba del puchero me abrumaba. Tenía la impresión de estar ebrio, cuando en realidad no lo estaba, y me costaba conservar el equilibrio, aunque no sabía por qué.

—Abre las puertas, Papá Legba —repitió Merrick.

Levanté la vista hacia la distante figura de san Pedro y de golpe me percaté de que estaba situado en el centro del altar. Era una hermosa efigie de madera cuyos ojos de cristal me miraban fijamente mientras sostenía en su mano las llaves doradas.

Me pareció que el aire que nos rodeaba había cambiado inopinadamente, pero pensé que era cosa de mis nervios. Vampiro o humano, era fácilmente sugestionable. Pero los tejos que crecían en el borde del jardín empezaron a oscilar levemente, y a través de los árboles comenzó a soplar una suave brisa que produjo una lluvia de hojas a nuestro alrededor, unas hojas ligeras y diminutas que caían al suelo en silencio.

—Abre las puertas, Papá Legba —dijo Merrick mientras vertía con manos hábiles la segunda botella de ron dentro de la caldera—. Deja que los santos del cielo me escuchen, deja que la Virgen María me escuche, deja que los ángeles no hagan oídos sordos a mis ruegos.

Hablaba con voz grave pero llena de convicción.

—Escúchame, san Pedro —dijo—, o rogaré a aquel que entregó a su único hijo divino para nuestra salvación que te vuelva la espalda en el cielo. Soy Merrick. ¡No puedes rechazar mi petición!

Louis no pudo evitar una exclamación de protesta.

—Y vosotros, ángeles Miguel y Gabriel —dijo Merrick, alzando la voz con creciente autoridad—, os ordeno que abráis las puertas de las tinieblas eternas a las almas que vosotros mismos habéis expulsado del paraíso; deponed vuestras espadas llameantes ante mí. Soy Merrick. Os lo ordeno. No podéis rechazar mi petición. Si vaciláis, pediré a todos los huéspedes celestiales que os den la espalda. Si no me atendéis, pediré al Padre celestial que os condene, yo misma os condenaré, os odiaré; soy Merrick, no podéis rechazar mi petición.

Se oyó un murmullo seco procedente de las estatuas en el cobertizo, un sonido semejante al que hace la tierra cuando se mueve, un sonido que nadie puede imitar pero que cualquiera puede oír.

Merrick vertió la tercera botella de ron en la caldera.

—Bebed todos de mi caldera, ángeles y santos —dijo—, y dejad que mis palabras y mi sacrificio asciendan al cielo. Escuchad mi voz.

Yo traté de concentrarme en las estatuas. ¿Estaba perdiendo el juicio? Parecían inanimadas y el humo que brotaba del incienso y las velas daba la impresión de ser más espeso. Todo el espectáculo se había intensificado, los colores eran más vivos y la distancia entre los santos y nosotros más pequeña, aunque no nos habíamos movido.

Merrick alzó el perforador con la mano izquierda y se produjo un corte en la parte interna del brazo derecho. La sangre cayó dentro de la caldera.

—¡Vosotros, ángeles tutelares, fuisteis los primeros en enseñar al hombre las artes mágicas! —dijo elevando la voz—. Yo os invoco para alcanzar mi propósito, o a ese poderoso espíritu que responde a vuestro nombre.

»Misráim, hijo de Cam, que pasaste los secretos de la magia a sus hijos y a otros, yo te invoco para alcanzar mi propósito, o a ese poderoso espíritu que responde a tu nombre.

Merrick volvió a cortarse con el cuchillo, dejando

que la sangre se deslizara por su brazo desnudo y cayera en la caldera. De nuevo se oyó aquel ruido, como si procediera de la tierra bajo nuestros pies, un ruido ronco al que quizá los oídos de unos mortales no concederían importancia. Contemplé impotente mis pies y luego las estatuas. Observé que todo el altar se estremecía ligeramente.

—Te doy mi sangre y te invoco —dijo Merrick—. Escucha mis palabras, soy Merrick, hija de Sandra la Fría, no puedes rechazar mi petición.

»Nimrod, hijo de Misráim, poderoso maestro que enseñaste la magia a quienes te siguieron, portador de la sabiduría de los ángeles tutelares, te invoco para alcanzar mi propósito, o a ese poderoso espíritu que responde a tu nombre.

»Zaratustra, gran maestro y mago, que pasaste los poderosos secretos de los ángeles tutelares, que atrajiste sobre ti el fuego de las estrellas que destruyó su cuerpo terrenal, yo te invoco, o a ese espíritu que responde a tu nombre.

»Escuchadme todos quienes me habéis precedido, soy Merrick, hija de Sandra la Fría, no podéis rechazar mi petición.

»Si tratáis de resistiros a mis poderes haré que el huésped del cielo os maldiga. Si no me concedéis el deseo que he expresado, os retiraré mi fe y mis lisonjas. Soy Merrick, hija de Sandra la Fría; debéis traerme a los espíritus que he invocado.

Volvió a alzar el perforador para cortarse. Un abundante y reluciente chorro de sangre cayó en el aromático caldo. Su aroma me embriagó. El humo que exhalaba me escoció los ojos.

—Sí, yo os invoco —dijo Merrick—, a todos los seres más poderosos e ilustres, os ordeno que hagáis que se cumpla mi petición, que surjan de la vorágine las almas perdidas que hallarán a Claudia, hija de Agatha, que se me aparezcan esas almas del Purgatorio, las cuales, a cambio de mis oraciones, traerán al espíritu de Claudia. ¡Haced lo que os ordeno!

El altar de hierro que estaba ante mí empezó a estremecerse. Vi la calavera agitándose sobre el altar. No podía negar lo que veía, lo que oía: el sonido ronco de la tierra que se movía bajo mis pies. Las diminutas hojas caían como cenizas en un torbellino ante nuestros ojos. Los gigantescos tejos habían empezado a oscilar, agitados por las primeras brisas de la tormenta que se avecinaba.

Traté de ver a Louis, pero Merrick se interponía entre nosotros.

—Oh, poderosos —repetía sin cesar—, ordenad a Honey Rayo de Sol, el espíritu inquieto de mi hermana, hija de Sandra la Fría, que haga surgir de la vorágine a Claudia, hija de Agatha. Yo te lo ordeno, Honey Rayo de Sol. Si no me obedeces haré que el cielo se vuelva contra ti. Cubriré tu nombre de infamia. Soy Merrick. No puedes rechazar mi petición.

Mientras la sangre chorreaba por su brazo derecho, Merrick tomó la calavera que estaba junto a la humeante caldera y la alzó.

—Honey Rayo de Sol, tengo tu calavera, desenterrada de tu tumba, sobre la que aparecen escritos todos tus nombres de mi puño y letra. Honey Isabella, hija de Sandra la Fría, no puedes negarte. Te invoco y ordeno que traigas a Claudia, hija de Agatha, aquí y ahora, para que me responda.

Tal como yo había sospechado, Merrick había violado los restos de Honey. ¡Qué acto tan malvado y horripilante! ¡Quién sabe cuánto tiempo hacía que ocultaba aquel secreto, que tenía en su poder la calavera de su propia hermana, sangre de su sangre!

Sentí repugnancia y al mismo tiempo fascinación. El humo de las velas se iba espesando ante las estatuas. Parecía como si sus rostros estuvieran llenos de movimiento y sus ojos observaran la escena que se desarrollaba ante ellos. Incluso sus ropajes parecían haber cobrado vida. El incienso ardía con intensidad en el círculo formado sobre las losas, atizado por la brisa que arreciaba.

Merrick dejó a un lado la macabra calavera y el perforador.

Tomó de la mesa la jarrita dorada de miel y la vertió dentro del cáliz engastado con gemas. Luego alzó el cáliz con su mano derecha ensangrentada mientras seguía recitando:

—Sí, vosotros, todos los espíritus solitarios, y tú, Honey, y tú, Claudia, aspirad el perfume de esta dulce ofrenda, la sustancia cuyo nombre tú ostentas, mi bella Honey. —Merrick vertió en la caldera el espeso y reluciente líquido.

Luego alzó la jarra de leche y vertió su contenido en el cáliz. A continuación levantó el cáliz y tomó de nuevo el siniestro perforador con la mano izquierda.

—Os ofrezco esto también, este delicioso brebaje que aplacará vuestros atormentados sentidos. Venid y aspirad el aroma de este sacrificio, bebed esta leche y esta miel entre el humo que emana de mi caldera. Tomad, os lo ofrezco en este cáliz que antaño contenía la sangre de nuestro Señor. Tomad, bebedlo. No rechacéis mi ofrenda. Soy Merrick, hija de Sandra la Fría. Ven, Honey, te lo ordeno, y tráeme a Claudia. No puedes rechazar mi petición.

Louis dejó escapar un sonoro suspiro.

Algo amorfo y oscuro cobró forma en el círculo formado delante de las estatuas.

Sentí que el corazón me daba un vuelco y achiqué los ojos para verlo más claramente. Era la forma de Honey, la figura que yo había visto hacía muchos años. Se agitó en la calurosa atmósfera mientras Merrick recitaba:

—Ven, Honey, acércate, ven en respuesta a mis oraciones. ¿Dónde está Claudia, hija de Agatha? Haz que venga, que se aparezca ante Louis de Pointe du Lac, te lo ordeno. No puedes rechazar mi petición.

¡La figura casi asumió una forma sólida! Vi su pelo amarillo, al que el resplandor de las velas que lo iluminaban por detrás conferían una cualidad transparente, y el vestido, más espectral que la silueta sólida del cuerpo. Mi estupor me impedía rezar las oraciones que Merrick nos había prohibido pronunciar. Mis labios no llegaron a articular las palabras.

De pronto Merrick dejó la calavera sobre la mesa. Se volvió y asió el brazo izquierdo de Louis con su mano ensangrentada. Vi su pálida muñeca sobre la caldera. Con un rápido ademán, Merrick le practicó un corte en la muñeca. Louis profirió una exclamación de dolor y vi la resplandeciente sangre vampírica que brotaba de las venas, entre el denso humo que emanaba del puchero. Merrick volvió a hundir el cuchillo en la pálida carne, haciendo que la sangre surgiera de nuevo a borbotones, espesa, más abundante que su propia sangre cuando se había practicado los cortes en el brazo.

Louis no se resistió, y contempló en silencio la figura de Honey.

—Honey, mi querida hermana —dijo Merrick—, trae a Claudia. Trae a Claudia ante Louis de Pointe du Lac. Soy Merrick, tu hermana. Te lo ordeno. ¡Muéstranos tu poder, Honey! —Se expresaba con voz queda, persuasiva—. ¡Muéstranos tu poder, Honey! Trae a Claudia aquí en el acto.

Practicó otro corte en la muñeca de Louis, pues la carne sobrenatural había comenzado a cicatrizar tan pronto como Merrick le produjo la herida, y la sangre brotó de nuevo.

—Saborea esta sangre vertida en tu nombre, Claudia. Yo invoco tu nombre y sólo tu nombre, Claudia. ¡Te ordeno que aparezcas! —Tras estas palabras, Merrick abrió de nuevo la herida en la muñeca de Louis.

A continuación entregó el perforador a Louis y alzó la muñeca con ambas manos.

Observé a Merrick y luego la imagen sólida de Honey, tan oscura, tan distante, y al parecer tan desprovista de movimiento humano.

—Tus pertenencias, mi dulce Claudia —dijo Merrick, retirando una rama de la hoguera y prendiendo fuego a la ropa de la infortunada muñeca, que casi reventó en un estallido de llamas. Su carita comenzó a ennegrecerse con el fuego, pero Merrick siguió sosteniendo la muñeca en sus manos.

La figura de Honey empezó entonces a desvanecerse.

Merrick arrojó en la caldera el objeto en llamas y cogió la página del diario, al tiempo que decía:

—Son tus palabras, mi dulce Claudia, acepta esta ofrenda, acepta este reconocimiento de tu persona, acepta esta devoción. —Acto seguido arrimó la página al fuego del brasero y la sostuvo hasta que las llamas la devoraron.

Merrick echó las cenizas dentro de la caldera y tomó de nuevo el perforador.

La forma de Honey tan sólo retenía su silueta y al cabo de unos instantes la brisa que soplaba espontáneamente hizo que se desintegrara. La luz de las velas dispuestas frente a las estatuas volvió a intensificarse.

—Claudia, hija de Agatha —dijo Merrick—, adelántate, materialízate, respóndeme desde la vorágine, responde a tu sierva Merrick... Ángeles y santos, bendita Virgen María, ordenad a Claudia que me obedezca.

Yo no podía apartar los ojos de la oscuridad saturada de humo. Honey había desaparecido, pero otra cosa había asumido su lugar. La penumbra parecía haber adquirido la forma de una figura más pequeña, imprecisa pero que iba cobrando fuerza a medida que extendía sus bracitos y se dirigía hacia la mesa detrás de la cual nos hallábamos. La diminuta figura se desplazaba suspendida sobre el suelo. De pronto descendió a nuestro nivel y distinguí el brillo de sus ojos mientras avanzaba a través del aire hacia nosotros; sus manos se hicieron más visibles, al igual que su dorada y espléndida cabellera.

Era Claudia, la niña que aparecía en el daguerrotipo, pálida y delicada, con los ojos muy abiertos y brillantes, la piel luminosa, las ropas amplias y blancas moviéndose suavemente, agitadas por la brisa.

Di un paso atrás. La figura se detuvo; permaneció suspendida sobre el suelo, con sus pálidos brazos relajados y caídos a ambos lados del cuerpo. Al contemplarla en la penumbra me pareció tan sólida como me lo había parecido Honey años atrás.

Sus pequeños e increíbles rasgos mostraban una expresión de amor y una sensibilidad cada vez más acusada. Era evidente que se trataba de una niña, una niña viva. Estaba allí, ante nosotros.

De la figura brotó una voz, joven y dulce, la voz atiplada propia de una niña:

—¿Por qué me has llamado, Louis? —preguntó con conmovedora sinceridad—. ¿Por qué me has despertado de mi sueño errante para que te consuele? ¿No te bastaba mi recuerdo?

Me sentí a punto de desfallecer.

De repente la niña miró a Merrick y volvió a expresarse con voz tierna y clara:

—Cesa con tus cánticos y órdenes. No voy a responderte, Merrick Mayfair. He venido sólo para comunicarme con la persona que está a tu derecha. He venido para preguntarte por qué me has llamado, Louis. ¿Qué quieres de mí ahora? ¿Acaso no te di en vida todo mi amor?

—Claudia —murmuró Louis con voz atormentada—. ¿Dónde está tu espíritu? ¿Ha encontrado la paz o sigue errante? ¿Deseas que vaya a ti? Estoy dispuesto a hacerlo, estoy dispuesto a reunirme contigo, Claudia.

—¿Tú? ¿Reunirte conmigo? —dijo la niña. La vocecita había asumido un matiz deliberadamente oscuro—. ¿Crees que después de ejercer durante tantos años tu malvado influjo sobre mí deseo que te reúnas conmigo en la muerte? —La voz prosiguió con un timbre de voz tan dulce como si musitara palabras de amor—. Te odio, pérfido padre —declaró. De sus labios menudos brotó una siniestra carcajada.

»Compréndeme, padre —murmuró la voz, su rostro saturado de la expresión más tierna que quepa imaginar—. Cuando vivía nunca hallé las palabras adecuadas para decirte la verdad. —Se oyó un suspiro al tiempo que una visible desesperación hacía presa en la figura—. En este inmenso lugar no necesito esas maldiciones —dijo la voz con conmovedora sencillez—. ¿De qué me sirve el amor que tiempo atrás me ofreciste en un mundo vibrante y febril?

La figura prosiguió, como si tratara de consolar a Louis.

—Quieres que te haga promesas —dijo asombrada, suavizando el tono de voz—. Yo te condeno desde mi frío corazón, te condeno a ti, que me arrebataste la vida —continuó la voz fatigada, derrotada—, te condeno a ti, que no te compadeciste del ser mortal que era yo, te condeno a ti, que sólo veías en mí lo que llenaba tus ojos y tus venas insaciables... Te condeno a ti, que me condujiste al alegre infierno que tú y Lestat compartíais gozosamente.

La figura menuda y sólida se aproximó. La luminosa carita de mejillas regordetas y ojos resplandecientes se detuvo frente a la caldera, crispando las manos pero sin levantarlas. Alcé la mano. Deseaba tocar aquella figura tan vívida, pero al mismo tiempo deseaba retroceder ante ella, protegerme de ella, proteger a Louis, suponiendo que tal cosa fuera posible.

—Quítate la vida, sí —dijo la figura con implacable ternura, sus ojos muy abiertos y llenos de asombro—, renuncia a tu vida en mi memoria, sí, deseo que lo hagas, deseo que me entregues tu último suspiro. Hazlo por mí con dolor, Louis, hazlo con dolor para que pueda ver a tu espíritu a través de la vorágine, pugnando por liberarse de tu cuerpo atormentado.

Louis alargó la mano hacia ella, pero Merrick le sujetó por la muñeca obligándole a retroceder.

La niña continuó, hablando pausadamente, con tono solícito.

—Ah, tus sufrimientos reconfortarán mi alma, harán que mi eterno vagabundeo llegue antes a su fin. Jamás accederé a permanecer aquí contigo. No deseo hacerlo. No deseo reunirme contigo en el abismo.

Miraba a Louis con una profunda curiosidad pintada en el rostro. En su expresión no se apreciaba ningún odio visible.

—Qué soberbia la tuya —musitó sonriendo—, al invocarme movido por tu persistente desesperación. Qué soberbia la tuya, al hacerme venir aquí para responder a tus frecuentes oraciones.

La figura lanzó una breve y espeluznante carcajada.

—Qué autoconmiseración tan inmensa la tuya —dijo—, que no demuestras temerme, cuando yo, de tener el poder que posee esta bruja u otra, te habría matado con mis propias manos.

La niña se llevó las manitas a la cara como si fuera a romper a llorar, pero las bajó de nuevo.

—Sí, muere por mí, mi querido padre —dijo con voz trémula—. Creo que me complacerá. Creo que me complacerá tanto como los sufrimientos de Lestat, de quien apenas me acuerdo. Sí, creo que ahora experimentaré de nuevo, brevemente, el placer que me producirá tu dolor. Ahora, si has terminado conmigo, si has terminado con mis juguetes y tus recuerdos, déjame marchar para que pueda sumirme de nuevo en el olvido. No alcanzo a recordar las circunstancias de mi perdición. Temo comprender la eternidad. Deja que me vaya.

De improviso avanzó un paso, tomó con la mano derecha el perforador de jade que reposaba en la mesa de hierro y se precipitó sobre Louis, clavándoselo en el pecho.

Louis cayó hacia delante sobre el improvisado altar, llevándose la mano derecha a la herida en la que la niña seguía empuñando el pico de jade, al tiempo que el contenido de la caldera se derramaba sobre las losas a sus pies. Merrick retrocedió, horrorizada; yo no pude moverme.

La sangre manaba a borbotones del corazón de Louis. Tenía la cara crispada en una mueca de dolor, la boca abierta, los ojos cerrados.

—Perdóname —murmuró, dejando escapar un gemido quedo de dolor puro y atroz.

—¡Regresa al Infierno! —gritó Merrick de repente. Se precipitó hacia la figura que flotaba, extendiendo los brazos sobre la caldera, pero la niña retrocedió con la facilidad del vapor y, sin soltar el perforador de jade, lo alzó con la mano derecha y golpeó a Merrick con él, sin que su pequeño y gélido rostro mudara de expresión.

Merrick tropezó con los escalones traseros de la casa. La sujeté por el brazo y la ayudé a recuperar el equilibrio.

La niña se volvió de nuevo hacia Louis sosteniendo el peligroso pico con sus manitas. La parte delantera de su vestido blanco y transparente mostraba una mancha oscura producida por los líquidos hirviendo de la caldera, pero a ella no le importó.

La caldera, volcada de costado, derramaba su contenido sobre las losas de la terraza.

—¿Piensas que yo no sufría, padre? —preguntó el espíritu suavemente, con la misma voz atiplada e infantil—. ¿Crees que la muerte me ha liberado de todo mi dolor? —La niña tocó con su dedito la punta del instrumento de jade—. ¿Eso era lo que creías, padre? —preguntó lentamente—. ¿Creías que si esta mujer cumplía tu deseo, obtendrías de mis labios unas reconfortantes palabras de consuelo? Creías que Dios te concedería esto, ¿no es así? Creías que te lo merecías después de tantos años de penitencias.

Louis seguía taponándose la herida con la mano, aunque la carne había empezado a cicatrizar y la sangre brotaba más despacio a través de sus dedos extendidos.

—Las puertas no pueden estar cerradas para ti, Claudia —dijo con lágrimas en los ojos. Su voz sonaba enérgica y segura—. Eso sería una crueldad monstruosa...

—¿Para quién, padre? —le interrumpió la niña—. ¿Una crueldad monstruosa para ti? Sufro, padre, sufro y soy un alma errante; no sé nada, y todo cuanto antes sabía, ahora me parece ilusorio. No tengo nada, padre.

Mis sentidos ni siquiera son un recuerdo. Aquí no tengo nada en absoluto.

La voz se hizo más débil, aunque era claramente audible. Su exquisito rostro reflejaba una expresión preocupada.

—¿Creías que iba a contarte unos cuentos infantiles sobre los ángeles de Lestat? —preguntó con tono quedo y afable—. ¿Creías que iba a describirte un paraíso de cristal lleno de palacios y mansiones? ¿Creías que iba a cantarte una canción que había aprendido de las estrellas matutinas? No, padre, no conseguirás de mí ese consuelo etéreo.

La niña prosiguió en voz baja:

—Y cuando me sigas volveré a perderme, padre. ¿Cómo puedo prometerte que estaré presente para ser testigo de tus gritos y tus lágrimas?

La imagen había comenzado a oscilar. Fijó sus grandes ojos oscuros en Merrick y luego en mí. Luego miró de nuevo a Louis. Se estaba desvaneciendo. El perforador cayó de su blanca mano sobre las losas del suelo, partiéndose por la mitad.

—Ven, Louis —dijo débilmente; sus palabras se mezclaban con el suave murmullo de los árboles—. Ven conmigo a este lugar inhóspito, deja atrás tus comodidades, tu riqueza, tus sueños, tus cruentos placeres. Deja atrás tus ojos ávidos. Déjalo todo, querido padre, renuncia a todo ello a cambio de ese lugar sombrío e insustancial.

La figura se mantenía rígida, y la luz apenas iluminaba sus imprecisos contornos. Cuando sonrió, casi no pude ver su boquita.

—Claudia, por favor, te lo ruego —dijo Louis—. Merrick, no permitas que penetre en esas laberínticas tinieblas. ¡Guíala, Merrick!

Pero Merrick no se movió.

Louis se volvió desesperado hacia la imagen que se desvanecía.

—¡Claudia! —gritó.

Deseaba con todas sus fuerzas decir algo más, pero le faltaba convicción. Estaba desesperado. Me di cuenta. Lo vi en sus rasgos alterados.

Merrick retrocedió, contemplando la escena a través de la reluciente máscara de jade, su mano izquierda suspendida en el aire como para repeler al espectro si éste pretendía atacarla de nuevo.

—Ven conmigo, padre —dijo la niña con voz inexpresiva, carente de sentimiento. La imagen era transparente, vaga.

La silueta de su carita se evaporaba lentamente. Sólo los ojos retenían su brillo.

—Ven conmigo —repitió con voz inexpresiva y débil—. Vamos, hazlo con un intenso dolor, como tu ofrenda. Jamás me encontrarás. Ven.

Sólo quedaba una oscura silueta, que permaneció unos instantes más. Luego el espacio quedó vacío, y el jardín, con su altar y sus altos e imponentes árboles, se sumió en el silencio.

No volví a verla.

¿Qué les había ocurrido a las velas? Todas se habían apagado. El incienso había quedado reducido a unas pocas cenizas sobre las losas. La brisa las había diseminado. De las ramas cayó una nutrida lluvia de hojas y en el aire se percibía un frío sutil pero intenso.

Sólo nos iluminaba el lejano fulgor del cielo. La gélida atmósfera nos envolvía, me traspasaba la ropa y se posaba en mi piel.

Louis escrutaba la oscuridad con una expresión de inenarrable dolor. Se puso a temblar. Sus ojos, estupefactos, estaban llenos de lágrimas, pero no lloraba.

De pronto Merrick se arrancó la máscara de jade y volcó las dos mesas y el brasero, derribándolo todo sobre las losas del suelo. Arrojó la máscara entre los arbustos junto a los escalones traseros.

Contemplé horrorizado la calavera de Honey que yacía sobre el montón de instrumentos desechados. Los carbones empapados emanaban un humo acre.

Vi los restos chamuscados de la muñeca flotando en el líquido derramado. El precioso cáliz adornado con gemas rodaba sobre su borde dorado.

Merrick agarró a Louis por los dos brazos.

—Vamos, entra —dijo—, alejémonos de este espantoso lugar. Entra, encenderemos las lámparas. En casa estarás a salvo y abrigado.

—Ahora no, querida —respondió Louis—. Debo dejarte. Prometo volver a verte. Pero déjame solo. Estoy dispuesto a prometerte lo que quieras con tal de calmarte. Te doy las gracias desde lo más profundo de mi corazón. Pero deja que me vaya.

Louis se agachó y recogió la pequeña fotografía de Claudia de entre los restos del altar. Luego se alejó por el sombrío callejón, apartando de su camino las hojas de los jóvenes bananos, apretando el paso hasta desaparecer por completo, esfumándose por el sendero que había tomado a través de la noche familiar e inmutable.

20

La dejé acostada, en posición fetal, en el lecho de Gran Nananne en la habitación delantera.

Regresé al jardín, recogí los fragmentos del perforador de jade y hallé la máscara partida por la mitad. Qué frágil era aquel jade supuestamente resistente. Qué malas habían sido mis intenciones, qué funesto el resultado.

Entré de nuevo en la casa con aquellos objetos. No me atrevía a tocar con mis supersticiosas manos la calavera de Honey Rayo de Sol.

Deposité los pedazos del instrumento de jade sobre el altar del dormitorio, entre las velas cubiertas por cristal, y luego me instalé junto a ella, me senté a su lado, y le rodeé los hombros con el brazo.

Ella se volvió y apoyó la cabeza en mi hombro. Tenía la piel febril, y dulce. Deseaba cubrirla de besos, pero no podía ceder a ese impulso, y menos aún al de succionar su sangre para hacer que su corazón latiera al ritmo del mío.

Su vestido blanco de seda y la parte interna de su brazo derecho estaban cubiertos de sangre reseca.

—Jamás debí hacerlo —dijo Merrick con voz queda y agitada, oprimiendo suavemente sus pechos contra mí—. Fue una locura. Sabía que acabaría así. Sabía que el cerebro de Louis sucumbiría al desastre. Lo sabía. Y ahora está perdido; está herido y lo hemos perdido.

La incorporé un poco para mirarla a los ojos. Como de costumbre, me fascinó su increíble color verde, pero no era momento para dejarme seducir por sus encantos.

—¿Tú crees que era Claudia? —pregunté.

—Desde luego —respondió. Tenía los ojos todavía enrojecidos por haber llorado. Observé que aún estaban húmedos—. Era Claudia, sin duda —afirmó—. O esa cosa que ahora se hace llamar Claudia, pero lo que dijo era mentira.

—¿Cómo lo sabes?

—Pues como lo sé cuando un ser humano me miente. O cuando alguien ha adivinado los pensamientos de otra persona y pretende aprovecharse de la debilidad de esa persona. El espíritu se mostró hostil al ser invocado en nuestro ámbito. Estaba confundido. Mintió.

—No creo que mintiera —protesté.

—¿No lo entiendes? —dijo Merrick—. Utilizó los peores temores y pensamientos macabros de Louis para materializarse. Tenía la mente llena de los instrumentos verbales mediante los cuales podía provocar su desesperación. Ha hallado su condena. Y sea lo que fuere, prodigio, horror, monstruo horripilante, está perdido. Lo hemos perdido.

—¿Por qué no podía decir la pura verdad? —pregunté.

—Ningún espíritu dice la pura verdad —insistió Merrick, enjugándose sus ojos enrojecidos con el dorso de la mano. Le di mi pañuelo de hilo. Después de secarse los ojos con él, me miró de nuevo y prosiguió—: Nunca dicen la verdad cuando los invocas. Sólo lo hacen cuando aparecen por propia voluntad.

Asimilé ese concepto en mi mente. No era la primera vez que lo oía. Todos los miembros de Talamasca lo habían oído. Los espíritus que son invocados son traicioneros. Los espíritus que aparecen voluntariamente poseen una voluntad que los guía. Pero ningún espíritu es de fiar. Aunque era cosa sabida, en esos momentos no me procuró ni consuelo ni me sirvió para poner en orden mis ideas.

—Entonces, según tu teoría —dije—, la descripción de la eternidad era falsa.

—Exactamente —contestó Merrick, secándose la nariz con el pañuelo. Se puso a temblar—. Pero Louis jamás lo aceptará —añadió meneando la cabeza—. Las mentiras se parecen demasiado a lo que él cree.

No dije nada. Las palabras del espíritu se parecían demasiado a lo que yo mismo creía.

Merrick apoyó de nuevo la mano en mi pecho, rodeándome los hombros con el otro brazo. La estreché contra mí mientras miraba el pequeño altar que estaba enfrente, entre los ventanales que daban a la fachada, observando los rostros pacientes de los diversos santos.

Se apoderó de mí un peligroso estado de sosiego durante el cual vi con nitidez todos los largos años de mi vida. Una cosa permanecía constante durante este periplo, bien cuando yo era un joven en los templos de Brasil dedicados al candomblé, o el vampiro que merodeaba por las calles de Nueva York en compañía de Lestat. Esa cosa constante era, por más que lo negara, la sospecha de que más allá de esta vida terrenal no existía nada.

Por supuesto, de vez en cuando me complacía en «creer» lo contrario. Me convencía a mí mismo con supuestos milagros: vientos fantasmales y chorros de sangre vampírica. Pero en última instancia, temía que no existiera nada, salvo tal vez la «oscuridad inmensurable» que este fantasma, este fantasma perverso y furioso, había descrito.

Sí, lo que digo es que es posible que persistamos.

Desde luego. No es disparatado imaginar que algún día la ciencia explique el fenómeno de que persistamos durante algún tiempo después de morir: un alma dotada de una sustancia definible separada de la carne y atrapada en un campo energético que rodea al planeta. No es inimaginable, no, no. Pero no significa inmortalidad. No significa paraíso o infierno. No significa justicia o reconocimiento. No significa éxtasis o un sufrimiento eterno.

En cuanto a los vampiros, constituían un prodigio espectacular, pero que no deja de ser un prodigio materialista y muy pequeño.

Imagínense la noche en que uno de nosotros sea capturado y sujeto con unas correas a una mesa de laboratorio, metido quizás en un tanque de plástico aeroespacial, a salvo del sol, día y noche debajo de un parpadeante chorro de luz fluorescente.

Allí permanecería prisionero e impotente este espécimen infernal, sangrando dentro de jeringuillas y tubos de ensayo, mientras los médicos darían a nuestra longevidad, nuestra inmutabilidad, nuestra conexión con un espíritu intemporal ligado a nosotros, un largo nombre científico en latín.

Amel, el antiguo espíritu que según los ancianos de nuestra especie se encarga de organizar nuestros cuerpos y conectarlos, un día sería catalogado como una fuerza semejante a la que organiza a la minúscula hormiga en su vasta e intrincada colonia, o a las maravillosas abejas en su exquisita y altamente sofisticada colmena.

Si yo muriera, quizá no existiría nada. Si muriera, quizá persistiría. Si muriera, quizá nunca sabría qué había sido de mi alma. Las luces que me rodean, sobre cuyo calor la niña fantasma había hablado en son de burla, el calor..., se disiparía.

Agaché la cabeza. Oprimí los dedos de mi mano izquierda sobre mi sien, estrechando con mi brazo derecho a Merrick, tan preciosa para mí y tan frágil.

Evoqué el conjuro siniestro y la luminosa niña fantasma en medio del mismo. Evoqué el movimiento cuando alzó el brazo, cuando Merrick gritó y cayó hacia atrás. Evoqué los ojos y los labios de la niña, maravillosamente dibujados, y la voz melodiosa que emanaba de ella. Evoqué la supuesta validez de la visión en sí misma.

Por supuesto, pudo haber sido la desesperación de Louis la que había espoleado la amargura de la niña fantasma. Pero pudo haber sido la mía. ¿Hasta qué extremo estaba yo dispuesto a creer en los elocuentes ángeles de Lestat o en la visión que había tenido Armand de un cristalino esplendor celestial? ¿Hasta qué extremo me proyectaba yo mismo sobre el supuesto abismo de mi difunta y llorada conciencia, esforzándome una y otra vez en expresar amor hacia el creador del viento, las mareas, la luna y las estrellas?

No podía poner fin a mi existencia terrenal. Temía como cualquier mortal renunciar para siempre a la única experiencia mágica que había tenido el privilegio de conocer. Y la posibilidad de que Louis pudiera perecer se me antojaba un horror, como ver a una exótica flor venenosa desprenderse de un recóndito arbusto en la selva y morir pisoteada.

¿Le temía? No estaba seguro. Le amaba, deseaba que estuviera con nosotros aquí, en esta habitación. Sí, lo deseaba. Pero no estaba seguro de poseer la fuerza moral necesaria para convencerle de que debía permanecer en este mundo otras veinticuatro horas.

No estaba seguro de nada. Deseaba que fuera mi compañero, el espejo de mis emociones, el testigo de mis progresos estéticos, sí, todas esas cosas. Deseaba que fuera el Louis discreto y amable que yo conocía. Y si él no quería continuar con nosotros, si decidía poner fin a su vida dirigiéndose hacia la luz del sol, a mí me resultaría más difícil seguir adelante, incluso con mi temor.

Merrick empezó a temblar de pies a cabeza. Lloraba sin cesar. Yo cedí a mi deseo de besarla, de aspirar la fragancia de su carne tibia.

—Tranquilízate, tesoro —musité.

El pañuelo que Merrick sostenía en la mano derecha estaba hecho una bola, empapado.

La incorporé al tiempo que me ponía de pie. Retiré la gruesa colcha de felpilla y la acosté sobre las sábanas limpias. No importaba que no se hubiera quitado el vestido manchado. Tenía frío y estaba asustada. Tenía el cabello alborotado. Le levanté la cabeza y le extendí el cabello sobre la sábana. Hundió la cabeza en las almohadas de plumón y la besé en los párpados para que los cerrara.

—Descansa, amor mío —dije—. Sólo hiciste lo que te pedimos.

—No me dejes —dijo con voz ronca—, a menos que creas que podrás dar con él. Si sabes dónde se encuentra, ve a buscarlo. De lo contrario, quédate aquí conmigo, aunque sólo sea un rato.

Recorrí el pasillo hasta encontrar un baño en la parte posterior de la casa, un cuarto amplio y suntuoso con una pequeña chimenea y una enorme bañera con patas. Había gran cantidad de toallas blancas y limpias, como es lógico que haya en un baño tan lujoso. Mojé el extremo de una toalla y regresé con ella al dormitorio.

Merrick estaba tendida de costado, con las piernas encogidas y las manos juntas. La oí murmurar en voz apenas audible.

—Deja que te refresque la cara —dije.

Lo hice sin mayores concesiones y luego le limpié la sangre reseca que tenía en la parte interna del brazo. Los cortes se extendían desde la palma de la mano hasta el interior del codo, pero eran muy superficiales. Uno sangró un poco cuando lo limpié, pero oprimí la toalla unos segundos sobre la herida y dejó de sangrar.

Sequé la cara de Merrick con el extremo seco y limpio de la toalla y después las heridas, que estaban completamente limpias y cicatrizadas.

—No puedo quedarme aquí tumbada —dijo Merrick, meneando la cabeza—. Tengo que ir a recoger los huesos que hay en el suelo. No debí derribar los altares, fue una cosa terrible.

—No te muevas. Yo los recogeré.

Aunque me repelía hacer aquello, cumplí mi palabra.

Regresé a la escena del crimen. El sombrío jardín trasero estaba insólitamente silencioso. Las velas apagadas dispuestas delante de los santos ofrecían un aspecto indiferente, testigos de graves pecados.

Recogí la calavera de Honey Rayo de Sol de entre los restos de las mesas de hierro volcadas. Al tocarla sentí que me recorría un escalofrío a través de las manos, pero lo achaqué a mi imaginación. Recogí la costilla y comprobé que ambos objetos mostraban unas inscripciones esculpidas en el hueso, que no quise leer. Entré con ellos en la casa y me dirigí al dormitorio delantero.

—Colócalos sobre el altar —dijo Merrick, incorporándose y apartando la gruesa colcha de felpilla.

Vi que se había quitado el vestido de seda blanco manchado de sangre, que estaba en el suelo.

Merrick llevaba sólo una combinación de seda, a través de la cual vislumbré sus pezones grandes y rosados. La combinación también estaba manchada de sangre.

Tenía la espalda recta, los pechos enhiestos y los brazos lo suficientemente redondeados para mi gusto.

Me acerqué para recoger el vestido. Quería que estuviera limpia, que se sintiera bien.

—Es monstruosamente injusto que estés tan asustada —comenté.

—No, deja el vestido —respondió Merrick, sujetándome la muñeca—. Suéltalo y siéntate aquí a mi lado. Cógeme la mano y háblame. El espíritu es un mentiroso, te lo juro. Debes creerme.

Me senté de nuevo en la cama. Quería estar junto a ella. Me incliné y la besé en la cabeza, que tenía agachada. Hubiera preferido no verle los pechos y me pregunté si los vampiros jóvenes (los que se habían convertido en vampiros en su juventud) sabían lo mucho que me turbaban aún esos detalles carnales. Por supuesto, esos detalles excitaban mi sed de sangre. No era fácil amarla tan intensamente y no poder degustar su alma a través de su sangre.

—¿Por qué he de creerte? —pregunté con delicadeza.

Merrick se pasó los dedos por el pelo y se lo retiró de la cara.

—Porque es preciso —respondió con tono imperioso, pero suavemente—. Debes creer que sé lo que hago, debes creer que soy capaz de distinguir a un espíritu que es sincero de otro que miente. ¡Menudo era ese espíritu que se hizo pasar por Claudia! Debía de ser muy poderoso si pudo alzar el pico y clavárselo a Louis en el pecho. Apuesto a que odiaba a Louis debido a su naturaleza, capaz de estar muerto y al mismo tiempo deambular por la Tierra. Se sentía ofendido por el mero hecho de que Louis existiera. Pero tomó los versos de sus propios pensamientos.

—¿Cómo puedes estar segura? —pregunté, encogiéndome de hombros—. Ojalá estuvieras en lo cierto. Pero tú misma invocaste a Honey. ¿Acaso no se encuentra Honey perdida en el mismo ámbito que ese espíritu que respondía a la descripción de Claudia? ¿No demuestra la presencia de Honey que ninguna de ellas puede aspirar a nada mejor? Tú misma viste la forma de Honey frente al altar...

Merrick asintió con la cabeza.

—... e invocaste a Claudia, que se hallaba en el mismo ámbito.

—Honey quiere que yo la invoque —declaró Merrick, mirándome al tiempo que se estiraba el pelo violentamente hacia atrás para apartárselo de su atormentado rostro—. Honey siempre está ahí, esperándome. Por eso estoy segura de que podría invocar a Honey.

»Pero ¿y Sandra la Fría? ¿Y Gran Nananne? ¿Y Aaron Lightner? Cuando abrí la puerta no apareció ninguno de esos espíritus. Hace mucho que se han dirigido hacia la Luz, David. De lo contrario me lo habrían hecho saber. Yo habría sentido su presencia como siento la de Honey. Habría notado su presencia, como Jesse Reeves notó la de Claudia cuando oyó la música en la Rue Royale.

Sus palabras me dejaron perplejo. Profundamente perplejo.

Meneé la cabeza para indicar que no estaba de acuerdo.

—Tú me ocultas algo, Merrick —dije, decidido a aclarar la cuestión—. Has invocado a Gran Nananne. ¿Crees que no recuerdo lo que ocurrió hace unas noches, la noche que nos encontramos en el café de la Rue Ste. Anne?

—¿Y qué? ¿Qué ocurrió esa noche? —preguntó ella—. ¿Qué tratas de decirme?

—De modo que no sabes lo que ocurrió —contesté—. ¿Cómo es posible? ¿Llevaste a cabo un conjuro y no reparaste en lo poderoso que era?

—Habla sin rodeos, David —replicó Merrick. Me alegró que sus ojos estuvieran más serenos y que hubiera dejado de temblar.

—Esa noche —dije—, después de que nos viéramos y habláramos en aquel café, me echaste un conjuro, Merrick. Cuando regresaba a la Rue Royale, te vi por todas partes; a mi derecha, a mi izquierda. Y luego vi a Gran Nananne.

—¿A Gran Nananne? —preguntó con tono quedo, pero sin poder ocultar su incredulidad—. ¿Cómo que viste a Gran Nananne?

—Cuando llegué al soportal de mi casa, vi a dos espíritus detrás de la verja: uno presentaba tu imagen, de una niña de diez años, como cuando te conocí, y el otro era Gran Nananne, vestida con un camisón, tal como estaba el único día que la vi, el día de su muerte. Los dos espíritus se hallaban en el camino de entrada, charlando íntimamente, con los ojos fijos en mí. Cuando me acerqué, desaparecieron.

Merrick achicó los ojos y entreabrió los labios, como si meditara con gran concentración.

—Gran Nananne —repitió.

—Tal como te lo cuento, Merrick —dije—. ¿Pretendes hacerme creer que no la invocaste tú, que no sabes lo que ocurrió a continuación? Regresé a Windsor Court, a la *suite* del hotel donde te había dejado, y te encontré tumbada en la cama, borracha perdida.

—No utilices esa expresión tan agradable —murmuró enojada—. Sí, regresaste y me dejaste una nota.

—Pero después de escribirte esa nota, Merrick, vi a Gran Nananne, en el hotel, junto a la puerta de tu dormitorio. Me estaba desafiando, Merrick. Me estaba desafiando con su presencia y su postura. Era una aparición, densa e innegable. Duró unos momentos, unos momentos escalofriantes, Merrick. ¿Pretendes hacerme creer que eso no formaba parte de tu conjuro?

Merrick guardó silencio unos momentos, con las manos extendidas sobre el regazo. Luego alzó las rodillas y las encogió contra sus pechos, sin quitarme la vista de encima.

—Gran Nananne —musitó—. Sé que me dices la verdad. ¿Y pensaste que yo había invocado a mi madrina? ¿Pensaste que yo podía invocarla y hacer que apareciera sin más ni más?

—Merrick, vi la estatua de san Pedro. Vi mi pañuelo debajo de ella manchado con unas gotas de sangre. Vi la vela que habías encendido. Vi las ofrendas. Habías realizado un conjuro.

—Sí, cariño —se apresuró a decir, tomándome la mano con su mano derecha para apaciguarme—. Te eché un conjuro, un pequeño encantamiento para que me desearas, para que fueras incapaz de pensar en otra cosa que no fuera yo, para obligarte a regresar a mi lado en caso de que existiera la menor posibilidad de que no quisieras volver a verme. Un pequeño conjuro, David, ya me entiendes. Quería comprobar si era capaz de hacerlo ahora que eras un vampiro. Y ya viste lo que ocurrió. No te sentiste ni enamorado ni obsesionado, sino que viste unas imágenes de mi persona. Tu fuerza predominó en todo momento, David, eso fue lo que ocurrió. Y me escribiste esa nota tan seca, que cuando la leí hasta me hizo reír.

Merrick se detuvo, profundamente preocupada, con sus grandes ojos fijos frente a ella, como absorta en sus pensamientos.

—¿Y Gran Nananne? —insistí—. ¿No la invocaste?

—No puedo invocar a mi madrina —respondió con tono serio, achicando de nuevo los ojos y mirándome—. Rezo a mi madrina, David, lo mismo que rezo a Sandra la Fría, y al tío Vervain. Ninguno de mis antepasados está ya entre nosotros. Les rezo en el cielo como rezaría a los ángeles y a los santos.

—Te repito que vi su espíritu.

—Y yo te repito que no pudiste verlo —replicó Merrick—. Te aseguro que daría todo cuanto poseo por poder invocarla.

Contempló mi mano, que sostenía con la suya, la apretó cariñosamente y la soltó. Luego se llevó de nuevo las manos a las sienes y se pasó los dedos por el pelo.

—Gran Nananne está en la Luz —afirmó, como si discutiera conmigo, y quizá fuera así, pero no me miró—. Gran Nananne está en la Luz, David —repitió—. Lo sé con toda certeza. —Alzó la vista hacia la vaporosa semipenumbra y luego la posó sobre el altar y las velas, dispuestas en unas largas hileras, cuyas llamas seguían titilando—. No creo que Gran Nananne apareciera —prosiguió—. ¡No creo que todos ellos se encuentren en un «ámbito insustancial»! No, te aseguro que no lo creo —repitió, apoyando las manos en las rodillas—. No creo eso tan espantoso de que todas las almas de los «fieles difuntos» se hallan perdidas en las tinieblas. No puedo creer semejante cosa.

—De acuerdo —dije, aprovechando el momento para consolarla y recordando con nitidez los espíritus que había visto junto a la verja, la vieja y la niña—. Gran Nananne apareció por voluntad propia. Tal como dijiste, los espíritus sólo dicen la verdad cuando aparecen voluntariamente. Gran Nananne no quería que yo me acercara a ti, Merrick. Ella misma me lo dijo. Y es posible que vuelva a aparecer si no subsano el daño que te he hecho y te dejo tranquila.

Merrick parecía reflexionar sobre mis palabras.

Durante el largo silencio que se produjo la observé con atención, pero ella no me dio ninguna pista sobre sus sentimientos ni sus intenciones. Por fin, volvió a tomarme la mano, la acercó a sus labios y la besó. Fue un gesto dolorosamente dulce.

—David, mi querido David —dijo, pero sus ojos ocultaban algo—. Ahora, déjame sola.

—Ni pensarlo. No te dejaré a menos que no tenga más remedio.

—Quiero que te vayas —insistió—. No me pasará nada.

—Llama al guarda —dije—. Quiero verlo aquí antes de que me marche de tu casa al amanecer.

Merrick alargó la mano hacia la mesita de noche y cogió uno de esos pequeño teléfonos móviles modernos, no mayor que el billetero de un hombre. Pulsó unos números y oí que respondía la voz del guarda.

—Sí, señora, ahora mismo voy.

Me levanté satisfecho y eché a andar hacia el centro de la habitación, pero de pronto me invadió una profunda desolación.

Me volví y la miré. Estaba sentada con las piernas encogidas contra el pecho, la cabeza apoyada sobre las rodillas y los brazos alrededor de las piernas.

—¿Me has echado ahora un conjuro, Merrick? —le pregunté con un tono más tierno de lo que me había propuesto—. No quiero dejarte, amor mío —dije—. No soporto la idea de dejarte, pero sé que debemos separarnos. Un encuentro más, o quizá dos. No más de dos.

Merrick alzó la vista, sorprendida, y observé una expresión de temor en su rostro.

—Tráemelo, David —me imploró—. Te lo pido por Dios. Debo volver a ver a Louis y hablar con él. —Hizo una pausa, pero no respondí—. En cuanto a ti y a mí, no me hables como si pudiéramos decirnos adiós tranquilamente. No lo soporto, David. Tienes que asegurarme...

—No será de forma brusca —dije, interrumpiéndola—, y no lo haré sin que tú lo sepas. Pero no podemos seguir viéndonos, Merrick. Si lo hacemos, perderás la fe en ti misma y en todo aquello que es importante para ti. Créeme, lo sé.

—Pero a ti no te ocurrió, querido —protestó Merrick con vehemencia, como si hubiera pensado el asunto detenidamente—. Eras una persona feliz e independiente cuando Lestat te convirtió en vampiro. Tú mismo me lo dijiste. ¿No me crees capaz de seguir viéndote sin dejar que ello me perjudique? Tú y yo somos distintos.

—Quiero que sepas que te amo, Merrick —dije suavemente.

—No trates de despedirte de mí, David. Acércate y bésame y regresa junto a mí mañana por la noche.

Me acerqué a la cama y la abracé. La besé en ambas mejillas. Luego, de forma decididamente perversa y pecaminosa, besé sus pechos sin que ella se resistiera, besé sus pezones y me retiré, saturado de su perfume y furioso conmigo mismo.

—Hasta pronto, amor mío —dije.

Salí y regresé a la casa de la Rue Royale.

21

Cuando llegué al piso, Louis había regresado. Intuí su presencia al subir la escalera. Sólo quedaban unas horas de la noche para ambos, pero me alegré tanto de verle que entré directamente en el saloncito delantero, en el que se encontraba a la ventana, contemplando la vista de la Rue Royale.

La habitación estaba llena de lámparas encendidas, y las pinturas de Matisse y Monet parecían cantar sobre las paredes.

Louis se había quitado sus ropas manchadas de sangre y llevaba una sencilla camisa negra de algodón con el cuello vuelto y un pantalón negro. Se había puesto unos zapatos viejos y rotos, que en otros tiempos habían llamado la atención por su elegancia.

Cuando entré en la habitación se volvió y me abrazó. Con él, yo podía dar rienda suelta al afecto que había reprimido enérgicamente con Merrick. Lo abracé con fuerza y le besé como los hombres besan a otros hombres cuando están solos. Le besé su pelo negro y sus ojos, y luego le besé en los labios.

Por primera vez desde que estábamos juntos, sentí un gran afecto hacia él, una profunda afinidad, pero algo le hizo tensarse de pronto, involuntariamente.

Era el dolor que le producía la herida en el pecho.

—Debí acompañarte —confesé—. No debí dejarte marchar solo, pero pensé que Merrick me necesitaba. Y me quedé con ella. Era mi obligación.

—Por supuesto —respondió Louis—, yo no te habría permitido abandonarla. Te necesitaba mucho más que yo. No te preocupes por la herida, ha empezado a cicatrizar. Llevo décadas deambulando por los caminos del diablo y sé que dentro de unas noches habrá cicatrizado por completo.

—No es cierto, y tú lo sabes —protesté—. Permite que te dé mi sangre, es mucho más potente que la tuya. No me rechaces, escúchame. Si no quieres beber mi sangre, deja que yo la derrame en tu herida.

Louis estaba trastornado. Se sentó en una butaca y apoyó los codos en las rodillas.

Yo no podía ver su rostro. Me senté en una butaca junto a él y esperé.

—No tardará en cicatrizar, te lo aseguro —dijo suavemente.

Yo dejé correr el asunto. ¿Qué podía hacer? Pero vi que la herida le dolía mucho. Lo noté incluso en sus pequeños gestos, por la forma en que comenzaban con fluidez y se interrumpían bruscamente.

—¿Qué opinas del espíritu? —pregunté—. Prefiero oírlo de tus labios antes de contarte lo que piensa Merrick y lo que yo vi.

—Ya sé lo que pensáis ella y tú —contestó Louis.

Por fin alzó la vista y se sentó con cuidado en la butaca. Por primera vez observé en su camisa una mancha oscura. La herida seguía sangrando. Eso no me gustó. No me gustó verlo manchado de sangre, como tampoco me gustó ver a Merrick manchada de sangre. En aquellos momentos comprendí lo mucho que los amaba a ambos.

—Los dos pensáis que el espíritu se aprovechó de mis temores —dijo con calma—. Antes de que comenzáramos, ya supuse que dirías eso. Pero ten en cuenta que yo también la recuerdo con claridad. Conozco su acento francés, sus cadencias, su forma de expresarse. Era Claudia, que había surgido de las tinieblas tal como afirmó, de un lugar atroz en el que no ha hallado la paz.

—Ya conoces mis argumentos —repuse meneando la cabeza—. ¿Qué vas a hacer ahora? Sea cual sea tu plan, no puedes seguir adelante con él sin revelarme de qué se trata.

—Ya lo sé, *mon ami*, lo sé de sobra —respondió Louis—. Quiero que sepas que no permaneceré mucho tiempo junto a ti.

—Louis, te suplico...

—Estoy cansado, David, estoy dispuesto a cambiar un dolor por otro. Ella dijo algo que no puedo olvidar. Me preguntó si estaría dispuesto a renunciar a mis comodidades por ella, ¿lo recuerdas?

—No, mi viejo amigo, te equivocas. Ella te preguntó si estabas dispuesto a renunciar a tus comodidades a cambio de la muerte, pero no te prometió que estaría contigo. De eso se trata. Ella no estará contigo. He perdido la cuenta de los años que pasé estudiando en Talamasca la historia de apariciones y sus mensajes, los años que dediqué a estudiar los relatos en primera persona de aquellos que habían tenido tratos con fantasmas y habían anotado sus palabras. Piensa lo que quieras sobre el más allá. No tiene mayor importancia. Pero si eliges la muerte, Louis, no podrás volver a elegir la vida. Ahí terminan tus convicciones. No hagas esa elección, te lo imploro. Quédate por mí, si no quieres hacerlo por otra razón. Quédate por mí, porque te necesito, y quédate por Lestat, porque también él te necesita.

Por supuesto, mis palabras no le sorprendieron. Se llevó la mano izquierda al pecho y oprimió la herida ligeramente al tiempo que un rictus de dolor desfiguraba su rostro durante unos instantes.

Luego meneó la cabeza

—Por ti y por Lestat, sí, he pensado en ello. Pero ¿y ella? ¿Y nuestra hermosa Merrick? ¿Qué necesita también de mí?

Me pareció que tenía mucho más que decir al respecto, pero de pronto calló, frunció el ceño y volvió la cabeza. Tenía un aspecto juvenil e increíblemente inocente.

—¿Lo has oído, David? —preguntó Louis con creciente nerviosismo—. ¡Escucha!

Sólo oí los ruidos de la ciudad.

—¿Pero qué te pasa? —le pregunté.

—Escucha, David. Está a nuestro alrededor. —Se levantó sin dejar de oprimir con la mano izquierda la herida del pecho—. Es Claudia, la música, el clavicémbalo, David. La oigo en todas partes. Claudia me está llamando. Lo sé.

Me levanté apresuradamente y le sujeté con fuerza.

—No vas a hacerlo, amigo mío, no puedes hacerlo sin despedirte de Merrick, sin despedirte de Lestat, y no quedan suficientes horas esta noche para que te despidas de ellos.

Louis tenía los ojos fijos en el infinito, como ausente y reconfortado a la vez, y su rostro reflejaba una expresión dulce y sumisa.

—Conozco esa sonata, la recuerdo. Sí, a ella le encantaba porque Mozart la compuso de niño. ¿No la oyes? Pero en cierta ocasión la oíste, ¿te acuerdas? Es preciosa, y con qué rapidez la toca mi Claudia.

Louis soltó una carcajada entrecortada. Las lágrimas anegaban sus ojos, nublados por la sangre.

—Oigo cantar a los pájaros. Escucha. Los oigo cantar en su jaula. Los otros, los de nuestra especie que han oído hablar de ella, la consideran cruel, pero no lo es. Sabía cosas que yo no llegué a aprender hasta al cabo de varias décadas después. Conocía secretos que uno sólo aprende con el sufrimiento...

No terminó la frase. Se liberó con delicadeza de mi abrazo, se encaminó hacia el centro de la habitación y se volvió, como si la música sonara realmente a su alrededor.

—¿No comprendes que me ha hecho un favor? —murmuró—. La música sigue sonando cada vez más rápida, David. Te escucho, Claudia. —Louis se detuvo y se volvió de nuevo, recorriéndolo todo con la vista pero sin ver nada—. No tardaré en reunirme contigo, Claudia.

—Está a punto de amanecer, Louis —dije—. Ven conmigo.

Louis permaneció inmóvil, cabizbajo, con las manos reposando a cada lado del cuerpo. Parecía infinitamente triste y derrotado.

—¿Ha cesado? —pregunté.

—Sí —respondió Louis. Alzó la vista lentamente, perdido durante unos momentos, pero enseguida recobró la compostura. Me miró—. Qué más da dos noches más o menos, ¿verdad? Así podré darle las gracias a Merrick. Podré darle la fotografía. Quizá la quieran los de Talamasca —agregó señalando la mesa, la mesa baja y ovalada colocada delante del sofá.

Vi sobre la mesa el daguerrotipo. La imagen de Claudia me sobresaltó al mirarla a los ojos. Sentí deseos de cerrar el pequeño estuche pero no lo hice. Comprendí que no podía consentir que la fotografía cayera en manos de los de Talamasca. No podía permitir que tuvieran contacto con aquélla, y menos que unos videntes tan poderosos como Merrick se apropiaran de un objeto tan potente. No podía permitir que quedara una prueba como ésa, que los de Talamasca investigaran lo que nosotros habíamos contemplado esa noche.

Pero me abstuve de expresar lo que pensaba.

Louis seguía de pie, elegante con su atuendo de un negro desteñido, sumido en un ensueño. La sangre reseca en sus ojos le daba un aspecto terrorífico; desvió de nuevo la mirada, alejándose de mi apasionada compasión, rechazando el consuelo que yo pudiera ofrecerle.

—Reúnete mañana conmigo —dije.

Louis asintió con la cabeza.

—Los pájaros han desaparecido —murmuró—. Ni siquiera percibo el sonido de la música en mi cabeza. —Parecía insoportablemente deprimido.

—En el lugar que ella describió todo es silencio —dije con cierta desesperación—. Piensa en ello, Louis, y reúnete conmigo mañana por la noche.

—Sí, amigo mío, ya te lo he prometido —contestó aturdido. Luego frunció el ceño, como tratando de recordar algo—. Debo darle las gracias a Merrick, y a ti, por supuesto, mi viejo amigo, por hacer lo que te pedí.

Salimos juntos del piso.

Louis se encaminó al lugar donde yace durante el día, cuya ubicación desconozco.

Yo disponía de más tiempo que él. Al igual que Lestat, mi poderoso creador, la primera insinuación del amanecer no me perseguía hasta la tumba. Hasta que el sol no asomaba por el horizonte, no experimentaba el sueño paralítico de un vampiro.

Disponía de una hora o más, aunque los pájaros matutinos se habían puesto a cantar en los pocos árboles que quedaban en el Barrio Francés. Cuando llegué a la parte alta de la ciudad, el cielo había pasado de un azul intenso a un suave violeta crepuscular, y me detuve unos momentos para admirarlo antes de entrar en el polvoriento edificio y subir la escalera.

No se oía nada en el antiguo convento. Hasta las ratas lo habían abandonado. Sus gruesos muros de ladrillo estaban fríos, aunque era primavera. Mis pasos resonaron, como de costumbre; no traté de sofocarlos. Era una señal de respeto hacia Lestat dejar que sonaran para anunciarle mi llegada antes de penetrar en sus vastos y austeros dominios.

El amplio patio estaba desierto. Los pájaros cantaban ruidosamente en los frondosos árboles de la Avenue Napoléon. Me detuve y contemplé una de las ventanas superiores. Me entraron deseos de dormir de día en las elevadas ramas del cercano roble. Qué idea tan disparatada, aunque quizás existiera a lo lejos, lejos de todo el dolor que habíamos experimentado aquí, un impenetrable bosque deshabitado en el que yo pudiera construir un nido oscuro y recio para ocultarme entre las ramas, como un insecto malévolo que permanece en estado aletargado antes de despertarse para matar a su presa.

Pensé en Merrick. No podía adivinar lo que este día le deparaba. Temía por ella. Me despreciaba. Y quería a Merrick con desesperación. Quería a Louis. Quería que fueran mis compañeros, por puro egoísmo, pero me parecía que una criatura no podía vivir sin esa simple compañía que yo ansiaba.

Por fin penetré en la inmensa capilla con los muros encalados de blanco. Todas las vidrieras seguían cubiertas con unos paños de sarga negros, tal como era preciso hacer ahora, pues cada vez resultaba más difícil mover a Lestat para colocarlo en un lugar protegido de la luz del sol.

No ardían ningunas velas delante de aquellos majestuosos santos elegidos al azar.

Encontré a Lestat como de costumbre, tendido sobre el costado izquierdo, un hombre reposando, con sus ojos de color violeta abiertos, la maravillosa música de piano emanando del aparato negro dispuesto para que el pequeño disco sonara incesantemente una y otra vez.

Sobre el pelo y los hombros de Lestat se había depositado la habitual capa de polvo. Me horrorizó ver polvo incluso sobre su cara. ¿Pero me atrevería a turbar su sueño para limpiarlo? No lo sabía, y sentí un profundo y terrible pesar.

Me senté junto a él.

Me senté donde pudiera verme. Entonces apagué la música bruscamente, y con voz acelerada, una voz más agitada de lo que jamás habría imaginado, le conté toda la historia.

Se lo conté todo, mi amor por Merrick y sus poderes. Le hablé de la petición que me había hecho Louis.

Le hablé del fantasma que había aparecido ante nosotros. Le dije que Louis había escuchado la música de Claudia. Le hablé de la decisión de Louis de abandonarnos dentro de unas pocas noches.

—No sé si existe algo capaz de impedírselo —dije—. Se niega a esperar a que te despiertes, mi querido amigo. Va a marcharse. Y en realidad no puedo hacer nada para disuadirlo. Puedo insistirle en que espere a que te hayas recuperado, pero no creo que esté dispuesto a perder de nuevo el valor para seguir adelante con su plan. Esto es lo que importa, ¿comprendes? Ahora tiene el valor para hacerlo, un valor que durante mucho tiempo no tenía.

Le expliqué todos los detalles. Describí a Louis mientras él escuchaba la música que yo no podía oír. Describí de nuevo la sesión de espiritismo. Quizá le conté algunas cosas que antes había omitido.

—¿Se trataba realmente de Claudia? —pregunté—. ¿Quién puede asegurarnos si era ella?

Entonces me incliné y besé a Lestat, al tiempo que le decía:

—En estos momentos te necesito mucho. Te necesito, aunque sólo sea para que te despidas de él.

Me incorporé y observé aquel cuerpo dormido. No pude detectar ningún gesto de comprensión ni de postura.

—En una ocasión te despertaste —dije—. Te despertaste cuando Sybelle tocó su música para ti, pero luego regresaste a tu sueño egoísta llevando esa música contigo. Eso es lo que eres, Lestat, un egoísta, porque has dejado abandonados a los seres que tú creaste, a Louis y a mí. Nos has abandonado, y es injusto. Tienes que despertar de ese letargo, amado maestro, debes hacerlo por Louis y por mí.

No se produjo el menor cambio de expresión en su rostro. Sus grandes ojos color violeta estaban demasiado abiertos para tratarse de un muerto. Pero su cuerpo no daba ninguna otra señal de vida.

Me incliné y oprimí la oreja sobre su fría mejilla. Aunque no podía leer su mente como uno de sus jóvenes pupilos, confiaba en poder adivinar al menos una parte de lo que encerraba su alma.

Pero no conseguí nada. Volví a conectar el tocadiscos.

Le besé y le dejé allí tendido. Regresé a mi guarida más dispuesto que nunca a sumirme en el olvido.

22

La noche siguiente, fui en busca de Merrick.

La casa, emplazada en un barrio abandonado, estaba oscura y deshabitada. En la finca sólo quedaba el guarda. Trepé sin mayores dificultades hasta la ventana del segundo piso situada sobre el cobertizo y comprobé que el anciano estaba recogido en su vivienda, bebiendo tranquilamente una cerveza y mirando su monstruoso televisor en color.

Me sentí tremendamente desconcertado. Merrick había prometido que nos reuniríamos, ¿y dónde iba a ser sino en su vieja casa?

Tenía que dar con ella. La busqué incansablemente por toda la ciudad, utilizando cada gramo de dotes telepáticas que poseo.

En cuanto a Louis, tampoco aparecía por ninguna parte. Regresé al piso de la Rue Royale más de cuatro veces mientras buscaba a Merrick. En ninguna ocasión vi a Louis, ni descubrí ninguna señal de que hubiera estado allí.

Por fin, desesperado y a sabiendas de que cometía una imprudencia, me dirigí a Oak Haven, la casa matriz, para comprobar si Merrick estaba allí.

Tardé muy poco en descubrirla. Mientras me hallaba en el frondoso robledal situado en el extremo norte del edificio, divisé su figura menuda en la biblioteca.

Era efectivamente Merrick, quien se hallaba sentada en la butaca de cuero de un inconfundible color sangre de buey, de la que se había apropiado de niña, el día en que nos conocimos. Acurrucada sobre el viejo y agrietado sillón de cuero parecía dormida, pero al acercarme, mis sentidos vampíricos me confirmaron que estaba borracha. Distinguí la botella de ron Flor de Caña junto a ella, y el vaso, ambos vacíos.

En cuanto a los otros miembros, uno andaba muy atareado en la habitación, examinando los estantes en busca de algún libro, y otros estaban arriba, en sus aposentos.

No podía aproximarme a Merrick mientras permaneciera en la biblioteca. Por otra parte, era consciente de que podía haber sido ella quien hubiera planeado aquello. Y si lo había planeado ella, quizá lo hubiera hecho por su seguridad psíquica, una causa que yo aprobaba sin reservas.

En cuanto me hube alejado de aquel pequeño y lamentable espectáculo (Merrick durmiendo la mona sin importarle lo que los otros miembros de la Orden pensaran de ella), reanudé infructuosamente la búsquela de Louis de una punta a otra de la ciudad.

Las horas previas al amanecer permanecí en la oscura capilla, paseando arriba y abajo ante la figura dormida de Lestat, explicándole que Merrick había decidido ocultarse y que Louis, al parecer, había desaparecido.

Por fin me senté en el suelo frío de mármol, como había hecho la noche anterior.

—De haber ocurrido, ya me habría enterado, ¿no? —pregunté a mi maestro durmiente—. Si Louis hubiera puesto fin a su existencia, yo ya lo sabría, ¿no es así?

Si hubiera ocurrido ayer al amanecer, yo lo habría presentido antes de cerrar los ojos.

Lestat no me respondió, y ni su postura ni su expresión facial indicaban que fuera a hacerlo nunca.

Me sentí como si estuviera hablando fervientemente con una de las estatuas de los santos.

La segunda noche discurrió exactamente igual, lo cual no hizo sino aumentar mi nerviosismo.

No podía adivinar lo que había hecho Merrick durante el día, pero el caso es que volvía a estar borracha en la biblioteca, acurrucada en la butaca, sola, vestida con uno de sus espléndidos vestidos camiseros de seda, esta vez rojo vivo. Mientras la observaba desde una distancia prudencial, uno de los miembros, un anciano a quien yo estimaba mucho, entró en la biblioteca y tapó a Merrick con una manta de lana blanca de aspecto suave y esponjoso.

Me alejé apresuradamente antes de que alguien detectara mi presencia.

En cuando a Louis, recorrí los sectores de la ciudad que él frecuentaba, maldiciéndome por haber respetado su mente hasta el punto de no tratar de adivinar sus pensamientos, por haber respetado su intimidad hasta el punto de no tratar de detectar su presencia por medios telepáticos; y me maldije también por no haberle obligado a prometerme solemnemente que se reuniría conmigo en el piso de la Rue Royale a una hora determinada.

Llegó la tercera noche.

Después de dar a Merrick por un caso perdido, incapaz de otra cosa que de emborracharse con su ron favorito, me dirigí directamente al piso de la Rue Royale con el propósito de escribir una nota a Louis, por si se le ocurría pasar por allí cuando yo no estuviera.

Me sentía profundamente deprimido. Era muy posible que Louis hubiera dejado de existir en su forma terrenal. Cabía pensar que hubiera dejado que el sol matutino lo incinerara, tal como deseaba, y que las palabras que yo le escribiera en la nota no llegaría a leerlas nunca.

No obstante, me senté frente al elegante escritorio de Lestat en el saloncito trasero, un escritorio que está situado de frente a la habitación, y escribí unas apresuradas líneas.

«Tenemos que hablar. Es injusto que no me lo permitas. Estoy muy preocupado por ti. Recuerda, L., que hice lo que me pediste. Colaboré contigo en todo lo que pude, aunque tenía mis motivos, por supuesto. No me importa reconocerlo. La añoraba. Sufría por no verla. Pero quiero saber cómo estás.»

Apenas había concluido la nota, que firmé con una «D», cuando al levantar la vista vi a Louis en el umbral.

Indemne, su pelo negro y rizado peinado con pulcritud, me miró con expresión inquisitiva. Yo, gratamente sorprendido, me recliné en la silla y suspiré.

—Por fin apareces. Te he buscado como un loco por toda la ciudad —dije. Observé su espléndido traje de terciopelo gris, la corbata de color violeta oscuro, y unos anillos con piedras preciosas engastadas.

—¿A qué viene este atuendo tan elegante? —pregunté—. Dime algo, estoy a punto de perder la razón.

Louis meneó la cabeza, indicándome con su larga y esbelta mano que me callara. Luego se sentó en el sofá al otro lado de la habitación y me miró fijamente.

—Nunca te había visto tan elegantemente vestido —comenté—. Estás hecho un brazo de mar. ¿Qué ha ocurrido?

—Yo no lo sé —contestó secamente—. Dímelo tú. Acércate, David —añadió con gesto apremiante—. Siéntate en tu butaca, a mi lado.

Yo obedecí.

No sólo se había vestido elegantemente, sino que llevaba un discreto perfume de hombre.

Me miró nerviosamente.

—No pienso más que en ella, David. Es como si nunca hubiera amado a Claudia —confesó con voz entrecortada—. Lo digo en serio, es como si antes de conocer a Merrick no hubiera experimentado ni el amor ni el dolor. Soy su esclavo. Vaya donde vaya, haga lo que haga, no dejo de pensar en Merrick —declaró—. Cuando me alimento, la víctima que sostengo en mis brazos resulta ser Merrick. Calla, no digas nada hasta que haya terminado. Cuando me acuesto en mi ataúd, antes de que salga el sol, pienso en Merrick. Pienso en ella cuando me despierto. Tengo que ir a reunirme con ella, y en cuanto me haya alimentado, me situaré en un lugar desde el que pueda verla, cerca de la casa matriz, el lugar que hace tiempo nos prohibiste que pisáramos, David. Iré allí. Anoche estuve allí, cuando viniste a espiarla. Te vi. La víspera, también estuve allí. Sólo vivo por ella; el mero hecho de verla a través de esas ventanas alargadas me excita. La deseo, David. Si no sale dentro de poco de esa casa, te aseguro que entraré a por ella, aunque te juro que no sé exactamente lo que pretendo, salvo estar a su lado.

—Basta, Louis, deja que te explique lo ocurrido...

—¿Cómo diablos vas a explicármelo? Deja que me desahogue —dijo—. Déjame confesarte que todo empezó en el mismo momento en que la vi. Tú lo sabías. Lo viste. Trataste de prevenirme. Pero yo no imaginaba que esos sentimientos se harían tan intensos. Estaba seguro de poder controlarlos. ¡Dios sabe la de mortales a los que me he resistido durante estos dos siglos, la de veces que me he alejado de un alma errante que me atraía tan poderosamente que rompía a llorar de desesperación!

—Basta, Louis, escúchame.

—No la lastimaré, David. Te lo juro. No quiero hacerle daño. No soporto la idea de beber su sangre como hice años atrás con Claudia. ¡Ah, fue un trágico error convertir a Claudia en una vampiro! No la lastimaré, te lo juro, pero debo verla, estar con ella, oír su voz. ¿Puedes convencerla para que salga de Oak Haven? ¿Puedes convencerla para que se reúna conmigo? ¿Puedes convencerla para que renuncie a su amado ron y regrese a su vieja casa? Es preciso que lo hagas. Te aseguro que voy a enloquecer.

Apenas terminó su perorata, intervine sin permitir que me hiciera callar.

—¡Te ha hechizado, Louis! —declaré—. Te ha echado un conjuro. Escúchame bien. Conozco sus trucos. Y conozco sus artes mágicas. Son tan viejas como el antiguo Egipto, tan antiguas como Roma y Grecia. Te ha echado un conjuro, ha utilizado su brujería para hacer que te enamoraras de ella. Maldita sea, no debí dejar que conservara ese vestido manchado de sangre. ¡Ahora comprendo por qué no dejó que lo tocara! Estaba manchado con tu sangre. Fui un idiota al no darme cuenta de sus tejemanejes. ¡Hasta hablamos sobre ese tipo de conjuros! ¡Esa chica es exasperante! Dejé que conservara su vestido de seda manchado de sangre y lo utilizó para realizar un conjuro más viejo que el mundo.

—Eso es imposible —replicó Louis con tono mordaz—. No puedo creerlo. La amo, David. Me obligas a emplear las palabras que pueden hacerte más daño. La amo y la deseo; deseo su compañía, su inteligencia y la bondad que he visto en ella. No se trata de un conjuro.

—Lo es, créeme —insistí—. La conozco, y conozco sus trucos. Ha utilizado tu sangre para hechizarte. ¿No lo entiendes? Esa mujer no sólo cree en la magia, sino que conoce bien esas artes. Durante el último milenio habrán vivido y muerto un millón de magos mortales, ¿pero cuántos de ellos eran auténticos? ¡Merrick sabe bien lo que hace! Su vestido estaba manchado con tu sangre. ¡Te ha echado un conjuro y no sé cómo romperlo!

—No te creo —dijo Louis tras un breve silencio—. Es imposible. Estoy convencido de lo que siento.

—Piensa en lo que te conté sobre ella, Louis, las visiones que tuve de ella después de nuestro primer encuentro hace unas noches. ¿No recuerdas que te dije que la vi en todas partes...?

—Esto es diferente. Se trata de mis sentimientos, David.

—Es lo mismo —insistí—. La vi en todas partes, y después de que viéramos la visión de Claudia, Merrick me confesó que esas visiones de ella formaban parte de un conjuro. Te lo conté todo, Louis. Te conté que había montado un pequeño altar en la habitación del hotel, que se había apoderado de mi pañuelo, el cual estaba manchado de sangre porque me había enjugado el sudor de la frente. ¡No hagas caso, Louis!

—La estás difamando —contestó con tanta delicadeza como pudo—, y no te lo consiento. Yo no la veo así. Pienso en ella y la deseo. Deseo a la mujer que vi en esa habitación. ¿Qué otros disparates vas a decirme sobre ella? ¿Que Merrick no es hermosa? ¿Que Merrick no posee una dulzura innata? ¿Que Merrick no es la única mortal entre miles a la que puedo amar?

—Louis, ¿estás seguro de ser dueño de tus actos en su presencia? —le pregunté.

—Sí —respondió con tono solemne—. ¿Me crees capaz de hacerle daño?

—Creo que has aprendido el significado de la palabra «deseo».

—Deseo estar en su compañía, David. Estar cerca de ella. Hablar con ella sobre lo que vi. Deseo... —Louis se interrumpió. Cerró los ojos durante unos momentos—. No soporto esta necesidad, este deseo de estar con ella. Se ha escondido en ese caserón en el campo y yo no puedo permanecer cerca de ella sin perjudicar a Talamasca, sin violar la delicada intimidad de la que depende vuestra existencia.

—Gracias a Dios que aún conservas cierta sensatez —dije con vehemencia—. Te aseguro que es un sortilegio, y si estás seguro de que no harás nada que pueda lastimarla, en cuanto abandone esa casa iremos juntos a hablar con ella. Le exigiremos que nos diga la verdad. Le preguntaremos si esto no es más que un sortilegio.

—¿Si no es más que un sortilegio? —repitió Louis despectivamente. Me miró a los ojos con gesto acusador. Jamás había visto una actitud tan hostil en él. En realidad, nunca le había visto mostrarse hostil—. Tú no quieres que la ame, ¿verdad? Es así de sencillo.

—No, te aseguro que no. Pero pongamos que tienes razón, que no se trata de un sortilegio, que lo que sientes es auténtico; ¿deseo que crezca tu amor por Merrick? No, decididamente no. Hicimos un juramento, nos comprometimos a no lastimar a esa mujer, a no destruir su frágil mundo mortal con nuestros deseos. Si tanto la amas, debes cumplir ese juramento, Louis. En eso consiste el amor que sientes por ella, en dejarla tranquila.

—No puedo hacerlo —dijo Louis, meneando la cabeza—. Ella merece saber lo que me dicta el corazón. Merece saber la verdad. Este amor no puede fructificar, lo sé, pero ella debe saberlo. Tiene que saber que la adoro, que ha suplantado en mí un dolor que pudo haberme destruido, que quizá me destruya algún día.

—Esto es intolerable —repliqué. Estaba furioso con Merrick—. Propongo que vayamos a Oak Haven. Pero debes dejar que yo decida lo que haremos cuando lleguemos allí. Si puedo, me acercaré a la ventana y trataré de despertarla. Es posible que se encuentre sola en el primer piso. Quizá yo pueda entrar en la casa. Hace unas noches, esto me habría parecido inaceptable. Pero recuerda que debes dejar que sea yo quien tome la iniciativa.

Louis asintió con la cabeza.

—Deseo estar junto a ella. Pero antes debo alimentarme. No puedo estar sediento cuando me encuentre con ella. Sería una imprudencia. Acompáñame, iremos juntos en busca de unas presas. Luego, pasada la medianoche, bien pasada la medianoche, iremos a Oak Haven.

No tardamos en dar con nuestras víctimas.

Eran las dos de la mañana cuando nos acercamos a Oak Haven y, tal como yo confiaba, la casa estaba completamente a oscuras. No había nadie despierto. Me llevó tan sólo unos instantes escudriñar la biblioteca.

Merrick no estaba allí, ni tampoco su botella de ron y el vaso. Cuando me encaramé a las terrazas superiores, tan sigilosamente como pude, comprobé que no se encontraba en su habitación.

Regresé junto a Louis, que me esperaba en el robledal.

—Merrick no se encuentra en Oak Haven. Hemos calculado mal. Debe de estar en su casa en Nueva Orleans, probablemente esperando a que su conjuro surta efecto.

—No insistas en achacarle la culpa de lo ocurrido —dijo Louis, enojado—. ¡Por el amor de Dios, David, deja que vaya a verla yo solo!

—Me niego rotundamente —contesté.

Echamos a andar hacia la ciudad.

—No puedes presentarte ante ella despreciándola de esa forma —dijo Louis—. Deja quc yo hable con ella. No puedes impedírmelo. No tienes ningún derecho.

—Quiero estar presente cuando hables con ella —repuse fríamente. Y estaba decidido a salirme con la mía.

Cuando llegamos al antiguo caserón en Nueva Orleans, enseguida supe que Merrick estaba en casa.

Después de pedir a Louis que esperara, di una vuelta alrededor de la finca, como había hecho noches atrás, para cerciorarme de que el guarda no estaba en la casa, como así era. Luego me reuní de nuevo con Louis y dije que podíamos acercarnos a la puerta.

En cuanto a Merrick, pensé que estaría en el dormitorio delantero, porque el saloncito no le gustaba mucho. Su habitación preferida era la de Gran Nananne.

—Quiero entrar solo —dijo Louis—. Si te parece, puedes esperarme aquí.

Louis se dirigió hacia el porche antes de que yo hubiera dado un paso; no tardé en alcanzarlo. Empujó la puerta, que estaba abierta, y la luz arrancó unos destellos al cristal emplomado.

En cuanto entramos, Louis se dirigió hacia el espacioso dormitorio delantero. Yo iba pegado a sus talones.

Merrick, tan hermosa como siempre, vestida con un traje de seda rojo, se levantó de la mecedora y se arrojó en brazos de Louis.

Cada partícula de mi ser permanecía alerta para detectar la menor señal de peligro. Tenía el corazón destrozado. La habitación, con sus velas encendidas y vigilantes, exhalaba una atmósfera dulce y ensoñadora.

No cabía duda de que aquellos dos seres se amaban. Observé en silencio mientras Louis besaba a Merrick repetidamente, deslizando sus dedos largos y pálidos por su cabello. Le observé besar su esbelto cuello.

Al apartarse, ella dejó escapar un prolongado suspiro.

—¿Es esto un hechizo? —le preguntó Louis, pero en realidad la pregunta iba dirigida a mí—. ¿Es un hechizo que no pueda pensar en nada más que en ti, vaya donde vaya y haga lo que haga? ¿El que en todas mis víctimas te vea a ti? Sí, Merrick, piensa en lo que debo hacer para sobrevivir, no vivas en sueños, te lo ruego. Piensa en el terrible precio que debo pagar por este poder. Piensa en el purgatorio en el que vivo.

—¿Soy yo tu purgatorio? —inquirió Merrick—. ¿Te procuro cierto consuelo en medio del fuego que te abrasa? Mis días y noches sin ti han sido un purgatorio. Comprendo tu sufrimiento. Lo comprendí incluso antes de que nos miráramos a los ojos.

—Dile la verdad, Merrick —dije, manteniéndome un tanto alejado de ellos, junto a la puerta—. Sé sincera, Merrick. Louis se dará cuenta si le mientes. ¿No es cierto que le echaste un conjuro? A mí tampoco me mientas, Merrick.

Ella se apartó de él unos instantes y me miró.

—Aparte de unas cuantas visiones, ¿qué es lo que te

di a ti con mi conjuro, David? —preguntó—. ¿Acaso hice que me desearas? —Se volvió de nuevo a Louis—. ¿Qué quieres de mí, Louis? ¿Oírme decir que mi alma es tu esclava, como la tuya es esclava de la mía? Si eso es un conjuro, ambos nos hemos hechizado mutuamente, Louis. David sabe que digo la verdad.

Por más que lo intenté, no detecté ninguna nota falsa en ella. Lo que vi fueron unos secretos, que no conseguía descifrar. Merrick guardaba sus pensamientos celosamente para sí.

—Estás jugando con nosotros —le dije—. ¿Qué quieres?

—No, David, no debes hablar a Merrick con ese tono —intervino Louis—. No lo tolero. Vete y deja que hable a solas con ella. Está más segura conmigo de lo que jamás lo estuvo Claudia o cualquier otro mortal con quien tuve tratos. Vete, David. Déjame a solas con ella, o te juro que tú y yo acabaremos peleándonos.

—Por favor, David —dijo Merrick—. Deja que Louis pase estas pocas horas conmigo; luego haremos lo que quieras. Deseo que se quede aquí conmigo. Quiero hablar con él. Quiero decirle que el espíritu mentía. Necesito hacerlo pausadamente, en un ambiente de intimidad y confianza.

Merrick se dirigió hacia mí; al moverse oí el frufrú de su vestido de seda rojo. Percibí su perfume. Me rodeó el cuello con los brazos y sentí el calor de sus pechos desnudos debajo del delgado tejido.

—Márchate, David, te lo ruego —dijo con una voz rebosante de tierna emoción, mirándome a los ojos con expresión conmiserativa.

Nada me había herido tanto, en todos aquellos años desde que la conocía, que la deseaba, que la añoraba, como esta simple petición.

—Marcharme. —Repetí la palabra con un hilo de voz—. ¿Y dejaros juntos? ¿Marcharme?

La miré a los ojos unos instantes. Parecía sufrir intensamente, implorarme.

Luego me volví hacia Louis, que me observaba con una expresión entre inocente y ansiosa, como si su suerte estuviera en mis manos.

—Si le haces daño, te juro que tu deseo de morir se verá cumplido —dije con voz grave y llena de rencor—. Te aseguro que soy lo bastante fuerte para destruirte precisamente de la forma que temes.

El rostro de Louis mostraba una expresión de estupor.

—Si le haces daño, morirás abrasado —dije lentamente, y después de una pausa, añadí—: Te doy mi palabra.

Louis tragó saliva y asintió con la cabeza. Tuve la impresión de que quería decirme muchas cosas; la expresión de sus ojos indicaba tristeza y un profundo dolor. Pero murmuró:

—Confía en mí, hermano. No es necesario que profieras estas amenazas tan tremendas a alguien a quien estimas, y yo no tengo por qué oírlas, dado que ambos amamos a esta mujer mortal.

Me volví hacia Merrick, que no apartaba los ojos de Louis. Nunca había estado tan distante de mí como en aquellos momentos. Apenas me miró, devolviendo mis besos como por obligación, puesto que era de Louis de quien estaba claramente enamorada.

—Hasta pronto, tesoro —dije, y abandoné la casa.

Durante unos momentos pensé en esconderme entre los matorrales para espiarles mientras conversaban en la habitación delantera. Consideré que lo más prudente sería permanecer cerca de ella para protegerla, pero enseguida comprendí que a ella no le gustaría.

Cuando pensé en la posibilidad de que Merrick saliera de la casa y me reprochara mi conducta, cuando pensé en la humillación a la que me exponía si hacía eso, me alejé de la casa y me dirigí con paso rápido hacia la parte alta de la ciudad.

De nuevo, en la desolada capilla del orfanato de Ste. Elizabeth's, Lestat se convirtió en mi confidente.

Y de nuevo tuve la certeza de que su cuerpo no estaba ocupado por ningún espíritu. Pero él no hizo caso de mis peores temores.

Recé para que a Merrick no le ocurriera nada malo, para que Louis no se atreviera a provocar mis iras y para que una noche el alma de Lestat regresara a su cuerpo, porque le necesitaba. Le necesitaba con desesperación. Me sentía solo con todos mis años y mis lecciones, con todas mis experiencias y mi dolor.

El cielo había comenzado a clarear peligrosamente cuando dejé a Lestat y me dirigí al lugar secreto, debajo de un edificio abandonado donde guardaba el ataúd de hierro en el que me ocultaba.

No es una configuración infrecuente entre los de nuestra especie: el viejo y abandonado edificio, mi derecho a ocuparlo, o el cuarto del sótano aislado del mundo exterior por unas puertas de hierro que ningún mortal se atrevería a levantar él solo.

Me había acostado en mi gélida oscuridad, después de volver a colocar la tapa del ataúd, cuando de improviso me invadió un extraño pavor. Era como si alguien me estuviera hablando, exigiéndome que le escuchara, tratando de decirme que yo había cometido un terrible error por el que pagaría con mi conciencia, que había cometido un estúpido error por culpa de mi vanidad.

Era demasiado tarde para reaccionar a esta intensa mezcla de emociones. La mañana comenzaba a reptar sobre mí, arrebatándome el calor y la vida. El último pensamiento que recuerdo fue que había dejado a Louis y a Merrick solos por culpa de mi vanidad, porque me habían excluido. Me había comportado como un escolar por pura vanidad, y pagaría caras las consecuencias.

Inevitablemente, al amanecer siguió el crepúsculo y, después de dormir un rato imposible de calcular, me desperté al atardecer, con los ojos abiertos, alargando las manos para levantar la tapa del ataúd, pero las dejé caer de nuevo.

Algo me impedía abrir el ataúd. Aunque detestaba aquella irrespirable atmósfera, permanecí tendido en él, envuelto en la única auténtica oscuridad que se ofrecía a mis potentes ojos de vampiro.

Permanecí allí tendido porque el pánico que había experimentado por la noche había vuelto a hacer presa en mí, porque era consciente de que mi estúpida vanidad había hecho que dejara a Merrick y a Louis solos. Sentí una turbulencia en el aire que me rodeaba, que penetraba en el ataúd de hierro para que la inspirara y llenara con ella mis pulmones.

Algo había salido trágicamente mal, pero era inevitable, pensé compungido, y permanecí acostado en mi ataúd, inmóvil, como si Merrick me hubiera hechizado con uno de sus crueles conjuros. Pero no era uno de sus conjuros. Era dolor y remordimientos, unos remordimientos que no dejaban de atormentarme.

Louis me la había arrebatado. Por supuesto que hallaría a Merrick indemne, porque no existía nada en la Tierra capaz de obligar a Louis a darle la Sangre Oscura, me dije, ni aunque ella misma se lo suplicara. En cuanto a Merrick, ella jamás se lo pediría, no sería tan estúpida de renunciar a su alma brillante y única. No, sentía dolor porque se amaban, porque se habían conocido por mi mediación y porque gozarían de lo que podíamos haber compartido Merrick y yo.

En fin, podía seguir lamentándome. Estaba hecho y debía ir en su busca para encontrármelos juntos, para ver cómo se miraban, para exigirles más promesas, lo cual era una forma de interponerme entre ellos. Por otra parte, tenía que aceptar el hecho de que Louis se había convertido para Merrick en la estrella rutilante, bajo cuya luz yo había dejado de brillar.

Al cabo de un buen rato abrí la tapa del ataúd, que soltó un sonoro crujido. Lo abandoné y subí por la escalera del viejo y húmedo sótano hacia las deprimentes habitaciones superiores.

Me detuve en una espaciosa habitación sin utilizar, con las paredes de ladrillo, que antiguamente era una tienda de comestibles. De su antiguo esplendor no quedaba sino unas vitrinas cochambrosas y unos desvencijados estantes, aparte de una espesa capa de tierra sobre el vetusto y deteriorado suelo de madera.

Me detuve envuelto por el calor primaveral y la polvorienta atmósfera, aspirando el olor a moho y a ladrillos rojos que me rodeaba, contemplando a través de los sucios cristales la calle, en un penoso estado de abandono, cuyas escasas farolas emitían una luz triste y persistente.

¿Qué hacía yo allí?

¿Por qué no había ido a encontrarme con Louis y con Merrick? ¿Por qué no había ido en busca de una presa, si era sangre lo que deseaba, como así era? ¿Qué hacía allí solo en las sombras, aguardando, como si quisiera que mi dolor se incrementara, que mi soledad se hiciera más acuciante, para ir en busca de mi presa con los agudizados sentidos de una bestia salvaje?

Entonces, lentamente, empecé a percatarme de algo que me aisló por completo de aquel deprimente lugar que me rodeaba, provocándome un hormigueo en cada poro de mi cuerpo al tiempo que mis ojos contemplaban lo que mi mente se negaba desesperadamente a aceptar.

Vi a Merrick ante mí, vestida con el traje de seda rojo que había lucido la noche anterior durante nuestro breve encuentro, y toda su fisonomía aparecía alterada por el Don Oscuro.

Su cremosa piel tenía una cualidad casi luminosa gracias a los poderes vampíricos; sus ojos verdes habían adquirido una iridiscencia común en Lestat, Armand, Marius, sí, sí, y en todos los demás. Su larga caballera castaña poseía un brillo sobrenatural, y sus hermosos labios emanaban un fulgor inevitable, eterno y perfecto.

—David —dijo con un timbre de voz claramente inducido por la sangre que bullía en su interior, y se arrojó en mis brazos.

—¡Santo Dios! ¿Cómo pude dejar que sucediera! —exclamé. Mis manos permanecieron suspendidas sobre sus hombros, incapaces de tocarla, y de pronto la abracé con todo mi corazón—. ¡Que Dios me perdone! —exclamé, estrechándola con tanta fuerza contra mí como para impedir que alguien me la arrebatara. No me importaba si me oían unos mortales. No me importaba si lo sabía todo el mundo.

—No, David, espera —me rogó cuando abrí la boca para decir algo—. No comprendes lo que ha sucedido. Louis ha hecho lo que dijo, David, ha salido a la luz del sol. Lo hizo al amanecer, después de llevarme con él y esconderme, de enseñarme todo lo que pudo y de prometerme que esta noche volveríamos a encontrarnos. Lo ha hecho, David. Se ha ido, y todo lo que queda de él está completamente calcinado.

Las terribles lágrimas de sangre que rodaban por sus mejillas despedían un brillo siniestro.

—¿No puedes hacer nada para salvarlo, David? ¿No puedes hacer nada para hacer que regrese? Yo tengo la culpa de todo. Yo sabía lo que hacía, David, le obligué a hacerlo, lo manipulé hábilmente. Utilicé su sangre y utilicé la seda de mi vestido. Utilicé todos mis poderes naturales y sobrenaturales. Te confesaré más cosas cuando tenga tiempo. Te lo contaré todo. Yo tengo la culpa de que haya desaparecido, te lo juro, ¿pero no puedes hacer nada para que regrese?

23

Lo había dispuesto todo meticulosamente.

Había colocado su ataúd, una espléndida y venerable reliquia, cerca del jardín trasero de la finca urbana de la Rue Royale, un edificio recóndito y rodeado por una elevada tapia.

Había dejado su última carta sobre el escritorio del piso superior, un escritorio que todos nosotros, Lestat, Louis y yo mismo, utilizábamos para escribir importantes misivas. Luego había bajado al patio, había levantado la tapa del ataúd y se había acostado en él para recibir al sol matutino.

Su carta de despedida me la había escrito a mí.

> Si no he errado en mis cálculos, moriré incinerado por la luz del sol. No soy tan viejo para seguir viviendo con graves quemaduras, ni tan joven para legar un cuerpo ensangrentado a aquellos que acudan a llevarse mis restos. Quedaré reducido a cenizas, al igual que hace tiempo Claudia quedó reducida a cenizas, y tú, mi querido David, debes diseminarlas.
>
> No me cabe ninguna duda de que te encargarás de todos los detalles cuando yo haya dejado de existir, pues cuando acudas a recoger mis restos ya habrás

visto a Merrick y conocerás la medida de mi traición y de mi amor.

Sí, afirmo que fue el amor lo que me llevó a convertir a Merrick en vampiro. No puedo mentirte en una cuestión como ésta. Por si te interesa saberlo, te aseguro que supuse que sólo pretendía atemorizarla, llevarla a las puertas de la muerte para disuadirla, para que me implorara que la salvara.

Pero una vez iniciado el proceso, lo llevé rápidamente a término, con la ambición y el deseo más puro que jamás he conocido. Y ahora, siendo como soy un incorregible romántico, defensor de acciones dudosas y de escasa duración, incapaz de vivir con el precio de mi voluntad y mis deseos, te ofrezco a mi exquisita pupila, Merrick, a quien sé que amarás con un corazón instruido.

Al margen del odio que sientas por mí, te ruego que entregues a Merrick las escasas joyas y reliquias que poseo. Te ruego también que le des todas las pinturas que he ido coleccionando de forma aleatoria a lo largo de los siglos, unas pinturas que se han convertido, para mí y para el mundo entero, en unas obras maestras. Todo cuanto poseo de valor es suyo, si estás de acuerdo en ello.

En cuanto a mi dulce maestro, Lestat, cuando se despierte dile que me sumí en las tinieblas sin confiar en sus terroríficos ángeles, esperando tan sólo la vorágine, o la nada, las cuales él mismo ha descrito con frecuencia. Pídele que me perdone por no haber aguardado a despedirme de él.

Y ahora pasemos a ti, mi querido amigo. No espero que me perdones. Ni siquiera te lo pido.

No creo que puedas rescatarme de las cenizas para atormentarme, pero si lo consigues, no podré impedirlo. Está claro que he traicionado tu confianza. Por más que Merrick afirme que utilizó conmigo sus potentes hechizos, nada puede disculpar mis acciones, aunque lo cierto es que insiste en haberme hechizado con unas artes mágicas que no comprendo.

Lo único que sé es que la amo, que no concibo la existencia sin ella. Pero la existencia es algo que ya no contemplo.

Me dirijo a lo que representa para mí una certidumbre, la forma de muerte que se llevó a mi Claudia: inexorable, ineludible, absoluta.

Ésa era la carta, escrita con su arcaica letra sobre un pergamino, los caracteres altos y profundamente impresos en el papel.

¿Y el cuerpo?

¿Había calculado Louis acertadamente y se había convertido en cenizas como la niña que un amargo capricho del destino le había arrebatado hacía tiempo?

Sencillamente, no.

En el ataúd sin la tapa, expuesto al aire nocturno, yacía una réplica calcinada del ser que yo había conocido como Louis, aparentemente tan sólido como cualquier momia antigua desprovista de sus vendajes, con la carne firmemente adherida a todos los huesos visibles. Sus ropas estaban chamuscadas pero intactas. El ataúd constituía un marco ennegrecido en torno a la horripilante figura que yacía en él. La cara y las manos, todo su cuerpo, no habían sido tocadas por el viento y contenían hasta el más mínimo detalle.

Y junto a él, arrodillada sobre las frías losas del suelo, estaba Merrick, contemplando el cuerpo carbonizado, retorciéndose las manos de dolor.

Despacio, muy despacio, se inclinó hacia delante y

tocó delicadamente con un dedo el dorso de la mano quemada de Louis. La apartó en el acto, horrorizada. No vi que dejara una impresión sobre la carne ennegrecida.

—Está dura como el carbón, David —dijo Merrick—. ¿Cómo puede el viento diseminar estos restos a menos que los saques del ataúd y los pisotees? No puedes hacerlo, David. Dime que no puedes.

—¡No, no puedo hacerlo! —reconocí. Empecé a pasearme arriba y abajo frenéticamente—. ¡Qué legado más ingrato y penoso! —murmuré—. ¡Ojalá pudiera enterrarte tal como estás, Louis!

—Ésa sería una terrible crueldad —dijo Merrick con tono implorante—. ¿Crees que puede seguir vivo bajo esta forma, David? Tú conoces las historias de vampiros mejor que yo. ¿Crees que puede seguir vivo bajo esta forma?

Seguí paseándome nerviosamente, sin responder, frente al cuerpo sin vida cubierto con sus ropas chamuscadas. Alcé la vista distraídamente, compungido, hacia las distantes estrellas.

Merrick lloraba suavemente a mi espalda, dando rienda suelta a las emociones que bullían en su interior con renovado vigor y que la abrumaban de tal forma que ningún ser humano podía imaginar lo que sentía en esos momentos.

—David —dijo sin dejar de llorar.

Me volví lentamente y la contemplé arrodillada junto a él, suplicándome como si yo fuera uno de sus santos.

—David, si te cortas la muñeca, si dejas que la sangre se vierta sobre él, ¿podrás conseguir que regrese?

—No lo sé, tesoro. Sólo sé que ha cumplido sus deseos y me ha comunicado lo que quiere que yo haga.

—Pero no puedes dejar que desaparezca tan fácilmente —protestó Merrick—. David, te lo ruego... —Se le quebró la voz y no pudo terminar la frase.

Una leve brisa agitó los bananos. Me volví y contemplé aterrorizado el cuerpo. Todo el jardín a nuestro alrededor parecía murmurar y suspirar contra la tapia de ladrillo. Pero el cuerpo permanecía intacto, inmóvil, a salvo en su chamuscado santuario.

Pero quizá soplara otra brisa, más fuerte. Quizá lloviera, como ocurre con frecuencia en las noches tibias de primavera, y el agua destruiría el rostro, con los ojos cerrados, que seguía siendo visible.

No hallaba las palabras adecuadas para aplacar el llanto de Merrick. No hallaba las palabras adecuadas para confesarle lo que sentía.

¿Se había marchado Louis, o persistía aún? Y qué querría que hiciera yo en esos momentos, no la noche anterior, cuando protegido por la madrugada me había escrito su valiente nota, sino ahora, encerrado dentro de su cuerpo en el ataúd de madera calcinado.

¿En qué habría pensado al amanecer al sentir la fatídica debilidad y luego el fuego inevitable del sol? Carecía de la fuerza de otros vampiros más potentes para abandonar su ataúd y enterrarse bajo tierra. ¿Se habría arrepentido de su decisión? ¿Habría experimentado un dolor insoportable? ¿No podría darme alguna indicación mientras yo observaba su rostro y sus manos quemados pero intactos?

Regresé junto al ataúd. Observé que tenía la cabeza apoyada de forma natural, como la de cualquier cadáver que fuera a recibir sepultura. Las manos reposaban unidas sobre el pecho, como habría podido colocárselas el empleado de la funeraria. Pero aún no le había cerrado los ojos. No había tratado de volverle la espalda a la muerte.

Estaba absorto en estos ingratos pensamientos, absorto y deseando oír otro sonido que no fuera el de los sollozos de Merrick.

Me acerqué a la escalinata de hierro forjado que descendía en una curva desde la terraza superior. Me senté en el escalón que me resultaba más cómodo y me cubrí la cara con las manos.

—¡Esparcir los restos! —musité—. ¡Ojalá estuvieran aquí los otros!

En el acto, como en respuesta a mi patética súplica, oí rechinar la puerta de la verja. Oí el grave chirrido de sus viejos goznes al abrirse seguido del clic al cerrarse de nuevo, hierro contra hierro.

No percibí el olor de un intruso. De hecho, enseguida reconocí los pasos que se aproximaban. Los había oído muchas veces a lo largo de mi vida como mortal y como vampiro. Pero no me atrevía a creer que aquella inesperada visita hubiera acudido a rescatarme de mi desesperación hasta que la figura apareció en el jardín, con su chaqueta de terciopelo cubierta de polvo, su pelo rubio alborotado, sus ojos de color violeta contemplando el macabro y horrendo semblante de Louis.

Era Lestat.

Con paso torpe, como si su cuerpo, sin utilizar desde hacía tanto tiempo, se rebelara contra él, se acercó a Merrick, que volvió su rostro cubierto de lágrimas hacia él como si viera también a un salvador que acudía en respuesta a sus oraciones, dirigidas a nadie en particular.

Merrick se sentó en el suelo y dejó escapar un suspiro.

—¿De modo que las cosas han llegado a este extremo? —inquirió Lestat con una voz tan ronca como cuando le había despertado la música de Sybelle, la última vez que había abandonado su sueño infinito.

Se volvió y me miró. Su rostro carecía de calor y de expresión; la tenue luz de la calle distante iluminaba sus ojos fieros, que volvió a fijar en el cuerpo tendido en el ataúd que descansaba sobre las losas del suelo. Me pareció que sus ojos temblaban. Me pareció que todo su cuerpo temblaba ligeramente, como si el más ligero movimiento le agotara, como si anhelara frotarse los antebrazos y batirse rápidamente en retirada.

Pero no estaba dispuesto a abandonarnos.

—Acércate, David —me dijo también con voz ronca—. Acércate y escucha. No puedo oírle. Yo le creé. Escucha y dime si aún sigue ahí.

Me situé junto a él, como me pedía.

—Parece carbón, Lestat —me apresuré a responder—. No me he atrevido a tocarlo. ¿Quieres que lo hagamos?

Lenta, lánguidamente, Lestat se volvió para contemplar de nuevo el doloroso espectáculo.

—Tiene la piel firme, os lo aseguro —terció Merrick. Después de incorporarse retrocedió unos pasos, invitando a Lestat a ocupar su lugar junto al ataúd—. Tú mismo puedes comprobarlo, Lestat —dijo—. Vamos, tócalo. —Su voz denotaba el intenso dolor que trataba de reprimir.

—¿Y tú? —preguntó Lestat, asiéndola por el hombro con la mano derecha—. ¿Qué es lo que oyes, *chérie*? —preguntó con su voz ronca.

—Silencio —respondió con labios trémulos. Las lágrimas de sangre habían dejado surcos en sus pálidas mejillas—. Pero él me convirtió en vampiro. Yo le hechicé. Le seduje. No podía librarse de mi plan. Y ha terminado así, por haberme entrometido. Oigo a los mortales murmurando en las casas vecinas, pero no oigo ningún sonido procedente de él.

—Merrick —insistió Lestat—. Escucha como siempre has sido capaz de hacerlo. Compórtate como una bruja, si no puedes hacerlo como una vampiro. Sí, lo sé, él te creó. Pero antes de que lo hiciera, ya eras bruja. —Lestat nos miró a ambos, al tiempo que su rostro comenzaba a adquirir una emoción visible—. Pregúntale si desea regresar.

Los ojos de Merrick volvieron a llenarse de lágrimas. Compungida, arrepentida, contempló el cadáver.

—Quizás esté pidiendo a voces que le devolvamos la vida, pero no le oigo —dijo—. La bruja que llevo dentro sólo oye silencio. Y el ser humano que llevo dentro sólo conoce remordimientos. Dale tu sangre, Lestat. Haz que regrese a nosotros.

Lestat se volvió hacia mí.

Merrick le asió del brazo y le obligó a mirarla de nuevo a los ojos.

—Utiliza tus poderes mágicos —dijo con tono quedo pero vehemente—. Utiliza tus poderes mágicos y cree en ellos como yo creía en los míos.

Lestat asintió con la cabeza, acariciándole la mano para tranquilizarla.

—Dime, David , ¿qué es lo que él desea? —preguntó bruscamente—. ¿Hizo esto porque creó a Merrick y pensó que debía pagar por ello con su vida?

¿Qué podía responder yo? ¿Cómo podía ser fiel a todo lo que mi compañero me había confiado a lo largo de tantas veladas?

—No oigo nada —respondí—. Pero tengo la vieja costumbre de no espiar sus pensamientos, de no violentar su alma. Tengo la vieja costumbre de dejar que haga lo que quiera, ofreciéndole muy de vez en cuando mi sangre potente, sin echarle nunca en cara sus debilidades. No oigo nada, pero eso no significa nada. Por las noches recorro los cementerios de la ciudad y no oigo nada. Camino entre los mortales y a veces no oigo nada. Camino solo y no oigo nada, como si yo no poseyera una voz interior.

Contemplé de nuevo su rostro ennegrecido. Vi en él la imagen perfecta de su boca. Y entonces me percaté de que incluso los cabellos de su cabeza seguían intactos.

—No oigo nada —dije—, pero veo espíritus. He visto espíritus en muchas ocasiones. Se me han aparecido muchas veces. ¿Hay un espíritu ahí, entre sus restos? Lo ignoro.

Lestat parecía tener dificultades en sostenerse de pie, como si se debiera a un fallo constitucional, pero se obligó a permanecer derecho. Me sentí avergonzado al observar la capa de polvo gris que cubría las largas mangas de su chaqueta de terciopelo. Me sentí avergonzado cuando observé los nudos y la suciedad en su espesa mata de pelo. Pero esas cosas no le importaban.

Lo único que le importaba era la figura que yacía en el ataúd, y como Merrick no paraba de llorar, le rodeó los hombros con su brazo casi distraídamente, estrechándola contra su poderoso cuerpo y murmurando con voz ronca:

—Tranquilízate, *chérie*. Hizo lo que deseaba.

—¡Pero su plan se ha torcido! —exclamó Merrick. Las palabras brotaron de sus labios atropelladamente—. Es muy duro que el fuego de un día ponga fin a su existencia. Quizás esté encerrado dentro de esos restos carbonizados temiendo sufrir una suerte atroz. Quizá pueda oírnos en este trance fatal, como suele ocurrir con los moribundos, sin poder responder. —Merrick continuó con tono lastimero—: Quizá nos esté pidiendo ayuda mientras nosotros nos limitamos a discutir y a rezar.

—Y si vierto mi sangre dentro de su ataúd ¿cómo

crees que regresará? —inquirió Lestat a Merrick—. ¿Crees que será nuestro amigo Louis quien se alzará de entre esos harapos carbonizados? ¿Y si no lo es, *chérie*, y si se trata de un monstruo herido al que debemos destruir?

—Elige la vida, Lestat —replicó Merrick. Se soltó de su abrazo, y le suplicó—: Elige la vida, bajo la forma que sea. Elige la vida y haz que regrese. Si él prefiere morir, puede hacerlo más tarde.

—Mi sangre es demasiado potente ahora, *chérie* —contestó Lestat. Carraspeó para aclararse la garganta y se limpió el polvo que tenía adherido a los párpados. Luego se pasó la mano por el pelo y se lo apartó de la cara—. Mi sangre convertirá en un monstruo al ser que yace en ese ataúd.

—¡Hazlo! —le ordenó Merrick—. Si Louis desea morir, si nos pide que le dejemos morir, yo seré su sierva en ese menester, te lo prometo. —Qué seductores eran sus ojos y su voz—. Prepararé una pócima para que la beba, compuesta por los venenos que tienen algunos animales salvajes en la sangre. Le daré a beber esa pócima para que al amanecer se quede dormido. —Su voz adquirió un tono más apasionado—. Se sumirá en un profundo sueño, y si sobrevive hasta el crepúsculo, yo seré su centinela durante la noche hasta que vuelva a salir el sol.

Lestat mantuvo un buen rato sus ojos color violeta fijos en Merrick, como si reflexionara sobre el deseo que ésta había expresado, su plan, su entrega a Louis. Luego se volvió lentamente hacia mí.

—¿Y tú, querido? ¿Qué quieres que haga? —preguntó. Pese al dolor que sentía, su rostro tenía un aspecto más animado.

—No soy quién para decírtelo —respondí meneando la cabeza—. Has acudido y tienes derecho a tomar tú mismo una decisión, porque eres mayor que yo y te agradezco el mero hecho de que hayas venido. —Tras estas palabras, fui presa de unos pensamientos angustiosos y terroríficos. Contemplé la figura carbonizada que yacía a mis pies, y luego de nuevo a Lestat.

—Si yo lo hubiera intentado y fracasado —dije—, desearía regresar.

¿Qué me impulsó a expresar ese sentimiento? ¿El temor? No sabría decirlo. Pero era cierto, y yo lo sabía con tanta certeza como si mis labios se lo hubieran dictado a mi corazón.

—Sí, si yo hubiera visto amanecer —dije—, y hubiera sobrevivido a la experiencia, sin duda habría perdido el valor, un valor del que Louis no andaba sobrado.

Lestat parecía estar sopesando estas consideraciones. ¿Cómo no iba a hacerlo? En cierta ocasión, él mismo se había dirigido hacia la luz del sol en un lugar desierto y, tras sufrir repetidas quemaduras, una y otra vez, sin pausa, había regresado.

Su piel conservaba un tono dorado a consecuencia de esa dolorosa y atroz experiencia. Durante muchos años llevaría la impronta del poder del sol en su carne.

De pronto, se situó delante de Merrick y, ante la mirada de ésta y la mía, se arrodilló junto al ataúd, se aproximó a la figura y luego se apartó. Tocó las manos ennegrecidas con sus dedos, con la misma delicadeza con que lo había hecho Merrick, sin dejar ninguna señal. Lenta, suavemente, tocó la frente, sin dejar tampoco ninguna señal.

Lestat se llevó la mano derecha a la boca y se produjo una herida en la muñeca con los dientes antes de que Merrick o yo nos diéramos cuenta de lo que se proponía hacer.

En el acto empezó a manar un chorro de sangre sobre el rostro perfectamente modelado de la figura postrada en el ataúd, y cuando la vena comenzó a cicatrizar, Lestat volvió a mordérsela y dejó que la sangre se derramara sobre Louis.

—¡Ayúdame, Merrick! ¡Ayúdame, David! —exclamó—. Pagaré por lo que he iniciado, pero no dejéis que fracase. Os necesito.

Me acerqué a él de inmediato, arremangándome el puño de la camisa de algodón y clavándome los colmillos en la muñeca. Merrick se arrodilló a los pies del ataúd y observé la sangre que manaba de su frágil muñeca de vampiro.

Un humo acre se alzó de los restos que había ante nosotros. La sangre penetraba en cada poro del cuerpo postrado, empapándole las ropas chamuscadas. Lestat las apartó bruscamente y vertió sobre Louis otro chorro de sangre para rematar su frenética acción.

El humo formaba una espesa capa sobre los restos ensangrentados que yacían ante nosotros. No alcanzaba a ver nada a través de él, pero oí un leve murmullo, un terrible gemido de dolor. Dejé que mi sangre siguiera manando al tiempo que mi piel sobrenatural cicatrizaba rápidamente como si quisiera detener la operación, pero volví a clavarme los dientes una y otra vez.

De pronto, Merrick lanzó un grito. A través del humo vi la figura de Louis incorporarse en el ataúd. Su rostro era un auténtico amasijo de pequeñas arrugas. Lestat le cogió la cabeza y la oprimió contra su cuello.

—Bebe, Louis —le ordenó.

—No te detengas, David —dijo Merrick—. Necesita esa sangre, cada átomo de su cuerpo la bebe con avidez.

Obedecí, pero de pronto me percaté de que me sentía cada vez más débil, de que estaba a punto de desfallecer, y observé que Merrick también se bamboleaba como si fuera a caerse de bruces, pero no cesó de derramar su sangre.

Vi ante mí un pie desnudo y luego la silueta de una pierna masculina; y a continuación, claramente perceptible en la penumbra, los recios músculos del torso de un hombre.

—Bebe más, sí, toma mi sangre —insistía Lestat con voz grave, expresándose en francés—. Más, bebe más, tómala, toma toda la sangre que pueda darte.

Tenía la vista nublada. Me parecía como si todo el jardín estuviera invadido por un vapor acre. Las dos formas, Louis y Lestat, brillaron unos instantes en la semioscuridad antes de que me tumbara sobre las piedras frías y gratas, antes de sentir a Merrick acurrucada junto a mí, antes de aspirar el maravilloso perfume de su pelo.

Volví la cabeza sobre las losas al tiempo que trataba de alzar las manos, pero no pude.

Cerré los ojos. Al abrirlos vi a Louis de pie ante mí, desnudo y restituido, mirándome, con el cuerpo cubierto por una leve capa de sangre, como un recién nacido, y distinguí el color verde de sus ojos y sus dientes blancos.

Oí de nuevo la voz de Lestat.

—Más, Louis —dijo—. Bebe más.

—Pero David y Merrick... —protestó Louis.

—No les ocurrirá nada —contestó Lestat.

24

Lo bañamos y vestimos entre los tres en las habitaciones del piso superior.

Su piel presentaba una pátina blancuzca debido a la sangre casi omnipotente de Lestat, que le había restituido la vida, y mientras le ayudábamos a ponerse incluso las prendas más pequeñas comprendimos que no era el mismo Louis del que nos habíamos compadecido en virtud del profundo amor que le profesábamos.

Por fin, cuando estuvo cómodamente vestido con un holgado jersey de cuello vuelto y un pantalón de algodón, los cordones de los zapatos anudados y el espeso cabello negro peinado, se sentó con nosotros en el saloncito trasero, un lugar de reunión que había sido testigo de muchas ásperas discusiones durante mi breve vida sobrenatural.

Tenía que cubrirse los ojos con unas gafas de sol pues habían adquirido la iridiscencia que Lestat había tenido que soportar siempre. Pero ¿y el ser interior? ¿Qué tenía que decirnos mientras le observábamos, esperando que compartiera con nosotros sus pensamientos?

Louis se instaló más cómodamente en la butaca de terciopelo oscuro y miró a su alrededor como un recién nacido monstruoso que el mito o la leyenda había depositado, entero e intacto, en nuestras vidas. Lentamente posó sus ojos verdes y perspicaces sobre nosotros.

Después de cepillarse la ropa para eliminar el polvo que le cubría, Lestat había sacado de su armario ropero una chaqueta nueva de terciopelo marrón oscuro y una camisa limpia con el acostumbrado y tupido volante de encaje antiguo y levemente amarillento. Se había sacudido el pelo, se había peinado y se había cambiado de botas.

En suma, los cuatro ofrecíamos un aspecto impecable, aunque Merrick mostraba algunas manchas de sangre en uno de los habituales camiseros de seda que vestía. Pero el vestido era de color rojo y las manchas quedaban disimuladas. Alrededor del cuello lucía (y había lucido toda la noche) el regalo que yo le había hecho años atrás, el collar de perlas de tres vueltas.

Supongo que hallé cierto solaz en esos detalles, por eso los describo aquí. Pero el que me produjo el efecto más saludable fue la expresión serena y sorprendida de Louis.

Permítaseme añadir que Merrick había quedado muy debilitada por la sangre que había aportado a nuestro esfuerzo colectivo, y deduje que dentro de poco tendría que deambular por las calles más oscuras y peligrosas de la ciudad en busca de alimento, y decidí acompañarla.

Yo había ensayado demasiadas veces en mi imaginación lo que significaría tenerla junto a nosotros para fingir que mi sentido de la moral había recibido un duro golpe. En cuanto a su belleza, la noble sangre que Louis le había ofrecido hacía unas noches no había hecho sino intensificarla; el color verde de sus ojos era más vívido, aunque todavía podía pasar por una mortal con relativa facilidad.

Daba la impresión de que la resurrección de Louis le

había exigido todas las reservas de su corazón. Merrick se sentó en la butaca junto a la atildada figura de Lestat, como si en aquellos momentos sólo deseara quedarse dormida.

Qué hábilmente ocultaba la sed que debía de sentir, me dije, pero de pronto Merrick alzó la cabeza y me miró. Había adivinado mis pensamientos.

—Sólo una pincelada —comentó—. No quiero saber más que eso.

Hice un esfuerzo por ocultar lo que sentía, pensando que convenía que todos observáramos esa regla, tal como Louis y Lestat habían hecho antiguamente.

Lestat rompió por fin el silencio.

—El proceso no se ha completado —dijo, mirando fijamente a Louis—. Requiere más sangre. —Su voz era enérgica y me resultaba maravillosamente familiar. Se expresaba en su acostumbrado inglés americano—. Es preciso que bebas de mí, Louis, y que yo te devuelva la sangre. Requiere, en suma, que yo te dé toda la fuerza que poseo, sin desperdiciar ni un ápice de la misma. Quiero que la aceptes sin protestar, tanto por mi bien como por el tuyo.

Durante unos momentos el rostro de Lestat adquirió de nuevo un aspecto fatigado. Volvía a parecer el sonámbulo de cuando se levantó y acudió a ayudarnos. Pero al cabo de unos segundos recobró la vitalidad, se volvió hacia mí y dijo sin rodeos:

—En cuanto a ti, David, llévate a Merrick e id a alimentaros, para recuperar las fuerzas que habéis perdido. Enséñale lo que debe saber, aunque creo que está bien versada en estas materias. Creo que Louis, en el poco rato que pasó con ella anoche, la ha instruido admirablemente.

Estaba seguro de que Louis rompería su solemne silencio para protestar contra la decisión de Lestat, pero no lo hizo. Por el contrario, detecté en él una manifiesta seguridad en sí mismo que antes no poseía.

—Sí, dame toda la sangre que puedas —dijo con un tono grave y vigoroso—. ¿Y Merrick? ¿Le darás también a ella tu sangre potente?

A Lestat le sorprendió su fácil victoria. Se levantó. Yo tomé a Merrick de la mano, dispuesto a marcharme.

—Sí —respondió Lestat, apartándose unos mechones rubios de la cara—. Daré a Merrick mi sangre si la desea. Nada me complacería más, Merrick, te lo aseguro. Pero tú debes decidir si quieres volver a recibir de mí el Don Oscuro. Si bebes de nuevo mi sangre, serás tan fuerte como David y Louis. Si bebes mi sangre, todos seremos unos dignos compañeros, que es justamente lo que pretendo.

—Sí, lo deseo —contestó ella—. Pero antes debo ir en busca de una presa, ¿no es así?

Lestat asintió con la cabeza e hizo un breve y elocuente gesto para indicar que nos fuéramos y le dejáramos solo con Louis.

Merrick y yo bajamos apresuradamente la escalera de hierro, salimos del edificio y nos alejamos del Barrio Francés.

Anduvimos en silencio, acompañados tan sólo por su fascinante taconeo sobre el pavimento. Al poco rato llegamos al viejo y destartalado barrio donde se hallaba el viejo caserón.

Pero no entramos en su casa, sino que continuamos adelante.

Al rato se escapó de sus labios una dulce carcajada y se detuvo un momento para depositar un beso en mi mejilla. Quería decirme una cosa, pero no llegó a hacerlo.

Un lujoso automóvil americano pasó lentamente junto a nosotros. A través de sus gruesos cristales oímos el sonido de la radio y la desagradable letra de una odiosa canción. Se parecía a toda la música moderna, un ruido infernal destinado a enloquecer a todos los humanos.

El coche se detuvo a pocos metros de nosotros, y Merrick y yo seguimos adelante. Comprendí que los dos mortales que iban en el coche se proponían lastimarnos, y canté un réquiem por ellos. Quizá sonreí. Por siniestro que parezca, creo que sonreí.

Lo que no esperaba era oír la brusca detonación de una pistola y ver la reluciente trayectoria de una bala ante mis ojos. Merrick soltó otra carcajada, pues también había visto el brillante arco ante nosotros.

Se abrió la puerta del coche y una figura oscura avanzó hacia Merrick. Ella se volvió, extendió afectuosamente sus esbeltos brazos hacia su víctima y la atrapó con el paso cambiado, rápidamente. Vi la expresión estupefacta del hombre cuando Merrick clavó sus dientes en él; la vi sostener en sus brazos el fornido cuerpo de su presa, sin mayores dificultades. Olí la sangre mientras Merrick la succionaba con la pericia de un vampiro.

El conductor se apeó del coche, dejando el motor en marcha, furioso de que la violación o el atraco que él y su compañero se habían propuesto cometer hubiera fracasado. Volvió a sonar un fuerte disparo de pistola, pero la bala se perdió en la oscuridad.

Me precipité sobre nuestro agresor y lo atrapé con la misma facilidad con que Merrick había atrapado a su presa. Le clavé en el acto los dientes en el cuello, sintiendo el magnífico sabor de la sangre. Nunca había bebido con semejante voracidad, con semejante apremio. Nunca había hecho que aquellos momentos se prolongaran tanto, escrutando los desesperados recuerdos y sueños de aquel desdichado antes de arrojar en silencio sus restos entre la alta hierba de un solar abandonado.

Rápidamente, Merrick depositó también a su víctima agonizante sobre la hierba del solar.

—¿Has cerrado los orificios de la herida para no dejar ninguna señal que indique cómo murió? —pregunté.

—Por supuesto —contestó Merrick.

—¿Por qué no lo mataste? —inquirí—. Debiste matarlo.

—Cuando beba la sangre de Lestat podré matar a mis presas —respondió—. En cualquier caso, no sobrevivirá. Para cuando regresemos al piso, habrá muerto.

Regresamos a casa.

Merrick caminaba a mi lado. Me pregunté si sabía lo que yo pensaba, que la había traicionado y destruido. Pensaba que le había causado todos los perjuicios que me había jurado evitar. Al volver la vista atrás y pensar en el plan que habíamos tramado de que ella invocaría a un fantasma ante Louis y ante mí, vi las semillas de todo lo que había ocurrido posteriormente. Me sentí hundido; un hombre humillado por su propio fracaso que soportaba con la fría pasividad de un vampiro, la cual coexiste sin mayores problemas con el dolor humano.

Quería decirle lo mucho que lamentaba que no hubiera podido gozar plenamente de su existencia mortal. Quería decirle que quizás el destino le tenía reservadas grandes cosas, y que yo había desbaratado ese destino con mi estúpido egoísmo, con un ego que no podía controlar.

Pero ¿por qué destruir esos momentos tan preciosos para ella? ¿Por qué empañar el esplendor que contemplaba en derredor suyo, saboreándolo todo con sus ojos de vampiro al igual que había saboreado la sangre de su presa? ¿Por qué arrebatarle las pocas noches vírgenes en las que la fuerza y la amenaza le parecían tan sagradas como justas? ¿Por qué tratar de convertirlo todo en tristeza y dolor? No tardaría en experimentar esos sentimientos.

Quizás adivinó mis pensamientos. Yo no traté de impedírselo. Pero cuando se puso a hablar, no detecté en sus palabras nada que lo demostrara.

—Toda mi vida he temido cosas —dijo con tono dulce y confidencial—, como es natural en una niña y en una mujer. Por supuesto, no lo reconocía. Me tenía por una bruja y me dedicaba a recorrer calles oscuras para castigarme por mis dudas. Pero sabía lo que era el temor.

»Y ahora, en esta oscuridad, no temo nada. Si me dejaras aquí sola, no sentiría nada. Seguiría andando. Como hombre, no puedes comprender el significado de lo que digo. No conoces la vulnerabilidad de una mujer. No conoces la sensación de poder que experimento ahora.

—Creo comprenderlo en parte —respondí con tono conciliador—. Ten presente que he sido viejo, y cuando era viejo conocí un temor que no había experimentado de joven.

—Entonces tal vez comprendas los recelos que oculta siempre una mujer en su corazón, tal vez conozcas esa fuerza tan gloriosa que siento ahora.

Le rodeé los hombros con el brazo. La obligué a volverse para besarla y sentí su piel de una frialdad sobrenatural bajo mis labios.

Su perfume parecía ahora ajeno a ella, como si no le perteneciera profundamente, aunque seguía siendo fragante y saturaba sus largos cabellos castaños que yo acariciaba cariñosamente con las manos.

—Quiero que sepas que te amo —dije, y percibí en mi voz los terribles remordimientos, la terrible súplica de penitencia.

—¿No comprendes que a partir de ahora estaré siempre junto a ti? —preguntó—. ¿Por qué íbamos a separarnos ninguno de nosotros de los demás?

—Pero ocurre. Al cabo del tiempo, ocurre —respondí—. No me preguntes el motivo.

La caminata nos llevó hasta la casa de Merrick.

Entró sola, después de pedirme que la esperara pacientemente, y salió con su acostumbrado bolso de lona. Mis perspicaces sentidos detectaron un extraño olor que emanaba de él, un olor acre, a sustancia química, que no logré identificar.

No di importancia a aquel olor, y cuando reemprendimos juntos nuestro camino me olvidé de él, o me acostumbré a él, o dejé de pensar en él. Los pequeños misterios no me atraían. La tristeza y la dicha que sentía eran demasiado inmensas para preocuparme por nimiedades.

Cuando regresamos al piso, comprobamos que Louis había experimentado un cambio radical.

Estaba tranquilamente sentado en el saloncito trasero con Lestat y presentaba un aspecto tan pálido que más parecía un objeto de mármol que un hombre de carne y hueso. De haber querido caminar por lugares iluminados, habría tenido que triturar un puñado de cenizas con las manos y extenderlas sobre su piel.

Sus ojos despedían un fulgor mayor que el que yo había observado antes.

Pero ¿y su alma? ¿Qué tenía que decirnos? ¿Seguía siendo el mismo en su corazón?

Me senté en una butaca y Merrick hizo lo propio, depositando su bolso de lona en el suelo, a sus pies.

Creo que ambos decidimos esperar a que Louis dijera algo.

Al cabo de un rato todos seguíamos en la misma postura, aguardando. Lestat miró una y otra vez a Merrick con comprensible fascinación, hasta que por fin Louis rompió el silencio.

—Os estoy profundamente agradecido por haberme resucitado. —Se expresaba con su acostumbrada cadencia, su acostumbrada sinceridad. Quizá también con su acostumbrada timidez—. Durante toda mi vida entre vampiros buscaba algo que llegué a creer que jamás poseería. Hace más de un siglo viajé al Viejo Mundo en busca de ello. Y al cabo de una década fui a París, buscando lo que anhelaba. —Louis continuó hablando con un tono cargado de sentimiento—: Lo que buscaba era un lugar, un lugar en el que sintiera que formaba parte de algo más grande que yo mismo. Un lugar donde estuviera rodeado por unos seres que me acogieran en su grupo. Pero hasta ahora no lo había encontrado.

Louis me dirigió una mirada cargada de significado y luego miró a Merrick con un amor que dulcificó sus rasgos.

—Ahora soy tan fuerte como tú, David. Y dentro de poco Merrick también lo será. —Louis miró a Lestat sin pestañear—. Soy casi tan fuerte como tú, mi bendito creador. Para bien o para mal, me siento uno de vosotros.

Mientras observaba su semblante pálido y reluciente, exhaló un prolongado suspiro, tan característico de él.

—Oigo pensamientos —dijo—. Una música lejana. Sí, la oigo. Oigo a las personas que transitan por la calle. Percibo su olor, dulce y grato. Contemplo la noche y veo muy lejos.

Sentí un inmenso e inesperado alivio que traté de expresar a través de mis gestos y la expresión de mi rostro.

Tuve la sensación de que Merrick compartía ese alivio. Su amor por Louis era palpable. Era decididamente más agresivo y exigente que el amor que sentía por mí.

Lestat, más debilitado que nosotros debido a todo lo que había soportado y al largo ayuno de los últimos meses, acogió esas palabras asintiendo con la cabeza.

Miró a Merrick como si tuviera una tarea que cumplir, tarea que yo deseaba que llevara a cabo cuanto antes. No sería fácil para mí ver cómo Lestat estrechaba a Merrick entre sus brazos. Quizá lo haría en privado, como cuando se producía un intercambio de sangre con Louis. Estaba dispuesto a que me pidiera de nuevo que fuera a dar un paseo, acompañado esta vez únicamente por mis pensamientos.

Pero intuí que nuestra pequeña reunión no iba a suspenderse todavía.

Merrick se inclinó hacia delante en la silla para dirigirse a todos nosotros.

—Tengo que comunicaros algo —empezó a decir, mirándome respetuosamente unos instantes antes de dirigir la vista hacia los otros dos—. Louis y David se sienten culpables de que me haya convertido en una de vuestra especie. Quizá tú también tengas ciertas reservas al respecto, Lestat.

»Escuchad lo que voy a deciros, por el bien de todos, y luego, cuando conozcáis los aspectos claves de la historia, pensad lo que queráis. Estoy aquí porque hace tiempo lo decidí.

»Hace años que David Talbot, nuestro respetado Superior, desapareció de los brazos protectores de Talamasca, pero las mentiras sobre el método empleado para poner fin a su existencia mortal no me sirvieron de consuelo.

»Como David sabe bien, averigüé los secretos del cambio de cuerpos gracias al cual David se había desembarazado del anciano cuerpo con el que yo le había amado con todo mi corazón. Pero no tuve necesidad de leer un documento secreto escrito por mi amigo Aaron Lightner para averiguar qué había sido del alma de David.

»Averigüé la verdad cuando volé a Londres, a raíz de la muerte de aquel cuerpo, el cuerpo de quien llamábamos David Talbot, para presentarle mis respetos, a solas con el cadáver en el ataúd antes de que fuera sellado. Cuando toqué el cuerpo comprendí que David no había sufrido la muerte dentro de él, y en aquel momento extraordinario comenzaron mis ambiciones.

»Poco tiempo después encontré los documentos de Aaron Lightner, los cuales demostraban a las claras que David había sido la víctima complaciente del cambio de cuerpos faustiano, y que algo imperdonable según Aaron había arrebatado de nuestro mundo a David, instalado en el cuerpo del joven.

»Por supuesto, yo sabía que era obra de los vampiros. No necesitaba recurrir a las leyendas populares que enmascaran los hechos para deducir que finalmente Lestat había conseguido transformar a David.

»Pero cuando leí esos curiosos folios, repletos de eufemismos e iniciales, yo ya había preparado un hechizo tan potente como antiguo. Lo había preparado para conseguir que David Talbot, bajo la forma que fuera, de un joven, un vampiro o un fantasma, regresara junto a mí, al calor de mis amorosos brazos, para restituirle su sentido de la responsabilidad hacia mí, para gozar del amor que habíamos compartido en otro tiempo.

Merrick guardó silencio y sacó del bolso un paquetito envuelto en un trapo. Percibí de nuevo un olor acre, que no logré identificar. Entonces Merrick abrió el paquete y nos mostró lo que parecía ser una mano humana amarillenta y un tanto enmohecida.

No era la mano ennegrecida que yo había visto en más de una ocasión sobre su altar. Era más reciente, y de pronto me percaté de algo que mi olfato no me había indicado. Antes de ser amputada, la mano había sido embalsamada. Era el líquido de embalsamar lo que producía aquel hedor. Pero el líquido se había secado hacía tiempo y había dejado la mano tal como aparecía en aquellos momentos: carnosa, encogida y crispada.

—¿No la reconoces, David? —me preguntó Merrick con tono grave.

Al mirar la mano sentí un escalofrío.

—La tomé de tu cuerpo, David —dijo Merrick—. La tomé porque no quería que desaparecieras.

Lestat soltó una breve carcajada rebosante de ternura y de gozo. Louis estaba tan pasmado que no pudo articular palabra.

En cuanto a mí, me quedé mudo. Sólo fui capaz de contemplar la mano.

En la palma estaban impresas unas pequeñas palabras, escritas en copto, aunque no sabía leer esa lengua.

Entonces fue Louis quien esbozó una breve sonrisa divertida.

Lestat se reclinó en la butaca, observando aquel objeto tan singular con una ceja arqueada y una sonrisa de tristeza.

—¡No lo admito! —exclamé mencando la cabeza.

—No podías impedírmelo, David —dijo Merrick—. No tienes culpa alguna, del mismo modo que Louis no tiene la culpa de lo que me ha ocurrido hace poco.

—No, Merrick —contestó Louis con delicadeza—, he conocido suficientes casos de amor auténtico a lo largo de mi existencia para dudar de lo que siento por ti.

—¿Qué dicen esas inscripciones? —pregunté enojado.

Merrick contestó a mi pregunta:

—Dicen —respondió Merrick— una ínfima parte de lo que yo he recitado innumerables veces al invocar a mis espíritus, los espíritus que invoqué para Louis y para ti la otra noche. Dicen lo siguiente: «Os ordeno que impregnéis su alma, su mente y su corazón del deseo ardiente de mi persona; que inflijáis a sus noches y días un deseo implacable y atormentado de mi persona; que invadáis sus sueños con imágenes mías; que no permitáis que lo que coma o beba le solace mientras piensa en mí, hasta que regrese a mi lado, hasta que se halle en mi presencia, hasta que yo pueda utilizar todos mis poderes mientras conversamos. No le concedáis ni un momento de respiro; no permitáis que se aleje nunca de mí.»

—No fue así —dije.

Merrick continuó con un tono más suave, más amable:

—«Convertidlo en mi esclavo, en el leal servidor de mis designios. No permitáis que rechace lo que yo os he confiado, mis poderosos y leales espíritus. Haced que colme el destino que yo misma elija.»

Merrick dejó que el silencio se impusiera de nuevo en la estancia. Durante unos momentos no oí nada salvo la risotada grave y sofocada de Lestat.

Aunque no era una risa burlona, sino más bien de asombro.

—Así pues, quedáis absueltos, caballeros —dijo Lestat—. ¿Por qué no lo aceptáis como un inestimable don que Merrick está en su derecho de concederos?

—Nada puede absolverme —replicó Louis.

—Si preferís pensar que soy culpable, allá vosotros —dijo Merrick—. Devolveré a la tierra este residuo de tu cuerpo. David. Pero antes de zanjar el asunto que afecta a vuestros corazones, permitidme agregar que alguien predijo el futuro.

—¿Quién? —pregunté.

—Un anciano —respondió Merrick, dirigiéndose concretamente a mí—, que se sentaba en el comedor de mi casa para escuchar la santa misa por la radio, un anciano que tenía un reloj de bolsillo de oro que me encantaba, un reloj que me aseguró que no marcaba las horas para mí.

La miré atónito.

—El tío Vervain —murmuré.

—Fue lo único que afirmó al respecto —dijo Merrick con humildad—. Pero me envió a las selvas de América Central para hallar la máscara que utilicé para invocar a Claudia. Antes me había enviado, con mi madre y mi hermana, para hallar el perforador con el que corté la muñeca de Louis para obtener su sangre, no para invocar yo a un espíritu, sino para el hechizo que utilicé para hacer que Louis regresara junto a mí.

Los otros no dijeron nada, pero Louis y Lestat la habían comprendido. Y fue esa intrincada historia lo que hizo que aceptara plenamente, en lugar de dudar de ella, la prueba de mi terrible culpa.

Estaba a punto de amanecer. Tan sólo disponíamos de un par de horas. Lestat quería emplear ese tiempo en transmitir su poder a Merrick.

Pero antes de dispersarnos, Lestat se volvió hacia Louis y le hizo una pregunta que nos intrigaba a todos.

—Cuando salió el sol —dijo—, cuando lo viste, cuando te quemó antes de que perdieras el conocimiento, ¿qué viste?

Louis se quedó mirando a Lestat con rostro inexpresivo, como suele hacer cuando se halla presa de una intensa emoción; luego sus rasgos se suavizaron, frunció el ceño y sus ojos se llenaron de las temidas lágrimas.

—Nada —respondió. Agachó la cabeza, pero unos instantes después volvió a alzarla con gesto de desesperación—. Nada. No vi nada y comprendí que no había nada. Noté que todo era... hueco, incoloro, intemporal. Nada. Me pareció increíble haber vivido bajo la forma que fuera. —Cerró los ojos con fuerza y se tapó la cara para hurtarla a nuestra curiosidad. Rompió a llorar—. Nada —repitió—. Nada en absoluto.

25

Por más sangre que Lestat diera a Merrick, no consiguió convertirla en una vampiro tan potente como él. Ni a ninguno de nosotros. Pero gracias al constante intercambio de sangre, Merrick mejoró mucho.

Así formamos un nuevo aquelarre, alegre, gozando de nuestra mutua compañía y disculpándonos nuestros pecados anteriores.

A cada hora que pasaba, Lestat se asemejaba más y más a la antigua criatura impulsiva y de acción que yo había amado durante tanto tiempo.

¿Me atrajo Merrick con un hechizo? No. No creo que mi razón sea tan susceptible, ¿pero qué puedo pensar sobre los designios del tío Vervain?

Me esforcé en desterrar el asunto de mis pensamientos y acepté a Merrick sin reservas, aunque tenía que soportar la fascinación que sentía por Louis y la que éste sentía por ella.

A fin de cuentas, yo había recuperado a Lestat.

Dos noches más tarde, unas noches en las que no acontecieron hechos ni hazañas memorables, salvo la creciente experiencia que adquiría Merrick, formulé a Lestat la pregunta que tanto me había preocupado sobre su prolongado sueño.

Se encontraba en el elegante saloncito delantero de

la Rue Royale, ofreciendo un aspecto espléndido con su chaqueta de terciopelo negro con botones de marfil, nada menos, y su hermoso pelo rubio reluciendo bajo la luz de sus numerosas lámparas.

—Tu prolongado letargo me asustó —confesé—. En ocasiones habría jurado que ya habías abandonado tu cuerpo. Me refiero de nuevo, claro está, a un oído que no poseía cuando era tu pupilo. Pero hablo de un instinto humano que está muy agudizado en mí.

Seguí contándole lo mucho que me había inquietado verle en aquel estado, incapaz de despertarlo, temiendo que el alma le hubiera abandonado y no regresara.

Lestat guardó silencio unos momentos, y por unos instantes creí ver un gesto de dolor que ensombreció su rostro. Luego me sonrió afectuosamente y me indicó que no me preocupara más.

—Puede que una noche te hable de ello —dijo—. De momento sólo te diré que no estás equivocado en tus conjeturas. No siempre estaba dentro de mi cuerpo. —Lestat se detuvo, pensando, murmurando algo que no llegué a captar. Luego prosiguió—: En cuanto al lugar donde me hallaba, no puedo explicártelo. Pero, repito, quizás alguna noche te hable de ello.

Sus palabras habían picado mi curiosidad y durante unos momentos me enojé con él, pero cuando empezó a reírse de mí, guardé silencio.

—No volveré a sumirme en mi sueño —dijo por fin con tono serio y convincente—. Quiero que todos estéis seguros de ello. Han transcurrido muchos años desde que se me apareció Memnoch. Puede decirse que tuve que hacer acopio de todas mis reservas para soportar aquella terrible prueba. En cuando a la época en que la música de Sybelle me despertó de mi letargo, me hallaba más cerca de vosotros de lo que lo estuve más tarde.

—Me intrigas insinuando que te ocurrió algo singular —dije.

—Quizá sea cierto —respondió. Sus vacilaciones y su tono burlón me irritaban—. O quizá no. ¿Cómo quieres que lo sepa, David? Ten paciencia. Volvemos a estar juntos, y Louis ha dejado de ser el emblema de nuestro descontento. Me doy por más que satisfecho, créeme.

Sonreí y asentí con la cabeza, pero el mero nombre de Louis me hizo evocar el horripilante espectáculo de sus restos carbonizados en el ataúd. Era la prueba de que el sereno y omnipotente esplendor del sol cotidiano no volvería a brillar sobre mí. Era la prueba de que podemos perecer con toda facilidad y que todo el mundo mortal constituye un enemigo fatídico durante esas horas entre el amanecer y el crepúsculo.

—He perdido mucho tiempo —comentó Lestat con su habitual energía, moviendo los ojos de un lado a otro—. Hay muchos libros que deseo leer, muchas cosas que deseo ver. Vuelvo a encontrarme rodeado por el mundo, donde debo estar.

Supongo que después de esa conversación habríamos pasado una agradable veladas juntos, leyendo, gozando de esas pinturas impresionistas maravillosamente domésticas, de no haber subido Merrick y Louis apresuradamente por la escalera de hierro forjado y haber atravesado el pasillo a la carrera hasta llegar al saloncito delantero.

Merrick no había renunciado a su afición a los camiseros y ofrecía un aspecto magnífico con su vestido de seda verde oscuro. Ella iba delante, seguida por un Louis más reticente. Ambos se sentaron en el sofá de brocado frente a nosotros.

—¿Qué ocurre? —se apresuró a preguntar Lestat.

—Talamasca —respondió Merrick—. Creo que conviene que nos marchemos enseguida de Nueva Orleans. Ahora mismo.

—Tonterías —replicó Lestat de inmediato—. No lo consentiré. —Tenía el rostro rojo de indignación—. Jamás he temido a los mortales. No temo a los de Talamasca.

—Quizá deberías temerlos —terció Louis—. Escucha lo que pone la carta que ha recibido Merrick.

—¿Que ha recibido? —preguntó Lestat enojado—. No habrás regresado a la casa matriz, ¿verdad, Merrick? ¡Sabías que no debías hacerlo!

—Por supuesto que no lo he hecho. Os soy totalmente leal, no lo dudes —contestó airada—. Dejaron esta carta en mi vieja casa aquí en Nueva Orleans. La encontré esta tarde, y no me gusta. Creo que debemos replantearnos nuestra situación, aunque me culpes a mí de lo ocurrido.

—No quiero replantearme nada —contestó Lestat—. Lee la carta.

En cuanto la sacó de su bolsa de lona, vi que se trataba de una misiva manuscrita de los Ancianos. Estaba escrita sobre pergamino auténtico, capaz de resistir durante siglos, aunque sin duda la había impreso una máquina, ¿pues desde cuándo escribían los Ancianos cartas de su puño y letra?

> Merrick:
>
> Hemos averiguado con estupor lo de tus recientes experimentos en la antigua casa donde naciste. Te ordenamos que abandones Nueva Orleans tan pronto como sea posible. No debes tener más tratos con tus compañeros de Talamasca, ni con esa selecta y peligrosa pandilla por la que te has dejado seducir, y regresa de inmediato a Amsterdam.

Tienes tu habitación preparada en la casa matriz, y confiamos en que obedezcas nuestras instrucciones.

Por favor, comprende que estamos dispuestos, como siempre, a intentar sacar provecho de tus recientes y temerarias experiencias, pero debes cumplir a rajatabla nuestras órdenes. Tienes que romper tus relaciones con aquellos que jamás obtendrán nuestra aprobación, y reunirte de inmediato con nosotros.

Merrick dejó la carta en su regazo.

—Lleva el sello de los Ancianos —dijo.

Efectivamente, llevaba su sello de cera.

—Qué nos importa que lleve su sello o el sello de otros. —dijo Lestat—. No pueden obligarte a ir a Amsterdam. ¿Cómo se te ocurre pensar siquiera en esa posibilidad?

—Ten paciencia conmigo —respondió Merrick de inmediato—. No he pensado en esa posibilidad. Lo que digo es que nos están vigilando estrechamente.

Lestat meneó la cabeza.

—Siempre nos han observado estrechamente. Llevo más de una década haciéndome pasar por uno de mis personajes de ficción. ¡Qué me importa que me vigilen! Desafío a cualquiera que trate de hacerme daño. Siempre lo he hecho, a mi modo, y rara vez me he equivocado.

—Pero Lestat —dijo Louis, inclinándose hacia delante y mirándolo a los ojos—. Esto significa que los de Talamasca han conseguido visualizarnos, según piensan ellos, a David y a mí, en casa de Merrick. Y eso es peligroso, peligroso porque puede crearnos enemigos entre aquellos que creen sinceramente en lo que somos.

—No lo creen —replicó Lestat—. Nadie lo cree. Eso es lo que nos protege. Nadie cree en lo que somos, salvo nosotros.

—Te equivocas —terció Merrick antes de que yo pudiera intervenir—. Creen en ti...

—Y «vigilan y están siempre presentes» —apostilló Lestat, parodiando el viejo lema de la Orden, el lema impreso en las tarjetas de visita que yo llevaba encima cuando caminaba por la Tierra como un hombre normal y corriente.

—No obstante —me apresuré a decir—, no conviene que nos marchemos ahora. Ninguno de nosotros puede regresar a la casa de Merrick, aunque tampoco podemos quedarnos en este piso de la Rue Royale.

—No cederé ante ellos —declaró Lestat—. No permitiré que me obliguen a abandonar esta ciudad que me pertenece. De día dormimos ocultos, al menos vosotros tres preferís dormir ocultos, pero la noche y la ciudad nos pertenecen.

—¿Qué quieres decir que la ciudad nos pertenece? —preguntó Louis con conmovedora inocencia.

Lestat le interrumpió con un gesto despectivo.

—He vivido aquí durante doscientos años —dijo con tono grave y vehemente—. No me marcharé porque me lo exija una Orden de eruditos. ¿Cuántos años hace que fui a visitarte en la casa matriz de Londres, David? Nunca te temí. Te desafiaba con mis preguntas. Te exigí que crearas un expediente individual sobre mí entre tus voluminosos archivos.

—Sí, Lestat, pero las cosas ahora son distintas. —Miré a Merrick directamente a los ojos—. ¿Nos lo has contado todo, cariño? —le pregunté.

—Sí —respondió mirando al frente, como si cavilara sobre el problema que había surgido—. Os lo he dicho todo, pero esta carta la escribieron hace unos días. Y la situación ha cambiado. —Por fin alzó la vista y me miró—. Si nos vigilan, como sospecho, ya deben de saber hasta qué punto ha cambiado la situación.

Lestat se levantó.

—No temo a los de Talamasca —declaró recalcando sus palabras—. No temo a nadie. Si los de Talamasca hubieran querido atraparme, habrían podido hacerlo durante todos los años que permanecí dormido sobre el polvoriento suelo de Ste. Elizabeth's.

—Pero de eso se trata justamente —dijo Merrick—. No querían atraparte. Querían vigilarte. Querían permanecer cerca, como siempre, para recabar unos conocimientos que nadie más poseía, pero no querían tocarte. No querían que tu inmenso poder se volviera contra ellos.

—Lo has expresado perfectamente —dijo Lestat—. Me gusta eso de mi «inmenso poder». Harían bien en tenerlo en cuenta.

—Te lo ruego —dije—, no amenaces a los de Talamasca.

—¿Por qué no? —preguntó Lestat.

—No puedes pensar realmente en hacer daño a los miembros de Talamasca —respondí preocupado, con cierta aspereza—. No puedes hacerlo, por respeto a Merrick y a mí.

—Ellos te han amenazado, ¿no es cierto? —replicó Lestat—. Nos han amenazado a todos.

—No lo comprendes —intervino Merrick—. Es demasiado arriesgado tratar de perjudicar a los de Talamasca. Forman una gigantesca organización, una organización muy antigua...

—No me importa —dijo Lestat.

—... y saben lo que eres —acabó ella.

—Vuelve a sentarte, Lestat, por favor —dijo Louis—. ¿Es que no lo entiendes? No se trata simplemente de su considerable antigüedad y poder. No se trata sólo de sus recursos. Se trata de quiénes son. Nos conocen, pueden hacernos la vida imposible. Pueden causarnos graves perjuicios vayamos donde vayamos, en cualquier lugar del mundo.

—Estás soñando, mi viejo amigo —replicó Lestat—. Piensa en la sangre que he compartido contigo. Piensa en ello, Merrick. Y piensa en Talamasca y su torpe forma de actuar. ¿Qué hizo cuando Jesse Reeves abandonó la Orden? Nadie la amenazó.

—Justamente pienso en su forma de actuar, Lestat —contestó Merrick con firmeza—. Por eso creo que debemos marcharnos de aquí. Debemos llevarnos todas las pruebas que puedan utilizar para sus investigaciones. Es preciso que nos vayamos.

Lestat nos miró irritado y salió del piso dando un portazo.

Durante aquella larga noche no supimos dónde estaba. Sabíamos lo que pensaba, sí, y comprendíamos y respetábamos sus sentimientos, y decidimos tácitamente hacer lo que él había dicho. Lestat era sin duda nuestro líder. Poco antes del amanecer nos dirigimos a nuestros respectivos escondites. Los tres estábamos de acuerdo en que ya no podíamos ocultarnos entre la multitud.

Al día siguiente, al anochecer, Lestat regresó al piso de la Rue Royale.

Merrick había bajado a recoger otra carta remitida por correo especial, una carta que me infundió pavor, y Lestat apareció en el saloncito delantero del piso antes de que regresara Merrick.

Lestat tenía el pelo alborotado por el viento y parecía furioso. Empezó a pasearse arriba y abajo con ruidosas zancadas, como un arcángel en busca de una espada perdida.

—Haz el favor de dominarte —dije con tono imperioso. Lestat me miró irritado, pero se sentó. Nos observó a Louis y a mí con cara de pocos amigos y esperó a que Merrick entrara en la habitación.

Por fin apareció Merrick con el sobre abierto y el pergamino en la mano. Sólo puedo describir su expresión como de asombro. Me miró antes de mirar a los otros, y luego se volvió de nuevo hacia mí.

Merrick indicó a Lestat que guardara silencio y se sentó en el sofá de damasco, junto a Louis. No pude por menos de observar que éste no trató de leer la carta sobre el hombro de Merrick, sino que se limitó a aguardar. Pero estaba tan impaciente por conocer su contenido como yo.

—Es extraordinario —dijo Merrick—. Jamás había visto a los Ancianos adoptar una postura semejante. Jamás había visto a nadie de nuestra Orden mostrarse tan explícito. Conozco su erudición, su capacidad de observación, sus innumerables informes sobre fantasmas, brujería y vampiros, sí, vampiros. Pero jamás había visto nada semejante.

Merrick desdobló la hoja y leyó en voz alta, con expresión aturdida:

> Sabemos lo que le habéis hecho a Merrick Mayfair. Os advertimos que Merrick debe regresar junto a nosotros. No admitiremos ninguna explicación, excusa ni disculpa. No estamos dispuestos a perder el tiempo con palabras en lo que respecta a este asunto. Merrick Mayfair debe regresar junto a nosotros, y no aceptaremos un no por respuesta.

Lestat sonrió.

—¿Pero por quién te han tomado, *chérie*, para ordenarnos que te entreguemos? —preguntó—. ¡Ni que fueras una valiosa joya! ¡Esos eruditos de pacotilla son unos misóginos! Ni siquiera yo me he comportado nunca tan toscamente.

—¿Qué más dicen en la carta? —me apresuré a preguntar—. No la has leído toda.

Merrick, que parecía haber salido de su estupor, fijó de nuevo la vista en el pergamino.

> Estamos dispuestos a abandonar la postura pasiva que hemos mantenido durante siglos con respecto a vuestra existencia. Estamos dispuestos a declararos nuestros enemigos y a exterminaros a toda costa. Estamos dispuestos a utilizar nuestro considerable poder e importantes recursos con tal de destruiros.
>
> Si accedéis a nuestra petición, toleraremos vuestra presencia en Nueva Orleans y sus inmediaciones. Reanudaremos nuestras inofensivas observaciones. Pero si Merrick Mayfair no regresa de inmediato a la casa matriz llamada Oak Haven, tomaremos las medidas necesarias para perseguiros en cualquier lugar del mundo donde tratéis de refugiaros.

El rostro de Lestat abandonó su expresión de furia y desdén y adoptó una actitud reflexiva, tranquila, lo cual no interpreté como una señal halagüeña.

—En realidad es muy interesante —comentó, arqueando las cejas—. Muy interesante.

Mientras Merrick guardaba silencio, Louis me hizo algunas preguntas sobre la edad de los Ancianos y su identidad, abordando unos temas que yo desconocía y sobre los que tenía serias dudas. Creo que logré convencerle de que nadie dentro de la Orden sabía quiénes eran los Ancianos. En ocasiones, sus comunicaciones habían sido falsificadas, pero en general eran ellos quienes dirigían la Orden. Era un gobierno autoritario y siempre lo había sido desde sus nebulosos orígenes, sobre los que conocíamos muy poco, incluso los que habíamos vivido toda la vida entre los muros de la Orden.

Merrick rompió por fin su silencio.

—¿No comprendéis lo que ha pasado? —preguntó—. He estado tan enfrascada en mis egoístas tejemanejes, que sin querer he desafiado a los Ancianos.

—No sólo tú, tesoro —me apresuré a añadir.

—No, por supuesto —respondió Merrick, asombrada todavía por lo ocurrido—, pero soy culpable en la medida en que yo realicé los conjuros. Estas últimas noches hemos ido tan lejos que no pueden pasar por alto nuestras acciones. Hace tiempo fue Jesse. Luego David, y ahora Merrick. ¿No lo entendéis? Sus prolongados y eruditos devaneos con los vampiros les han conducido al desastre, y ahora están obligados a hacer algo que jamás habían hecho, al menos que nosotros sepamos.

—No harán nada —dijo Lestat—. Os lo aseguro.

—¿Y los otros vampiros? —inquirió Merrick suavemente, sin apartar la vista de Lestat—. ¿Qué dirán vuestros «Ancianos» cuando averigüen lo que hemos hecho? Novelas con cubiertas vistosas, películas de vampiros, música siniestra... Esas cosas no provocan las iras del enemigo humano. Por el contrario, nos procuran un disfraz cómodo y flexible. Pero lo que hemos hecho ahora ha provocado las iras de Talamasca, y no sólo nos ha declarado la guerra a nosotros, sino a nuestra especie, lo cual comprende a los otros.

Lestat se mostraba desconcertado y furioso. Casi me parecía ver las ruedecitas girando en su cerebro. Su expresión traslucía una hostilidad y una malicia que ya había observado en otras ocasiones.

—Por supuesto, regresaré junto a ellos —dijo Merrick—, si me entrego a ellos...

—Eso es impensable —replicó Lestat—. Ellos mismos lo saben.

—Eso es lo peor que podrías hacer —intervine.

—¿Entregarte a ellos? —preguntó Lestat sarcásticamente—. ¿En esta era en que probablemente utilizarían los avances tecnológicos para reproducir las células de tu sangre en un laboratorio? No. Es impensable. Ni hablar.

—No quiero estar en sus manos —dijo Merrick—. No quiero estar rodeada por quienes comparten una vida que yo he perdido por completo. No era ése mi plan.

—Y no ocurrirá —declaró Louis—. Te quedarás con nosotros. Nos marcharemos enseguida. Ya deberíamos haber empezado a prepararlo todo, a destruir las pruebas que puedan utilizar para reforzar las instrucciones que transmitan a sus acólitos.

—¿Comprenderán los miembros veteranos por qué no regresé junto a ellos cuando comprueben que un nuevo tipo de erudito ha invadido su paz y soledad? —preguntó Merrick—. ¿Es que no veis lo complicado que es esto?

—No nos subestimes —respondí con calma—. Pero creo que debemos pasar nuestra última noche en este piso. Quiero despedirme de todas las cosas que me han proporcionado solaz, como creo que deberíamos hacer todos.

Nos volvimos para mirar a Lestat, que tenía una expresión furiosa y crispada. Por fin rompió su silencio.

—Supongo que sabes —dijo dirigiéndose a mí— que no me costaría nada eliminar a los miembros que nos han estado vigilando y que ahora nos amenazan.

Merrick y yo protestamos de inmediato con gestos desesperados. Luego me apresuré a suplicar:

—No lo hagas, Lestat. Marchémonos. Matemos su fe, no a ellos. Como un pequeño ejército que se bate en retirada, quemaremos todas las pruebas que podrían convertirse en sus trofeos. No soporto la idea de atacar a los de Talamasca. ¿Qué más puedo decir?

Merrick asintió con la cabeza, pero guardó silencio.

—De acuerdo —dijo por fin Lestat con tono enérgico y airado—. Me someto a vuestra voluntad porque os amo. Nos marcharemos. Abandonaremos esta casa que ha constituido mi hogar durante tantos años. Abandonaremos esta ciudad que amamos todos. Dejaremos todo esto y buscaremos un lugar donde nadie nos reconozca entre la multitud. Lo haremos, pero no me gusta, y por lo que a mí respecta, los miembros de la Orden han perdido, por estas misivas que nos han remitido, cualquier escudo protector que hayan podido poseer.

El asunto quedó zanjado.

Nos pusimos manos a la obra rápidamente, en silencio, asegurándonos de no dejar nada que contuviera la potente sangre que los de Talamasca tratarían de analizar tan pronto como pudieran.

Tras vaciar el piso de todo rastro de pruebas, nos dirigimos los cuatro a la casa de Merrick, donde llevamos a cabo otra minuciosa limpieza, quemando el vestido de seda blanco que Merrick había utilizado durante la terrible sesión de espiritismo y destruyendo sus altares.

Acto seguido visité mi antiguo estudio en Ste. Elizabeth's para quemar mis numerosos diarios y ensayos, una tarea que me disgustó profundamente.

Era un trabajo cansado, ingrato y desmoralizador. Pero lo hice.

La noche siguiente decidimos partir de Nueva Orleans. Mucho antes del amanecer, Louis, Merrick y Lestat se pusieron en marcha.

Yo me quedé en la Rue Royale, sentado ante el escritorio del saloncito trasero, para escribir una carta a aquellos que tiempo atrás había estimado y habían merecido toda mi confianza.

La escribí de mi puño y letra, para que comprendieran que esa carta tenía un significado especial no sólo para mí, sino para ellos.

A mis estimados Ancianos, quienesquiera que seáis:

Fue una imprudencia por vuestra parte remitirnos unas cartas tan cáusticas y beligerantes, y temo que una noche algunos de vosotros paguéis cara vuestra temeridad.

Os ruego que no lo interpretéis como un desafío. Me marcho, y cuando recibáis esta carta por medio de vuestros dudosos procedimientos, ya no podréis dar conmigo.

Pero debéis saber que vuestras amenazas han herido el frágil orgullo del más poderoso de nosotros, un ser que durante mucho tiempo os consideraba prácticamente intocables.

Con vuestras imprudentes palabras y amenazas habéis destruido el imponente santuario que os protegía. Ahora estáis expuestos a la ira de aquel a quien creíais poder atemorizar como si se tratara de un vulgar mortal.

Habéis cometido otro grave error, y os aconsejo que recapacitéis antes de tramar otro plan con respecto a los secretos que ambos compartimos.

Os habéis convertido en unos adversarios interesantes para alguien a quien le encantan los desafíos, y tendré que utilizar toda mi influencia para protegeros a nivel individual y colectivo de la ávida sed de sangre que habéis provocado estúpidamente.

Leí la carta atentamente, y cuando me disponía a estampar en ella mi firma sentí la gélida mano de Lestat en mi hombro, oprimiéndolo con firmeza.

Repitió las palabras «adversarios interesantes» y soltó una risa burlona.

—Por favor, no les hagas daño —murmuré.

—Vamos, David —dijo con tono decidido—, es hora de marcharnos. Vamos. Pídeme que te cuente mis etéreos periplos, o que te relate otra historia.

Me incliné sobre el papel para firmar y rubricar la carta. Había perdido la cuenta de la cantidad de documentos que había escrito para, y en, Talamasca, y se me ocurrió que acababa de estampar mi firma en uno que sin duda iría a parar a sus archivos.

—De acuerdo, viejo amigo, estoy preparado —dije—. Pero debes darme tu palabra.

Nos encaminamos juntos por el largo pasillo hacia la parte posterior del piso. Lestat apoyó su mano pesada pero grata sobre mi hombro; su ropa y su cabello olían al viento.

—Hay muchos relatos que escribir, David —dijo—. Confío en que no te opongas a que lo hagamos. Nada nos impide proseguir con nuestras confesiones y conservar al mismo tiempo nuestro nuevo escondite.

—Por supuesto —respondí—. Nada nos lo impide. La palabra escrita nos pertenece, Lestat. ¿Te basta con esto?

—Te diré lo que haremos, amigo mío —dijo, deteniéndose en la terraza posterior para echar un último vistazo al piso con el que tan encariñado estaba—. Lo dejaremos en manos de Talamasca, ¿qué te parece? Me convertiré para ti en un santo de paciencia, te lo prometo, a menos que nos provoquen. ¿Qué opinas?

—De acuerdo —contesté.

Con estas palabras concluyo el relato de cómo Merrick Mayfair se convirtió en una de nosotros. Así termino el relato de cómo abandonamos Nueva Orleans y nos perdimos en el ancho mundo.

Esta historia la he escrito para vosotros, mis hermanos y hermanas en Talamasca, y para muchos otros.

Cuatro y media de la tarde
del domingo 25 de julio de 1999

OTROS TÍTULOS DE LA COLECCIÓN

CRÓNICAS VAMPÍRICAS V

Memnoch el diablo

ANNE RICE

«Poseo una fuerza monstruosa. Soy capaz de volar y de captar una conversación en el otro extremo de la ciudad, e incluso del globo. Adivino el pensamiento; puedo hechizar a la gente. Soy inmortal. Desde 1789, no tengo edad. ¿Un ser único? Ni mucho menos. Que yo sepa, existen unos veinte vampiros en el mundo. A la mitad de ellos los conozco íntimamente, y a las mitad de éstos los amo.»

CRÓNICAS VAMPÍRICAS VI

Armand el vampiro

ANNE RICE

«No existe ningún vínculo telepático natural entre nosotros; Marius me creó, yo soy su eterno discípulo. No obstante, en cuanto me ocurrió esto, comprendí que sin la ayuda de ese vínculo telepático no podía sentir la presencia de Marius en el edificio. No sabía lo que había sucedido durante el breve intervalo en que me arrodillé para contemplar a Lestat. No sabía dónde se encontraba Marius. No percibí los olores humanos de Benji y Sybelle que me eran tan familiares. Sentí una punzada de pánico que me paralizó.»